WILLEM FREDERIK HERMANS
DIE DUNKELKAMMER DES DAMOKLES

aufbau

WILLEM FREDERIK HERMANS

DIE DUNKELKAMMER DES DAMOKLES

ROMAN

Aus dem Niederländischen
von Waltraud Hüsmert

Mit einem Nachwort
von Cees Nooteboom

aufbau

Die Originalausgabe unter dem Titel
De donkere kamer van Damokles
erschien 1958.

MIX
Papier aus verantwortungsvollen Quellen
FSC® C083411

ISBN 978-3-351-03657-7

Aufbau ist eine Marke der Aufbau Verlag GmbH & Co. KG

1. Auflage 2016

Die deutsche Erstausgabe erschien 2001 bei Gustav Kiepenheuer Verlag, Leipzig;
Gustav Kiepenheuer ist eine Marke der Aufbau Verlag GmbH & Co. KG
Einbandgestaltung ZERO Werbeagentur, München
Druck und Binden CPI books GmbH, Leck, Germany
Printed in Germany

www.aufbau-verlag.de

… Tagelang trieb er auf seinem Floß umher, ohne etwas zu trinken. Er war schon fast verdurstet, denn das Wasser des Ozeans war salzig. Er haßte das Wasser, das er nicht trinken konnte. Doch als ein Blitz in das Floß einschlug und es in Brand steckte, schöpfte er das verhaßte Wasser mit den Händen und versuchte das Feuer zu löschen!

Der Lehrer begann als erster zu lachen, schließlich lachte die ganze Klasse mit.

Dann läutete es. Die Kinder standen von ihren Bänken auf. Henri Osewoudt war einen halben Kopf kleiner als die anderen Jungen. Im Gänsemarsch gingen sie durch den Korridor, und als sie das Schulhaus verlassen hatten, rannten sie los.

Während er noch über die Geschichte des Lehrers nachdachte, kam eine blaue Straßenbahn angefahren und trennte Osewoudt von den anderen Kindern. Er gab sich keine Mühe, sie einzuholen, als die Tram vorbei war. Sein Blick fiel auf das Schild

ÜBERHOLEN VERBOTEN,

das er jeden Tag las, wenn er aus der Schule kam. Es steht am Anfang der schmalen Hauptstraße von Voorschoten. Die Straße ist so schmal, daß die Gleise der Straßenbahn aufeinander zukriechen und sich übereinanderlegen. Nie können zwei Bahnen in der Dorfmitte aneinander vorbeifahren.

Der Tabakladen von Osewoudts Vater lag am Ende des Dorfs unweit der Stelle, an der sich die Gleise wieder voneinander entfernen. Als Osewoudt auf der Höhe der evangelischen Schule war, erblickte er einen Menschenauflauf vor der Ladentür. Eine große Gruppe von Nachbarn, die gestikulierten, laut redeten und hin und wieder in den Laden schielten. Auch zwei Polizisten standen dabei.

Der Drogist Turlings bemerkte Osewoudt, löste sich aus der Gruppe und kam auf ihn zu.

– Gib mir schnell die Hand, Henri! Du mußt mit mir kommen. Du kannst nicht nach Hause! Ein Unglück ist geschehen, ein furchtbares Unglück!

Osewoudt sagte nichts, gab ihm die Hand und ließ sich mitziehen. Die Leute versperrten fast die ganze Straße. Turlings zerrte ihn so schnell hinter sich her, daß er nicht verstehen konnte, was sie sagten, obwohl er genau wußte, daß es um ihn ging.

– Ist Mutter etwas zugestoßen?

– Ach Junge! Es ist zu entsetzlich, um darüber zu reden! Du wirst es später noch erfahren. Ein schreckliches Unglück!

– Ist Vater tot?

– Junge, wie wagst du es, so etwas zu fragen. Es ist furchtbar! Furchtbar!

Turlings' Drogerie war direkt an der Tramhaltestelle, schräg gegenüber vom Tabakladen. Osewoudt schaute sich um, sah aber nur die Leute und ein Schild ÜBERHOLEN VERBOTEN, das gleiche Schild wie am anderen Ende des Dorfs.

Sie gingen hinein, und der Drogist brachte Osewoudt in das Zimmer hinter dem Laden. Die Frau des Drogisten trug einen weißen Laborkittel. Sie eilte auf ihn zu.

– Ach, du armer Junge! Was für ein schreckliches Unglück!

Sie küßte ihn auf den Kopf, holte eine Rolle Lakritz für ihn aus dem Laden und setzte ihn auf einen Stuhl beim Ofen, der nicht geheizt war.

Sogar im Wohnzimmer roch es nach Hustenpastillen und Waschleder.

– Es ist schrecklich! Wie kann man nur so etwas tun! Armer Junge! Armer, armer Junge!

Osewoudt nahm ein Lakritz aus der Rolle.

– Hat Mutter es getan?

– Hat man da noch Worte! Woher weiß er das! ... sagte die Frau zum Drogisten. Er weint nicht mal!

Turlings beugte sich über Osewoudt und sagte: Bald kommt dein Onkel und holt dich ab. Dann darfst du mit nach Amsterdam.

Er ging in den Laden und telefonierte.

– Mama! Ich hab das Blut auf der Straße gesehen!

Ihr Sohn Evert war ebenfalls zwölf, wie Osewoudt, aber er ging in die evangelische Schule.

– Hast du meine Mutter gesehen?

– Halt den Mund, Henri! Halt den Mund, Evert! Wasch dir die Hände und setz dich an den Tisch!

Im Zimmer verbreitete sich der Geruch von Kartoffeln und Kohl. Der Drogist setzte sich mit seiner Frau und seinem Sohn an den Tisch. Osewoudt ließen sie beim Ofen sitzen. Er stellte keine Fragen mehr, sondern steckte sich ein Lakritz nach dem anderen in den Mund.

Der Drogist und seine Frau beteten laut vor dem Essen, Evert las ein Stück aus der Bibel vor, als sie beim Brei angelangt waren. Danach wurde laut gedankt.

Onkel Bart klingelte an der Tür, als der Laden bereits geschlossen hatte. Er trat mit der Frau des Drogisten ins Zimmer, den Hut in der einen und ein weißes Taschentuch in der anderen Hand.

– Wie ist es passiert, Onkel Bart? Ich will es wissen. Ich bin schon ein großer Junge!

– Dein Vater ist krank, sagte Onkel Bart, und deine Mutter haben sie in die Anstalt gebracht, wie vor fünf Jahren, du weißt schon.

Draußen war es bereits dunkel. Sie stiegen in die Straßenbahn nach Leiden ein. Osewoudt blickte durchs Fenster, und als sie am Tabakladen vorbeifuhren, sah er, daß im Haus nirgends mehr Licht brannte.

Er zupfte Onkel Bart am Ärmel.

– Ich glaub nicht, daß Vater krank ist, wieso sollen er und Mutter zur gleichen Zeit krank geworden sein?

– Hör auf zu quengeln, Henri. Ich habe keine Vorurteile. Bei Gelegenheit werde ich dir alles erzählen.

– Mutter hat oft gesagt, sie würde Vater mit der Brechstange totschlagen.

– Brechstange?

– Die Brechstange, die unter der Ladentheke liegt, Onkel Bart. An der einen Seite ist es eine Brechstange und an der anderen ein Hammer.

– Wie wagst du es, so zu reden! Deine Mutter ist krank. Denk an was anderes. Du bleibst eine Weile bei uns. Du darfst auch in Amsterdam zur Schule gehen. Freust du dich nicht darüber?

Sie fuhren bis zum Bahnhof in Leiden und nahmen dort den Zug nach Amsterdam.

– Heute hat uns der Lehrer eine Geschichte erzählt, sagte Osewoudt. Es ging um einen Schiffbrüchigen auf einem Floß. Er hatte nichts zu trinken, er haßte den Ozean, weil das Wasser salzig war. Aber dann schlug ein Blitz in das Floß ein, und er schöpfte das Wasser, das er haßte, mit den Händen aus dem Ozean, um das Feuer zu löschen.

– Und hat er das Feuer gelöscht?

– Wenn er das Feuer gelöscht hat, ist er trotzdem gestorben, vor Durst. Wir haben uns schiefgelacht.

– Erzählt euch der Lehrer oft solche Geschichten?

– Guten Tag, Tante Fietje!

– Guten Tag, Henri! Armer Junge, armes Kind.

Sie küßte ihn lange, aber sie roch nicht gut.

– Guten Tag, Ria!

– Guten Tag, Henri!

Sie drückte ihn ebensolange wie die Tante, roch aber viel angenehmer.

Onkel Bart sagte: Er freut sich, daß er in Amsterdam zur Schule gehen darf. Und jetzt ab ins Bett, Henri! Ria zeigt dir das Zimmer.

Ria war neunzehn. Sie nahm Osewoudt mit, sie gingen zwei schmale Treppen hoch zu einem kleinen Zimmer, in dem ein frischbezogenes Bett stand. Sie zeigte ihm, wo er seine Kleider aufhängen und wo er sich waschen konnte. Er zog sich aus und wusch sich, aber als er im Bett lag, konnte er nicht schlafen. Er hörte, wie sein Onkel und seine Tante zu Bett gingen, und danach öffnete sich die Tür, und Ria schaute um die Ecke.

– Was ist denn das? Das Licht brennt ja noch! Kannst du nicht schlafen?

– Ich habe Angst.

Sie zog die Tür weiter auf und zeigte auf eine andere Tür, zu der ein paar Treppenstufen hinabführten.

– Das ist mein Zimmer. Du darfst nachher zu mir kommen, wenn du nicht schlafen kannst.

Als er zu ihr kam, lag sie im Bett.

– Komm mit unter die Decke, sonst frierst du.

Als er zu ihr ins Bett geschlüpft war, machte sie das Licht aus.

– Bei meiner Mutter darf ich auch immer ins Bett.

Er begann zu schluchzen.

Sie schob den Arm unter seinen Kopf.

– Ich hab mir früher immer einen kleinen Bruder gewünscht. Du darfst heute nacht bei mir bleiben. Keiner merkt es. Außerdem ist Papa alles recht, sagt er immer.

– Er wollte mir nicht erzählen, was passiert ist. Kannst du es mir nicht sagen?

– Ich weiß es auch nicht genau, Henri. Du darfst nicht an diese Dinge denken.

– Ich möchte es gern wissen.

– Findest du nicht, daß meine Haare gut riechen?

– Ja, sie riechen gut, aber ich habe Angst.

– Schlaf jetzt.

– Ich kann nicht schlafen.

– Du bist noch ein kleiner Junge.

– Das stimmt nicht. Ich bin ein großer Junge, aber ich bin klein für mein Alter, ich kann auch nichts dafür.

– So? Du bist schon ein großer Junge? Bist du dir sicher? Wenn du so ein großer Junge bist, dann gib mir mal einen Kuß.

Er trat mit Ria aus dem Haus und schaute sich um.

– Es ist so lange her, seit ich zuletzt bei euch war, sagte er, ich konnte mich gar nicht mehr an euer Haus erinnern.

Das Haus war hoch und schmal. Auf einer schwarzen Marmortafel neben der Tür stand in vergoldeten Buchstaben:

Firma Bellincoff

K u r z w a r e n

– Warum steht auf dem Schild nicht Nauta?

– Bellincoff ist nur der Firmenname.

– Warum steht da Kurzwaren? Ist das dasselbe wie Vogelfedern?

– Nein, da steht zwar Kurzwaren, aber praktisch verkauft Papa nichts anderes als Vogelfedern.

– Kann man damit reich werden?

– Papa verdient nicht schlecht. Ein Hut mit Federn kostet ziemlich viel Geld, und Hüte mit Federn werden so gut wie nicht mehr getragen. Deshalb ist Papa der einzige in Amsterdam, der noch Federn verkauft.

– Warum heißt diese Straße Oudezijds Achterburgwal? Ich sehe nirgends einen Wall.

– Den hat es hier früher bestimmt mal gegeben.

– Warum sitzen die Frauen in rosa Unterröcken hinter den Fensterscheiben?

– Das sind Frauen, die es für Geld tun.

– Was tun sie denn für Geld?

– Sie sind nett zu den Männern.

– So wie du zu mir?

– Wirst du jetzt wohl den Mund halten! Sonst darfst du nie mehr, kapiert?

Weil Onkel Bart meinte, Osewoudt solle später studieren, schickte er ihn auf die Höhere Schule.

Osewoudt war ein fügsamer, stiller Schüler.

Jede Nacht schlief er in Rias Bett. Mit fünfzehn wurde ihm bewußt, daß er sie häßlich fand. Er begriff nun auch, warum das Gerede der anderen Jungen ihn nicht interessierte. Warum sollte er sich ihr unbeholfenes Geflüster über Dinge anhören, die er seit Jahr und Tag in aller Seelenruhe jede Nacht vollzog? Nicht das beunruhigte ihn, sondern die Tatsache, daß er offenbar der einzige mit einer solchen Praxis war und Ria das einzige Mädchen, das diese Art Umgang mit ihm haben wollte. Er überlegte sich, wie er sie loswerden könnte, aber loswerden war nicht das Wichtigste, wichtiger war, sie zu ersetzen.

Irgendwo auf der Höhe von Landsmeer fand er einen ruhigen, für seine Absicht geeigneten Platz.

Sie stiegen vom Rad und legten sich unten an den Deich. Das Mädchen hieß Clelia Bieland.

– Schweinigel!

– Schweinigel? Aber mein Onkel sagt: Es ist eine Frage der Zuchtwahl!

Sie sprang auf, nahm ihr Rad und fuhr, so schnell sie konnte, weg.

Am nächsten Tag mußte er beim Schuldirektor erscheinen. Für den Posten eines Direktors war der Mann noch bemerkenswert jung.

– Osewoudt, der Vater von Clelia Bieland hat sich beschwert, daß du seiner Tochter schweinische Sachen erzählst.

– Aber Mijnheer, ich habe ihr nur erzählt, was mein Onkel sagt, nämlich daß die Zuchtwahl …

– Zufällig kenne ich deinen Onkel sehr gut. Bart Nauta. Ein rechtschaffener Mann, früher war er Kommunist. Er hat Gewissensbisse, weil er sich von einer Revolution losgesagt hat, die in ihrer reinen Form längst nicht mehr existiert. Das weiß er zwar, aber trotzdem macht es ihm zu schaffen. Am Geburtstag der Königin hängt er die Fahne heraus, er zahlt Steuern und geht zur Wahl wie alle anderen, aber er versucht sein Gewissen zu beschwichtigen, indem er sich krampfhaft an Ideale klammert, deren gesellschaftliche Tragweite er stark überschätzt: Enthaltsamkeit bei hochprozentigen alkoholischen Getränken, aufs Rauchen verzichten und von sexueller Freiheit reden. Ideale, die sehr viel bedeuten, zumindest für einen Menschen, der dem Alkohol verfallen ist, gern raucht und ein monogames Leben führt. Aber wie kann man so die Welt verbessern? Dein Onkel redet von Zuchtwahl, er liest nur rückständige Bücher.

– Und was ist mit dem Antimilitarismus?

– Antimilitarismus? Deutschland und die Sowjetunion stellen im Augenblick die mächtigsten Armeen auf, die die Welt jemals gesehen hat! Hitler will die ganze Welt erobern, Rußland ebenfalls. Sollen wir antimilitaristisch sein und uns wie Heilige abschlachten lassen? Dein Onkel ist ein rechtschaffener Mann, aber glaub nicht alles, was er sagt. Versprich mir das!

Der Direktor gab ihm die Hand.

Nach der Schule sah er Clelia Bieland mit einem anderen Jungen radfahren, der genauso alt war wie er, aber anderthalb Kopf größer.

Noch in derselben Woche trat er einem Judoverein bei. Die Bücher im Schrank seines Onkels würdigte er keines Blickes mehr. Er erledigte seine Hausaufgaben mit lustlosem Fleiß, erzielte recht gute Noten, interessierte sich jedoch nur noch für Judo. Manchmal überlegte er, zu einer der Huren auf dem Oudezijds Achterburgwal zu gehen, doch obwohl er mehrere von ihnen mit Vornamen kannte, da es schließlich Nachbarinnen waren, zeigte sich keine von ihnen jemals entgegenkommend. Und warum sollte er sich bemühen? Abends brachte er sein Bett in Unordnung, und wenn sein Onkel und seine Tante schliefen, ging er in Rias Zimmer.

Wie es sich nun genau zugetragen hatte, als die Mutter den Vater ermordete, wußte er immer noch nicht.

An einem Himmelfahrtstag fuhr er allein nach Voorschoten. Er nahm zuerst die blaue Straßenbahn nach Haarlem. Dort stieg er in eine andere blaue Tram um, die nach Leiden fuhr. In Leiden nahm er wieder eine andere blaue Bahn Richtung Den Haag.

In Voorschoten stieg er aus, an der Nordseite des Dorfs. Er betrachtete die Umgebung wie ein Fremder. Dort stand das Haus mit dem Gemeindewappen an der Fassade: drei liegende Mondsicheln, die ihm immer wie abgebissene Fingernägel vorkamen. Im selben Gebäude oder direkt angebaut die Schule, die er früher besucht hatte, und die Polizeiwache. Etwas weiter in Richtung Dorf die evangelisch-reformierte Kirche, deren Turm einem senkrecht stehenden Zeppelin glich. Noch ein Stück weiter der mittelalterliche Turm der Willibrordkirche. Er ging zu der schmalen Dorfstraße, den Blick auf das Schild ÜBERHOLEN VERBOTEN gerichtet.

Die Straßenbahn, mit der er gekommen war, fuhr an ihm vorbei. Es wurde fast dunkel in der Straße. Jedes Haus hier roch nach Verbrechen und Mord. Er spähte in alle Fenster, sah jedoch hinter keinem Huren sitzen. Er hatte das Gefühl, daß ihm etwas Grauenvolles zustoßen würde. Beim Tabakladen ging er langsamer, traute sich aber nicht stehenzubleiben. Vor der Tür und dem Schaufenster waren Rollos herabgelassen, auf denen in silbernen Buchstaben TABAKWAREN ›EUREKA‹ stand; waren das E und das K früher auch schon so rostig gewesen?

Sluimers Autowerkstatt, neben dem Tabakladen, war geschlossen. Auf der anderen Straßenseite war jetzt ein Süßwarengeschäft von C. Jamin. In dem kleinen weißen Haus gegenüber der anderen Haltestelle befand sich noch immer die ›Schusterei 't Centrum‹. Das Zentrum – dabei war der Schuhmacher genau am Dorfrand, bei der Haltestelle, wo sich die Bahngleise schon wieder trennten.

Sollte er in die Drogerie gehen und sich erkundigen, wie es Evert Turlings ging? In diesem Augenblick kam eine Straßenbahn aus Den Haag angefahren, und Osewoudt stieg mit dem Gefühl ein, einer Verfolgung zu entrinnen. Er setzte sich ans Fenster und schaute angestrengt hinaus. Wieder fuhr er am Tabakladen vorbei. Über die gesamte Breite des Schaufensters hing noch ein gelbes Schild

NORTH STATE
Cigarettes

Tante Fietje mochte ihn nicht.

Sie bekam häufig Besuch von ihren Freundinnen, und mit der Zeit fiel es Osewoudt auf, daß das Gespräch verstummte, sobald er das Wohnzimmer betrat. Deshalb gab er oft der Verlockung nach, im Flur stehenzubleiben und das Ohr an die Tür zu legen, wenn er bemerkte, daß seine Tante Gäste hatte.

– Machst du dir nie Sorgen um ihn?

– Ach, was soll ich sagen bei so einer Mutter? Es ist ein Wunder, daß er überhaupt lebt.

– Wieso?

– Habe ich dir das nie erzählt? Er ist ein Siebenmonatskind. Ja und denk dir, es war nicht mal eine richtige Geburt. Seine Mutter hat ihn eines Tages in den Nachttopf verloren, mit dem Stuhlgang.

– Hat man Worte!

– Na ja, man sieht es ihm an.

– Wahrscheinlich wird er nicht alt.

– Und dann das blasse Mädchengesicht und die dünnen, blonden Haare.

– Wird er schon siebzehn?

– Ja, und er braucht sich immer noch nicht zu rasieren.

– Tatsächlich? Mein Junge mußte sich schon rasieren, als er vierzehn war!

– So jemand ist natürlich nicht normal. Er hat schon mit einem Rückstand angefangen. Es ist die Frage, ob er jemals wirklich ein Mann wird.

– Hat er denn manchmal was mit Mädchen?

– Mädchen? Für Mädchen interessiert er sich überhaupt nicht.

Osewoudt blickte in den Spiegel und faßte sich an die Wangen, die immer noch weich, rund und glatt waren. In der Schule schaute er sich um, ob er vielleicht ausgelacht würde, er spitzte die Ohren, wenn andere Jungen in einer Gruppe beisammenstanden, aber alle ließen ihn in Ruhe, weil sie wußten, daß er jeden von ihnen, sogar den größten, sofort zu Boden warf. Er ging regelmäßig in den Judoverein. Seine Füße verformten sich entsprechend, sie wurden breit und am Rist sehr muskulös, es schien, als würden sie zu Saugnäpfen, er stand auf ihnen so fest und unerschütterlich, als wären sie aus Blei. Normale Schuhe konnte er nicht mehr tragen, er brauchte spezielle Maßanfertigungen.

Ein kleines Ungeheuer, ein aufrecht stehender Frosch.

Er hatte keine Nase, sondern ein Näschen. Seine Augen sahen auch in Ruhestellung so aus, als ob er sie zusammenkniff, als ob er nur lauern und nicht normal schauen könnte. Sein Mund erinnerte an die Öffnung, mit der primitive Tiere die Nahrung aufnehmen, es war kein Mund, der auch lachen und reden konnte. Und dann noch die Pausbacken und das helle, seidige Haar, das einfach nicht vom Kopf abstehen wollte, obwohl er es so kurz wie möglich schneiden ließ.

– Was machst du denn hier? Warum schaust du in den Spiegel?

– Ach, du bist's. Nichts.

Ria nahm seinen Kopf in beide Hände und fragte: Hast du was im Auge?

– Nein, ich hab einfach so in den Spiegel geschaut.

Sie gab ihm einen Kuß und drückte ihren Unterleib an seinen. Er wußte nun, daß sie keinen anderen Mann kriegen konnte, weil sie so häßlich war, und auch, daß sie ihm sonst gern den Laufpaß gegeben hätte. Er wußte auch, daß sie nicht schwanger wurde, weil sie nicht schwanger werden konnte.

Es gab keine Stelle an ihrem Körper, an der man sie hätte berühren können, ohne gleich das Skelett zu spüren. Ihre Haare hatten die Farbe von Packpapier, das Kinn war lang und spitz, und auch die Zähne waren zu lang. Stets sichtbar, ohne daß es eines Lächelns – das bei ihr sowieso nie vorkam – bedurft hätte, standen die Zähne ziemlich schief übereinander und ruhten immer auf der Unterlippe. Ihr Gebiß war keine Zierde, nicht einmal eine Waffe, sondern eher der Abschluß des Mundes, etwas wie der Schnappverschluß eines Portemonnaies.

Nicht wahr, Papa, es steht doch jetzt fest, daß Henris Mutter nächsten Monat die Anstalt verlassen darf?

– Ja.

– Dann wollen Henri und ich euch etwas sagen. Wir heiraten!

– Heiraten?

– Henri und ich haben beschlossen zu heiraten, Papa. Henri will den Tabakladen weiterführen. Seine Mutter nehmen wir zu uns.

– Aber Henri! Willst du denn auf einmal nicht mehr studieren?

Osewoudt sagte: Auf einmal? Ich will es schon eine ganze Weile nicht mehr. Ich glaube nicht, daß ich dazu tauge. Ich bin achtzehn, und ich will auf eigenen Füßen stehen. Wer soll denn sonst für Mutter sorgen?

Seine Stimme war noch immer hoch wie eine Knabenstimme.

– Aber Henri …

Tante Fietje begann zu weinen.

– Ria, schluchzte sie, du wirfst deine Zukunft weg! Du bist sieben Jahre älter als er! Und dann ist er auch noch dein Cousin!

– Ach Mutter, halt du nur den Mund! Glaubst du, ich wüßte es nicht?

– Was?

– Daß ich schon zwei Jahre alt war, als ihr geheiratet habt, Vater und du! Den Kinderwagen habt ihr zum Standesamt mitgenommen, der Pförtner hat solange drauf aufgepaßt!

– Ach! Das verstehst du nicht, Ria. Dein Vater war ein Idealist!

– Hör zu, Ria, sagte Onkel Bart. Im Grunde meines Herzens war ich immer ein Gegner von Formalitäten. Und das bin ich noch heute!

– Ach Vater, red keinen Unsinn. Wer fragt danach, was jemand im Grunde seines Herzens ist? Ob mit oder ohne Formalitäten, geheiratet hast du!

– Und ich sage, daß es nicht soweit kommt!

Tante Fietje stand auf und verließ das Zimmer.

Noch im selben Monat starb sie an einem Herzschlag.

Osewoudt und Ria heirateten am 25. August des Jahres 1939. Sieben Tage später kam im Radio die Meldung, daß Hitler mit Flugzeugen und Panzern in Polen eingerückt war.

Der Tabakladen wurde auf Onkel Barts Kosten renoviert und neu eingerichtet. Am Türpfosten war ein elektrischer Kontakt angebracht, der eine Klingel ertönen ließ, wenn jemand die Ladentür öffnete oder schloß. Der Laden war so klein, daß die keineswegs große Theke fast den ganzen Raum einnahm. Alles, was aus Holz war, wurde dunkelbraun gestrichen. In die Türen zur Hinterstube wurden undurchsichtige bleigefaßte Scheiben eingesetzt. Als finishing touch schraubte Osewoudt über die Klinke auf der Innenseite der Ladentür ein Schild: *Haben Sie auch nichts vergessen?*

Die Hinterstube war das Eß- und Wohnzimmer. Im Obergeschoß gab es drei Zimmer, eins für Ria und ihn, eins für seine Mutter, und das dritte hatten sie an einen Studenten vermietet. Moorlag war ursprünglich Möbeltischler in Nieuw-Buinen gewesen. Doch dann war der Wunsch, Theologie zu studieren, in ihm übermächtig geworden, und er hatte sich ein Zimmer in Voorschoten genommen. Bewußt wohnte er nicht in Leiden selbst, denn er besaß noch nicht die Hochschulreife und war deshalb nicht berechtigt, an der Universität Prüfungen abzulegen. Jetzt schon direkt in Leiden zu wohnen erschien ihm als Sakrileg. Er war bereits über dreißig, büffelte Tag und Nacht, war aber schon dreimal durchs Examen gefallen.

Manchmal gingen sie abends zu dritt spazieren, hin und wieder gesellte sich auch Moorlag zu ihnen. Sie schlenderten durch die schmale Dorfstraße, grüßten links und rechts andere Ladeninhaber und wichen rechtzeitig der blauen Tram aus. Wenn sie das Dorf an der Nordseite verließen, liefen sie zuweilen noch bis zur Silberwarenfabrik, aber nie weiter.

– Mutter, ist es nicht zu anstrengend für dich?

– Ach Junge, was denkst du denn. Ich bin doch keine alte Frau.

– Natürlich nicht, aber wir sind alle müde, sagte Moorlag.

Dann gab sie es zu.

Moorlag hatte einen beruhigenden Einfluß auf sie. Es kam vor, daß sie mitten in der Nacht aufstand und durchs Haus irrte, in ein Laken gehüllt und vor dem Gesicht eine Maske, die sie aus einer alten Zeitung ausgeschnitten hatte. In einem Ton, als würde sie mitteilen, sie müsse noch kurz Staub wischen, sagte sie dann: Ich seh es wieder, ich jag es rasch weg.

Moorlag schaffte es mit wenigen Worten, sie zurück ins Bett zu schicken.

Was jagte sie weg? Osewoudt fragte sie nicht danach. Er hatte nie erfahren, wie sie seinen Vater getötet hatte. Sie war eine gewöhnliche Frau von fünfzig mit einem runzligen Jungmädchengesicht; die Lippen waren so schmal, daß der Mund wie eine besonders tiefe Falte wirkte. Sie redete oft von seinem Vater und immer sehr sachlich: Dein Vater hat damals zu mir gesagt, Frau, sagt er, nur wer eine Briefmarke von fünf Cent oder mehr benutzt, darf der Königin einen Kuß geben. Auf Marken von niedrigerem Wert ist die Königin nicht drauf, sagt er. Er sagt, ein Kuß auf die rechte Wange, sagt er, denn die linke Wange ist auf der Vorderseite der Briefmarke. Dein Vater war ein Spaßvogel.

Ihr Kichern hörte sich wie das Quietschen eines nassen Fensterleders auf einer Glasscheibe an.

An Sonntagen fuhr Osewoudt manchmal mit Ria und seiner Mutter zum Flugplatz Ypenburg. Abends hörten sie Radio. Keiner hatte etwas Besonderes zu berichten. Bei Tisch wurde nicht geredet. Mit dem Stuhl kippelnd, führte er das Essen zum Mund. Seine Aufmerksamkeit konzentrierte sich auf seltsame Visionen: Quer durchs Zimmer waren Bahngleise verlegt, auf denen er lange Züge vorbeidonnern ließ. Er stellte sich vor, draußen vor dem Laden stünden Flugzeuge mit dröhnenden Motoren, die aber nicht aufstiegen, oder gewaltige Kanonen, die unaufhörlich aus ruckenden Rohren schossen.

Osewoudt wurde nun neunzehn und hatte das Gefühl, alles,

was getan werden mußte, sei bereits getan. Alle Hindernisse, die ihn hätten aufhalten sollen – andere Leute verbringen ihr ganzes Leben damit, sie zu überwinden –, waren eingestürzt, wenn er sich ihnen genähert hatte: Sein Vater, seine Tante waren tot. Ria war eine Frau, mit der er alles getan hatte, was er sich nur ausdenken konnte, bis hin zum Heiraten.

Bei der Musterung wurde er für untauglich erklärt, weil er einen halben Zentimeter zu klein war.

Einmal in der Woche ging er abends zum Judoverein in Den Haag. An einem anderen Abend exerzierte er mit der Freiwilligen Bürgerwehr. Er lernte, wie er ein altes Gewehr laden mußte, er lernte Autofahren, und hin und wieder durfte er mit einem alten Revolver schießen.

Henri! Wer ruft jetzt wohl an, mitten in der Nacht?

Der Wecker stand auf Viertel nach vier. Draußen war es bereits taghell. Viele Vögel sangen, aber noch mehr Flugzeuge brummten. Nun hörte auch er das Telefon läuten.

– Woher soll ich das denn wissen?

Osewoudt stand auf und ging nach unten. Als er in den Laden kam, sah er draußen einen großen Lastwagen voller Soldaten vorbeifahren. Wieder klingelte das Telefon.

– Tabakwaren Osewoudt.

– Osewoudt! Hier spricht der Blockkommandant der Bürgerwehr! So schnell wie möglich in Uniform ins Rathaus kommen. Es ist Krieg! Die Deutschen haben uns überfallen! Sie setzen überall Fallschirmjäger ab. Komm sofort!

Unten an der Treppe rief er: Ria! Die Deutschen haben uns überfallen! Ich muß ins Rathaus!

Er ging in die Hinterstube und nahm seine Uniform aus dem Schrank. Sie war dunkelgrün wie die Uniform eines Försters. Ein deutscher Helm gehörte dazu, aufgekauft aus alten Beständen nach dem Krieg von 14/18.

Auf der Straße hoffte er, daß die Deutschen selbst inzwischen Helme eines anderen Modells angeschafft hatten. Was könnte ihm sonst nicht alles widerfahren?

Drei große schwarze Flugzeuge flogen in geringer Höhe über ihn hinweg. Nicht weit entfernt hörte er Geschützdonner. Überall standen Leute, die miteinander redeten und auf die Flugzeuge deuteten.

Er mußte bis zum späten Nachmittag vor dem Postamt Wache stehen; sämtliche Dorfbewohner erschienen, um ihr Erspartes abzuheben. Der Himmel war den ganzen Tag blau und wolkenlos. Manchmal hinterließen die Deutschen darin große weiße Pilze. Die Leute zeigten darauf. Niederländische Soldaten rasten auf Motorrädern vorbei, um die Fallschirmjäger aufzuspüren. Die blauen Straßenbahnen fuhren wie gewohnt.

Osewoudt durfte nichts anderes tun als mit einem alten Gewehr Wache stehen. Im strahlenden Sonnenschein, bei Vogelgezwitscher mußte er sich selbst schreckliche Geschütze ausdenken, wie immer. Niemand beabsichtigte, das Postamt anzugreifen.

Als er abends nach Hause kam, klebte er Streifen gummiertes Papier kreuz und quer auf die Schaufensterscheibe.

Ein Lastwagen mit Soldaten hielt vor seiner Tür. Die Soldaten sprangen ab und kamen in den Laden. Osewoudt gab ihnen alles, was sie wollten, und weigerte sich, Geld anzunehmen.

– Das ist wirklich nicht nötig, sagte ein Leutnant.

– Warum nicht? Ich muß doch auch etwas tun. Was möchten Sie für sich selbst? Nehmen Sie diese Zigarren.

Der Leutnant schaute auf den Preis und gab Osewoudt einen Gulden. Dann sagte er: Sie können auch Filme entwickeln und Abzüge machen, nicht wahr? Er zeigte auf ein Stück Pappe, das vor der Ladentür hing. Dieser Papptafel, auf der mehrere Amateurfotos klebten, war zu entnehmen, daß man hier seinen Rollfilm in den Briefkasten stecken und nach zweimal 24 Stunden die Negative und Abzüge abholen könnte.

Der Leutnant zog einen Rollfilm aus der Tasche.

– Geben Sie mal her, sagte Osewoudt. Ich werde mein Bestes tun, aber ich kann nicht garantieren, daß die Bilder übermorgen fertig sind. Wie ist Ihr Name?

– Dorbeck. Mit ck.

›Dorbeck‹ schrieb Osewoudt auf den Film, mit ck.

– Ich heiße Osewoudt mit dt, sagte er und legte die Filmrolle in die Schublade der Theke.

– Dann ähneln sich unsere Namen.

Der Offizier gab Osewoudt die Hand und sah ihm in die Augen. Osewoudt fiel auf, daß die Augen des Leutnants auf gleicher Höhe mit seinen eigenen waren. Graugrüne Augen, die ihn anschauten, als sähen sie in ihm etwas Besonderes. Noch nie hatten Augen ihn auf diese Art angeschaut, außer wenn er in den Spiegel sah.

– Sie sind genauso groß wie ich, sagte Osewoudt, und mich haben sie bei der Musterung für untauglich erklärt.

– Mich beinahe auch. Aber ich habe mich gereckt.

Dorbeck lachte. Seine weißen Zähne waren so gerade und lückenlos, daß es den Anschein hatte, sein Gebiß bestünde aus zwei Elfenbeinklingen. Er hatte schwarzes Haar, und um sein Kinn lag ein blauer Schatten aus Bartstoppeln. Die Haut seiner Wangen wirkte dadurch um so weißer, doch unter den Backenknochen glühte es rötlich. Seine Stimme klang wie der Schlag einer Bronzeglocke.

– Danke, sagte er, übermorgen brauchen die Bilder nicht fertig zu sein, ich bin dann noch nicht zurück. Aber ich komme wieder. Er verließ den Laden und sprang auf den Lastwagen.

Osewoudt blickte ihm nach. Als er sich umdrehte, stand Ria in der halb offenen Zwischentür.

– Wer war das?

– Irgend jemand.

– Er sah genauso aus wie du, es war wie das Negativ und das Positiv von einem Foto.

– Ihn haben sie bei der Musterung genommen, mich nicht.

– Natürlich. Du ähnelst ihm, wie ein mißlungener Pudding einem … was weiß ich … einem gelungenen Pudding ähnelt. Zum Totlachen. Hast du von denen allen kein Geld verlangt?

– Was geht dich das an? Du nimmst Geld aus der Schublade, ohne zu fragen.

– Ja! Das Geld meines Vaters! Ich kann damit machen, was ich will! Was bildest du dir eigentlich ein? Wovon würdet ihr denn leben, du und deine Mutter, wenn du nicht mit mir verheiratet wärst?

Die Deutschen kamen mit staubbedeckten Lastwagen ins Dorf. Die blaue Straßenbahn mußte stillgelegt werden. Die Deutschen trugen noch die gleichen Helme wie 1914/18. Die Helme der Bürgerwehr konfiszierten sie, auch die Uniformen, die Pistolen und die alten Gewehre.

Nach dem Einmarsch fuhr die Tram wieder nach dem alten Fahrplan. Alles wurde wieder normal, auch wenn es einstweilen etwas lebhafter als sonst zuging.

Zwei Tage später hielt ein niederländischer Offizier auf einem Motorrad vor Osewoudts Tabakladen. Als er abstieg, sah Osewoudt, daß es Dorbeck war.

Dorbeck ließ das Motorrad halb auf den Gehsteig fallen und betrat das Geschäft.

– Tut mir leid, der Film ist noch nicht fertig, sagte Osewoudt, ich mache das nicht selbst, es macht jemand in Den Haag, aber er ist nicht vorbeigekommen, wahrscheinlich wegen dem Krieg.

– Macht nichts.

Dorbeck setzte sich auf die Ladentheke.

– Ist dahinter jemand? fragte er mit einem Blick auf die Zwischentüren.

– Nein, meine Mutter liegt im Bett, und meine Frau ist nicht da.

– Sehr gut. Ich hab an dich gedacht, weil du meine Größe hast. Ich muß mir einen Anzug von dir leihen. Ich will diese Uniform loswerden. Ich kann mich nicht als Kriegsgefangener melden. Auch wenn die ganzen Niederlande kapituliert haben – ich kapituliere erst dann, wenn es *mir* paßt.

Osewoudt ging in die Hinterstube, wo der Kleiderschrank stand.

Dorbeck folgte ihm, knöpfte schon die Uniformjacke auf.

– Hör mal, was mir passiert ist. Ich komme in die Gegend von Rotterdam. Da stehen verdammt noch mal deutsche Fallschirmjäger auf der Straße. Kurzer Schußwechsel, Auto kaputt, meine ganze Abteilung außer Gefecht. Ich muß die Pistole abgeben und mit den Deutschen mitgehen. Aber kurz darauf beginnt die Bombardierung, und ich kann entkommen. Ich halte einen Wagen von uns an und fahre nach Rotterdam. Ich gehe durch eine Straße, ich höre keine einzige Bombe mehr fallen, aber was sehe ich? Ein Haus nach dem anderen beginnt zu brennen, ganz von allein. Ich frage mich, wie das kommt. Auf der Straße Panik und großes Gedränge, Leute mit Kinderwagen voller Bettwäsche, Leute mit Handwagen und Fahrrädern. Geschrei und Gerenne. Mittendrin zwei Männer in braunen Overalls. Sofort rieche ich den Braten und halte sie an. Und richtig! Moffen! Sie schwingen eine lange Rede. Sie behaupten, Fallschirmjäger zu sein. Marinesoldaten hätten sie vor zwei Tagen gefangengenommen und als Notlösung ins normale Gefängnis gebracht. Dort hätten sie ihre Uniformen ausziehen müssen und statt dessen die Overalls bekommen. Als die Bomben fielen, hätte der Direktor die Gefängnistüren geöffnet, deshalb liefen sie wieder frei herum.

Weißt du, was ich gesagt habe? Ich sage: Ihr glaubt wohl, ich lese keine Zeitung? Wollt ihr mich für dumm verkaufen? Bevor der Angriff losging, seid ihr, in einem Frachtschiff versteckt, hier eingeschleust worden. Ihr seid Saboteure! Und jetzt betet, falls euch danach ist, die Ewigkeit bricht an!

Ich sehe zufällig drei Soldaten mit Karabinern und lasse die beiden Künstler auf der Stelle erschießen. Wenn ich meine Pistole noch gehabt hätte, ich hätte es mit eigener Hand getan!

Der Kleiderschrank stand noch offen. Dorbeck nahm sich selbst ein Paar Schuhe heraus. Seine Stiefel fielen auf den Boden. Er band sich eine von Osewoudts Krawatten um und ging zurück in den Laden.

– He! rief Osewoudt. Willst du nicht auch einen Mantel? Es ist kalt auf einem Motorrad.

– Nicht nötig und herzlichen Dank. Versteck die Uniform. Den Anzug schicke ich dir so bald wie möglich zurück.

Dorbeck hob das Motorrad auf und startete.

– Wie bist du zu dem Motorrad gekommen?

– Konfisziert!

Er lachte, der Motor heulte auf. Als er davonfuhr, sah er sich noch nach Osewoudt um.

Osewoudt nahm die Uniform und die Stiefel und brachte die Sachen in den Keller, wo er sie unter einem Haufen alten Verpackungsmaterials versteckte.

Evert Turlings kehrte braungebrannt aus der Kriegsgefangenschaft zurück.

– Prachtkerle sind die Deutschen, Osewoudt! Warte noch drei Monate, und sie haben auch England besiegt! Die stärkste Armee der Welt! Hitler ist ein Genie! Wer hätte gedacht, daß er alle Kriegsgefangenen freilassen würde?

Der Sohn des Drogisten nahm sich, ohne zu fragen, eine Schachtel Zigaretten und riß sie auf.

– Ich bin vollkommen bekehrt, sagte er. Man hat uns eine Lektion erteilt, aus der wir eine Menge lernen können! Wir haben gesehen, was eine verrottete Demokratie wert ist. Die ganze Bande nach England geflohen, die kämpfenden Truppen im Stich gelassen. Es ist ein Verbrechen, daß sie uns gegen die Deutschen haben kämpfen lassen, ohne Waffen, ohne Flugzeuge, ohne irgend etwas. Und dann, wenn's schiefgeht, selbst einfach türmen! Ich weiß jetzt Bescheid. Eine neue Zeit bricht an, alle kleinen Staaten werden verschwinden. Wir gehen dem vereinten Europa entgegen. Natürlich einem Europa unter der Führung Deutschlands. Die Deutschen, die haben gezeigt, was sie wert sind, sie haben ein Anrecht auf die Führung. Je mehr wir Niederländer uns mit den Deutschen verbrüdern, desto besser. Hitler ist großmütig. Das germanische Brudervolk, so hat er uns genannt. Er hat den Mut des einfachen niederländischen Soldaten gelobt, er hat die Kriegsgefangenen freigelassen. An die Arbeit, hat er gesagt, und er hat recht.

– Ich verstehe nichts von Politik, sagte Osewoudt.

– Da bist du nicht der einzige in den Niederlanden. Hast du die Sache mit dem Offizier gelesen?

– Mit welchem Offizier?

– Stand gestern abend in der Zeitung. Ein Offizier der niederländischen Armee hat während der Bombardierung Rotterdams zwei unschuldige deutsche Kriegsgefangene einfach auf der Straße erschießen lassen. Was fällt so einem bloß ein! Hitler ist noch viel zu großmütig! Aber der Kerl wird dafür büßen, wenn sie ihn schnappen. Unschuldige Kriegsgefangene erschießen. So etwas bringt nur ein Niederländer fertig. Auf dem Schlachtfeld beim ersten Schuß davonlaufen, aber wehrlose Kriegsgefangene abknallen. Es wird wohl das beste für den Kerl sein, wenn er sich so bald wie möglich stellt. Sonst muß das ganze niederländische Volk für seine Schuld geradestehen.

– Wir sind vielleicht kein sehr mannhaftes Volk, sagte Osewoudt und senkte den Blick.

Turlings steckte sich die Schachtel Zigaretten in die Tasche und ergriff die Klinke der Ladentür.

– Ich komm noch mal vorbei! Ich bring dir ein paar interessante Artikel aus *Volk en Vaderland*, in denen Klartext gesprochen wird. Seit der Kapitulation sind jetzt zwei Monate vergangen, es wird Zeit, daß wir Stellung beziehen. *Besinnung* heißt die Parole in diesen Tagen!

Die Tür ging auf, die elektrische Klingel ertönte, Evert Turlings schritt aus dem Laden, und die Klingel läutete aufs neue.

Osewoudt wollte sich gerade wieder hinter den Ladentisch stellen, als die Klingel zum dritten Mal ertönte.

Vor ihm stand Dorbeck. Er trug einen hellgrauen Sommeranzug, der nagelneu aussah. Er wirkte größer als Osewoudt. Er ließ die Tür hinter sich offen und legte ein großes, in braunes Papier gewickeltes Paket auf die Theke.

– Bonjour, Osewoudt, hier hast du deinen Anzug wieder.

– Dorbeck! Weißt du, daß du gesucht wirst? Über dich steht etwas in der Zeitung.

– Sie können suchen, soviel sie wollen, wenn ich nicht gefunden werden will, werde ich nicht gefunden.

– Willst du die Uniform wiederhaben?

– Nein, laß nur.

– Du hast gut reden, ich weiß auch nicht, was ich damit machen soll, murmelte Osewoudt und ging zu den Zwischentüren.

Als er mit der Uniform über dem Arm zurückkam, war Dorbeck verschwunden. Die Tür stand noch offen.

Osewoudt warf die Uniform auf die Theke und lief auf die Straße. Doch in diesem Augenblick fuhr die blaue Tram langsam vorbei und nahm ihm die Sicht. In der Straßenbahn konnte er Dorbeck nicht entdecken, was aber nicht heißen mußte, daß er nicht darin saß.

Die Sonne schien. Es war ein schöner Tag. Hier und da waren Leute unterwegs, dazwischen unbewaffnete deutsche Soldaten. Fast schien es, als habe sich nichts verändert, als würde alles für immer so bleiben. Vielleicht hatte Evert Turlings recht. Vielleicht war Dorbeck ja im Begriff gewesen, sich zu stellen. Osewoudt nahm die Uniform, verriegelte die Ladentür und ging in seinen kleinen Garten. Mit der Kohlenschaufel buddelte er ein Loch und vergrub die Uniform, die er vorher noch in Zeitungspapier gewickelt hatte.

Erst am Abend kam er dazu, das Paket zu öffnen, das Dorbeck zurückgelassen hatte. Es enthielt nicht nur seinen Sonntagsanzug, sondern auch zwei Blechdosen, einen Zehnguldenschein und einen Zettel, auf dem in Maschinenschrift stand: *Osewoudt, entwickle diese Filme sofort. Abzüge sind nicht nötig. Schneide sie in Streifen, stecke diese in einen Briefumschlag und schicke sie an folgende Anschrift: E. Jagtman, Legmeerplein 25 III, Amsterdam-W. Wirf den Brief spätestens morgen abend ein.*

Osewoudt betrachtete die Blechdosen und sah, daß es keine gewöhnlichen Filme waren, sondern sogenannte Leicafilme. Damit kannte er sich nicht aus.

Noch am selben Abend fuhr er nach Den Haag, zu dem Mann, der das Pappschild mit dem Hinweis auf das Entwickeln und Abziehen von Amateurfilmen vor seine Ladentür gehängt hatte. Aber an der Haustür stand inzwischen ein anderer Name, und es öffnete auch niemand. Sollte er es bei einem anderen Fotografen versuchen? Er kannte jedoch sonst keinen, außerdem hatten die Geschäfte nun geschlossen. In Voorschoten selbst war Drogist Turlings der einzige, der sich mit Fotografie beschäftigte. Ihn bitten, den Film zu entwickeln? Bei dem Sohn?

So kam Osewoudt dazu, es selbst zu versuchen. Als er noch auf der Oberschule war, hatte er gelegentlich Filme entwickelt. Im Keller fand er eine Rotlichtlampe, die von Onkel Bart stammte, und ein paar Behälter in einer Kiste. Er benötigte nur noch die

Chemikalien. Selbst diese wagte er nicht bei dem Drogisten zu holen. Also fuhr er am nächsten Morgen mit dem Fahrrad nach Leiden und bat seine Mutter, sich um den Laden zu kümmern, denn Ria lag mit Grippe im Bett.

Als er eine halbe Stunde später zurückkam, war der Laden geschlossen. Sogar die Rollos vor dem Schaufenster und vor der Tür waren herabgelassen, was er früher nie gemacht hatte und seit dem deutschen Überfall nur abends machte, weil kein Licht aus den Häusern dringen durfte. Er dachte an jenen Himmelfahrtstag, als er fünfzehn war und sich in Voorschoten umgeschaut hatte, um etwas über den Mord an seinem Vater in Erfahrung zu bringen; damals hatte der Laden genauso ausgesehen, und mit einem Gefühl, als sei alles verloren – was alles, wußte er nicht –, steckte er den Schlüssel ins Schloß. Seine Mutter öffnete und sagte, sie hätte ihn kommen hören. Wütend begann er, die Rollos hochzuziehen, aber die Schnur des Rollos vor der Tür riß, also blieb es unten.

Seine Mutter erklärte, sie hätte die Rollos herabgelassen, um zwei Männer fernzuhalten, zwei Männer, die Osewoudt persönlich sprechen und ihm eine Nachricht von einem gewissen Dorbeck überbringen wollten. Sie hatte ihnen gesagt, daß er hier nicht wohne, daß nur sein Name noch pro forma an der Schaufensterscheibe stehe. Dann hatte sie die Tür geschlossen und die Rollos herabgelassen.

– War das nicht schlau von mir, Junge? Sie war sehr aufgeregt, er mußte fast Gewalt anwenden, damit sie ins Bett ging, und auf der Treppe brach sie in Tränen aus, sagte, sie habe es kommen sehen und man müsse es aufhalten, aufhalten.

– Du willst mir nicht helfen! Du bringst mich zu Bett, als ob ich krank bin, du gehst zugrunde, wenn du nicht auf mich hörst!

Aber was immer sie auch behauptete, er konnte ihren Worten nicht entnehmen, was die beiden Männer ihm im Auftrag Dorbecks hatten mitteilen wollen. Als die Boten dann nicht, wie er gehofft hatte, am Nachmittag wiederkamen, folgerte er, sie seien wahrscheinlich nur dagewesen, um sich zu erkundigen, ob die Filme bereits fertig waren. Nach dem Abendessen ging er sofort nach unten, löste den Entwickler und das

Fixiersalz in Leitungswasser auf und zündete die rote Öllampe an. Mit vagen Vorstellungen von deutschen Verteidigungswällen, Geschützständen, Flugplätzen, Fotokopien von Geheimwaffen und anderen militärischen Geheimnissen nahm er den ersten Film aus der Blechdose. Er bekam Herzklopfen, wenn er daran dachte, was er mit seinen einfachen Flüssigkeiten alles hervorzaubern und dann dem Generalstab in England zur Begutachtung überlassen würde. Doch als er den Film abrollte, brach ihm der Schweiß aus. Er schätzte den Streifen auf zwei Meter Länge. Das Zelluloid war sehr spröde, entglitt immer wieder seinen Fingern, ringelte sich um ihn wie eine Schlange.

Und wie lange er auch herumhantierte, es kam nichts zum Vorschein. Hin und wieder hielt er die Streifen an das rote Licht. Es geschah nichts anderes, als daß die Filme, die zuerst milchig weiß waren, vollkommen schwarz wurden. Schließlich hängte er sie zum Trocknen auf und ging ins Bett. Als er sie am nächsten Morgen wieder betrachtete, konnte er außer schwarzen Flecken nichts darauf erkennen. Er zerschnitt die Filme und steckte die Streifen in einen Umschlag, den er in die Schublade der Ladentheke legte. Aber da er vermutete, daß sie wertlos waren, und er nicht als ein Mann gelten wollte, der nur Enttäuschungen fabrizierte, beging er eine Verzweiflungstat: Er hob auf der Bank sein gesamtes Betriebskapital – sechshundert Gulden – ab, fuhr nach Den Haag und betrat ein Fotogeschäft, wo er innerhalb von fünf Minuten gegen Barzahlung eine Leica erwarb. Mit dem Apparat stieg er in die Straßenbahn nach Scheveningen ein und hoffte, militärische Einrichtungen der Deutschen fotografieren zu können: Flakstellungen, Truppenunterkünfte und Schiffe, die für den Angriff auf England vorbereitet wurden. Aber als er in Scheveningen war, fand er kaum etwas, was ihm interessant vorkam. Im Hafen lagen zwar einige Schiffe, doch er wußte nicht einmal genau, ob sie für den bevorstehenden deutschen Angriff auf England bestimmt waren. Er fotografierte einige Lastwagen, ohne zu wissen, welchen Nutzen diese Fotos haben könnten, und er machte auch eine Aufnahme von dem deutschen Wachtposten, der vor dem Gefängnis stand. Der Deutsche bemerkte es. Statt

Alarm zu schlagen, nahm er eine noch strammere Haltung an. Nur sechs Aufnahmen hatte Osewoudt gemacht, als er nach Hause kam; sein Gefühl sagte ihm, daß er damit nichts würde anfangen können. Dorbecks Filme hätte er bereits am Vortag abschicken müssen. Völlig ratlos nahm er den Umschlag mit den verpfuschten Streifen aus der Schublade, schrieb darauf: E. Jagtman, Legmeerplein 25 III, Amsterdam, klebte eine Briefmarke darauf und brachte ihn zum Briefkasten. Tagsüber stellte er seine Mutter in den Laden, und ein paar Tage lang kam er nur nachts nach Hause, um zu schlafen. Auf gut Glück fuhr er fort, in der Umgebung zu fotografieren, ohne zu wissen, wie oder wofür. Kein Deutscher nahm von ihm Notiz, was ihn in der Meinung bestärkte, daß es ihm gar nicht gelang, zu wirklich wertvollen Objekten vorzudringen, da er von militärischen Dingen nun einmal keine Ahnung hatte. Auf jeden Fall aber würde er Dorbeck beweisen können, daß er keine Mühe gescheut hatte, zu tun, was von ihm verlangt wurde. Nach drei Tagen fühlte er sich stark genug, um sich notfalls zu entschuldigen. Außerdem wußte er nicht, was er sonst noch hätte fotografieren sollen; er hatte noch nicht einmal den ersten Film vollgeknipst. Wenn sie kommen und ihn fragen würden: Was soll das, wir schicken dir zwei Filme mit Aufnahmen, die unter Lebensgefahr entstanden sind, und du hast nichts Besseres zu tun, als sie zu verderben – könnte er beweisen, daß er weder Kosten noch Mühe gescheut hatte, den Schaden wiedergutzumachen. Er stellte sich wie gewöhnlich in den Tabakladen. Niemand kam. Eine Woche später, es war Abend, brach ein Gewitter los. Fast zugleich mit einem Donnerschlag hörte er, daß jemand klingelte. Er ging in den Laden, konnte jedoch nicht erkennen, wer vor der Tür stand. Auf gut Glück öffnete er und drehte gleichzeitig den Lichtschalter neben der Tür an. Aber die Beleuchtung versagte.

Vor ihm stand Dorbeck in einem langen Regenmantel, tropfnaß.

– Dorbeck, ich habe die Fotos …

Dorbeck legte die linke Hand auf Osewoudts Brust und schob ihn nach hinten. Seine Lippen waren fest zusammengepreßt, er schaute Osewoudt kaum an. Er schloß die Tür hinter sich und ging sofort in den dunkelsten Teil des Ladens, nach hinten zu den Zwischentüren.

– Wo ist deine Frau?

– Sie liegt oben mit Grippe im Bett. Die Fotos …

– Ist sonst niemand da?

– Nein, aber jetzt hör mal …

– Tut mir leid, daß du dir umsonst die ganze Mühe gemacht hast. Die Filme waren wertlos. Ein deutscher Provokateur hat sie uns zugespielt. Selbstverständlich war auf ihnen überhaupt nichts zu sehen. Ich habe dich noch benachrichtigen lassen. Ich habe zwei Leute zu dir geschickt, aber deine Mutter wollte sie nicht hereinlassen. Weißt du das?

– Ja, aber …

– Ich habe wenig Zeit. Ich brauche dich. Sorg dafür, daß du Dienstag, Viertel vor drei, im Wartesaal des Bahnhofs Haarlem bist. Halte dort nach mir Ausschau. Ich sitze mit jemand anderm an einem Tisch. Hier … – Dorbeck nahm Osewoudts Hand und drückte einen schweren Gegenstand hinein –, hier hast du eine Pistole. Die nimmst du mit.

Draußen begann es nun auch zu stürmen, und im Laden wurde es noch dunkler.

– Abgemacht? fragte Dorbeck. Ich muß jetzt gehen.

Prasselnd strömte der Regen. Ein Blitzstrahl erhellte den Laden, jedoch nicht Dorbecks Gesicht, auf das Osewoudts Schatten fiel.

– Willst du nicht warten, bis der Regen aufhört?

– Keine Zeit. Bis dann.

Dorbeck lief um die Theke herum zur Tür und verließ den Laden. Im gleichen Augenblick ging die elektrische Beleuchtung von allein an. Ein langes Rechteck aus Licht fiel auf die schwarze Straße.

Osewoudt steckte den Kopf aus der Tür und versuchte Dorbeck hinterherzuschauen, sah ihn jedoch nirgends.

– Was ist denn hier los? Wissen Sie nicht, daß Sie verdunkeln müssen?

Im Eingang des Nachbarhauses stand ein Polizist mit einem Fahrrad. Wasser rann von seiner Mütze.

– Entschuldigen Sie bitte, ich habe gerade jemanden rausgelassen. Das Licht hatte ich vor fünf Minuten eingeschaltet, aber wegen einem Defekt ging es nicht an. Jetzt brennt es auf einmal von selbst.

Osewoudt drehte den Schalter um.

– Ich habe Sie noch nie im Dorf gesehen. Arbeiten Sie erst seit kurzem hier?

– Ja, ich bin hier erst seit kurzem, sagte der Polizist. Und daß das nicht wieder vorkommt, Meneer.

In den Tramgleisen stand noch Wasser vom Gewitterschauer, aber die Sonne schien. Osewoudt stand auf einem Tritt vor der Ladentür und reparierte die gerissene Schnur des Rollos.

Evert Turlings kam vorbei, zeigte auf das Pappschild mit den Amateurfotos und fragte: Hast du viele Kunden dafür?

– Eigentlich nicht. Ich mach es übrigens nicht selbst. Ich muß das Schild wegnehmen, der Mann, der es für mich gemacht hat, hat damit aufgehört.

– Na prima!

– Wieso?

– Ich fange demnächst mit dem Entwickeln und Abziehen von Fotografien an. Wenn dich Kunden danach fragen, schick sie zu mir. Ich schenk dir dafür auch ein Stück Rasierseife! Ach nein, die benutzt du ja nicht, haha!

Osewoudt stieg von dem Tritt und fragte: Ist es schwer, das zu lernen? Ich hab davon keine Ahnung. Man muß alles bei Rotlicht machen, geht einem das nicht auf die Nerven?

– Rotlicht, sagst du? Das war in der Zeit deines Großvaters. Moderne Filme sind für alle Sorten Licht empfindlich, auch für Rotlicht.

– Was passiert, wenn man sie trotzdem bei Rotlicht entwickelt?

– Dann werden sie natürlich schwarz. Genausogut kann man sie wegwerfen.

– Ist es vollkommen ausgeschlossen, daß man noch was darauf sieht?

– Vollkommen. Wieso?

– Nur so. Der modernen Technik ist alles zuzutrauen. Ich meine nur so …

Evert Turlings drückte Osewoudts Arm. Er war fast anderthalb Kopf größer.

– Wir leben in jeder Hinsicht in einer großartigen Zeit, das wirst du schon sehen. Noch gestern habe ich mich mit Ria darüber unterhalten. Wie geht es ihr? Immer noch im Bett?

– Heute morgen hatte sie kein Fieber.

– Ich sag ihr mal guten Tag.

Turlings zwängte sich an dem Tritt vorbei und ging in den Laden.

Dienstag, der 23. Juli, war ein erstickend heißer Tag.

Um eins schloß Osewoudt den Laden. Er zog ein weißes Hemd, eine weiße, kurze Hose und Turnschuhe an.

So gekleidet ging er durchs Dorf, unterm Arm ein zusammengerolltes Handtuch, in dem er die in die Badehose eingewickelte Pistole versteckt hatte.

Er nahm die Straßenbahn nach Leiden und in Leiden den Zug nach Haarlem.

Punkt Viertel vor drei betrat er den Wartesaal des Bahnhofs Haarlem. Unter einer großen Zimmerpalme saß Dorbeck mit einem anderen Mann am Tisch. Außer ihnen war niemand im Wartesaal. Dorbeck legte seine brennende Zigarette auf einen Aschenbecher, erhob sich halb vom Stuhl und winkte.

Osewoudt ging zu dem Tisch und nahm das Handtuch von der rechten in die linke Hand.

Der Mann, der sitzen geblieben war, schaute zu ihm hoch. Sein düster wirkendes grobes Gesicht war schweißnaß. Das schwarze, mit Pomade angeklebte Haar war in der Mitte gescheitelt. Eine Aktentasche lag vor ihm auf dem Tisch.

– Das ist Zéwüster, sagte Dorbeck.

Osewoudt gab Zéwüster die Hand, ohne sich vorzustellen.

Zéwüster war mindestens fünfunddreißig. Er trug einen braunen Anzug aus einem dicken, schweren Wollstoff.

– Wir gehen jetzt, sagte Zéwüster, zu der Adresse Kleine Houtstraat 32. Du folgst mir einfach. Geh lieber nicht neben mir. Bei einem Fischgeschäft direkt in der Nähe warte ich auf dich. Wir gehen gleich hinein. Wenn man uns ins Zimmer gelassen hat, schießt du sofort. Du schießt auf den Mann, der dir am nächsten steht. Denk daran, damit du keinen Fehler machst. Wenn wir beide auf denselben Mann schießen, kann der Mann, der übrigbleibt, auf uns schießen.

Dorbeck winkte den Kellner herbei und zahlte.

Sie schüttelten einander demonstrativ die Hand, als ob sie

für lange Zeit Abschied nähmen, und verließen den Wartesaal. Dorbeck ging vor, in etwa zehn Metern Entfernung folgte ihm Zéwüster. Osewoudt war der letzte.

Als er aus dem Bahnhofsgebäude trat, konnte Osewoudt Dorbeck nirgends mehr erblicken. Er sah nur noch Zéwüster.

Jeder für sich auf einer Seite des Gehsteigs, gingen sie über den Kruisweg und danach durch die Straße, die sich an den Kruisweg anschloß. Osewoudt im Schatten, Zéwüster in der Sonne. Wie leicht fühlte sich Osewoudt in seinen Turnschuhen im Vergleich zu Zéwüster! Wie auf einem anderen Planeten, auf dem die Schwerkraft nur einen Bruchteil der Erdgravitation beträgt.

Zéwüster schleppte seinen massiven Körper durch die brennende Sonne. Er mußte alle Knöpfe seines Jacketts zugeknöpft haben, auf dem Rücken spannte es sich stark, und die Taschen waren ausgebeult. In der linken Hand trug er die schwarze, abgewetzte Aktentasche. Als enthielte sie Dynamit und er müsse sie vor jeder Erschütterung bewahren, um eine Explosion zu vermeiden, preßte er den Arm an den Körper, so daß sein Gang seltsam gezwungen wirkte. Er schaute sich nicht um.

An der Querstraße, wo sich die Endhaltestelle der blauen Straßenbahnen nach Zandvoort, Den Haag und Amsterdam befand, blieb Zéwüster vor einem Fischgeschäft stehen. Er schaute sich immer noch nicht um und tat, als ob er sich nur für das Schaufenster interessiere. Osewoudt überquerte die Straße und stellte sich ebenfalls vor das Fischgeschäft. Nebeneinander gingen sie zu einem Platz mit vielen Bäumen.

– Da ist die Schwimmhalle, sagte Zéwüster, hinterher kannst du gleich ins Wasser springen. Hattest du damit gerechnet?

– Nein, ich hab das Handtuch nur mitgenommen, damit die Leute in Voorschoten denken sollten, ich wollte zum Strand. Der Sohn des Drogisten, der schräg gegenüber von mir wohnt, ist in der NSB.

Kleine Houtstraat 32 war ein Eckhaus. Während Zéwüster klingelte, schaute Osewoudt suchend umher, konnte Dorbeck jedoch nirgends entdecken. Unmittelbar darauf wurde die Tür geöffnet, und ein aufgeschwemmter, kahlköpfiger Mann mit einem roten Gesicht stand vor ihnen.

– Dürfen wir kurz reinkommen? sagte Zéwüster.

Vorstellen und Händeschütteln schien hier nicht üblich zu sein. Sie gingen hintereinander durch einen kühlen, jedoch muffig riechenden Flur. Zéwüster ging vor, danach kam Osewoudt, und hinter Osewoudt ging der Mann mit dem roten Gesicht.

Eine Tür am Ende des Flurs stand einen Spaltbreit offen. Zéwüster wartete vor dieser Tür, bis Osewoudt und der andere Mann ihn einholten. Der Mann mit dem roten Kopf stieß die Tür weiter auf, und sie traten in das Zimmer.

In einem Wintergarten erhoben sich, undeutlich im Gegenlicht, zwei Gestalten von ihren Stühlen. Noch ehe sie ganz aufgestanden waren, sagte Zéwüster: Tante Amalia läßt Sie grüßen.

Sofort wurde geschossen. Osewoudt sah nichts mehr. Er hatte die rechte Hand in das zusammengerollte Handtuch gesteckt, das er mit der Linken wie einen Muff vor der Brust hielt, und feuerte durch das Handtuch hindurch dreimal auf den Mann mit dem roten Kopf, der neben ihm stand. Der Mann riß den Mund auf, als müsse er sich übergeben, streckte die Hände nach Osewoudts Schultern aus, griff jedoch daneben und sank zu Boden.

Im Zimmer hing grauer Nebel, der nach Hustenpastillen stank.

Osewoudt rannte in den Flur, Zéwüster war direkt hinter ihm.

Als sie ins Freie kamen, stand Dorbeck auf der anderen Straßenseite. Er beugte sich über einen Mann, der ihn am Bein festzuhalten versuchte. Osewoudt sah, daß Dorbeck dem Mann einen Tritt gegen den Kopf versetzte. Mehr sah er nicht. Er rannte auf den Platz zurück, mäßigte sein Tempo und ging gemächlichen Schrittes zum Schwimmbad.

In der Eingangshalle standen mindestens hundert stinkende deutsche Soldaten. Osewoudt beugte sich zu dem Mädchen an der Kasse vor.

– Haben Sie einen Wehrmachtsausweis? fragte das Mädchen.

– Nein.

– Das Bad ist heute nur für die deutsche Wehrmacht geöffnet. Immer am Dienstagnachmittag.

In aller Ruhe verließ er das Gebäude, schaute sich um und ging zur Tramhaltestelle an der Kreuzung. Eine Straßenbahn setzte sich gerade in Bewegung, Osewoudt rannte hinterher und sprang auf. Erst als der Schaffner kam, merkte er, daß die Bahn nach Zandvoort fuhr.

Er kaufte ein Retourbillett und ging zu den Plätzen für Raucher. War denn das die Möglichkeit? Dort am Fenster saß der Sohn des Drogisten. Evert Turlings sah hinaus und hatte Osewoudt nicht bemerkt. Zu ihm hingehen und ein paar Worte mit ihm wechseln? Nein, lieber so bald wie möglich aussteigen. Turlings saß jedoch auf der rechten Seite des Wagens, und sehr viele Leute haben die Gewohnheit, den aussteigenden Fahrgästen nachzuschauen. Dann würde er ihn sicher entdecken.

Osewoudt machte kehrt und blieb bis Zandvoort auf einem Platz für Nichtraucher sitzen, so weit es ging von der Tür entfernt. In Zandvoort wartete er, bis alle ausgestiegen waren. Als er schließlich selbst ausstieg, war der Drogistensohn nirgends mehr zu sehen.

Am liebsten wäre Osewoudt mit derselben Straßenbahn zurückgefahren, traute sich jedoch nicht. Vielleicht würde ihn der Schaffner wiedererkennen und sich fragen, warum er mit einem Handtuch nach Zandvoort gefahren war und nicht schwimmen ging. So etwas würde der Mann nicht vergessen; wenn die Polizei eine Belohnung aussetzte, würde er sich sofort daran erinnern.

Also ging Osewoudt zum Strand und schlenderte eine Weile am Wasser entlang, ohne auch nur die Turnschuhe auszuziehen. Er sah Schiffe am Horizont, er sah, wie seine verschwitzten Hände das Tuch schwarz färbten, und er spürte, wie müde seine Hände von dem schweren Gegenstand wurden, der im Handtuch steckte.

Nach einer Stunde kehrte er dem Meer den Rücken und ging zur Tramhaltestelle zurück. Plötzlich kam Evert Turlings auf ihn zu. Die Haare klebten ihm klatschnaß am Kopf. Wie Osewoudt hatte er ein Handtuch dabei.

– Henri! Ich hab dich gesehen!

– Schrei nicht so.

– Ich hab gesehen, wie du dich in der Houtstraat mit einem Kerl geprügelt hast!

– Ich hab mich nicht in der Houtstraat geprügelt, ich war dort überhaupt nicht.

Der NSB-Sohn des frommen Drogisten blickte zwei Sekunden mit hochgezogenen Mundwinkeln auf ihn herab und stieß dann einen Pfiff aus.

– Du hast dich schnell umgezogen, sagte er, jetzt halt mich nicht zum Narren.

– Wann sollte ich mich umgezogen haben? Red keinen Unsinn! Ich bin überhaupt nicht in der Houtstraat gewesen.

– Du hast dich umgezogen. Du hattest einen grauen Anzug mit einer langen Hose an.

– Aber ich bin schon eine halbe Stunde hier!

– Dann lügst du! Sonst hättest du mit derselben Tram wie ich kommen müssen, und ich hab dich nicht gesehen.

– Was beweist das? In der Tram sitzen so viele Leute.

– Du bist gerade erst hier angekommen. Deine Haare sind trocken. Du warst noch nicht im Wasser.

– Ich habe mich nicht in der Houtstraat geprügelt. Du mußt jemand anders gesehen haben. Wo sollte ich mich denn umgezogen haben?

Evert schlug ihm lachend auf die Schulter.

Sie fuhren zusammen nach Voorschoten zurück.

Nachts konnte Osewoudt nicht schlafen, weil er einen Krampf in der linken Hand hatte. Als er mit dem Drogistensohn zurückgefahren war, hatte er die ganze Zeit nicht gewagt, die in das Handtuch eingewickelte Pistole in die andere Hand zu nehmen.

Eine Woche lang dachte Osewoudt fast ständig an Dorbeck und hoffte, etwas von ihm zu hören. Dorbeck kam jedoch nicht, und es kamen auch keine Nachrichten oder Briefe. Ebensowenig erschien in den Zeitungen etwas über den Vorfall. Obwohl er angestrengt darüber nachdachte, wie er mit Dorbeck in Verbindung treten könnte, fiel Osewoudt nichts ein, was sicher genug schien, um den Versuch zu wagen.

Eines Sonntagabends hatte er endlich eine Idee. Er erinnerte sich an den Rollfilm, den Dorbeck ihm bei ihrer ersten Begegnung im Mai, am ersten Kriegstag, gegeben hatte und der noch immer unentwickelt in der Thekenschublade lag. Er ging in den Keller und holte den Entwickler und das Fixiersalz, die vom ersten Versuch noch übriggeblieben waren. Es war ein Film, auf dem stand, daß er bei Rotlicht entwickelt werden konnte, und so gelang es ihm diesmal auch. Plötzlich zeigten sich auf dem nassen Zelluloid Bilder. Er sah: einen großen Schneemann mit einem Helm und einem Karabiner.

Davor drei Soldaten mit Gasmasken, die Arme einander um die Schultern gelegt, in Schlafanzügen.

Ein mißglücktes Porträt von jemandem, der sich während der Aufnahme bewegt hatte.

Einen Soldaten mit nacktem Oberkörper hinter einem Flakgeschütz. Noch ein mißlungenes Foto: mehrere Aufnahmen übereinander.

Schließlich ein Bild von Dorbeck, der vor einem Haus stand, in jedem Arm ein Mädchen. Die Aufnahme war so scharf, daß er die Hausnummer lesen konnte: 32. Sofort dachte er an die Adresse Kleine Houtstraat 32. Um besser sehen zu können, hielt er den Film dicht an die Lampe.

KLEINE HOUT sah er am Rand, schwer zu entziffern wegen der Spiegelschrift. Jedenfalls war es dasselbe Eckhaus, jeder Zweifel war ausgeschlossen.

Er schnitt den Film in Streifen, legte diese in das Fixierbad, hielt jedoch das Stück, auf dem die Aufnahme des Hauses war, noch in der Hand, als die Tür geöffnet und das elektrische Licht eingeschaltet wurde. Es war seine Mutter, die sich wieder auf seltsame Art ausstaffiert hatte. Er erschrak so, daß er nichts rief, sondern mit dem Negativ in der Hand auf sie zuging. Sie stand auf der Kellertreppe, in ein Laken gehüllt und auf dem Kopf einen Hut, den sie aus einer Zeitung gefaltet hatte. Sie sagte, sie spüre ›es‹ wieder und sei gekommen, um diesem ›es‹ Angst zu machen. Sie zeigte auf die rote Öllampe und fragte ihn, was er in der Hand halte.

– Nichts, sagte er und schaute dabei auf das Negativ, das völlig schwarz geworden war. Er legte es ins Fixierbad, schaltete das Licht aus und brachte seine Mutter ins Bett. Er nahm ihr den papierenen Hexenhut ab und knüllte ihn zusammen. Als sie im Bett lag, begann sie zu schluchzen und sagte, nun könne sie nichts mehr für ihn tun. Dann bekam sie einen Schluckauf, der nicht mehr enden wollte. Er gab ihr Wasser zu trinken, aber das half nicht.

Ria schrie: Was machst du da?, kam aber nicht nachsehen. Moorlag war nicht zu Hause. Der Arzt kam, erreichte jedoch nicht viel. Die ganze Nacht machte seine Mutter, vom Schluckauf geplagt, kein Auge zu. Osewoudt legte sich zu ihr ins Bett. Weil er ohnehin nicht schlafen konnte, stand er jede halbe Stunde auf und sah nach dem Negativ, vage hoffend, daß vielleicht doch etwas von dem Bild erhalten geblieben war. Aber als er am nächsten Morgen, bei Tageslicht, zum letzten Mal nachschaute, sogar als er es in die Sonne hielt, war darauf nichts mehr zu entdecken, weder von der Hausnummer noch von Dorbeck oder dessen Freundinnen. Die anderen Fotos waren gelungen, und er machte eine Reihe Abzüge davon.

Ende August las er in der Zeitung, daß ein Flugzeug brennend über Amsterdam abgestürzt war. Es war auf dem Legmeerplein aufgeschlagen, hatte ein Haus gänzlich zerstört und in drei anderen ein Feuer entfacht.

Osewoudt fuhr noch am selben Tag nach Amsterdam. Dorbecks Fotos hatte er bei sich.

Es mußte eine gewaltige Explosion gegeben haben. Glas knirschte unter seinen Füßen, als er sich dem Legmeerplein näherte, aus den Fenstern wehten Gardinen. Möbel, manche davon halb verbrannt, waren mitten auf der für den Verkehr gesperrten Straße aufgestapelt.

Er begann auf die Hausnummern zu achten: 21, 23, 25. Von Nummer 25 war nur noch eine Haustürnische übrig.

– Mevrouw, können Sie mir vielleicht sagen, ob es viele Opfer gegeben hat?

– Zwölf Menschen tot, Meneer. Die ganze Familie Jagtman vom dritten Stock ist umgekommen. Und dann noch die alte Frau Sevensma und …

Wieder zu Hause, legte er die Fotos an einen sicheren Ort, als Erinnerung an den einzigen Mann, den er jemals bewundert hatte.

Noch ein paar Wochen lang hoffte er – oder befürchtete es eigentlich auch –, daß etwas geschehen würde oder daß er etwas hören würde, vielleicht von Zéwüster, doch selbst diese Gedanken verschwanden, und in der folgenden Zeit lebte er, als sei der Krieg für ihn nicht existent.

In der linken Hand hielt er das kleine Schild, das er soeben ausgepackt hatte. Es war ein hübsches Schild aus einer Art rubinrotem Kunstglas. Die Aufschrift lautete:

AUSSTELLUNGSMATERIAL OHNE INHALT

In der rechten Hand hielt er die Rechnung über 12 Gulden 50 Cent, datiert vom 28. Juni 1944. Ein angemessener Preis.

Er ging zum Schaufenster und schob den Vorhang beiseite, der die Auslage von hinten abschloß. Vorsichtig beugte er sich über die kunstvoll aufgestapelten leeren Zigarrenkisten, Tabakpäckchen und Zigarettenschachteln und streckte die Hand nach einem Pappkärtchen mit demselben Text aus, das nun schon drei Jahre im Schaufenster stand und ziemlich schmuddelig aussah.

Obwohl er nach unten schaute, als er das Kärtchen ergriff, nahm er undeutlich wahr, daß jemand vor dem Fenster auf und ab ging. Er blickte auf, sah jedoch niemanden. Trotzdem wußte er genau, daß jemand auf und ab gegangen war; weder war jemand stehengeblieben, um sich die Auslage anzuschauen, noch war jemand in *einer* Richtung vorbeigegangen.

Als er sich wieder aufgerichtet hatte, schaute er erneut hinaus. Aber er sah nur den Milchmann, der auf der anderen Straßenseite sein Lieferfahrrad bremste.

Osewoudt legte das alte Pappschild auf die Ladentheke. Als er sich wieder zum Schaufenster umdrehte, sah er auf der Fußmatte an der Ladentür einen braunen Briefumschlag liegen.

Er rannte zur Tür und trat zwei Schritte hinaus; die elektrische Klingel läutete ununterbrochen. In der näheren Umgebung war niemand zu sehen. Er blieb einen Augenblick stehen und winkte dem Milchmann zu. Noch einmal suchte er die Straße ab, konnte jedoch niemanden entdecken, der vor zwei Sekunden den Umschlag unter der Tür durchgeschoben haben könnte.

Was soll's, dachte er, ging wieder in den Laden und riß den Brief auf.

Ein weißer Papierstreifen kam zum Vorschein, auf dem in Maschinenschrift stand:

Hast du meine Fotos schon entwickelt? Schick sie an Postschließfach 234 in Den Haag. Viele Grüße. Dorbeck.

Auch der Name Dorbeck war getippt.

Vor der ersten Leerung ging Osewoudt mit einem Kuvert in der Hand zum Briefkasten. Dort angekommen, nahm er die Fotos, drei Stück, noch einmal heraus:

> ein Schneemann mit einem Helm und einem Karabiner; drei Soldaten im Schlafanzug, die Gasmasken trugen; ein Soldat in Schlafanzughose mit nacktem Oberkörper hinter einem Flakgeschütz.

Osewoudt schaute auf die auswechselbare Angabe am Briefkasten: 3. Die letzte Leerung des Vortages. Er schob die Fotos wieder in den Umschlag, leckte über die Gummierung, klebte den Brief zu und schob ihn durch den Schlitz.

Am selben Tag betrat er gegen fünf Uhr nachmittags das Hauptpostamt in Den Haag. Während er nach allen Seiten Ausschau hielt, schlenderte er zu der Wand mit den Schließfächern. Fast sofort fiel sein Blick auf die kleine Metalltür mit der Nummer 234. Er wartete.

Es roch nach feuchtem Leinen, eintrocknender Tinte und unendlichem Heimweh, wie in allen Postämtern; doch er nahm den Geruch nun zum erstenmal wahr. Draußen hörte er Straßenbahnen klingeln, und die tiefstehende Sonne schob einen Lichtstreifen in das beklemmende Halbdunkel.

Um ihn herum warteten noch mehr Leute auf das letzte Einsortieren der Post. Andere gingen, den Schlüssel in der Hand, direkt zu ihrem Fach, nahmen einen Stapel Briefe heraus und verschwanden.

Als es Viertel nach fünf war, wartete niemand mehr.

Vielleicht kann Dorbeck jetzt nicht kommen, dachte Osewoudt, oder vielleicht ist es seine Absicht, daß ich ein paar Tage nacheinander hier bei den Schließfächern warte, um ihn zu treffen.

Er spürte, daß ihm die Knie zitterten. Wenn er hier wenigstens nicht so allein stünde! Selbstverständlich hatte er das

Recht, hier zu stehen, aber würde nicht jeder, der ihn sah, sich fragen, was er hier machte? Die letzten Briefe waren verteilt. Worauf wartete er noch? Osewoudt drehte sich langsam um und hatte plötzlich Angst, daß er bespitzelt wurde, daß es vielleicht eine Falle war.

Er stand noch immer da, die Hand um den Griff der Pistole in seiner Hosentasche. Es gab zwei Ausgänge, links und rechts, und er schaute abwechselnd in beide Richtungen. Im Postamt wurde es zunehmend stiller.

Dann erschien doch noch jemand, eine Soldatin der Heilsarmee. Sie kam scheinbar direkt auf ihn zu. Im Gegenlicht konnte er ihr Gesicht nicht sehen, nur den Umriß ihres Huts mit der Schleife, die plumpe, durch den Gürtel des blauen Regenmantels eingeschnürte Figur, dünne schwarze Beine, mehr oder weniger krumm. In der linken Hand trug sie eine Einkaufstasche. Als käme sie jeden Tag hierher, ging sie zu den Schließfächern und öffnete die Nummer 234. Sie steckte etwas in die Einkaufstasche, schloß das Fach mit einem metallischen Knall und ging wieder.

Als sie bei der Drehtür war, setzte sich Osewoudt in Bewegung. Ihr Vorsprung betrug ungefähr zwanzig Meter. Auch auf der Straße hielt er den gleichen Abstand.

Als sie die Straße überquerte, kam laut klingelnd eine gelbe Straßenbahn angefahren. Osewoudt mußte warten. Nachher konnte er die Heilsarmistin nirgends mehr entdecken.

Am nächsten Tag ging Osewoudt wieder um dieselbe Zeit ins Postamt und wartete an der gleichen Stelle. Doch es kam niemand, um das Fach Nummer 234 zu öffnen. Zwei Tage lang versuchte Osewoudt es noch, am letzten Tag sowohl um eins als auch um fünf. Er wartete bis halb sechs, aber vergebens.

Osewoudt ging zum Pförtner und erkundigte sich, wo man die Schließfächer mieten könne. Der Pförtner deutete auf den entsprechenden Schalter.

Der Schalter war nicht besetzt. Osewoudt trommelte mit den Fingern auf die steinerne Theke und beugte sich so weit wie möglich in den Innenraum. Schließlich erschien ein Mann und fragte, was er wünsche.

Osewoudt holte tief Luft und sagte: Könnten Sie mir bitte sagen, auf welchen Namen das Schließfach 234 gemietet ist? Ich kann Ihnen erklären, warum ich das wissen möchte. Ein Bekannter von mir hat diese Nummer, jedenfalls glaube ich das. Aber wenn ich ihm schreibe, bekomme ich nie eine Antwort. Jetzt vermute ich, daß ich mir die Nummer nicht richtig eingeprägt habe.

– Nummer 234, sagten Sie?

– Ja! Zwei drei vier!

Der Beamte sah auf einer Liste nach, kniff die Augen zusammen, schüttelte den Kopf.

– Diese Nummer ist nicht vermietet, antwortete er dann, wenn Sie kurz warten, gebe ich Ihnen die Briefe zurück.

Er ging.

Osewoudt ging ebenfalls und verließ das Postamt.

Trotzdem kam er auch am nächsten Tag und blieb in der Nähe des Schalters stehen, an dem die Schließfächer vermietet wurden. Er hoffte, den Mann wiederzusehen, der ihm gesagt hatte, Fach 234 sei nicht vergeben. Dieser Mann mußte mehr wissen. Dieser Mann machte mit, dieser Mann war eingeweiht, denn wie sonst konnte der Schlüssel von Nummer 234 noch vor zwei Tagen im Besitz einer Soldatin der Heilsarmee gewesen sein? Der Mann log. Es mußte möglich sein, ihn zum Reden zu bringen.

Ständig saß jedoch ein anderer Beamter hinter dem Schalter. Osewoudt konnte sich kaum noch an das Aussehen des Mannes erinnern, der ihm geholfen hatte; er war sich aber sicher, daß es dieser Mann nicht war. Sollte er warten, bis der andere wieder im Dienst war? Doch was sollte er dann sagen?

Er nahm die blaue Straßenbahn, stieg in Voorschoten aus, wartete, bis die Bahn weitergefahren war, überquerte die Straße und musterte kurz das Schaufenster seines eigenen Ladens.

Ganz vorn, direkt hinter der Glasscheibe, stand das Schild:

AUSSTELLUNGSMATERIAL OHNE INHALT

Als ob ich einen Laden für Ausstellungsmaterial hätte, dachte er, alles, was ich zur Schau stelle, ist leer, *ohne Inhalt*. Ein Tabakwarenhändler, eine häßliche und geizige Frau, sieben Jahre älter als er, die Frau betrügt ihn, die Mutter ist geisteskrank, der Vater wurde ermordet, zum Glück. Ich habe es nicht getan. Schade. Was bleibt für mich zu tun? Unter der Ladentheke liegen eine Leica und eine Pistole. Aber ich weiß nicht, was ich fotografieren soll, und keiner sagt mir mehr, wen ich erschießen soll. Alles geht wie von selbst, alles ist schon geschehen. Alles, was ich unternehme, bleibt folgenlos. Vier Jahre hat Dorbeck nichts mehr von sich hören lassen, und auch jetzt bleibt er unsichtbar.

Er trat einen Schritt zur Seite und öffnete die Ladentür; als hätte er es dadurch beeinflußt, klingelte im gleichen Augenblick das Telefon.

Er ließ es zum zweiten Mal klingeln, schloß dann die Ladentür, wartete, bis das Telefon von neuem rasselte, und nahm den Hörer ab.

Er sagte kein Wort, horchte nur.

– Hallo, Meneer, sind Sie Meneer Osewoudt? Ich möchte Sie gern sprechen. Entschuldigen Sie bitte, aber ich möchte Sie sprechen.

Osewoudt sagte kein Wort.

– Ich kann nicht alles am Telefon sagen, Meneer. Ich bin Elly Sprenkelbach Meijer. Sie haben noch nie von mir gehört. Das Problem ist, ich möchte mich mit Ihnen verabreden, aber Sie haben mich noch nie gesehen.

– Dann kommen Sie morgen früh in den Laden.

– Lieber nicht. Können wir uns nicht in Den Haag treffen? Ich habe eine wichtige Nachricht für Sie.

– Worum geht es?

– Oh, das ist nicht die Frage. Die Frage ist: Wie können Sie wissen, daß ich es bin? Verabreden wir doch folgendes: Können Sie heute abend um acht zur Endhaltestelle der gelben Straßenbahn in Voorburg kommen? Das ist direkt an der Überführung. Kommen Sie um acht dorthin. Ich halte die Zeitung *De Telegraaf* zusammengerollt in der linken Hand.

Die Verbindung wurde unterbrochen.

Osewoudt blickte auf seine Armbanduhr. Es war Viertel nach sieben.

Auf seiner Uhr war es fünf nach acht, als er in Voorburg aus der blauen Straßenbahn ausstieg.

Unter der Überführung hindurch, dann die Bahngleise überqueren, dann, dahinter, die Endhaltestelle der gelben Tram. Blaue Bahnen, gelbe Bahnen, Eisenbahnzüge, nirgends ist so viel Schienenverkehr konzentriert wie in den Vorstädten Den Haags – und ich kann nirgendwo hinfahren, wo es keine Deutschen gibt. Wie kann ich eine Frau erkennen, die den *Telegraaf* zusammengerollt in der Hand hält, woran kann ich sehen, ob sie allein ist? Vielleicht haben sich zwei oder drei bewaffnete Deutsche in der Nähe der Haltestelle postiert, um mich zu überwältigen, sobald ich die Frau anspreche, das ist sehr gut möglich. Sie können sich zwischen den anderen Menschen, die dort warten, verstecken.

Aber er lief eher schneller als langsamer. Er ging unter der Überführung durch, überquerte rasch die Straße, kam zum Bahnübergang, dessen Schranken geöffnet waren, und erreichte die andere Seite der Bahngleise.

Nun zu dem Waldstück, wo sich die Endhaltestelle der gelben Straßenbahn befand – er konnte das Wartehäuschen deutlich sehen, er sah auch die Oberleitungen, die sich gegen den dunkelgrauen Himmel abhoben. Aber die Leute, die dort standen, konnte er nicht erkennen. Eine gelbe Bahn kam angefahren, hielt. Ich warte, bis die Tram weggefahren ist, dachte er, sie muß dann allein an der Haltestelle zurückgeblieben sein, jetzt stehen da zu viele andere Fahrgäste. Wenn sie gleich nicht allein dasteht, weiß ich, was los ist.

Aber die Straßenbahn, die ja an ihrer Endhaltestelle angelangt war, fuhr nicht sofort los. Osewoudt machte kehrt, überquerte wieder die Bahngleise und bog nach links ab; er hoffte, von dort aus beobachten zu können, wie die Straßenbahn wegfuhr. Doch nun konnte er die Haltestelle nicht mehr sehen: Neben den Gleisen waren neue Backsteine hoch aufgestapelt.

Er ging weiter, aber jetzt nahm ihm der kleine Bahnhof von Voorburg die Sicht. Klingeln ertönten, ein Signal sprang um. Als er zum Bahnübergang zurückkam, waren die Schranken geschlossen. Ein Dröhnen in der Ferne. Über die Bahnschranken gebeugt, blickte Osewoudt zum Wartehäuschen der Straßenbahn. Die Tram pfiff und fuhr ab.

Neben ihm hielt ein Auto, dahinter ein zweites. Dutzende von Radfahrern standen um ihn herum, als der Zug endlich vorbeiraste. Die Automotoren wurden gestartet, die Radfahrer stießen sich, einen Fuß auf dem Pedal, ab.

Inmitten dieser kleinen Menschenmenge, beim Weitergehen behindert durch einen ähnlichen Pulk, der von der anderen Seite kam, überquerte Osewoudt den Bahnübergang und ging, ohne zu zögern, zu dem nun verlassenen Wartehäuschen.

Dort stand sie. Kaum hatte er sie erblickt, schaute sie ihn an und streckte ihm eine zusammengerollte Zeitung entgegen.

Sie hatte langes, glattes Haar und trug einen weißen Regenmantel.

Außer ihr stand niemand mehr an der Haltestelle.

Als gäbe er ihr die Hand, hielt er die Zeitung einen Moment lang fest und sagte: Elly? Bist du die Elly, die mich angerufen hat?

– Ja, das bin ich. Ich möchte mit Ihnen reden.

– Ich habe dich noch nie gesehen. Warum hast du gerade mich angerufen?

– Das erkläre ich noch. Nicht jetzt, nicht hier. Ich stehe hier schon so lange, ich bin schon sehr nervös.

Sie hatte ein sehr blasses, rundes Gesicht, der Mund war klein und rot und bewegte sich noch, als formte sie mit ihren Lippen Worte, die sie nicht aussprach.

Osewoudt sah sich nach allen Seiten um, entdeckte jedoch nichts Beunruhigendes.

– Na gut, wenn du hier nicht stehenbleiben willst.

Er ergriff sie am Ellbogen und zog sie mit, weg von der Haltestelle und an der Gärtnerei, Ecke der Prinses Mariannelaan, vorbei.

– Kannst du mir jetzt verraten, wie du zu meiner Adresse gekommen bist?

Er hielt sie noch immer am Ellbogen fest und spürte, wie ihr Arm zitterte. Sie war klein, noch kleiner als er, er blickte schräg von oben auf ihr Gesicht, in dem nun große, vorstehende blaue Augen zu ihm aufsahen und nicht zwinkerten, als sie ihm mitteilte: Ich habe Ihre Adresse in England bekommen.

– Wann warst du denn in England?

– Ich bin vorgestern von dort gekommen.

– Wohl mit dem Zug, murmelte er, ließ sie los, steckte die Hände in die Taschen, seine Rechte suchte an der Pistole Halt.

– Ich habe Beweise, Sie können mir glauben!

Er gab keine Antwort, schwieg ein paar Minuten, schob sie dann in die Gaststätte an der Ecke der Laan van Middenburg und der Prinses Mariannelaan. Er setzte sich mit ihr an einen Tisch direkt bei der Tür.

Sie fragte: Warum sind Sie so blaß, Ihre Hände zittern, Sie sind doch nicht unterernährt?

– Nein, so weit ist es noch nicht. Wird in England erzählt, daß hier jeder unterernährt ist?

– Ja, man hört in England so einiges, was nicht stimmt.

Älter als achtzehn konnte sie nicht sein.

Sie öffnete die Tasche, die an einem Riemen über ihrer Schulter hing.

– Man hat mir gesagt, ich soll Ihnen dieses Foto zeigen.

Osewoudt stockte der Atem, doch er nahm das Foto entgegen, obwohl er sofort gesehen hatte, um welche Aufnahme es sich handelte: Ein Schneemann, der einen Helm der niederländischen Armee auf dem Kopf hatte und in den Armen einen Karabiner hielt wie andere Schneemänner einen Besen.

– Ich weiß nicht, was das Foto zu bedeuten hat. Aber das macht nichts, hat man mir gesagt; wenn ich Ihnen dieses Foto zeige, wüßten Sie schon, daß die Sache in Ordnung ist.

– Wen meinst du mit man?

– Na, die in England.

Er steckte das Foto in die Tasche.

– Wie bist du nach England gekommen?

– Ich war schon Ende neununddreißig dort. Ich habe bei einer Familie gewohnt, um Englisch zu lernen. Meine Eltern sind in Niederländisch-Indien.

– Ich habe deinen Namen am Telefon nicht richtig verstanden. Kannst du den mal für mich aufschreiben?

Osewoudt holte das Foto wieder hervor und legte es mit der Rückseite nach oben vor ihr auf den Tisch. Sie kramte in ihrer Tasche, dann kam ein Schreibgerät zum Vorschein, das Osewoudt in Erstaunen versetzte. Es sah aus wie ein Drehbleistift, aber die Schrift, die es hervorbrachte, war wie mit Tinte geschrieben.

– Was ist das für ein Ding? Er riß es ihr aus der Hand. An dem spitz zulaufenden Ende bemerkte er eine kleine Kugel.

– Das ist ein Ballpoint. Ist das so etwas Besonderes?

– Dieses Ding gibt es hier nicht. Benutz es nie mehr! Die Deutschen haben das noch nicht erfunden. Bist du verrückt geworden? Was sollen sie denken, wenn sie dich damit sehen?

– In England hat man mir nie gesagt, daß ich es nicht mitnehmen dürfte.

– Kannst du noch mehr über die Organisation erzählen, die dich geschickt hat?

– Nein. Man hat mir gesagt, daß ich das nicht darf.

– Wie bist du hergekommen?

– Mit einem Boot.

– Wann?

– Gestern abend haben sie mich in Scheveningen abgesetzt.

– Wo warst du denn in der Nacht?

Sie lachte.

– Das fragst du natürlich, um mich zu kontrollieren. Du hast doch gewußt, daß ich dich anrufen würde, und du weißt auch, was mir passiert ist.

– Ich weiß überhaupt nichts. Erzähl.

– Ich hatte in England eine Adresse bekommen, und zwar eine in Scheveningen. Aber die Leute wohnten nicht mehr dort. Dann bin ich zu einer Tante hier in Voorburg gegangen.

– Und was hat diese Tante gesagt?

– Nicht viel. Aber ich muß dort weg. Ich darf unter keinen Umständen bei Verwandten bleiben. Das ist Vorschrift.

– Und wo willst du hin?

– Das sollst du mir sagen.

– Hast du mich deshalb angerufen?

– Nein, nicht nur deswegen. Ach, was redest du eigentlich? Es ist doch längst alles abgemacht!

– Ich weiß von nichts. Ich hab deinen Namen heute zum erstenmal gehört.

– Du erwartest doch wohl nicht, daß ich dir meinen richtigen Namen sage?

– Ist das denn nicht dein richtiger Name?

– Willst du etwa behaupten, du wüßtest nicht, daß ein Agent niemals seinen richtigen Namen nennen würde? Willst du mich veralbern, oder kann man dir vielleicht nicht trauen?

– Ich glaub eher, daß man dir nicht trauen kann. Du erzählst mir, du wärst gestern aus England gekommen, mit einem Boot. Niemand darf an den Strand, es wimmelt dort von deutschen Soldaten, aber du behauptest, du wärst mit einem Boot gekommen, als ob das ohne weiteres gehen würde. Das soll ich glauben. Gut. Du gibst mir ein Foto, an dem ich nichts Besonderes entdecken kann. Wie bist du an das Foto gekommen? In England? Und wann?

Sie rieb sich die Hände, als ob sie sie waschen würde, und senkte den Blick.

– Gestern, sagte sie, gestern, direkt bevor ich ins Boot einstieg, um halb neun. Sie haben mich mit einem Torpedoboot weggebracht und in einem kleinen Boot zur Küste gerudert. Bevor ich in das Ruderboot einstieg, haben sie mir das Foto gegeben.

– Bist du dir ganz sicher?

– Ich bin mir fast sicher!

– Nicht ganz sicher?

– Nein, ganz sicher bin ich mir nicht. Es war so viel, was ich mir merken mußte, ich habe nicht daran gedacht, daß ich auch noch genau wissen müßte, wann ich das Foto bekommen habe. Das ist vielleicht dumm, aber verständlich für jemanden, der glaubt, daß andere Menschen genauso idealistisch sind wie er selbst. Das ist mein größter Fehler.

– Schrei nicht so. Soll uns das ganze Lokal hören?

– Ich habe Lust zu brüllen. Du redest und redest. Du willst dich deiner Verpflichtung entziehen, weil du Angst hast.

Osewoudt sprang auf, ging zur Theke, bezahlte und verließ die Gaststätte, ohne sich noch einmal nach dem Mädchen umzusehen.

Aber sie kam sofort hinterher, sie hielt die zusammengerollte Zeitung noch immer in der Hand.

– Ich weiß nicht, was ich tun soll, sagte er, es wäre am besten gewesen, wenn du dort am Tisch sitzen geblieben wärst. Aber es wäre wohl sehr naiv von mir zu glauben, du würdest mich einfach in Ruhe lassen.

– In Ruhe lassen!

– Ja! In Ruhe lassen! Meinst du, ich lasse mich provozieren? Wozu brauchst du mich? Warum hast du mich angerufen?

– Ich hätte es dir längst gesagt, wenn ich das Gefühl hätte, ich könnte dir vertrauen.

– Warum vertraust du mir denn nicht?

Sie gingen über die Laan van Middenburg in Richtung Rijswijkse Weg.

– Ich sag dir jetzt, warum ich dir nicht vertraue. Du siehst wie ein zwielichtiges Individuum aus. Das blasse Gesicht, die hellen Haare und die glatten Wangen. Und dann die Piepsstimme. Versteh mich nicht falsch, ich habe keine Angst. Du kannst dir schon denken, wofür ich dich halte. Aber wenn ich versuchen würde wegzulaufen, ziehst du eine Pistole und erschießt mich. Bring mich zur Polizei, ich bin dran, ich weiß es. Ich bin reingefallen.

Eine Straßenbahn mit abgedunkelten Scheinwerfern kam ihnen mit einem ununterbrochenen Pfeifton entgegen.

– Wenn du sowieso denkst, daß ich bei der Gestapo bin, sagte Osewoudt, als es wieder still war, kannst du mir auch gleich sagen, warum du aus England hierhergekommen bist. Das erspart dir nachher einige Foltern.

– Nein, darüber rede ich nicht. Ich sterbe lieber.

– Das fände ich aber schade. Du bist ein nettes Mädchen, auch wenn ich jetzt höre, daß du mich nicht leiden kannst.

Er legte den Arm um sie und flüsterte: Ich werde dir mal genau sagen, was ich von dir denke. Wenn ich den kuriosen Bleistift sehe, den du mit dir herumträgst, dann denke ich, wie kommt sie an dieses Ding, das muß wohl aus England stammen. Aber dieses Foto, verstehst du, damit habe ich nichts zu tun.

– Du glaubst also nicht, daß ich es in England bekommen habe?

– Nein.

– Und warum nicht? Wenn du mit dem Foto nichts zu tun hast, wenn du es vorher noch nie gesehen hast, wie kannst du dann daran zweifeln, daß ich es in England bekommen habe?

Zwei Schritte weiter legte auch sie den Arm um ihn.

Osewoudt riß sich jedoch los.

– Ich kann dir nicht helfen! Ich muß jetzt nach Hause! Du mußt allein zurechtkommen!

Er drehte sich um.

– Bleib hier! rief sie. Du hast es versprochen. Du hast das Foto schon einmal gesehen, sonst wär es dir egal, ob ich es in England bekommen habe oder nicht.

Während er mit ihr in die Straßenbahn einstieg, überlegte er noch, wo er sie unterbringen sollte. Am besten wäre es in Amsterdam. Aber wo?

Er musterte sie von Kopf bis Fuß und sondierte dann den Tramwagen, der kaum beleuchtet war; es brannten nur ein paar Glühlampen, größtenteils schwarz überstrichen. Hatte sie auch nichts Auffälliges an? War ein weißer Mantel, wie sie ihn trug, nicht sonderbar, ebenso wie die Tasche, die an einem Riemen über ihrer Schulter hing?

Als der Schaffner kam, öffnete sie die Tasche und bezahlte mit einem silbernen Gulden.

Der Schaffner hielt die Münze zwischen Daumen und Zeigefinger und sagte: Ist der echt?

– Nein, sagte Osewoudt. Sie können ihn meinetwegen behalten, aber hier ist einer aus Papier. Es ist ein Versehen, verstehen Sie, ein Versehen!

Der Schaffner hielt die Münze noch einen Augenblick fest, gab sie dann zurück und nahm den Geldschein.

Osewoudt stieß Elly an.

– Den Silbergulden hattest du dir doch aufgehoben, weil du daraus einen Anhänger machen lassen wolltest, sagte er etwas zu laut.

– Tja, da hab ich wohl Pech gehabt, sagte der Schaffner.

Osewoudt gab ihm ein Zehncentstück aus Zink als Trinkgeld. Der Schaffner ging weiter.

– Was ist denn mit dem Gulden? fragte sie.

– Wie kommst du an das Ding? Alle silbernen Gulden mußten hier längst abgeliefert werden.

– Ich hab ihn in England bekommen.

– Sie hätten dir gleich einen Zettel MADE IN ENGLAND auf den Rücken kleben sollen, als sie dich hergeschickt haben. Wie viele von diesen Gulden hast du noch?

– Zwanzig.

– Denk daran, gib nie wieder einen davon aus!

Nachdem sie an der Station Hollandse Spoor ausgestiegen und ins Bahnhofsgebäude gegangen waren, sagte er: Bleib mal kurz hier am Schalter stehen. Er stürzte in eine Telefonzelle, wählte seine eigene Nummer und wartete; er hielt sich die Nase zu, und das Herz pochte ihm bis in die Schläfen.

– Tabakhandel Osewoudt, hörte er Ria sagen, Sie wünschen?

– Sie sprechen mit …

Sein Blick fiel auf eine Werbeanzeige auf dem Einband des Telefonbuchs. *Mijnhardts Pastillen.*

Er sagte: Mein Name ist Mijnhardt, könnte ich Mijnheer Moorlag kurz sprechen? Die ganze Zeit hielt er sich die Nase zu.

– Meinarends, sagen Sie? Einen Augenblick, ich werde nachsehen, ob Mijnheer Moorlag zu Hause ist.

Er hörte, wie sie den Hörer hinlegte. Dann Moorlags Stimme: Hallo Meinarends, guten Tag!

– Moorlag! Ich bin nicht Meinarends. Gib mir jetzt keine Antwort, verrat mich nicht. Ich spreche so leise wie möglich, ich habe Angst, daß Ria mithört. Kannst du mich verstehen?

– Ja.

– Ich kann heute nacht nicht nach Hause kommen, ich muß nach Amsterdam, ich komme morgen wieder. Ich konnte das Ria nicht selbst sagen, du mußt mir helfen, sorg dafür, daß Ria sich keine Sorgen macht, weil ich nicht nach Hause komme. Ich hoffe jedenfalls, daß ich zurückkomme. Ich muß einem Mädchen eine Unterkunft verschaffen. Sie behauptet, sie sei gestern aus England gekommen, sie hat sich mit einem Foto legitimiert, das vor einer Woche noch in meinem Besitz war. Ich glaube deshalb nicht, daß das Foto in England war. Aber ich kann sie trotzdem nicht im Stich lassen. Warte morgen Viertel vor zwölf am Bahnhof in Den Haag auf mich. Wenn ich nicht da bin, nimm meine Leica und alle Papiere und verstecke sie möglichst bald. Tu dein Bestes, Moorlag, hilf mir!

Ohne die Antwort abzuwarten, rannte er aus der Telefonzelle, der Zug, der letzte Zug nach Amsterdam, fuhr in zwei Minuten.

– Hast du Fahrkarten gekauft?

– Nein, hast du nicht gesagt, ich dürfte kein Geld ausgeben?

Er zerrte sie durch die Sperre, der Stationsvorsteher pfiff, als sie in den Waggon einstiegen.

– Hast du denn überhaupt kein Papiergeld?

– Ich hab zwar was, aber es ist alles ganz neu. Ich hab Angst. Vielleicht ist es Falschgeld, vielleicht nicht gut gefälscht. Ich muß dir noch etwas Schlimmes erzählen, vielleicht mache ich einen Fehler, wenn ich es dir sage, du wirst vielleicht noch mißtrauischer, aber es wäre nicht fair, wenn ich es nicht sagen würde. Ich habe in England einen Ausweis bekommen, natürlich, aber die Leute, bei denen ich heute nacht gewesen bin, haben gesagt, der Ausweis sei völlig unbrauchbar. Ich selbst verstehe nichts davon, aber in einem echten Ausweis muß ein Wasserzeichen sein, ein Löwe, glaube ich, und der Löwe in dem Ding, das sie mir gegeben haben, ist viel kleiner, als er in Wirklichkeit sein müßte.

Osewoudt legte ihr die Hand auf den Oberschenkel und drückte krampfhaft, als könnte er sie so zum Schweigen bringen.

– Wir sollten hier nicht zuviel reden. Sonst denken die Leute: Was tun die beiden geheimnisvoll!

Sie legte den Arm um ihn und strich ihm mit dem Handrücken übers Kinn.

Osewoudt schaute Elly an und zog sie an sich.

– Ich glaube nicht, daß du älter als zwanzig bist.

– Ich bin achtzehn.

– Bei mir kannst du nicht bleiben.

– Ach, vielleicht könnte ich mich ja revanchieren, auch wenn mein Geld unbrauchbar und mein Ausweis nicht in Ordnung ist. Gibt es denn nicht irgendwas, was dir fehlt?

Sie hatte ihre Hand umgedreht und streichelte ihm nun mit den Fingern über die Wange.

– An Rasiermessern, sagte sie, an Rasiermessern herrscht jedenfalls noch kein Mangel.

– Rasiermesser! Als ob es darauf ankäme!

– Ich hab noch nie einen Mann gesehen, der sich so glatt rasieren kann wie du.

Osewoudt ließ sie los, er ächzte fast. Aber er beherrschte sich und sagte, die Lippen dicht an ihrem Ohr: Mein Gesicht ist so glatt, weil mir überhaupt kein Bart wächst. Ich hab mich noch nie rasiert, ich brauch das nicht. Spürst du es?

Er drückte den geschlossenen Mund an ihr Ohr und strich darüber.

Der Zug hielt in Leiden.

– Es stört dich nicht, daß mir kein Bart wächst?

Sie lachte, auf ihren runden weißen Wangen bildeten sich Grübchen, ihre großen Augen bekamen etwas Rätselhaftes, als ob er ihr einen seltsamen, raffinierten Vorschlag gemacht hätte und sie sich nun fragte, ob ihr das wohl gefallen würde.

– Also wenn das so ist, fuhr er fort, dann sag mir doch, bist du schon einmal einem Mann begegnet, der Dorbeck heißt?

– Ich bin niemandem begegnet, habe ich dir gesagt. Ich war bei dieser Adresse, die falsch war, und danach bin ich zu meiner Tante gegangen.

– Bist du denn nicht einem Mann begegnet, der mir sehr ähnlich sieht, mit genau so einem Gesicht wie meinem und genauso groß, nur mit dunklen Haaren?

– Du gehst mir auf die Nerven, wenn du nicht aufhörst, dummes Zeug zu reden.

– Ich rede kein dummes Zeug. Ich will nur sagen, daß du dem Mann, den ich meine, vielleicht unter einem anderen Namen begegnet bist.

– Du vertraust mir immer noch nicht. Willst du das vielleicht damit sagen?

– Es ist keine Frage des Vertrauens. Ich möchte nur gern wissen, ob du zu einem Mann Kontakt hattest, der mir sehr ähnlich sieht, nur vom Typ her dunkler, jemand wie ich, aber dunkler.

– Ich kann mich nicht erinnern.

– Sonderbar. Du bist erst gestern in die Niederlande gekommen. Seitdem ist wenig geschehen, so wenig, daß du alles noch genau wissen müßtest, ohne dich anzustrengen.

Der Schaffner kam, Osewoudt erklärte, daß sie den Zug in letzter Sekunde erreicht hätten, der Schaffner nahm es hin und schrieb ihnen zwei Fahrkarten aus, ohne einen Aufschlag zu berechnen. Osewoudt bezahlte.

Als der Schaffner weitergegangen war, sagte Elly: Zum erstenmal im Leben sitze ich in einem niederländischen Zug.

– Warst du vorher denn noch nie in den Niederlanden?

– Nein. Gleich komme ich zum erstenmal nach Amsterdam.

Es war dunkel auf dem Bahnhof. Dunkel war auch die Prins Hendrikkade, die sie überquerten, wobei sie nach den seltenen Autos Ausschau hielten, deren Scheinwerfer nur ein trübes Licht gaben.

Das weiße Schild ›Für Wehrmachtsangehörige verboten‹ am Anfang des Oudezijds Achterburgwal war jedoch deutlich zu lesen.

– Was bedeutet das Schild?

– Es bedeutet, sagte Osewoudt, daß diese Gegend für Deutsche nicht sicher ist, für uns aber um so sicherer.

Onkel Bart öffnete selbst.

– Kein Dienstmädchen mehr? fragte Osewoudt.

– Nichts, niemand mehr, sagte Onkel Bart. Glaubst du etwa, ich hätte die Absicht, meine ganzen Federn an die Deutschen zu verkaufen? Alle Moffenhuren mit Federn von mir auf dem Kopf ? Lieber hungere ich.

– Wer hält denn das Haus sauber?

– Keiner. Ich habe alle Zimmer abgeschlossen. Mein Bett habe ich ins Büro gestellt. Da habe ich alles bei der Hand, Ofen, Tisch, Bett. Was braucht ein alter Mann mehr? Kommt nur mit.

Sie saßen in dem schmalen Büroraum im ersten Stock. Onkel Bart hatte sich einen Schnurrbart stehen lassen und stank so penetrant aus dem Mund, daß man es sogar riechen konnte, wenn er nicht redete, oder vielleicht roch man es die ganze Zeit, weil er den Mund fast keine Sekunde geschlossen hielt.

– Du bist mit einer Freundin durchgegangen, Henri. Das wundert mich keinen Augenblick. Ich weiß genau, was du mir sagen willst: Du hast es bei Ria nicht mehr ausgehalten, sie ist so viele Jahre älter als du … Habe ich dir das nicht prophezeit? Habe ich dir nicht immer gesagt, daß du sie nicht heiraten sollst? Ja, Junge, dein alter Onkel hat sehr viel studiert, sehr viel gelesen in seinem Leben. Er hat seine Zeit nicht im Kino vergeudet wie die Jugend von heute. Die Gesetze der Zuchtwahl lassen sich nicht ungestraft übertreten! Das hat schon Darwin gewußt. Was sage ich? Schopenhauer! Wie viele Jahre ist Ria älter als du? Ich frage mich, ob du jemals ein gesundes Verhältnis mit ihr hattest! Schau mich nicht an, als ob du denken würdest, der Onkel Bart, der ist nicht ganz bei Trost! Ich weiß sehr genau, daß ich Sachen sage, die andere Schwiegerväter nicht über die Lippen bringen würden, wenn ihr Schwiegersohn einen draufmacht! Aber das kommt, weil die meisten Leute ihren Verstand nicht benutzen, weil sie über die Dinge der Natur nicht nachdenken! Mir! Mir ist es einerlei, ob ich dein Onkel bin oder dein Stiefvater, ich hab mich das ganze Leben bemüht, die Welt mit dem vorurteilslosen Blick des Naturforschers zu betrachten! Das war immer mein Ideal!

Er beugte sich vor und schlug Osewoudt zweimal fest aufs Knie.

– Sie scheint ein nettes Mädchen zu sein, fuhr er fort, sei unbesorgt, ein nettes Mädchen!

Er drehte sich ein wenig auf seinem Stuhl, um Elly besser betrachten zu können.

Osewoudt und Elly stiegen die dunkle Wendeltreppe hinauf.

– Ist das dein Onkel?

– Ja, ich sage Onkel zu ihm.

– Und er ist der Vater deiner Frau?

– Das auch.

– Er hat großzügige Auffassungen. Oder kommt das durch

den Krieg? In England sagt man, die Niederländer hätten durch den Krieg alle moralischen Maßstäbe verloren.

– Vor dem Krieg war er auch schon so. Er ist ziemlich versponnen. Wenn er nicht so weltfremd wäre, dann wäre er der größte Tugendwächter von allen. Vom Verlust moralischer Maßstäbe kann bei ihm keine Rede sein. Bei mir schon eher.

Er schmiegte sich an ihren Rücken und faßte sie an die Brust. Sie drückte den Hinterkopf an sein Gesicht. So stiegen sie noch zwei Stufen hinauf, blieben dann einen Augenblick im Dunkeln stehen, vor der Tür seines alten Zimmers.

– Bei mir kann man zweifellos vom Verlust moralischer Maßstäbe sprechen, fuhr Osewoudt fort, früher hätte ich so etwas nie gemacht.

Er spürte, wie ihre Brustwarzen zwischen seinen Fingerspitzen hart wurden, er schob Elly weiter gegen die Tür seines Zimmers, die nicht fest geschlossen war und sich von allein öffnete. Sie fielen aufs Bett, auf dem zwei flache Pappschachteln lagen, die mit einem leisen Puffen zusammengedrückt wurden. Ein Geruch nach Schimmel, Staub und vermoderten Kräutern entwich.

Er schob ihren Rock hoch, sie streckte die Beine empor und verschränkte sie hinter seinem Rücken. Ein loses Dielenbrett rumpelte dumpf wie ein Dieselmotor, große grüne Fahrradreifen drehten sich im Dunkeln. Ihr Mund fühlte sich viel größer an, als er in Wirklichkeit war. Von ihr eingesaugt werden, dann der Gedanke: Die ist aus England gekommen, um es sich von wahren Widerstandshelden mal richtig besorgen zu lassen.

Er stand vom Bett auf, stopfte sein Taschentuch wieder in die Hosentasche.

Als er das Licht angemacht hatte, sah er: Stapel brauner Pappkartons an der Wand, Elly auf dem Bett, die Hand noch am Rocksaum, den sie herabgezogen hatte, den anderen Arm als Schutz gegen das Licht vor den Augen, unter ihr die großen aufgerissenen und eingedrückten Pappschachteln. Kleine rote Vogelfedern quollen in Mengen heraus und wirbelten immer noch auf den Fußboden hinab.

Osewoudt schloß die Tür. Elly ließ den Arm sinken, brach

in Gelächter aus und setzte sich, die Beine schwang sie vom Bett.

– Wohin es führen kann, wenn man eifrig versucht, keinen Argwohn zu erregen!

– In diesem Krieg geht jede Komödie bis zum Äußersten, sagte Osewoudt, komm, steh auf. Wie es hier aussieht.

Er zog sie hoch, nahm die Schachteln vom Bett, drückte sie wieder einigermaßen in ihre alte Form und legte sie auf einen der Stapel an der Wand.

Elly sammelte die roten Federn auf, die zu Boden gefallen waren.

– Hast du mir sonst nichts zu sagen?

– Du bist total verrückt, das denke ich von dir. Wolltest du das vielleicht hören? Oder lieber nicht? Aber verzeih mir, ich kenne dich zu kurz, um etwas anderes über dich sagen zu können.

Sie faßte die Revers seines Jacketts.

– Das macht nichts. Die Zeit vergeht viel schneller als sonst. Wenn du meinst, daß du mich zu wenig kennst, darfst du mich alles fragen, alles, was du jemand anders erst nach Monaten oder Jahren fragen würdest. Was willst du sonst noch über mich wissen?

– Die Tante, bei der du letzte Nacht geschlafen hast, ist die verheiratet?

Sie zwinkerte mehrmals mit den Augen, machte eine Miene, als sei diese Frage eine Aufgabe, die man nur durch langes Nachdenken lösen könnte, schaute ihn dann nicht mehr an, ihre Lippen bewegten sich, ohne daß sie einen Laut hervorbrachte, sie zerknitterte die Revers seines Jacketts. Dann zog sie mit einem Ruck daran.

– Willst du vielleicht die Adresse wissen?

– Ich will nur wissen, ob sie verheiratet ist.

– Ja, sie ist verheiratet, aber ihr Mann war zufällig nicht in der Stadt.

– Das ist mir egal. Diese Tante wird vor ihrem Mann bestimmt nicht den Mund halten. Ist sie vielleicht bei der Heilsarmee?

– Bei der Heilsarmee? Heilsarmee? Wie kommst du nur darauf! Heilsarmee! Von allem, was einem einfallen kann: Heilsarmee!

– Nein, sagte Osewoudt, ich frag dich nur wegen dem Foto. Du weißt doch, das Foto, das du mir gegeben hast. Ich kannte eine Soldatin der Heilsarmee, die hatte genau so ein Foto. Ich verstehe nicht, daß sie in England allen Leuten, die sich mit mir in Verbindung setzen sollen, dasselbe Foto geben.

– Stimmt das wirklich?

– Natürlich stimmt das. Die Leute, die dich geschickt haben, sind große Stümper. Sie geben dir einen gefälschten Ausweis, der unbrauchbar ist, und eine Tasche voll silberner Gulden, die hier niemand mehr öffentlich vorzuzeigen wagt. Sie haben dir nicht mal den seltsamen Bleistift abgenommen. Mach deine Tasche auf. Zeig mir, was sonst noch darin ist!

Sie drehte die Tasche über dem Bett um. Neunzehn silberne Gulden fielen heraus, drei Viertelgulden und zwei Eincentstücke aus Zink, sechs Lebensmittelkarten, fünf neue Hundertguldenscheine und zehn neue Scheine von hundert Reichsmark.

– Wie bist du an die Zinkmünzen gekommen?

– Ich habe einen Gulden in der Straßenbahn ausgegeben, als ich zur Endhaltestelle in Voorburg gefahren bin. Ansonsten keinen Cent, nirgends. Ich war bis heute mittag bei meiner Tante.

Osewoudt schlug den Ausweis auf und hielt ihn ans Licht.

– Tatsächlich – Pfusch.

Er klappte ihn wieder zusammen und steckte ihn in seine Tasche. Auch die silbernen Gulden steckte er ein. Das Papiergeld knüllte er zusammen, steckte es aber in ihre Tasche. Dann nahm er ihren Mantel.

– Wer weiß! Vielleicht ist ein Etikett von einem Londoner Modeladen eingenäht. Das wär doch was. Dann brauchen die Deutschen nicht lange zu suchen, wenn sie wissen wollen, woher du kommst.

Er inspizierte den Mantel gründlich, die Außenseite, die Innenseite und auch die Innenseite des Aufhängers, fand jedoch nirgends ein Etikett, eine Nummer oder einen Namen.

– Die Stickerei ist sonderbar, sagte er, sie macht einen merkwürdigen Eindruck, so unniederländisch, ich weiß nicht. Stickerei aus einer Uniformfabrik, gut möglich.

Er legte den Mantel hin, und sie ließ zu, daß er ihr den Pullover auszog; den Rock und die Unterwäsche zog sie sich allein aus. Es war rosafarbene solide Unterwäsche von derber Qualität. Er betrachtete alle Säume, fand nirgends etwas, was sie verdächtig machen könnte. Ihr Hemd noch in den Händen, betrachtete er sie. Sie saß auf der Bettkante, die Arme eng am Körper, in einer Haltung, die ausdrücken konnte: Mir ist kalt, oder vielleicht eher: Ich weiß, daß mein Körper zu schwammig ist, ich gefalle dir bestimmt nicht.

Er legte das Hemd hin.

– Henri! Henri! Hör mal! wurde auf dem Gang gerufen. Osewoudt verließ das Zimmer und ging zwei Treppen hinab.

Onkel Bart stand in der Tür seines Zimmers.

– Hast du das Mädchen in dein altes Zimmer gebracht? Es ist am besten, wenn du in Rias Zimmer schläfst. Bettwäsche liegt im kleinen Schrank. Du weißt, daß ich keine Vorurteile habe, aber es gibt Grenzen. Das verstehst du sicher. Keine Vorurteile zu haben ist etwas anderes, als nach Lust und Laune zu leben, verstehst du? Wenn du nicht bei Ria bleiben willst, ist das deine Sache, aber – nicht in meinem Haus! Du verstehst, was ich meine? Die Welt ist schon unmoralisch genug. Nichts bringt so viel Unmoral mit sich wie ein Krieg. Was denkst du dir eigentlich? Ria ist schließlich meine Tochter! Meine einzige Tochter!

– Natürlich, Onkel Bart. Gute Nacht.

Onkel Bart ergriff Osewoudts Hand und drückte sie kraftvoll. Er lächelte erleichtert und sagte: Ich habe gerade den englischen Sender gehört. Es sieht gut aus! Die Front in der Normandie ist in Bewegung. In ein paar Monaten sind wir befreit!

Osewoudt zog seine Hand weg und ging wieder nach oben. Das Mädchen war unter die Bettdecke geschlüpft. Er setzte sich aufs Bett und fragte: Wie lange gedenkst du noch hierzubleiben?

– Das hängt von dir ab oder von deinem Onkel.

– Nein, das hängt davon ab, wieviel Arbeit du in Amsterdam zu erledigen hast.

– Eigentlich habe ich jetzt noch nichts in Amsterdam zu tun, aber das kann kommen. Zuerst muß ich mit jemandem in Utrecht sprechen, ich denke, daß ich morgen früh gleich fahre. Der Mann heißt de Vos Clootwijk. Er ist Ingenieur bei der Eisenbahn. Ich muß ihn dazu bringen, uns Informationen über deutsche Truppenbewegungen zu verschaffen.

Als noch drei Leute vor ihm in der Schlange standen, suchte Osewoudt schon mal nach Geld. Er schaute in seine Brieftasche, doch die war leer. Dann fiel ihm ein, daß er am Vorabend sein letztes Geld für Ellys und seine Fahrkarte ausgegeben hatte.

Er tastete in seinen Seitentaschen, fand darin aber nichts außer den neunzehn silbernen Gulden, die er ihr abgenommen hatte. Außerdem etwas Flaches und Hartes: ihren gefälschten Ausweis.

Der Schweiß brach ihm aus, er schaute sich um, mindestens zehn Leute standen hinter ihm. Der Zug würde in acht Minuten abfahren. Was tun? Unverfroren mit den Silbergulden bezahlen? Ein Schalterbeamter war relativ ungefährlich, der klebte an seinem Stuhl fest. Aber die anderen Reisenden, die hinter ihm standen? Was würden sie denken, wenn sie den Klang von Silber hörten, ein Klirren aus der Zeit, als noch kein Krieg war? Wenn nun jemand von der Gestapo unter ihnen war?

Osewoudt murmelte etwas, ohne selbst zu wissen, was er da murmelte, und trat aus der Schlange. Er verließ den Bahnhof, mit vagen Gedanken … die Gulden wechseln … einen Schwarzhändler suchen … Aber wo? Er kannte niemanden. Einfach jemanden ansprechen?

Eine Viertelstunde lang schlenderte er über den Nieuwendijk, doch niemand sprach ihn an, nirgends sah er eine Gestalt, die wie ein Schwarzhändler aussah. Bis zum Nachmittag warten? Zehn Minuten später war er wieder im Bahnhof. Der Zug war abgefahren, vor dem Schalter ›Richtung Haarlem‹ stand niemand mehr.

Mit leiser Stimme verlangte er auf deutsch eine einfache Fahrkarte nach Den Haag und legte vorsichtig zwei Silbergulden auf das Schiebetablett. Der Schalterbeamte zog das Geld zu sich, legte die Fahrkarte und das Wechselgeld auf das Tablett und steckte die Gulden in seine Tasche, statt sie in die Kasse zu legen.

Während Osewoudt die Treppe zum Bahnsteig hinaufging,

überlegte er, daß man jemanden hinter ihm herschicken könnte in den Zug nach Den Haag. Was war das Sicherste? Er wußte es nicht mehr, und deshalb ging er einfach auf den Bahnsteig und setzte sich in den Zug.

Nichts geschah. Der Zug kam normal Viertel nach zwölf in Den Haag an, und als Osewoudt ausstieg, nahm niemand Notiz von ihm.

Allerdings rechnete er nicht damit, daß Moorlag noch da war. Welche Maßnahmen hatte Moorlag wohl inzwischen getroffen? Ich habe ihm, glaube ich, gesagt: Wenn ich Viertel vor zwölf nicht am Ausgang des Bahnhofs bin, ist etwas schiefgegangen.

Aber Moorlag stand da und hielt angestrengt Ausschau. Schon bemerkte er ihn, und Osewoudt nickte ihm zu. Kaum hatte Moorlag es gesehen, drehte er sich um und ging fort in Richtung Rijswijkseplein. Als Osewoudt durch die Sperre war, schaute Moorlag sich um, sah ihn, ging aber weiter.

Jetzt nicht rennen. Warum verhält er sich so merkwürdig? Osewoudt machte lange Schritte. Es war offenkundig, daß Moorlag nicht vor ihm floh, im Gegenteil, er ließ sich mühelos einholen, doch sogar als er Osewoudts Schritte hinter sich hören mußte, blieb er nicht stehen.

– Osewoudt! Ich habe eine halbe Stunde auf dich gewartet! Ich bin kurz vor einem Nervenzusammenbruch. Die deutsche Polizei war da, heute morgen um zehn. Sie haben Ria und deine Mutter mitgenommen. Sie haben deine Mutter und Ria in ein Auto gestoßen. Ich stand im Schlafanzug neben meinem Bett. Ich habe alles aus dem Fenster beobachtet. Als sie weg waren, bin ich nach unten gegangen und habe deine Leica genommen. Aber während ich mich oben anzog, sind sie zurückgekommen. Sie warten auf dich. Ich bin übers Dach getürmt. Später bin ich zurückgegangen, um mal zu schauen. Die ganze Nachbarschaft weiß, was passiert ist. Jeder, der den Tabakladen betritt, wird sofort verhaftet. Es ist schrecklich! Ich besitze nichts mehr außer dem, was ich am Leibe trage! Wahrscheinlich nehmen sie meine Bücher auch noch mit, und an Bücher kommt man zur Zeit wirklich kaum noch! Das Mädchen, wegen dem du angerufen hast, hat uns verraten.

– Red keinen Unsinn, erwiderte Osewoudt, selbst wenn du einfach wieder nach Hause gehst, nehmen sie dich nicht fest. Sie haben dich absichtlich laufenlassen. Kapierst du das, du Schlauberger? Sie haben dich absichtlich laufenlassen, damit du mir erzählen kannst, was passiert ist!

Es war eine aberwitzige Vermutung, kein einziger Deutscher würde Moorlags Rolle in dieser Geschichte einen Sinn zuerkennen. Sie hatten Moorlag nur aus Versehen laufenlassen. Wenn Moorlag nicht am Bahnhof gestanden hätte, was hätte ich dann anderes gemacht, als nach Voorschoten zu fahren – und geschnappt zu werden?

Aber Moorlag glaubte es sofort.

– Oh, die Brüder sind verdammt gerissen! Jetzt kapiere ich es! Sie haben gedacht, wenn ich dir erzähle, daß deine Mutter im Gefängnis sitzt, kämst du sofort zu ihnen, aus eigenem Antrieb. Sie wollen dich mit Hilfe deiner Mutter fangen!

– Nicht mit Hilfe von Ria! Osewoudt lachte. Hast du die Leica mitgebracht?

Moorlag steckte die Hand in die Tasche und zerrte den Fotoapparat mit Mühe hervor. Ein weißer Briefumschlag, den er gleichzeitig umklammerte, wurde dabei zerknittert.

– Was ist das für ein Brief ? Ist der auch für mich?

– Ja, der lag gestern abend auf der Fußmatte.

Osewoudt ließ den Fotoapparat in seiner Jackettasche verschwinden und betastete den Umschlag mit Daumen und Zeigefinger, ehe er ihn aufriß. Er enthielt keinen Brief, sondern etwas, was viel kleiner war als ein zusammengefaltetes Blatt Papier, kleiner auch als der Umschlag. Er riß das Kuvert auf. Ein Foto kam zum Vorschein, Format 6 × 9 Zentimeter. Es zeigte drei Soldaten, die in Schlafanzügen nebeneinander standen. Sie trugen Gasmasken und hatten die Arme einander um die Schultern gelegt.

Auf der Rückseite des Fotos stand, mit Bleistift in Druckschrift geschrieben:

Ruf 38776 in Amsterdam an, nächste Woche Samstag, 5 Uhr nachmittags. Dorbeck.

Er steckte das Foto in die Brusttasche seines Jacketts und merkte, daß dort auch noch das Foto war, das Elly ihm gegeben hatte. Wenn ich nun noch eins zurückbekomme, habe ich die Mistfotos alle drei wieder, dachte er; noch eins: ein Soldat in Schlafanzughose mit nacktem Oberkörper hinter einem Flakgeschütz.

– Hör mal, sagte Moorlag und faßte Osewoudt am Arm, ich bleibe natürlich bei dir. Ich will dir bei allem helfen.

Osewoudt blickte an sich hinab: die linke Tasche war ausgebeult, die Leica war darin, und er hatte den Eindruck, daß auch die rechte Tasche ausgebeult war, denn in der steckte die Pistole. Er langte in seine Brusttasche, holte die Fotos hervor und prägte sich die Telefonnummer ein, die auf dem einen stand. 38776. Dann zerriß er die Fotos in kleine Schnipsel, überquerte die Straße und warf sie ins Wasser des Zieken.

– Du mußt dich tarnen, sagte Moorlag. Das ist das beste. Kannst du dir nicht einen Schnurrbart stehenlassen?

– Nein. Mir wächst kein Schnurrbart.

– Oh, Entschuldigung. Möchtest du meine Brille?

– Gut, gib mir deine Brille.

Sie vergewisserten sich, daß keine Passanten in der Nähe waren, und stellten sich in einen Hauseingang. Moorlag nahm die Brille ab. Osewoudt setzte sie auf. Alle geraden Linien sah er nun gewölbt und verschwommen; die Farben des Straßenpflasters, der Häuser, der Dächer und des Himmels flossen ineinander wie Lachen aus Wasserfarbe. Wenn er den Kopf bewegte, war die Welt wie aus Gummi. Er spürte, wie sich seine Speiseröhre zusammenzog, als wäre er seekrank, er konnte keinen Schritt mehr gehen, ohne das Gefühl zu haben, daß er im Boden versank.

– Kannst du noch was sehen? fragte Moorlag. Ich bin sehr kurzsichtig, das ist eine starke Brille, minus vier, außerdem ist das rechte Glas zylindrisch.

– Ich seh gar nichts mehr.

– Ich auch nicht. Ohne Brille bin ich blind.

– Machen wir Schluß mit der Komödie. Nimm deine Brille zurück.

– Nein, durchhalten. Wenn du jetzt einem Deutschen begegnest und der erkennt dich? Los, wir müssen weitergehen.

Osewoudt spürte, daß Moorlag ein Stück von seinem Jackettärmel zwischen Daumen und Zeigefinger genommen hatte.

Pausenlos schluckend, um sich nicht übergeben zu müssen, ging er weiter, während Moorlag ständig gegen ihn stieß.

– Hör mal, sagte Moorlag, die Brille reicht natürlich nicht aus. Du mußt dir einen Hut kaufen. Das verändert ein Gesicht völlig.

– Hör auf. Wohl auch noch einen Bart ankleben. Verdammt noch mal!

– Du mußt dir selbst eine Brille kaufen. Ich sag das nicht, weil ich meine Brille wiederhaben will, verstehst du, aber du mußt dir eine Brille mit schwarzer Fassung und Fensterglas kaufen.

– Hör auf. Was würde der Optiker sagen?

– Nein, ich kauf sie für dich, falls du mir Geld geben kannst.

– Ich hab kein anderes Geld als siebzehn echte Silbergulden.

– Wie bitte?

– Echte Silbergulden! Die hab ich von dem Mädchen, das ich gestern wegbringen mußte. Das Geld hatten die in England ihr gegeben! Davon sollte sie als Geheimagentin leben! Großer Gott!

– Reg dich nicht unnötig auf. Gib mir die Gulden, ich wechsle sie dir. Ich mach dabei Gewinn, du wirst sehen. Ich kenne jemanden. Schwarzhändler haben Angst, daß das Papiergeld nach dem Krieg keinen Pfifferling mehr wert ist. Sie bezahlen das Dreifache für Silbergulden!

– Paß auf, daß sie nicht die Polizei anrufen, sagte Osewoudt. Oh, verdammt. Ich frage mich, wohin sie meine Mutter gebracht haben. Vielleicht sofort eine Spritze und weg. Machen sie öfter mit Gebrechlichen und Geisteskranken. Gottverfluchter Mist.

– Hör auf zu fluchen, Henri. Schau, hier kannst du warten, ich erledige jetzt alles.

Sie standen vor einem schmalen Ladenfenster. Osewoudt hob die Brille an, zwinkerte mehrmals mit den Augen und las auf der Scheibe

RESTAURANT PEMATANG SIANTAR

In der rechten unteren Ecke steckte eine weiße Karte hinter dem Glas, auf der in Frakturschrift stand

Für Wehrmachtsangehörige verboten
Der Ortskommandant

– Warte hier auf mich, sagte Moorlag, hierher kommen keine Deutschen, und es ist noch früh, vielleicht ist auch sonst niemand da. Keiner wird dich sehen.

Osewoudt öffnete die Tür.

– Gib mir solange meine Brille wieder, sagte Moorlag, ohne Brille komme ich nicht zurecht.

Osewoudt gab ihm die Brille zurück, betrat das Restaurant und setzte sich an einen Tisch in der Mitte des leeren Raums.

Geruch nach gebratenen Zwiebeln und Knoblauch drang ihm in die Nase.

Ein Javaner in einer weißen Jacke mit einem Batiktuch um den Kopf fragte flüsternd, ob er Nasi mit oder Nasi ohne Marke essen wolle. Aber wenn es Moorlag nun nicht gelang, die Gulden zu wechseln?

– Ich möchte ein Glas Mineralwasser, sagte Osewoudt und rieb sich mit beiden Händen die Augen, immer noch nicht daran gewöhnt, daß er wieder normal sehen konnte.

Ein Herr und eine Dame kamen in das Lokal, setzten sich und bestellten Nasi Goreng ohne Marke. Es war halb eins. Es kamen noch vier junge Männer, die Nasi Goreng ohne Marke bestellten. Nach und nach waren alle Tische besetzt. Um zwei Uhr war das Restaurant brechend voll, aber Moorlag war noch nicht zurückgekommen, und an Osewoudts Tisch saßen nun drei fremde Leute, die Nasi Goreng ohne Marke aßen, während er alle zehn Minuten einen kleinen Schluck von seinem Mineralwasser trank. Unablässig studierte er die Speisekarte, auf der er nichts entdecken konnte, was ihn interessierte, außer daß ein Glas Mineralwasser 25 Cent kostete. Ein beruhigender Umstand. Drei zinkene Zehncentmünzen hatte er noch in der Tasche. Weglaufen, ohne zu bezahlen, wäre nicht nötig, sofern weglaufen, ohne zu bezahlen, in einem so vollen Restaurant überhaupt möglich war.

Er sprang auf, als er Moorlag draußen vor dem Fenster vorbeigehen sah, und legte die drei Münzen neben sein Glas. Moorlag kam herein, in der Linken trug er eine große Papiertüte. Er ließ seinen Blick durch den Raum schweifen, sah Osewoudt flüchtig an, zuckte die Schultern, als ob es ihm hier zu voll sei, und verließ das Restaurant wieder. Osewoudt folgte ihm.

– Hat es geklappt?

– Selbstverständlich. Fünfundvierzig Gulden hab ich dafür bekommen. Ich hab auch eine Brille bestellt, mit Fensterglas, aber ich konnte nicht darauf warten, sie ist heute abend fertig. Und hier ist dein Hut.

Moorlag öffnete die Tüte und nahm einen grünen Hut aus grobem Filz heraus. Er gab ihn Osewoudt, knüllte die Tüte zusammen und warf sie weg.

Osewoudt bewegte den Hut spielerisch, als habe er ihm schon immer gehört, als sei er schon lange Zeit sein eigener Hut und er trüge ihn zur Abwechslung jetzt einmal in der Hand, dann setzte er den Hut auf.

– Moorlag, ich weiß, daß es unangenehm für dich ist, aber laß uns kurz hier in den Hauseingang gehen, und gib mir deine Brille wieder.

Sofort setzte Moorlag die Brille ab und reichte sie ihm.

– Jetzt aber los, wir nehmen die Straßenbahn nach Leiden. Ich kenn dort jemanden, der viele Verbindungen hat.

Beide mehr oder weniger blind, trotteten sie weiter. Seekrankheit stieg in Osewoudts Eingeweiden empor, die Welt war aus Gelatine, sein Gehirn gärte unter dem Hut, er hatte noch nie einen Hut getragen, und die Brillenbügel scheuerten über die Haut hinter seinen Ohren.

– Wenn dieser Mann so viele Verbindungen hat, kann er mir dann einen anderen Ausweis besorgen?

– Selbstverständlich, das meine ich ja gerade.

– Ich brauche auch einen Ausweis für das Mädchen, von dem ich dir erzählt habe.

Am Bezuidenhoutseweg nahmen sie die Straßenbahn nach Leiden.

Osewoudt saß am Fenster, die Hand an den Schläfen vor Kopfschmerzen, aber auch um die Brille ein wenig anzuheben, damit er unter ihr hindurchschauen konnte.

Die verwahrlosten, baufälligen Häuser am Schenkweg. Die niedrigen, beklemmend wirkenden Bürgerhäuser an der Laan van Nieuw Oost-Indië. Brachflächen mit sumpfigen Wiesen. Dahinter die Bahngleise, auf denen eine Elektrolok mit der Tram um die Wette fährt. Voorburg. Der kleine weiße Bahnhof. Schräg dahinter bin ich ihr zum erstenmal begegnet, in ihrem weißen Mantel, einen zusammengerollten *Telegraaf* in der Hand.

Anhalten. Die Schaffner steigen aus. Neue Schaffner lösen sie ab. Tiefer Pfeifton. Unter dem Wagenboden beginnt eine elektrische Druckpumpe wütend zu klopfen.

Die Straßenbahn fährt schneller. Schatten: die Überführung von Leidschendam. Am Horizont drei Windmühlen in einer Reihe. Glänzende Glasdächer von Treibhäusern.

Er spürte, daß ihm der Schweiß auf die Stirn trat, das Leder der Hutkrempe begann unangenehm zu riechen.

Voorschoten. Die Straßenbahn verringerte ihre Geschwindigkeit und fuhr durch die Straße, in der er wohnte.

Er bedeckte nun fast das ganze Gesicht mit der Hand, aber sein Blick bohrte sich zwischen den Fingern nach draußen.

TABAKWAREN EUREKA.

Sein Kopf bewegte sich mit, als er den Laden sah. Kein deutsches Auto vor der Tür, kein Menschenauflauf. Niemand. Das Rollo vor der Ladentür war herabgelassen, aber das Rollo vor dem Schaufenster, das an einer Seite lose war, hing schräg nach unten wie ein aufklappender Fächer. So hängen die Rollos in Häusern, die von den Bewohnern in aller Eile verlassen wurden: von der Straße aus ist nichts Besonderes zu sehen. Man fragt sich: Warum sind sie auf und davon, ohne wenigstens das Rollo ganz herabzulassen. Aber die Nachbarn wissen, daß das Hinterhaus ausgebrannt ist und man damit rechnen muß, daß auch die Fassade nicht mehr lange steht.

An der Hoge Woerd klingelte Moorlag bei einem weiß verputzten Haus. Auf das Fenster über der Tür war eine weiße Ente gemalt, in naturgetreuen Farben und in natürlicher Größe. Osewoudt nahm die Brille ab und rieb sich die Augen. Moorlag sah es.

– Gib mir meine Brille wieder, sagte er.

Ein junger Mann in einem langen, grauen Hausmantel öffnete. Er war von kleinem Wuchs, hatte eine runde Stirn und abstehendes blondes Kraushaar.

– Ach, du bist es, Moorlag, meine Zimmerwirtin ist nicht da, sonst hätte ich nicht selbst geöffnet.

– Versteht sich, sagte Moorlag in einem Ton, den Osewoudt von ihm bisher nicht kannte; darf ich dir Herrn van Druten vorstellen?

Osewoudt streckte die Hand aus.

Der junge Mann ergriff die Hand.

– Meinarends. Angenehm, Ihre Bekanntschaft zu machen, aber nistet bei Ihnen ein Vogel unterm Hut?

Meinarends' linkes Auge schloß sich immer wieder, es zuckte so heftig, daß er den linken Mundwinkel hochzog.

– Tut mir leid, ich bin krank, sagte Osewoudt, trat ein und nahm erst in der Diele den Hut ab.

Moorlag schob die Tür zu.

– Sei nicht albern, Frits. Ihm ist was Schreckliches passiert. Die Deutschen suchen ihn. Seine Frau und seine Mutter sind heute morgen von der Gestapo abgeholt worden.

– Soso. Dann möchte der Herr bestimmt einen anderen Ausweis? sagte Meinarends.

Moorlag klopfte ihm auf die Schulter.

– Du bist ein schlaues Bürschchen, aber du weißt längst nicht alles. Mir ist auch was zugestoßen. Ich hab keine Bude mehr. Warum gehst du nicht zu deinen alten Herrschaften nach Deventer zurück, dann könnte ich hier einziehen.

– Ich kann hier nicht weg, sagte Meinarends, während sie eine Treppe hinaufgingen. Ich hab viel zuviel zu tun. Hast du etwa deine Prüfung schon gemacht, daß du so gern nach Leiden möchtest?

Beide brachen in dröhnendes Gelächter aus. Osewoudt fühlte sich immer einsamer. Das hier waren Studenten, ja, auch Moorlag konnte man als Studenten bezeichnen, obwohl er seine Reifeprüfung noch nicht gemacht hatte und deshalb nicht direkt in Leiden wohnen wollte. Und was bin ich? Ein Tabakhändler.

Er zog eine Schachtel *Gold Flake* aus der Tasche und sagte: Darf ich Ihnen eine Zigarette anbieten, Meneer Meinarends? Echte englische. Tun Sie sich keinen Zwang an, ich habe einen Tabakladen.

Meinarends nahm eine Zigarette, ohne auf die Marke zu schauen, und steckte sie sich in den Mund. Sie betraten ein Zimmer, in dem einen halben Meter breit Bücher ordentlich auf einem Bord standen. Ein sauberes, aufgeräumtes Zimmer, nur auf einem großen Tisch vor dem Fenster lagen verschiedene kleine Instrumente, deren Zweck Osewoudt nicht deutlich war.

Sie setzten sich.

Meinarends entzündete ein Streichholz und sagte: Wissen Sie, Meneer van Druten, die Deutschen haben die Universität geschlossen. Eigentlich habe ich hier nichts mehr zu suchen. Deshalb lauert dieser Theologe auf mein Zimmer. Aber ich finde, er sollte erst mal seine Reifeprüfung bestehen.

Osewoudt drehte den Hut in den Händen, spürte, daß er rot anlief, legte den Hut auf den Boden, wußte aber nichts darauf zu sagen.

– Wie lange dauert das, ein Ausweis? fragte Moorlag.

– Nicht lange.

– Ich brauche zwei, sagte Osewoudt, bei dem hier – er holte Ellys Ausweis hervor – scheint das Wasserzeichen nicht in Ordnung zu sein. Und einen für mich.

Meinarends schlug Ellys Ausweis auf, schaute flüchtig darauf und sagte: Made in England.

Er steckte ihn in die Tasche.

Osewoudt sagte: Das Foto und der Name können so bleiben, aber auf meinem muß der Name geändert werden und das Geburtsdatum und alles.

– Auch der Beruf. Was halten Sie von Kriminalbeamter? Sie haben wirklich das Gesicht dafür. Ein deutscher Name? Oder ist Ihr Deutsch nicht gut genug? Deutsche Namen sind am sichersten.

– Kein deutscher Name, sagte Osewoudt und zog die Füße unter den Stuhl. Ich zeige mich auch erkenntlich.

– Er griff in seine Innentasche, fischte mit Daumen und Zeigefinger die Hälfte von Ellys Lebensmittelmarken heraus und gab sie Meinarends.

Meinarends kniff nun beide Augen zu, betrachtete dann die Marken mit einer Lupe und sagte: Wirklich sehr geschickt gefälscht, nur schade, daß diese Marken vor einer Stunde für ungültig erklärt wurden. Haben Sie nicht Radio gehört? Wissen Sie von nichts?

– Wir sind schon den ganzen Tag unterwegs, sagte Moorlag, wie hätten wir da Radio hören können? Wir wandern umher wie Flüchtlinge, wir haben kein Zuhause, wir besitzen nichts mehr, wir haben den ganzen Tag noch nichts gegessen. Kannst du uns nicht ein paar Butterbrote besorgen?

Gegen fünf gingen Meinarends und Moorlag; sie wollten in einer Viertelstunde wieder zurück sein.

Kaum war die Haustür zugefallen, stand Osewoudt auf. Er ging zu dem Schreibtisch und schaute sich die Instrumente näher an. Wozu sie dienten, war ihm nun klar, wie man sie benutzte, wußte er nicht. Ich bin nur ein Stümper in der Widerstandsarbeit, dachte er, ich habe eine Visage wie ein Nazi, der bei den Deutschen als Kriminalbeamter in Dienst ist. Dann nahm er den Hörer ab, wählte die Amtsnummer von Amsterdam, wartete, bis er den Summton hörte, und setzte Onkel Barts Nummer zusammen. Ein entnervender Heulton, wie er ihn noch nie zuvor gehört hatte, füllte seine Ohrmuschel. Er legte auf und suchte den Raum nach einem Telefonbuch ab, um in den Instruktionen nachzuschlagen, was das Geräusch zu bedeuten hatte, konnte jedoch keins entdecken. Vielleicht habe ich die falsche Nummer gewählt, dachte er. Er versuchte es noch einmal, hörte jedoch wieder das Geräusch. Er versuchte es ein drittes und ein viertes Mal. Beim fünften Mal sagte er sich jede Ziffer laut vor, ehe er wählte, und wartete ein paar Sekunden, ehe er die Wählscheibe erneut berührte. Doch er hörte nichts als den seltsamen Heulton.

Er ging zu seinem Stuhl zurück, überlegte es sich dann wieder anders, wählte die Nummer der Auskunft und erkundigte sich bei der Telefonistin nach der Nummer der Firma Bellincoff, Oudezijds Achterburgwal 28, Amsterdam.

– 4 86 62, Mevrouw.

– Ich bin keine Frau. Diese Nummer habe ich gewählt, aber man hört nur ein Geräusch, abwechselnd hoch und tief wie bei Luftalarm, verstehen Sie?

– Hm, hm, das bedeutet, daß der Anschluß gesperrt ist.

– Gesperrt? Von wem?

– Gesperrt wegen Beendigung des Vertrags. Osewoudt bedankte sich und legte auf.

Er schaute aus dem Fenster, aber von Moorlag und Meinarends war noch nichts zu sehen. Von neuem wählte er die Nummer der Auskunft. Diesmal war eine andere Stimme am Apparat.

– Können Sie mir die Nummer der Sicherheitspolizei, Binnenhof, Den Haag sagen? Mit einem Bleistift, den er auf dem Schreibtisch fand, notierte er sich die Nummer.

Er rief bei der Sicherheitspolizei an. Eine Telefonistin meldete sich, und er bat: Würden Sie mich bitte mit der Abteilung verbinden, bei der man Auskünfte über inhaftierte Personen erhalten kann?

Als er die Abteilung an der Strippe hatte, sagte er: Hier spricht Pfarrer Verberne. Ich möchte gern wissen, was mit der alten Mevrouw Osewoudt aus Voorschoten geschehen ist. Sie wurde heute morgen verhaftet, zusammen mit ihrer Schwiegertochter.

– Solche Auskünfte erteilen wir nicht am Telefon, Herr Pfarrer. Da müssen Sie persönlich in unserer Dienststelle vorsprechen!

Als Moorlag und Meinarends zurückkamen, hatten sie offenbar beratschlagt, was zu tun war.

Osewoudt sollte vorläufig bei Meinarends bleiben, bis die Ausweise fertig waren. Moorlag würde zu seiner Familie nach Nieuw-Buinen ziehen. Moorlag legte nicht einmal mehr den Mantel ab, er würde sofort zum Bahnhof gehen.

– Du kennst die Adresse, Osewoudt, falls du mal in Schwierigkeiten kommst. Jemanden zu verstecken ist bei uns in Drente einfacher als hier. Zu essen gibt es auch mehr.

Osewoudt gab ihm die Hand und sagte: Ich danke dir für alles, was du für mich getan hast.

– Ich tu es fürs Vaterland, sagte Moorlag, ich kann keinen Dank annehmen, aber ich bin dir zu Dankbarkeit verpflichtet, weil ich dadurch, daß ich dir helfe, die Möglichkeit habe, etwas fürs Vaterland zu tun.

Osewoudt steckte die Hände in die Hosentaschen und trat ungeduldig von einem Fuß auf den andern.

– Ach du lieber Himmel! Die Gabe des Wortes ist über ihn gekommen! Mein Gott! Laßt das Harmonium erklingen!

Moorlag kicherte leise. – Du denkst an deine Mutter. Ich werde auch oft an sie denken, Henri, wenn du nicht hören möchtest, daß ich für sie bete.

– Du bist ein guter Kerl, sagte Osewoudt. Das meine ich ernst.

Er drehte sich um, noch ehe Moorlag das Zimmer verlassen hatte. Vaterland, was ist das? dachte er. Die blaue Straßenbahn? Die gelbe Straßenbahn? Sie fahren heute ebensogut wie früher, nur abends mit weniger Licht. Ein Tabakladen mit Ausstellungsmaterial ohne Inhalt im Schaufenster? *Dr. Dushkind? North State? Karel Eén?* Ich habe echte englische Zigaretten in der Tasche. Wenn Dorbeck mich nicht gebeten hätte, einen Rollfilm für ihn zu entwickeln, hätte ich mit all dem nichts zu tun. Dann säße ich jetzt in Ruhe zu Hause.

– Auf jeden Fall bist du ein komischer Kauz, sagte Meinarends, als er Moorlag hinausgelassen hatte. Aber was ich sagen wollte, du hast eine Leica, nicht wahr?

Osewoudt ging zu seinem Regenmantel und zeigte Meinarends die Kamera.

Meinarends faßte den Apparat nicht an.

– Wir könnten gut jemanden gebrauchen, der fotografieren kann. Wenn du mitmachen willst, organisiere ich für dich eine Unterkunft. Heute nacht kannst du hierbleiben, notfalls noch morgen nacht, aber länger ist es nicht erwünscht.

– Ich kann auch gleich gehen.

– Kommt nicht in Frage. Die Ausweise sind vor morgen nicht fertig. Du läßt dich aber am besten mindestens ein, zwei Wochen tagsüber nicht auf der Straße sehen. Kannst du dir einen Schnurrbart wachsen lassen?

– Mir wächst kein Schnurrbart, auch sonst kein Bart.

– Nicht? Kurios. Dann lassen wir dir die Haare schwarz färben.

– Von mir aus, je eher, desto besser.

Aber bis zum Abend des nächsten Tages war es noch nicht geschehen.

– Hör mal, Meinarends, sagte Osewoudt, versteh bitte, daß ich mit so etwas wie der Verhaftung meiner Mutter und meiner Frau nicht gerechnet hatte. Ich habe Verabredungen. Ich hätte eigentlich schon heute morgen nach Amsterdam gemußt. Ich kann es nicht länger aufschieben. Ich hab jetzt die Ausweise, ich habe Geld, ich kann es nicht verantworten, noch länger wegzubleiben. Das Mädchen braucht dringend seinen Ausweis.

– Hör auf zu spinnen. In deinem Ausweis steht, daß du schwarze Haare hast! Und sie sind immer noch blond! Bist du jetzt total übergeschnappt?

– Schon möglich. Aber versteh mich doch. Ich habe versucht, bei der Adresse in Amsterdam anzurufen. Da meldet sich niemand. Ich habe keinen blassen Schimmer, was dort nun wieder los ist, und ich muß es wissen. Notfalls kannst du hinfahren, aber ich muß es wissen, ich muß wenigstens eine Nachricht schicken.

– Ich? Ich kann hier nicht weg.

– Gut. Aber ob schwarzes oder blondes Haar, ich fahre nach Amsterdam.

– Kommt nicht in Frage. Denkst du vielleicht, ich laß mich dir zuliebe in die Pfanne hauen? Wenn du mit diesem Ausweis verhaftet wirst, und da steht, du hast schwarze Haare, obwohl sie blond sind, glaubst du, sie fragen dich dann nicht, wie du an den Ausweis gekommen bist?

– Risiken gibt es immer. Denk lieber mal an die Risiken, die entstehen, wenn ich mich nicht an meine Verabredungen halte. Warum denkst du nur an deine Bekannten und nicht an meine?

– Trotzdem kannst du hier nicht weg. Vielleicht morgen, ich sehe mal, was sich machen läßt.

Meinarends ging zum Schreibtisch und telefonierte.

Als es draußen fast dunkel war, brachte er Osewoudt zu einem kleinen Friseurgeschäft in der Breestraat, direkt gegenüber vom Rathaus.

– So, den Rückweg findest du wohl alleine, sagte er, als geöffnet wurde.

Im Laden brannte kein Licht. Trotzdem erkannte Osewoudt ein Mädchen in einem weißen Kittel.

– Wir können hier kein Licht machen, sagte sie, aber ich habe hinten alles bereitgestellt.

Nachdem sie die Tür wieder verriegelt hatte, nahm sie ihn an der Hand, im Dunkeln laut lachend.

– Hier hindurch. Ich bring dich in den Damensalon. Der ist nun mal fürs Haarefärben eingerichtet.

– Ist mir recht, sagte Osewoudt, es riecht gut hier.

– Du wirst es auch gut haben bei mir.

Sie stieß eine Tür auf. Ein leerer Raum, der hell beleuchtet war, ein merkwürdiger Überfluß an Licht. Nickelhelme auf Ständern waren vor der einen Wand aufgereiht, auf der anderen Seite waren mit Hilfe von weißen Vorhängen, die an Nickelstangen hingen, Kabinen abgetrennt.

– Der Herr kann sofort Platz nehmen, wir legen Wert auf rasche Bedienung.

Er setzte sich, sie blieb hinter ihm stehen. Er sah sich und sie im Spiegel. Ihr Busen befand sich in Höhe seiner Ohren, was sie unter dem weißen Kittel anhatte, konnte er nicht sehen, der Halsausschnitt der Kleidung darunter mußte tiefer sein als der des Kittels. Sie trug ein dünnes Goldkettchen mit einem Anhänger aus Blutkoralle.

Lang war ihr Hals, lang war das gewellte hellblonde Haar, das ihr bis weit über die Schultern fiel. Ihr Mund war so groß, daß die Zähne fast ständig zu sehen waren, prachtvolle Zähne. Ihr Gesicht wirkte von Natur aus so, als würde sie lächeln.

Sie griff in sein Haar und hielt eine Strähne an ihr eigenes Haar, das sie mit der anderen Hand ergriffen hatte.

– Solche hübschen blonden Haare, und die soll ich jetzt pechschwarz färben?

– Alles, was hübsch ist, geht im Krieg zugrunde, erwiderte er. Paß nur auf!

Sie nahm ein kleines Gefäß vom Waschtisch, drehte den Warmwasserhahn auf und ließ es vollaufen.

Er hätte ihr gern den Arm um die Hüften gelegt, aber sie drehte sich zu ihm um.

– Bist du auch Student? fragte sie.

– Nein. Ich habe einen Tabakladen.

– Ich habe anderthalb Jahre studiert, aber als die Moffen die Universität geschlossen haben, habe ich mir hier eine Stelle gesucht. Ich hatte bei den Leuten hier schon ein möbliertes Zimmer.

Sie rührte eine Art Pulver in das Wasser im Gefäß, stellte das Gefäß ab, legte ihm ein großes Handtuch um und begann, es ihm in den Hemdkragen zu stecken. Ihre Handrücken berührten seine Wangen, deshalb sagte er: Rasieren ist nicht nötig, mir wächst kein Bart.

– Wirklich nicht? Sie drehte die Hände um, und er sah zehn rote Nägel wie Blütenblätter von Geranien auf seinem Gesicht. Am liebsten hätte er in die schlanken Finger gebissen. Sie lachte, kniff ihn neckend in die Wange und fragte: Liegt das an einer Hormonstörung?

– Keine Ahnung.

– Sonst alles in Ordnung?

– Du stellst aber Fragen für so ein kleines Mädchen.
– Hör mal, ich hab Medizin studiert.
– Soll ich vielleicht kurz den Oberkörper frei machen?
– Nein. Halt nur den Kopf über das Waschbecken.

Sie schob seinen Kopf nach vorn, warmes Wasser strömte durch seine Haare. Er hörte das Shampoo schäumen, nicht mit den Ohren, sondern direkt durch den Schädel, er spürte ihre Finger auf der Kopfhaut. Das warme Wasser strömte von neuem. Vielleicht erwärmte es sein Gehirn. Ich werde ein anderer Mensch, dachte er, jetzt fängt ein ganz neues Leben an! Ria verhaftet, der Tabakladen geschlossen, Onkel Bart ist vielleicht auch verschwunden. Ich werde wiedergeboren. Wer auch sonst noch den Krieg gewinnen wird, ich werde auf jeden Fall einer der Sieger sein. Nun spürte er, daß sie seine Haare ausdrückte, danach, wie ihre Hände seinen Kopf nach hinten schoben, bis er aufrecht saß. Er öffnete die Augen und sah das Mädchen wieder im Spiegel.

– Darf ich auch wissen, wie du mit Vornamen heißt?
– Ich heiße Marianne. Und du?
– Filip.

In einer anderen Schale mischte sie einen schwarzen Brei. Sie teilte seine nassen Haare in schmale Strähnen, die sie mit einem in den schwarzen Brei getauchten Kamm durchkämmte.

– Ist es bald fertig?
– Es dauert noch ungefähr zwanzig Minuten.
– Eine lächerliche Prozedur.

Sie kämmte weiter. Seine Schädeldecke wurde glänzend schwarz. Plötzlich sah er es: Dorbeck! Er war von Dorbeck nicht mehr zu unterscheiden! Die gleichen schwarzen Haare, das gleiche blasse Gesicht mit rosigen Wangen. Hätte ich immer schwarzes Haar gehabt, wäre mein Leben anders verlaufen, auch ohne Bart, dachte er. Ein Mann, der erscheint und verschwindet, wann es ihm paßt, nur dem eigenen Willen verpflichtet, ein Mann, vor dem sich die Welt verneigt. Ria und der Tabakladen fielen von ihm ab wie ein Bann, er wagte es sich einzugestehen, daß es am besten wäre, wenn die Deutschen seine unglückliche Mutter schmerzlos in eine bessere Welt beförderten. Er brach in Gelächter aus und konnte nicht mehr aufhören.

– Halt den Kopf ruhig, sagte Marianne, paß auf, alles wird schwarz!

– Meine Haare werden schwarz, aber sonst wird alles hell, lachte er. Du verhext mich. Du veränderst nicht nur meine Haarfarbe, sondern mein ganzes Gesicht!

– Wenn das so ist, dann halt den Kopf noch mal kurz über das Waschbecken. Wir müssen nachspülen.

Als er wieder aufrecht saß, gab sie ihm den Kamm. Er stand auf und kämmte sich einen Scheitel in die nassen Haare.

Sie stellte sich neben ihn und spülte ihre Hände ab.

– Gefällt es dir? fragte sie in den Spiegel.

Er legte den Kamm hin und ergriff ihre nassen Hände. Er mußte immer noch lachen. Am Rand seines Gesichtsfeldes sah er den Spiegel und im Spiegel sich und sein Lachen. Er wußte genau, daß dieses Lachen sie dazu bringen würde, alles zu tun, was er von ihr wollte.

– Du hast viel mehr getan. Du hast nicht nur mich verändert, sondern auch dich, sagte er. Verstehst du nicht, was ich meine?

Sie legte die Hände zusammen und stieß sie ihm gegen die Brust.

– Ich glaube, du bist verrückt.

– Nein, das stimmt nicht. Ich bin nur verrückt nach dir. Ich kann mir nicht vorstellen, daß ich dir keinen Kuß geben darf, um mich zu bedanken.

Sie schob ihn weiter von sich weg: Wie albern das klingt, wenn du das so sagst!

Weil er noch immer ihre Hände festhielt, konnte er sie nicht an sich ziehen.

– Das ist nicht dein Ernst, sagte er, aber ich will dich nicht bedrängen.

– Um so besser. Ich hoffe, daß ich mich auf dein Wort verlassen kann.

Er prustete vor Lachen.

– Noch in dieser Woche komme ich wieder zu dir, vielleicht schon übermorgen.

Sie löste ihre Hände aus seinem Griff und verließ die Kabine. Er folgte ihr und zog seinen Mantel an.

– Dein Kragen sitzt nicht richtig, sagte Marianne und strich den Kragen glatt. Komm, ich muß hier jetzt das Licht ausmachen. Sie werden sich oben fragen, wo ich bleibe.

Sie zog an einer Schnur, und das Licht in der Kabine ging aus, aber die verschwenderische Beleuchtung im Raum blieb eingeschaltet.

Sie gingen zusammen durch den engen Flur.

Den Mund dicht an ihrem Ohr, sagte er: Ich habe die schrecklichsten Heldentaten vollbracht, genug für drei militärische Orden, aber bisher habe ich nicht gewußt, wofür eigentlich. Er drückte die Nase in ihre weichen, langen Haare.

Sie wandte ihm das Gesicht zu. Es war so ernst wie den ganzen Abend noch nicht.

– Wer weiß schon genau, warum er gegen die Deutschen arbeitet. Die Pfarrer in London, die sicher hinter dem Mikrophon sitzen, die wissen es genau. Für das Recht und die Religion und das Vaterland und die Königin. Aber das sind alles Dinge, die mir nichts sagen. Ich bin nur gegen die Deutschen, weil es unsere Feinde sind, weil ich mich weigere, mich einem Feind zu ergeben. Ich kämpfe nur, um mich zu verteidigen. Davon abgesehen sind alle Kriege irreal, nicht eine Ideologie ist es wert, daß man sich mit ihr auseinandersetzt. Freiheit! schreien sie, als sei Freiheit etwas, was jemals existiert hätte. Das ist was für Leute, die gut bezahlt werden, wenn sie hinter einem sicheren Mikrophon Sprüche klopfen, ansonsten taugt es zu nichts! Das einzige, was ich nicht will, ist ausgebeutet werden, ich will nicht tun, was ein anderer sagt, den ich nicht um Rat gebeten habe. Ich habe die Deutschen um überhaupt nichts gebeten. Deshalb müssen sie vernichtet werden. So einfach ist das.

Sie waren an der Tür. Marianne schob die Riegel zurück. Der Mond schien durch das Schaufenster, aber Marianne stand im Dunkeln, so daß nichts von ihr zu sehen war außer dem weißen Kittel und dem schimmernden Haar, das nur den Umriß ihres Gesichts wiedergab. Sie öffnete die Tür.

– Es ist fünf vor elf. Du mußt dich beeilen, sonst wirst du jetzt gleich schon verhaftet, kleiner Held.

Er nahm ihre Hand, und sie ließ sich nach vorn ziehen. Aber

der Schatten des Türrahmens fiel auf ihr Gesicht, nur ihr Körper wurde hell beleuchtet. Osewoudt biß sich auf die Unterlippe, er drückte ihre Hand fester, als er wollte, sein Arm begann zu zittern.

– Ich komme, sobald es geht, wieder.

Sie schickte sich schon an, die Tür zu schließen, aber er hielt ihre Hand noch fest. Dann zog sie ihn plötzlich an sich, küßte ihn auf die Stirn, und ehe er wußte, wie ihm geschehen war, stand er auf der Straße, und die Tür war geschlossen. Er hörte, wie der Schlüssel im Sicherheitsschloß umgedreht wurde. Er trat einen Schritt zur Seite, lehnte die Stirn an das Schaufenster und schirmte die Augen mit den Händen seitlich ab. Doch so angestrengt er auch spähte, er sah im Laden nichts, was sich bewegte; außerdem nahm ihm die Rückseite des Schaufensters – gekräuselte Vorhänge – größtenteils die Sicht.

Plötzlich begann er an das Fenster zu hämmern, überlegte sich, daß es unsinnig war, ging deshalb zur Tür und klingelte. Dann zog er etwas aus der Innentasche.

Das Sicherheitsschloß klickte, die Tür öffnete sich.

– Du wieder? Du solltest dich sputen, gleich schlägt es elf!

– Ich hab vergessen, dich um etwas zu bitten. Könntest du etwas für mich erledigen?

– Was denn?

– Fahr morgen vormittag nach Amsterdam und geh zum Oudezijds Achterburgwal 28, Firma Bellincoff. Frag nach Mijnheer Nauta. Wenn er nicht zu sprechen ist, versuch herauszufinden, wann er wiederkommt. Falls Deutsche im Haus sind, nenn den Namen eines Geschäfts irgendwo, wo du willst, und sag, du wärst gekommen, um Federn für einen Hut auszusuchen. Du arbeitest in einem Hutladen, mußt du sagen, du brauchst Federn für eine Kundin. Aber wenn du Mijnheer Nauta selbst zu sprechen bekommst, mußt du ihn zuerst fragen, warum sich niemand meldet, wenn man ihn anruft. Wenn er eine plausible Erklärung dafür hat, machst du das, was ich dir gleich sage. Doch wenn er zum Beispiel sagt, daß ihm das unerklärlich ist, dann sag ihm, er soll aufpassen, weil Ria und ihre Schwiegermutter von den Deutschen verhaftet worden sind. Erkundige dich, wo Elly geblieben ist. Du fragst einfach nach Elly. Wenn sich herausstellt, daß die Sache mit dem Telefon in Ordnung ist, gibst du ihm diesen Ausweis. Steck ihn vorher in einen Umschlag und kleb den zu. Den gibst du ihm also und sagst dazu: Von Henri. Falls er dir irgendwelche Fragen stellt, darfst du ihm keine Antwort geben.

Er drückte ihr Ellys neuen Ausweis in die Hand.

Die Häuser am Zoeterwoudsesingel hatten nicht auf der einen Seite gerade und auf der anderen ungerade Nummern, sondern waren fortlaufend numeriert: 70, 71, 72. Auf der anderen Seite der im Zickzack verlaufenden früheren Festungsgracht war eine Art Parkanlage mit Trauerweiden von imposanter Größe.

Nummer 74 lag genau in einer Spitze der Zickzacklinie. Das Haus sah ganz anders aus als die Häuser links und rechts daneben. Es sprang ein wenig vor, Fensterrahmen und Dachgesims waren mit Schnitzereien überladen. Es gab keinen Vorgarten, jedoch neben der Tür eine kleine, mit Steinplatten bedeckte Fläche, kaum groß genug, um dort einen Kinderwagen abzustellen, und mit einem niedrigen Eisengitter eingezäunt.

Im Nachbarhaus gab es lauter Ärzte, die alle denselben Nachnamen trugen. Ihre Schilder waren in gerader Linie übereinander neben der Tür angebracht.

Labare öffnete selbst – ein Mann um die vierzig, dessen Kopf an den Seiten überall Vertiefungen aufwies: hohle Schläfen, hohle Wangen, die Wangen mit dichten Bartstoppeln von fahlblonder Farbe bewachsen, graues, borstiges Haar. Er trug Pantoffeln. Er streckte eine mit Tinte befleckte Hand aus und sagte: Labare. Kommen Sie herein.

– Joost Melgers, sagte Osewoudt und schüttelte ihm die Hand.

Labare führte ihn sofort eine Treppe hinauf zu einem schmalen Zimmer.

In dem Raum stand ein schmales Bett mit einer grauweißen Tagesdecke, außerdem ein einfacher Stuhl und ein kleiner Tisch mit einem emaillierten Waschgeschirr. An der Wand: eine gerahmte Zeichnung, die eine Familie rotbrauner Affen darstellte, von denen einige wie Menschen angezogen waren.

Labare setzte sich aufs Bett und deutete mit einer matten

Geste abwechselnd auf den Stuhl und den Platz neben ihm. In der anderen Hand hielt er eine Blechdose.

Osewoudt setzte sich aufs Bett.

– Also, Melgers, die Sache ist die. Du kannst hier in diesem Zimmer schlafen, solange die Luft rein ist, aber wenn es brenzlig wird, mußt du im Souterrain bleiben. Alles, was ich sage, ist strikte Regel. Von Dilettanten, Scherzbolden, Aufschneidern und Schwätzern halten wir hier nichts. Es hat schon genug Unglücke gegeben bei dem, was wir tun. Hast du von der Gruppe Dreadnought gehört? Nächste Woche werden sie alle an die Wand gestellt. Bei denen wurde viel zuviel geredet, jeder wußte alles von jedem. An einem einzigen Nachmittag haben die Deutschen sie alle an derselben Anlaufstelle verhaftet. Wir hier halten also den Mund. Willst du dir eine drehen?

– Nein, danke. Darf ich dir eine englische Zigarette anbieten?

– Behalt sie. Labare öffnete die Blechdose und drehte sich aus pechschwarzem haarartigem Tabak eine sehr dünne Zigarette.

– In gefährlichen Zeiten, fuhr er fort, gehst du also ins Souterrain. Auch da stehen Betten. Außerdem wird dort die ganze Arbeit gemacht. Am sichersten wäre es, wenn du die ganze Zeit im Souterrain bleibst, aber das ist auch so eine Sache … Er stockte.

– Das ist auch so eine Sache … wiederholte er dann. Am besten kommst du jetzt gleich mit. Darf ich mal deine Leica sehen?

Osewoudt holte die Leica heraus und gab sie Labare. Labare schlug die Beine übereinander und hielt sich die Kamera dicht vor den gesenkten Kopf. Die Zigarette behielt er dabei im Mund, der Rauch kräuselte sich um seine hohlen Schläfen. Er atmete geräuschvoll durch den Mund, begann zu husten.

– Kein schlechter Apparat, neues Modell, ist kein Naheinstellgerät dabei?

– Nein.

– Warum nicht?

– Ich hatte nie eins.

– Du hattest nie eins? Labare sah ihn an, als ob er das Gerät verloren oder sogar absichtlich zerstört hätte.

– Was um Himmels willen hast du denn mit der Leica gemacht? Enfin, es geht mich auch nichts an. Er senkte die Stimme.

– Stümper, hörte Osewoudt ihn deutlich murmeln. Labare stand seufzend auf und sagte dann wieder laut: Und ist dieses Symmar die einzige optische Ausrüstung, die du dabeihast? Kein 9-cm-Objektiv?

– Nein.

– Ich merke schon, du mußt noch alles lernen. Komm mit.

Auf der Treppe zum Souterrain blieb Labare stehen.

– Dreh dich mal um, Melgers.

Osewoudt drehte sich um.

– Siehst du das Seil dort?

Osewoudt sah das Seil.

– Wenn du an dem Seil ziehst, senkt sich hinter der Tür ein Riesending aus Eisenstangen herab, eine Art Gitter, aber viel schwerer. Wenn auf der anderen Seite der Tür Leute stehen, die mit Gewalt eindringen wollen, geht das nicht so eins, zwei, drei. Das ist der Sinn der Sache, verstehst du? Nein, zieh jetzt nicht am Seil, wenn die Eisenstangen unten sind, schafft ein Mann allein es nicht, sie wieder hochzuhieven. Nicht mal zwei Leute. Auch die Fenster des Souterrains sind fest verbarrikadiert. Das würde also eine ziemlich unangenehme Geschichte werden.

Labare drehte sich um und ging weiter nach unten. – Eine ziemlich unangenehme Geschichte, wiederholte er. Am Ende der Treppe blieb er wieder stehen. Osewoudt stand auf der untersten Stufe, weil sonst nirgendwo Platz war.

Labare sagte: Wie du siehst, ist es hier sehr eng. Wir müssen mit dem Platz haushalten. Deshalb haben wir diese ganzen kleinen Räume aus Spanplatten gezimmert. Was da alles drin ist und was dort geschieht, damit hast du nichts zu tun. Nichts. Nein, sag selbst, was hättest du davon, wenn du es wüßtest? Keiner hat was davon, wenn er Sachen weiß, die ihn nichts angehen. Vor allem, wenn es sich um so heikle Sachen handelt wie bei uns.

Er zwängte sich in einen schmalen Gang mit Wänden aus Spanplatten.

– Für mich ist es hier ein bißchen eng, aber ein kleiner Kerl wie du hat damit kein Problem. Ich bring dich jetzt in das Zimmer, wo du deine Arbeit machst, und dann zeige ich dir auch noch den Notausgang.

Osewoudt folgte ihm, eigentlich schob er sich eher voran. Der Gang wurde so eng, daß es nicht mehr möglich war, normal darin zu gehen. Mit Brust und Rücken an den Wänden entlangstreichend, den einen Fuß immer wieder zum andern ziehend, kamen sie zu einem schwarzen Vorhang, der so breit war wie der Gang.

– Dir ist sicher aufgefallen, sagte Labare, daß neben jeder Lampe ein kleines Lämpchen ist, das nicht brennt.

Er zeigte zur Decke.

– Die Notbeleuchtung, für den Fall, daß das Stromnetz ausfällt. Wir denken hier an alles außer an Mumpitz. Er schob den Vorhang beiseite, ging noch einen Schritt und blieb stehen, wobei er den Vorhang für Osewoudt aufhielt. Osewoudt schaute an ihm vorbei.

Der kleine Raum hinter dem Vorhang war vollkommen schwarz gestrichen: die Decke, der Fußboden, die an den Wänden angebrachten Borde, auf denen überall runde Dosen und braune Flaschen standen. Es gab kein Fenster, nicht einmal ein verhängtes Fenster, jedoch ein kleines Waschbecken und ein Klappbett.

– Hier, sagte Labare, wirst du die meiste Arbeit machen müssen. Am besten erklär ich es dir jetzt gleich. Du bist hier nämlich in der Dunkelkammer. Aber nirgendwo auf der Welt kommt so viel ans Licht wie in einer Dunkelkammer! Nun denk nicht, du hättest was mit den Sachen zu tun, die hier ans Licht kommen, Hauptsache, du sorgst dafür, daß es passiert. Sonst brauchst du dich um nichts zu kümmern.

Er griff nach einem Behälter aus schwarzem Ebonit, der aussah wie ein Marmeladenglas, aber etwas breiter und nicht so hoch war. Er nahm den Deckel ab und holte eine Spule heraus.

– In dem Ding werden Filme entwickelt. Es ist unangenehm, daß wir nur eins davon haben, so daß du immer nur einen Film entwickeln kannst, und das Entwickeln eines Films dauert, Wässern inbegriffen, eine ganze Stunde. Da in den Dosen sind Filme, die alle entwickelt werden müssen. Es sind um die achtzig, seit etwa vierzehn Tagen war hier niemand mehr, um daran zu arbeiten, und jeden Tag kommen neue Filme dazu. Wir verfügen über eine enorme Menge Dokumentationsmaterial. Aber wenn du einen Film entwickelt hast, bist du noch nicht fertig, dann mußt du ihn spleißen. Höchstwahrscheinlich kennst du dich mit der fotografischen Technik nicht aus, wie die meisten Leute, die mit ihrem Apparat einfach drauflosknipsen, ich werde dir also den Zweck der Sache erklären.

Er verschloß die Ebonitdose wieder, stellte sie auf ein Bord und machte es sich im Stehen bequem, indem er sich mit dem Ellbogen an das Bord lehnte.

– Ein Film, Melgers, besteht im wesentlichen aus zwei Dingen: einem Zelluloidstreifen, den wir den Emulsionsträger nennen, und einer dünnen Gelatineschicht auf dem Zelluloid, die wir die Emulsion nennen. Die Emulsion ist die lichtempfindliche Schicht. Wenn wir den Film nun spleißen, trennen wir die Emulsion vom Emulsionsträger. Das geht aber nicht ohne weiteres, die Emulsion ist dafür nicht fest genug, die Gelatine würde reißen, und unsere Aufnahmen wären unbrauchbar. Wir müssen die Gelatineschicht also vorher gerben.

Er nahm eine Flasche in die Hand.

– Hier drin wird der Film gewässert. Wenn das geschehen ist, können wir die Emulsion vom Zelluloidstreifen lösen. Wir sorgen dafür, daß die Gelatine am Stück abgelöst wird, ohne daß sie reißt. Die Gelatineschicht ist sehr dünn. Wenn er wieder ganz getrocknet ist, können wir den Film so zusammenrollen, daß er sich leicht verstecken läßt, in einem Drehbleistift zum Beispiel. Aber solche romantischen Dinge machen wir hier nicht. Wir spleißen hauptsächlich, um Platz zu sparen. Ich hasse alle romantischen Ideen auf diesem Gebiet wie die Pest.

Um von der Technik auf die Philosophie umzuschalten, schob Labare alle Flaschen auf dem Bord zusammen und drehte sich eine neue Zigarette.

– Diese Arbeit mußt du als normale Arbeit sehen, denk bloß nicht die ganze Zeit: Es ist Krieg, ich bin ein Held und so weiter. Selbstverständlich müssen wir Sicherheitsmaßnahmen treffen und uns daran halten, aber das geschieht in Friedenszeiten ebensogut. In den Minen, in Chemiefabriken. So und nicht anders mußt du unsere Sicherheitsmaßnahmen sehen. Helden brauchen wir nicht. Was ist ein Held? Jemand, der ungestraft unvorsichtig war. Unvorsichtige Leute können wir nicht gebrauchen. Ich will keine Leute, die, wenn sie geschnappt und von den Deutschen verhört werden, den Mund nicht aufmachen, sondern Leute, die alles sagen, was sie wissen – nur muß dafür gesorgt sein, daß sie nichts wissen. Denn wenn jemand was weiß, dann halt ihm eine brennende Zigarette an die Eier, und er wird in neun von zehn Fällen plaudern; und in dem einen Fall, wo einer nichts sagt, na, wem nützt das, dann hat der Kerl sein ganzes Leben unter den verbrannten Eiern zu leiden.

Osewoudt brach in ein hohes, gurrendes Gelächter aus, Labare lachte auch, aber lautlos, nur mit den Lippen, und sagte dann mit nasaler Stimme: Ja, Junge, so mußt du das sehen.

Er schüttelte den Kopf.

– Wenn was passiert, ist das erste, was du machst, die bearbeiteten Filme einstecken, das Licht einschalten und die anderen Filme dem Licht aussetzen; die werden dann schwarz. Das machst du beim ersten Signal. Das zweite Signal bedeutet, daß wir verduften. Ich zeig dir, wie's geht.

Labare trat seine Zigarette aus und ging vor. Osewoudt folgte ihm, nun durch einen anderen schmalen Gang, der wenigstens breit genug war, um sich normal fortbewegen zu können. Der Gang endete an einer Tür.

– Diese Tür führt ins Nachbarhaus. Kapiert?

Labare führte Osewoudt in die Dunkelkammer zurück und sagte: Du kannst jetzt anfangen. Du weißt, wo alles steht.

Osewoudt machte das Licht aus, öffnete eine Dose und bekam den Film ohne große Mühe in die Spule. Er steckte die Spule in die Ebonitdose, verschloß diese, schaltete das Licht wieder ein und begann mit dem Verfahren, wie es ihm erklärt worden war.

Während der Zeit, in der die Bäder in der Ebonitdose ihre Wirkung entfalteten, wartete er, auf einer niedrigen Kiste sitzend, die Ellbogen auf den Knien, den Kopf vorgebeugt. Hin und wieder schaute er auf seine Armbanduhr, nahm die Uhr vom Handgelenk ab und machte sie wieder um. Es war still, von draußen drang kein Geräusch herein, und außer ihm schien sich niemand im Souterrain aufzuhalten. Er dachte darüber nach, was in letzter Zeit geschehen war, seit Elly ihn am Montag der vergangenen Woche angerufen hatte. Er rechnete sich die Tage aus. Es war jetzt Freitag! Morgen nachmittag muß ich in Amsterdam anrufen, um fünf Uhr, Nummer 38776!

Dorbeck hat einen anderen Menschen aus mir gemacht, dachte er.

Erst abends halb neun erlaubte Labare ihm, das Haus zu verlassen.

– Eigentlich müßte ich dir verbieten rauszugehen, ich hab nämlich das Gefühl, daß du draußen eine Gefahr bist, aber ich hatte hier einen anderen Burschen, der ist irgendwann durchgedreht, weil er immer im Haus hockte. Das war für uns noch viel gefährlicher.

Osewoudt hatte zehn Filme entwickelt und getrennt, zehn Stunden am Stück gearbeitet. Er hatte nicht einmal etwas Richtiges gegessen, nur dann und wann während der Arbeit eine Scheibe Brot.

Die frische Luft roch süß. Er konnte sich nicht daran erinnern, jemals wahrgenommen zu haben, daß frische Luft so süß roch. Er atmete tief ein, um den letzten Rest des Chemikaliengestanks und den Zigarettenrauch aus seiner Lunge zu vertreiben.

Zehn Minuten später klingelte er bei dem kleinen Friseurgeschäft. Vor dem Fenster in der Tür hing diesmal kein Vorhang. So sah er Marianne bereits von weitem kommen. Sie trug keinen weißen Kittel, sondern eine weiße Bluse und einen dunklen Rock.

Er gab ihr die Hand und war im Zweifel: Ich würde ihr gern einen Kuß geben, aber er tat es nicht.

– Guten Tag, Filip.

Sie schnupperte; er sah nur, wie sich ihre Nasenflügel bewegten.

– Du riechst nach Formalin.

– Du riechst nach Parfüm. Ich weiß nur nicht, nach welchem, von Parfüm habe ich keine Ahnung.

– Cuir de Russie. Formalin erinnert mich an den Seziersaal.

– Dann mache ich jetzt vielleicht einen Fehler, wenn ich mit dir komme, sagte Osewoudt, während er ihr die Treppe hinauf folgte. Ich hoffe nicht, daß du nachher das Falsche tust.

– Dafür bist du nun wieder nicht blaß genug.

Dann fragte er: Und wie ist es ausgegangen? Warst du in Amsterdam? Hast du die Nachricht überbracht?

– Ja, natürlich.

Sie betraten ein geheiztes Zimmer, das klein, aber nicht schmal, sondern mehr oder weniger quadratisch war.

– Mit wem hast du gesprochen? Mit Meneer Nauta selbst?

– Ja. Es war alles in Ordnung.

– Alles in Ordnung, sagst du? Und was war dann mit dem Telefon?

– Meneer Nauta sagte, er habe das Telefon selbst abschalten lassen, weil er das Geschäft nicht mehr weiterführen will. Er will seine Federn nicht an die Deutschen verkaufen, er will nicht, daß Moffenhuren mit seinen Federn auf dem Kopf herumlaufen. Ach Filip, wie verdutzt du jetzt aussiehst. Mir war dieser dickköpfige alte Herr sehr sympathisch.

Marianne begann zu lachen, streckte die Hände aus und knöpfte seinen Mantel auf.

Osewoudt sagte: Laß nur. Er öffnete selbst den untersten Knopf und legte den Mantel über einen Stuhl.

– Wie hast du dich bei ihm eingeführt?

– Na so, wie du es mir aufgetragen hast. Ich habe gesagt: Ich soll Ihnen Grüße von Henri bestellen. Ich habe einen Briefumschlag für Elly dabei. So wolltest du es doch? Das hast du doch zu mir gesagt, daß ich das sagen sollte?

– Ja, sehr gut. Und hast du Elly auch gesehen?

– Nein, sie sei schon seit ein paar Tagen fort, sagte dieser Meneer Nauta. Er hat mir erklärt, warum. Sie war am Montag abend gekommen, mit einem Neffen von ihm, und dieser Neffe ist mit einer Tochter von ihm verheiratet. Zustände! Er hat mir erzählt, daß seine Tochter viel älter als dieser Neffe ist, ich hatte den Eindruck, daß er die Tochter nicht besonders mag, er hält sie für einen Drachen und kann deshalb gut verstehen, daß sein Neffe mit einer anderen durchgebrannt ist.

– Wie heißt dieser Neffe?

– Das hat er mir nicht gesagt. Was geht dich das denn an?

– Ach, nichts. Und dann? Ist dann dieser Neffe mit dieser Elly gekommen?

– Setz dich doch. Oder hast du es eilig? Ich bekomme hier nie Besuch.

Osewoudt setzte sich. Marianne ließ sich auf das Sofa fallen. Sie zog die Beine an und hielt sie mit der Hand fest. Ihm fiel auf, daß sie hübsche Strümpfe trug, er betrachtete sie noch einmal genau, offenbar hatte sie sich für ihn schön gemacht. Behutsam atmete er ihr Parfüm ein, Cuir de Russie.

– Und dieser Meneer Nauta wußte nicht, wann Elly zurückkommen würde?

– Nein. Die Sache war die. Er sagte: Ich habe keine Vorurteile, ich hatte nichts dagegen, daß die beiden bei mir übernachteten, ich hätte auch nicht gewußt, wohin ich sie sonst hätte schicken sollen. Es war schon gegen elf Uhr abends, als sie hier auftauchten. Aber ich hatte auch keine Lust, sagte er, sie wochenlang bei mir wohnen zu lassen. Er fand, das könne er seiner Tochter nicht antun.

Der Neffe ist am nächsten Morgen relativ früh wieder gegangen. Das Mädchen ist dort geblieben. Sie hat das Haus nicht verlassen. Abends um elf war der Neffe immer noch nicht zurück. Das Mädchen hat dann bei Nauta angeklopft und gefragt, ob der Neffe, also der Schwiegersohn – ich weiß schließlich auch nicht, wie sie sich ausgedrückt hat –, enfin, sie hat gefragt, ob er noch irgend etwas gesagt hätte. Wann er zurückkommen würde.

Bei dieser Gelegenheit hat Nauta ihr seine Gefühle anvertraut. Er hat gesagt, er hätte keine Vorurteile, aber es gebe Grenzen. Der Mann hat keine Vorurteile, das hat er mir mindestens hundertmal gesagt! Na gut, also keine Vorurteile, aber dafür Grenzen! Das arme Mädchen hat seine Schlußfolgerung daraus gezogen und ist am nächsten Morgen verschwunden.

– Er hat sie ohne Ausweis auf die Straße geschickt?

– Ja, ich denke schon. Sie wird ihm nicht gesagt haben, daß sie keinen Ausweis hat, was weiß ich. Warum bist du so nervös?

– Warum soll ich nicht nervös sein, wenn ich mir ein Bein ausreiße, um ihr einen vernünftigen Ausweis zu besorgen, und sie verschwindet dann einfach, ohne Papiere.

– Ja, das ist ärgerlich.

– Was hast du mit dem Ausweis gemacht? Hast du ihm den trotzdem gegeben?

– Nein, so dumm bin ich nicht. Ich hab ihm auch nicht gesagt, daß diese Elly ohne Ausweis herumläuft. Die Menschen sind nämlich schlecht, und wie schlecht sie sind, merkt man erst unter einer deutschen Besatzung, wie jetzt. Meinst du nicht auch, Filip? Ich dachte, wenn ich dem Mann das erzähle, daß sie keinen Ausweis hat, ruft er vielleicht die Polizei an! Vorurteile hin oder her! Oder es rutscht ihm vor dieser Tochter heraus, und dann wird die Tochter …

Osewoudt holte tief Luft und sagte: Es ist sehr vernünftig, daß du nichts darüber gesagt hast. Hast du die andere Nachricht noch weitergegeben, ich meine, daß Ria und ihre Schwiegermutter verhaftet worden sind?

– Nein, du hattest gesagt, daß ich das nur erzählen sollte, wenn mit dem Telefon etwas nicht in Ordnung ist. Es war also in diesem Fall nicht nötig.

– Es war nicht einfach nur eine Parole, murmelte Osewoudt.

– Wie bitte?

– Ich habe nichts gesagt.

– Doch, du hast was gesagt. Habe ich es vielleicht nicht richtig gemacht? Aber ich bin mir sicher, daß ich genau das gesagt habe, was ich sagen sollte! Ich habe mich nicht geirrt! Ich bin sehr gewissenhaft in diesen Dingen.

– Ja.

– Glaubst du mir nicht?

– Aber natürlich glaube ich dir.

– Sag mal, Filip, hast du diese Elly vielleicht gekannt?

– Ich hab sie nie gesehen. Warum fragst du?

Marianne ließ einen Augenblick ihre Hand hin und her kippen; die Handfläche nach oben, legte sie sie dann wieder auf ihr Bein: Dann könntest du eventuell nachforschen, wo sie geblieben ist. Oder?

Osewoudt stand von seinem Stuhl auf. Er betrachtete drei japanische Tassen, die auf einer Anrichte aus braunem Eichenholz standen, er betrachtete den Stich, der darüber hing: *Die Mutter* von Whistler, komplett mit dem Prosagedicht der

Baronin von Hutten. Soso, Onkel Bart, du hast sie vor die Tür gesetzt, dachte er. Ohne Vorurteile ins Ungewisse geschickt.

– Weißt du, was ich denke, Filip?

Er ging zu ihr und setzte sich neben sie aufs Sofa.

– Was denkst du?

– Du bist ein netter Kerl, aber die Sache liegt doch wohl klar auf der Hand! Natürlich ist sie zu diesem Neffen gegangen, dem Neffen von Nauta, Neffe und Schwiegersohn! Sie wußte bestimmt, wo er war!

Osewoudt mußte laut lachen und dachte dabei ständig: Ich darf nicht lachen, ich darf jetzt nicht lachen. Er versuchte sich vorzustellen, wie Elly irgendwo stand, von deutschen Polizisten umringt, mit erhobenen Händen. Aber er konnte sein Lachen nicht unterdrücken. Nur mit größter Mühe brachte er heraus: Und wenn sie dann unterwegs festgenommen wird, ohne Ausweis?

– Ach was, es war natürlich gleich in der Nähe. Dieser Neffe hat da irgendwo ein Zimmer gemietet! Wo soll sie sonst hingegangen sein? Das ist dort wirklich eine Gegend, in der man ein Zimmer mieten kann. Sie bekommt bestimmt einen anderen Ausweis.

Marianne griff hinter sich und holte ihre Tasche vor. Ellys Ausweis nahm sie heraus. Sie hielt ihn in ziemlich großem Abstand vor sich und betrachtete das Foto.

– Hübsch ist sie ja nicht gerade.

– Findest du? Osewoudt griff nach dem Ausweis, während Marianne ihn festhielt. Ich habe sie mir nicht so genau angeschaut, sagte er. Mariannes Daumen und sein Daumen parallel nebeneinander. Dazwischen Ellys Paßbild.

– Sie sieht dümmlich aus.

– Ja und so aufgedunsen.

– In ihren Augen ist nichts, was auf Sinn für Humor schließen läßt.

– Nicht wie in deinen. Marianne zog die Brauen hoch.

– Sehr schmeichelhaft. Ich hoffe nur, daß du recht hast.

– Wieso?

– Was sollte ich ohne Sinn für Humor anfangen? Aber glaub mir, Filip, manchmal hab ich Angst, ihn zu verlieren.

– Ach was, sagte er, und sein Kopf lag schon fast auf ihrer Schulter, unseren Sinn für Humor dürfen wir nie verlieren!

Er ließ Ellys Ausweis los, und Marianne legte ihn neben sich aufs Sofa. Er küßte sie auf die Schläfe, er bewegte die Nase in den Haaren über ihrem Ohr hin und her. – Wir dürfen nie den Sinn für Humor verlieren, sagte Osewoudt, deshalb ist eines ganz wichtig: Man muß dafür sorgen, daß man nicht zu viel von anderen Leuten weiß.

– Da hast du vollkommen recht. Außerdem hat es keinen Sinn, viel von anderen Leuten zu wissen.

Sie ließ es zu, daß er ihre Hand hielt.

– Vor allem in einer Zeit wie dieser, sagte er. Es kann nur Unglück bringen, wenn man viel von einem anderen Menschen weiß. Am besten wäre es, wenn jeder den Namen änderte.

– Ach, Filip, das fände ich aber gar nicht gut, wenn du deinen Namen ändern würdest. Mir gefällt dein Name. Filip …

Er lehnte sich mit seinem ganzen Gewicht gegen sie, und sie gab langsam nach. Dann sagte er fragend: Ich hoffe, daß dir nicht nur mein Name gefällt?

Sie begann zu lachen, ihre Lippen zogen sich bebend von den hinreißenden Zähnen weg, und doch hatte ihr Lachen etwas Geringschätziges, als wollte sie sagen: Wie kannst du solche dummen Sachen denken. Oder vielleicht auch: Alle Männer wollen doch nur das eine. Mit seinem Kopf drückte er ihren Kopf in die Kissen, preßte seine Lippen auf ihre Lippen, und seine Zunge fand die warme Weichheit ihres Mundes. Seine Hand glitt unter ihre Bluse, und er fühlte ihre Rippen unter einem dünnen Hemd.

Sie drehte den Kopf weg und sagte: Eigentlich müßte ich jetzt sagen, daß du ziemlich rangehst, aber wer weiß, was morgen ist.

Er schob die Hand hoch und umfaßte ihre Brust.

– Die Zeit rennt so schnell, daß wir alles überstürzen müssen, um mitzukommen.

Er schwang die Beine vom Sofa und setzte sich. Er spürte, wie seine Augen klein wurden, und in seinen Ohren rauschte es.

– Ich begehre dich, sagte er, nahm ihre Hand und drückte sie an sein Geschlecht, ohne genau zu wissen, was er tat.

Marianne lächelte noch immer, doch nun war es mehr ein trauriges Lächeln. Trotzdem sagte sie: Wer weiß, vielleicht kann deine Begierde befriedigt werden.

Er sah sich plötzlich als riesige Gestalt, Dämon und Heros, oder zumindest als Märchenprinz.

Er knöpfte ihre Bluse und ihren Rock auf. Sie ließ sich ganz ausziehen, er selbst aber zog sich nicht aus. So lag er auf ihr und dachte: Sie ist nackt, aber ich bin immer noch gepanzert. Was sollte ich anfangen, wenn ich nicht gepanzert wäre. Er hob den Kopf, um ihr ins Gesicht zu schauen. Ihre Augen waren vor Erregung fast geschlossen, aber ihr Mund war halb geöffnet und lächelte nun, als ob sie Mitleid mit ihm hätte. Er wollte es nicht sehen, drückte seinen Mund auf das Lächeln und stieß ihr seine Zunge zwischen die Zähne. So war es, als hielte er ihren Körper gefangen zwischen zwei Haken oder zwischen zwei Polen einer Batterie, und er jagte einen Stromstoß durch ihren Körper, so daß dieser in krampfhafte Zuckungen geriet und sie wie eine Gefolterte stöhnte.

Sie lag mit dem Rücken zu ihm. Er saß nach vorn gebeugt auf dem Sofa und brachte seine Kleidung in Ordnung. Ellys Ausweis war zu Boden gefallen. Er hob ihn auf und steckte ihn ein.

Dann ließ er sich halb auf Marianne fallen und gab ihr einen Kuß aufs Steißbein.

– Du hast einen sehr schönen Po.

Sie drehte sich zu ihm um.

– Wirklich? Zähl mal alles auf, was du an mir schön findest.

Er betrachtete sie, musterte sie von oben bis unten. Plötzlich riß er die Augen weit auf und lachte.

– He! Deine Haarfarbe ist also auch nicht echt! Ich hätte wirklich nicht gedacht, daß deine Haare gebleicht sind.

– Nein?

– Fandest du, daß dir dunkle Haare nicht stehen?

Er legte seine Hand auf die Haare, die noch ihre ursprüngliche Farbe besaßen. Die Finger der anderen Hand ließ er durch ihr blondes Kopfhaar gleiten.

– Dunkle Haare würden dir doch auch sehr gut stehen. Wunderhübsch. Zum Anbeißen.

Er küßte die schwarzen Haare, biß hinein und sagte: Paß auf, ich grase sie ab.

– Ich hab mir die Haare nicht gebleicht, weil mir dunkle Haare nicht gefallen.

– Nein? Warum denn sonst?

– Willst du behaupten, daß du das nicht wüßtest? Denk bloß nicht, du könntest mir alles weismachen!

– Ich verstehe nicht, was ich wissen müßte. Übrigens, ich will es nicht mal wissen. Wir haben vorhin vereinbart, daß es am besten ist, nicht zu viel von anderen Leuten zu wissen.

– Ach, wie schrecklich diskret sind wir doch! Aber jetzt sieh mal genau hin, Filip, schau mich an, und wag dann noch einmal zu behaupten, du wüßtest nicht, warum ich mir die Haare gebleicht habe.

– Ich kann dich nicht so lange mit kühlem Kopf anschauen, das erregt mich zu sehr.

Aber sie schob seinen Kopf weg, richtete sich auf und blieb aufrecht sitzen.

– Meinst du das jetzt im Ernst, daß an mir nichts Besonderes zu sehen ist?

– Ja, natürlich! Das ist doch kein Grund, böse zu werden!

Sie begann zu lachen, sah an ihrem Körper hinab und schaute ihn dann an, aber obwohl sie immer noch lachte, blickten ihre Augen so traurig, als seien sie längst erloschen, und sie murmelte: Kannst du wirklich nicht sehen, daß ich Jüdin bin? War dir das nicht klar?

Ihre Stimme wurde lauter und sehr nüchtern.

– Mein Vater, meine Mutter und zwei Brüder sind von den Deutschen verhaftet worden. Ich hatte hier im Haus zuerst ein möbliertes Zimmer, dann bin ich untergetaucht und verstecke mich jetzt hier. Hast du das wirklich nicht gewußt? Mal ehrlich, hast du das nicht längst durchschaut?

Osewoudt verzog das Gesicht zu einem Grinsen.

– Enfin, sagte er, das schlimmste Leid ist nun vorbei.

– Wieso?

– Heute oder morgen schaffen die Amerikaner einen Durchbruch in der Normandie, und dann kann sie nichts mehr aufhalten.

– Meinst du? Schon vor zwei Wochen sind sie mit viel Tamtam gelandet. Großes Geschrei, daß die Deutschen völlig überrumpelt wären, daß der Westwall nur eine Fiktion sei und so weiter, und so fort. Und was ist das Ergebnis?

– Sei nicht so pessimistisch. Was ist schon eine Woche.

Samstag vormittag, fünf nach zehn, trat ein Mann in einem hellbeigen Gabardinemantel aus dem Hauptbahnhof in Amsterdam. Er trug eine Brille. Er blickte umher und stellte fest, daß das Laub der Bäume langsam gelblich wurde. Er schaute in den klaren Himmel. Die Sonne schien, also doch ein schöner Tag. Die verflixten Brillengläser werden ständig schmutzig, dachte er, nahm die Brille ab und steckte die Hand schon unter den Mantel, um sein Taschentuch herauszuholen, setzte die Brille jedoch wieder auf, ohne sie gesäubert zu haben. Die Brille hatte eine dicke, schwere Fassung.

Der Mann trug einen dunkelgrünen Hut. In seiner Innentasche steckte ein Ausweis auf den Namen Filip van Druten, Beruf: Kriminalbeamter; Haarfarbe: schwarz. Unter dem grünen Hut kam schwarzes Haar zum Vorschein.

So sah sich Osewoudt denselben Weg gehen, den er immer zu Onkel Bart ging.

Zehn Minuten später rief er im Treppenhaus nach oben: Ich bin's, Henri!

Auf der Treppe nahm er die Brille ab, behielt jedoch den Hut auf, als er Onkel Barts Zimmer betrat.

Onkel Bart ging zu dem kleinen Kanonenofen, die Kaffeekanne in der einen Hand, in der anderen eine Tasse.

– Ich dachte, da hätte ein Mann mit einer Brille gestanden, aber du bist es.

– Ein Mann mit einer Brille? Ich glaube, langsam wirst du schrecklich alt. Du mußt mal deine eigene Brille überprüfen lassen.

Onkel Bart stellte die Kaffeetasse auf seinem Schreibtisch ab.

– Ich wollte dir auch eine Tasse Kaffee einschenken, aber wenn du mich so anblaffst, überlege ich es mir noch mal.

Onkel Bart ging schon zum Wandschrank und nahm eine Tasse heraus. Osewoudts Hut kniff. Er wagte nicht, ihn abzunehmen, wagte es auch nicht, sich zu setzen. Wenn ich mich setze, fällt ihm um so mehr auf, daß ich einen Hut trage und ihn auch im Haus aufbehalte.

Er blieb stehen, knöpfte jedoch den Mantel auf.

– Ich hab's furchtbar eilig, Onkel Bart, ich muß gleich wieder los. Ich muß dir nur was Schreckliches erzählen!

Onkel Bart drehte sich zu ihm um, die Tasse Kaffee in der Hand.

– Warum setzt du dich nicht? Und nistet bei dir ein Vogel unterm Hut? Nein so was, er hat einen neuen Hut!

Er schaute Osewoudt an; Osewoudt sah, daß Onkel Bart wieder mal schlecht rasiert war, und dachte: Ich habe nie gemerkt, daß Onkel Bart schon so alt geworden ist. Er sagte: Jetzt laß mich doch mit meinem Hut in Ruhe. Ich wollte dir sagen, daß Ria und Mutter von den Deutschen verhaftet worden sind.

– Was sagst du da? Und warum?

Osewoudt zuckte die Schultern. Alles roch hier nach altem, einsamem Mann, das Buch, das aufgeschlagen auf dem Schreibtisch lag, war von Hegel, neben dem Buch lag ein Stummel von einem Blaustift, mit dem Onkel Bart Randbemerkungen notiert hatte, die Ränder waren geädert mit Notizen in verschiedenen Farben: Rot, Schwarz und Blau, es sah aus wie ein Schnitt durch eine Geschwulst. Er liest dieses Buch schon seit vierzig Jahren; vierzig Jahre lang hat er seine Anmerkungen an den Rand geschrieben.

– Los, Junge, antworte. Warum ist das passiert?

– Warum? Das haben sie mir nicht gesagt! Ich bin nicht dabeigewesen! Wenn ich dabeigewesen wäre, stünde ich jetzt nicht hier. Verstehst du?

– Aber du hättest doch wenigstens zur Polizeiwache gehen und dich erkundigen können, was dahintersteckt?

– Ich zur Polizeiwache gehen? Ich? Was denkst du! Dann behalten sie mich doch sofort da. Ich kann zwar hingehen, aber ich käme nicht mehr raus! So ist das heutzutage, verstehst du?

– Schrei mich nicht so an! Du benimmst dich, als ob es meine Schuld wäre! Du tust so, als ob *ich* mit irgend so einem Mädchen durchgebrannt wäre!

Osewoudt ging auf ihn zu und faßte ihn am Oberarm.

– Ach, Onkel Bart, das habe ich doch gar nicht gemacht! Du hast überhaupt nichts begriffen! Ist Elly noch hier?

– Elly? Du kommst, um mich zu fragen, wo Elly ist? Deine Frau und deine Mutter sitzen im Gefängnis, und deine einzige Sorge ist, wo dieses Mädchen geblieben ist? Das fragst du mich mit einer Unschuldsmiene, um mich ein bißchen zu quälen? Lieber Himmel, anscheinend sind alle verrückt geworden. Oder, Henri? Habe ich das verdient?

– Du verstehst es nicht, Onkel Bart. Aber ich muß wirklich wissen, wo Elly ist, jetzt gleich.

– Gut! Dann sag ich es dir! Sie ist dir gefolgt, am nächsten Tag. Und es war auch nur gut, daß sie dieses Haus verlassen hat, das wirst du wohl einsehen: Ich hatte nie Vorurteile, aber es gibt Grenzen!

– Sie ist mir überhaupt nicht gefolgt, ich hab sie nicht wiedergesehen, ich schwör's. Und es stimmt überhaupt nicht, daß ich mit ihr, wie du es nennst, durchgebrannt war.

– Du willst also behaupten, du hättest von Ria nicht die Nase voll gehabt! Du willst mir also weismachen, daß du rein zufällig mit diesem Mädchen hier aufgekreuzt bist?

– Jetzt hör doch zu, Onkel Bart. Wenn es so gewesen wäre, meinst du, ich hätte dann ausgerechnet bei dir eine Bleibe für die Nacht gesucht?

– Ausflüchte! sagte Onkel Bart. Er tappte zum Schreibtisch, hielt sich dabei mit einer Hand die Seite und ließ sich auf den Stuhl fallen. Lieber Himmel! Die arme Gesien! Was für ein Leben, was für ein Ende! Aber das kann doch nicht sein! Die Deutschen sind doch bestimmt nicht solche Unmenschen, daß sie eine alte Frau, die vor Jahren in einem Anfall von Wahnsinn ihren Mann ermordet hat, einfach einsperren. Es ist bewiesen, daß sie unzurechnungsfähig ist!

Ihren Mann ermordet! Sollte er dem alten Onkel Bart die Augen öffnen? Ihm sagen, daß ein anderer Grund viel wahrscheinlicher war? Nein! Je weniger er wußte, desto besser!

– Ach, Onkel Bart, du hast ja keine Ahnung, wie es bei den Deutschen seit 1933 zugeht! Verbrecher, die ihre Strafe längst abgesessen haben, werden ohne jeden Prozeß und ohne ein neues Verbrechen begangen zu haben, in Konzentrationslager gesteckt und umgebracht! Berufsverbrecher nennen sie solche Leute!

– Es ist mir egal, wie sie diese Leute nennen, aber du mußt alles daransetzen, deine Mutter da herauszuholen. Das ist deine Pflicht!

Osewoudt setzte sich und schlürfte seinen Kaffee. Wenn er darüber nachdachte, fand er Onkel Barts Vermutung nicht einmal so unwahrscheinlich! Es war durchaus möglich, daß die Deutschen wegen seiner Mutter gekommen waren und nicht wegen ihm! Welche Beweise hatten sie denn gegen ihn? Warum sollten sie am Dienstagmorgen gekommen sein, zu einer Zeit, als Elly noch bei Onkel Bart und damit in Sicherheit war? Selbst wenn er davon ausging, daß sie Elly in diesem Augenblick bereits verhaftet hatten, selbst wenn die Deutschen Elly seine Adresse entrungen hätten, konnte das nicht der Grund gewesen sein, daß sie schon Dienstag vormittag seine Mutter und Ria festgenommen hatten!

– Hast du denn etwas darüber in der Zeitung gelesen? fragte er.

– Worüber?

– Haben die Deutschen irgendwo bekanntgegeben, daß sie Geisteskranke und ehemalige Verbrecher wieder in Gewahrsam nehmen wollen? Oder haben sie es im Radio durchgesagt? Du hörst doch jeden Tag Radio? Ist es vielleicht von der BBC gebracht worden?

– Ich weiß von nichts! Du kommst und erzählst mir, daß die Deutschen Geisteskranke und Rückfalltäter ohne jeden Prozeß in ein Konzentrationslager stecken! Ich habe so etwas nicht behauptet! Ich habe nur gesagt, daß ich nicht verstehe, warum eine alte Frau, die vor zehn Jahren ihren Mann umgebracht hat, die vor Gericht stand und eine Zeitlang in einer Anstalt war, die danach keiner Fliege mehr etwas zuleide getan hat, wie so eine Frau einfach verhaftet werden kann! Und was ist mit Ria? Was hat Ria getan?

– Ich weiß es nicht, Onkel Bart. Jeder tut etwas, aber es kommt nicht immer ans Licht! Du zum Beispiel hast ein Radio, du hörst den englischen Sender, allein darauf stehen zwei Jahre Zuchthaus. Wenn die Deutschen wollen, können sie schon auf Grund ihrer Anordnungen jeden verhaften. Wenn man dann noch bedenkt, daß sie auch ohne ihre Anordnungen Leute verhaften! Wie soll ich herausbekommen, warum sie Ria mitgenommen haben?

– Du bist wohl nicht ganz bei Trost! Mach dich nicht lächerlich! Wirst du denn nie erwachsen? Läßt deine Frau und deine Mutter einfach verschwinden, ohne einen Finger zu rühren? Himmeldonnerwetter! Bist du denn nicht mal auf die Idee gekommen, einen Anwalt einzuschalten?

– Einen Anwalt? Aber lieber Onkel Bart, wir leben nicht mehr in einem Rechtsstaat. Was denkst du dir eigentlich? Willst du vielleicht auch verhaftet werden? Wie stellst du dir das vor? Wenn da ein Anwalt zu den Deutschen kommt, fragen sie ihn doch als erstes: Wer hat Sie denn geschickt?

– Ich! rief Onkel Bart. In dem Fall habe ich ihn geschickt! Dann sagt der Anwalt: Meneer Nauta schickt mich, Meneer Nauta, der Bruder der alten Frau Osewoudt, der Vater der jungen Frau Osewoudt. Das soll er antworten, ich gebe ihm den Auftrag dazu. Verstehst du, Henri? Ich habe keine Angst! Und wenn die Deutschen glauben, eine Frau wie deine Mutter dürfe nicht frei herumlaufen, bin ich sogar bereit, einen Kompromiß mit ihnen zu schließen. Ich will alles tun, aber sie werden sie nicht in ein Konzentrationslager stecken! Ich werde anbieten, sie in eine private Anstalt bringen zu lassen, auf meine Kosten!

Osewoudts Unterkiefer zitterte, er war kaum imstande, auf seinem Stuhl sitzen zu bleiben. Die Stirn begann unter dem Hutrand unerträglich zu jucken. Ehe er sich dessen bewußt wurde, nahm er den Hut ab und wischte sich über die Stirn.

– Was ist denn das?

Onkel Bart beugte sich keuchend zu ihm, mit geöffnetem Mund, Bartstoppeln bis zum Adamsapfel.

– Ich meine, sagte Osewoudt, daß es völlig sinnlos ist, einen Anwalt zu schicken, weil die Deutschen nicht darauf eingehen werden. Hitler ist nun mal nicht Hegel, auch wenn beide mit H anfangen! Ja, wenn wir zahlen könnten, zwanzigtausend Gulden, fünfzigtausend Gulden, dann vielleicht!

Osewoudt sah Onkel Bart nicht an. Er drehte den Hut zwischen den Fingern, während er sagte oder eher schrie: Außerdem denke ich, es ist idiotisch, zu glauben, sie hätten Mutter *deshalb* verhaftet. Die Deutschen haben in unserem Land wahrlich andere Leute zu verhaften! Zu Hygienemaßnahmen sind sie überhaupt noch nicht gekommen. Ich meine, es ist wegen was anderem, warum hätten sie sonst auch Ria mitgenommen?

Er sah Sterne vor den Augen, die er starr auf Onkel Barts Füße gerichtet hatte.

Dann spürte er einen Ruck an den Haaren und schaute auf. Onkel Bart schüttelte immer wieder den Kopf, er hatte Schaum auf den Lippen.

– Aber du, was ist mit dir los? Hast du dir die Haare färben lassen? Wie kommst du zu schwarzen Haaren?

– Laß mich los! Was? Schwarze Haare? Ja, meine Haare sind gefärbt! Und weißt du, warum? Weil ich es bin, der von den Deutschen gesucht wird! Ich, ich allein! Verstehst du es jetzt? Weil ich nicht zu Hause war, darum haben sie Mutter und Ria mitgenommen!

– Dann bist du ein Feigling, wenn du deine Frau und deine Mutter deiner eigenen Sicherheit opferst! Daß du nicht schnurstracks zur Polizeiwache gegangen bist und gesagt hast: Hier bin ich, aber laßt meine Mutter und meine Frau laufen, die sind unschuldig!

– Ich bin kein Feigling. Ich kann mich unmöglich stellen!

– Kein Feigling! Degeneriert bist du!

– Degeneriert! Jetzt geht's aber los! Jawohl, degeneriert, weil mir kein Bart wächst! Verdammt noch mal! Ha! Ha!

Es war kein Lachen, es war nur der Ausruf Ha! Ha!, als ob er aus einer Geschichte vorlesen würde.

– Ich wiederhole es, sagte Onkel Bart, degeneriert! Was hast du angestellt? Warum suchen dich die Moffen? Weil du Schwarzhandel betrieben hast mit deinen dreckigen Zigaretten. Meinst du, ich wüßte das nicht? Aus Schiß hast du dir die Haare gefärbt! Wenn ich das von jemand anders hören würde, ich würde platzen vor Lachen. Aber es ist mein eigener Sohn! Jahrelang hat er bei mir gewohnt! Alles habe ich getan, um ein vernunftbegabtes Wesen aus ihm zu machen! Und er betätigt sich als Schwarzhändler! Er verkauft Zigaretten, den Krebs der modernen Gesellschaft! Er hat sich die Haare schwarz gefärbt wie ein altes Weib! Mir fehlen die Worte. Du widerst mich an.

Osewoudt stand auf. Er stellte einen Fuß nach vorn, er hielt den Hut vor den Unterleib. Er zog den Fuß zurück und stellte den anderen Fuß vor. Mit leiser Stimme, es klang eher, als tröste er Onkel Bart, als daß er ihm widersprach, sagte er: Es tut mir leid, aber du irrst dich. Ich kann es nicht ändern, es ist nun mal so. Ich wüßte nicht, was ich sonst tun sollte. Ich habe nicht das Recht, dir alles zu erklären, aber du irrst dich. Geh nicht zu einem Anwalt, Onkel Bart, denn du würdest es bereuen, vielleicht schon sofort, aber sicherlich nach der Befreiung.

Tränen schossen ihm in die Augen und in die Nase, er mußte sich räuspern, damit er weiterreden konnte.

– Mutter und Ria sind unschuldig, sie haben nichts verbrochen. Die Deutschen werden sie nach ein paar Wochen laufenlassen, da bin ich mir sicher. Ich beschwöre dich, misch dich bitte nicht ein. Unsere Feinde machen es uns schon schwer genug.

Doch Onkel Bart nahm seinen Stuhl, hob ihn hoch und stellte ihn mit einem Knall wieder hin, mit dem Rücken zu Osewoudt und der Sitzfläche zum Schreibtisch. Dann setzte er sich, beugte sich tief über den Tisch und blätterte in dem Buch, als suche er nach einer passenden Textstelle, nein, eigentlich eher, als versuche er vergebens, etwas Passendes darin zu finden. Er schlug mit der flachen Hand auf die Tischplatte.

– Mensch, jetzt hau in Gottes Namen ab!

Osewoudt stand auf und sagte: Ich habe nie gewußt, wie sehr du mich verachtest. Deine Verständnislosigkeit beweist ja, daß du mich schon immer verachtet hast. Weil du mich schon immer verachtet hast, glaubst du mir nicht!

Aber Onkel Bart schaute sich nicht mehr nach ihm um. Seine Hand schlug jetzt ununterbrochen auf die Schreibtischplatte, nicht besonders fest, jedoch ungeduldig.

– Ach Junge, du kannst es vielleicht nicht ändern, aber ich kenne doch meine Pappenheimer. Ich habe deinen Vater noch erlebt.

– Das stimmt, ich nicht. Aber du behauptest Unsinn. Du mußt auf das achten, was ich selbst sage, und nicht auf das, was du von meinem Vater weißt. Du bist genau wie die Deutschen: ein Wirrkopf. Doch darum geht es hier nicht. Es ist mir längst einerlei, ob ich dich überzeugen kann oder nicht. Aber Onkel Bart, ich beschwöre dich: Misch dich in diese Sache nicht ein, das würde nicht nur für dich, sondern auch für mich schlecht ausgehen.

Auf der Straße überkam ihn ein so großes Gefühl der Hoffnungslosigkeit, daß er sich imstande fühlte, dem erstbesten Deutschen entgegenzutreten und zu sagen: Hier bin ich! Doch nirgends war eine deutsche Uniform zu entdecken. Die Gegend war ja ›Für Wehrmachtsangehörige verboten‹. Er hörte, wie jemand an eine Fensterscheibe klopfte, und schaute sich um. Eine korpulente, blasse Hure winkte ihm. Sie saß auf einem hohen Stuhl hinter dem Fenster, die Beine angezogen, den Unterrock bis zum Bauch geschürzt.

– Zu früh! rief Osewoudt und warf ihr eine Kußhand zu. Er brach in Gelächter aus. Erst als er in die Damstraat einbog, merkte er, daß er den Hut noch in der Hand hielt. Er setzte ihn auf und spähte umher, ob er auch nicht verfolgt würde.

Es war Viertel nach zwölf. Was sollte er bis fünf Uhr machen? Zuerst essen. Er betrat das Restaurant *De Gerstekorrel* und nahm schon auf der Schwelle den Hut ab. Er entschied sich für einen Tisch hinten im Raum, hängte Mantel und Hut an einen Garderobenhaken und setzte sich mit dem Gesicht zu einem Fenster mit bleigefaßten Scheiben. Aus dem Radio tönte deutsche Musik. Deutsche saßen an den Tischen: Offiziere der Luftwaffe in grauen, SS-Leute in grünen Uniformen, dicke Deutsche in Zivil. Auch dicke Holländer mit dünnen Aktenmappen, die Geschäfte machten.

Der Ober kam, ohne zu zögern, zu Osewoudt.

– Ist es für Sie sehr unbequem, wenn ich etwas auf Marken bestelle?

– Es macht nur beim Trinkgeld einen Unterschied, manchmal …

– Nicht bei mir.

Osewoudt gab ihm zwei Fleisch- und zwei Buttermarken, bestellte Beefsteak, Bratkartoffeln, grüne Erbsen und Pfannkuchen.

– Ach ja, Herr Ober, bitte ein großes Glas Bier!

Das Bier wurde als erstes gebracht. Er trank das Glas sofort halb aus. Unterdessen versuchte er Gespräche zu belauschen, aber es wurde so laut und so viel geredet, daß er nichts verstehen konnte.

Mutter im Gefängnis, und ich sitze hier! Es riecht nach leckerem Essen.

Wie hätte das Leben ausgesehen, wenn Mutter nicht krank gewesen wäre, wenn du nicht für sie hättest sorgen müssen? Wärst du mit Ria verheiratet? Hättest du dich, mit achtzehn, in einen Tabakladen gestellt wie ein pensionierter Marinesoldat oder ein invalider Radrennfahrer?

Aber wenn ich es nicht getan hätte, wäre ich jetzt wahrscheinlich von Onkel Bart vollkommen abhängig. Auf keinen Fall wäre ich Dorbeck begegnet! Dorbeck! Was wäre ich ohne Dorbeck? Ich habe schwarzes Haar, wie er; jetzt bin ich wirklich sein Zwillingsbruder!

Er blickte auf seine Armbanduhr, es war eins. Um fünf muß ich anrufen. Vielleicht spreche ich ihn persönlich. Vielleicht werde ich ihn bald treffen. Was würde er sagen, wenn er mich sieht? Weißt du genau, daß du nicht in den Spiegel schaust? werde ich ihn fragen. Wir werden loslachen.

Er blickte auf. Einen Tisch weiter stand eine kleine alte Frau. Sie trug einen flachen Henkelkorb am Arm und redete mit zwei Deutschen, die nebeneinander saßen, mit dem Rücken zu Osewoudt. Die Frau war schwarz gekleidet und hatte sich ein Tuch, dessen grüne Farbe ausgewaschen war, um den Kopf gebunden. Ihre Silhouette hob sich gegen das Fenster ab, sie glich einer enorm vergrößerten Kartoffel. Sie schlug ein Handtuch zurück, das über dem Korb lag, und die Deutschen blickten hinein, der Deutsche, der ihr am nächsten saß, schob sogar seinen Stuhl zurück, um sich vorzubeugen und die Nase hineinzustecken.

– Zwei Gulden! rief die Frau. Herrlich fett!

Der Deutsche richtete sich wieder auf und begann ein Gespräch mit dem anderen. Die Frau blieb stehen, das Tuch des Korbs war noch zurückgeschlagen, aber nachdem sich die Deutschen ausführlich beratschlagt hatten, schüttelten sie schließlich den Kopf und riefen laut: Nein! Leider!

Die Frau zog das Tuch wieder zurecht, trat einen Schritt zurück und schaute Osewoudt an. Jetzt erst sah er, daß es seine Mutter war; sie war aus dem Gefängnis entkommen und versuchte nun, sich am Leben zu erhalten, indem sie mit einem Korb geräucherter Aale hausieren ging.

– Versuch nicht, mich zu warnen, murmelte Osewoudt, ich kann dir nicht helfen, Mutter, aber du mir auch nicht. All deine Warnungen werden zu nichts führen.

Die Frau kam zu seinem Tisch und schlug das Tuch wieder zurück.

– Erstklassiger fetter Aal, Meneer.

– Ich sehe, daß es erstklassiger fetter Aal ist, aber ich brauche im Augenblick keinen.

– So viel Essen kann man sonst nicht kaufen, Meneer.

– Ich muß verreisen, ich kann ihn nicht mitnehmen.

– Na und wenn ich ihn in Zeitungspapier einwickle?

– Nein, danke.

Er griff sich in die Tasche und wollte ihr einen Gulden geben.

– Meneer, ich komme nicht zum Betteln hierher!

Sie ging weiter zu dem Tisch hinter ihm.

Halb zwei. Er hatte gegessen und konnte nicht länger sitzen bleiben. Wie sollte er die Zeit bis fünf Uhr totschlagen?

Fast ohne sich umzusehen, schlenderte er langsam zum Dam.

Onkel Bart ist jetzt unterwegs zu seinem Anwalt, dachte er, einem alten Freund, der ihm schon seit vierzig Jahren bei Geschäften zur Seite steht, einem alten Mann wie Onkel Bart. Und der sagt: Selbstverständlich, Bart! Ich stehe dir voll und ganz zur Verfügung! Aber versteh mich recht, einfach zu den Deutschen gehen und Rechenschaft von ihnen fordern, ein alter Mann wie ich, sich in die Höhle des Löwen begeben … Schau mal, Bart …

In diesem Ton faselt er weiter. Geht nicht zu den Deutschen. Ruhig abwarten ist das beste, sagt er. Hier, lies lieber dieses Widerstandsblatt, die letzte Nummer von *Het Parool*. Du kannst die Zeitung mitnehmen, aber versteck sie gut! Der Moffe wird bald verrecken, das steht da! Onkel Bart geht zufrieden nach Hause. Für wie lange zufrieden? Für eine Woche? Höchstens. Er begreift überhaupt nichts mehr, ist aber noch genauso starrköpfig wie früher, als er sich mit Tante Fietje trauen ließ und sie den Kinderwagen mit Ria darin beim Pförtner des Rathauses abstellten! Das hielt er für einen Beweis seines Schneides, nein, für eine Großtat! Etwas, an das er später mit Stolz zurückdenken konnte. Aber warum hat er es getan? Weil man die Leute, die einem nicht paßten, damals nicht um die Ecke bringen konnte, so wie heute. Die Zeit war nicht günstig für ihn, das ist es!

Osewoudt ging durch die Kalverstraat, bog rechts ab zum Spui. Auf der Normaluhr an der Ecke bei der Kirche war es zwei. Osewoudt ging weiter zur Universitätsbibliothek gleich hinter der Kirche und blieb stehen.

Als ich von der Oberschule kam, dachte er, hat Onkel Bart von Studieren geredet. Wenn ich darauf eingegangen wäre, säße ich jetzt vielleicht jeden Tag hier in diesem Gebäude in aller Ruhe über den Büchern. Wie sieht es darin wohl aus? Ob jeder einfach so hineingehen darf ?

Er blieb vor einer Flügeltür aus hellem Eichenholz stehen. Nirgends Hinweise wie ›Klingeln‹ oder ›Klopfen‹. Er drückte gegen den rechten Türflügel, und er gab nach. Osewoudt gelangte in eine marmorgetäfelte Vorhalle; links war eine Portierloge, in der ein alter Mann saß und Kreise aus weißem Papier auf Buchrücken klebte. Osewoudt nahm den Hut ab; der Mann schaute ihn eine Sekunde lang über die Brille hinweg an und widmete sich wieder seiner Arbeit. Eine kleine Treppe, und die Umgebung war aus Eichenholz; ein kräftiger Geruch nach Bohnerwachs drang Osewoudt in die Nase. Hinter einer Theke saß eine Frau mit einer weißen Schürze und strickte. Endlich sah er einen Hinweis: ›Garderobe muß abgegeben werden‹. Osewoudt legte den Hut auf die Theke und zog seinen Mantel aus. Die Frau legte ihr Strickzeug weg, gab ihm eine dicke runde Kupfermarke mit einer Nummer darauf und brachte Mantel und Hut in die Garderobe.

Eine Eichenholztreppe, nur erhellt von einem bleigefaßten Fenster auf einem Treppenabsatz, noch eine Treppe. Links und rechts Glastüren. Er schaute durch die linke Tür und sah ein Gewimmel von stehenden und hin und her gehenden Intellektuellen. Er schaute durch die rechte Tür und sah lange Tische, an denen Leute saßen, die lasen. Aber was soll ich lesen? dachte er beim Hineingehen. An den Wänden standen überall Bücher, sogar zwischen den Fenstern waren Bücherregale angebracht. Hier und da stand ein Holztritt vor den Regalen.

Ein betagter Gelehrter mit einem Kneifer verließ seinen Stuhl, ging zu einem der Treppchen, schob es zu dem Regal, aus dem er etwas benötigte, nahm ein Buch, das sehr weit oben stand, und ging damit zu seinem Platz zurück. Man durfte also einfach Bücher aus den Regalen nehmen, ohne vorher jemanden zu fragen! Osewoudt war auf der Höhe des ersten Tisches stehengeblieben, auf der rechten Seite hatte er hinter einem gewaltigen Schreibtisch eine Dame gesehen, die mit dem Gesicht zum Saal wie eine Lehrerin vor ihrer Klasse saß. Sie hielt Aufsicht, das war offenkundig, aber sie paßte gar nicht auf, sondern las ebenfalls.

Absichtlich schaute Osewoudt sie ein paar Sekunden lang an, er hoffte fast, daß sie ihn zu sich winken und fragen würde, was er hier eigentlich suche. Er wußte noch nicht, was er antworten sollte. Aber die Frau blickte von ihrem Buch auf, sah ihn und las weiter. Sie hatte dunkles, ziemlich dickes, krauses Haar, das aussah, als sei es nicht gekämmt, sondern einfach nur im Nacken zusammengebunden. Sie war nicht besonders jung, trug jedoch eine Brille, die noch um einiges älter war: große runde Gläser, in Gold gefaßt. Sie hatte ein Strickkleid an, grün, das gleiche Grün wie die Decke, die auf ihrem Schreibtisch lag, vielleicht aus demselben Stoff, die Leute nähen gegenwärtig Kleider aus den verrücktesten Lappen, vielleicht war ein Stück übriggeblieben. Sie wird wohl nicht viel verdienen.

Er ging weiter durch den Saal. Manche Leser schauten ihn nun an, jedoch auf eine Art, als dächten sie noch über ihre Lektüre nach. Er schaute auf die Bücher und hoffte ängstlich, eines zu entdecken, das er wie selbstverständlich aus dem Regal nehmen und zu einem freien Platz an einem der Tische tragen könnte.

An manchen Regalfächern waren Aufschriften angebracht, die angaben, welche Art Bücher dort standen. Es schien, als fragten ihn diese Aufschriften nach seinem Diplom, und er besaß ja kein einziges. Kaum hatte ich die Reifeprüfung bestanden, habe ich kein Buch mehr in die Hand genommen. Meine Schulbücher habe ich an Jungs aus der vierten Klasse verkauft. Ich wollte nichts mehr damit zu tun haben. Bedauerte er es? Er war am Ende des Saals angelangt, und seine Blicke glitten über die Rücken der Leser. Warum hätte ich auch so werden sollen? dachte er. Möglicherweise wäre ich zu dumm gewesen, um zu studieren, oder jedenfalls nicht gescheit genug, um mich besonders auszuzeichnen. Wenn ich hinter einem Schreibtisch gelandet wäre wie diese Frau, vielleicht hätte ich dann gedacht: Ich würde genausogern in einem Tabakladen stehen.

Nun sah er, daß über der Tür, durch die er eingetreten war, eine Uhr hing. Die Uhr zeigte fünf nach zwei. Noch drei Stunden warten, aber nicht hier. So schnell er es wagen konnte, ging er zurück. Nun erhob sich die Frau am Schreibtisch und machte Anstalten, zu ihm zu kommen, aber er lächelte sie an und ging durch die Tür. Genau in diesem Augenblick trat jemand aus der Tür gegenüber. Es war Zéwüster, er hielt ein kleines Buch in der Hand.

– He!

Osewoudt rief, aber eigentlich war es kein Rufen, dafür war seine Stimme zu leise gewesen.

Zéwüster hielt sich am Treppengeländer fest und streckte schon das Bein zur vorletzten oberen Stufe aus, während er Osewoudt fragend ansah.

– He, guten Tag, Zéwüster!

– Wie bitte?

– Du bist doch Zéwüster … Ich bin … Seine Stimme sank ab, ohne daß er es wollte, es war, als würde Zéwüsters Blick ihn betäuben, als hätte er keine Gewalt mehr über seine Äußerungen. Seine Stirn wurde eiskalt.

– Was wollen Sie von mir?

– Aber Zéwüster! Du wirst dich doch wohl noch an mich erinnern!

Diese letzten Worte waren nur in seinem eigenen Brustkorb hörbar.

– Sie müssen sich irren, mein Name ist de Bruin.

Osewoudt stand nun auch auf der obersten Stufe, direkt neben dem Mann, seine Hand lag auf dem anderen Geländer, und eine diffuse Wut ließ ihn seine Lähmung überwinden.

– Wenn Sie nicht Zéwüster sind, reicht es doch, zu sagen: Ich bin nicht Zéwüster. Ob Sie de Bruin heißen oder de Wit, geht mich dann weiter nichts an!

Eine Gruppe von drei Studenten zwängte sich zwischen ihnen hindurch die Treppe hinab. Zéwüster ging mit ihnen mit, ging noch schneller als sie, überholte sie, ohne sich umzuschauen. Osewoudt setzte sich ebenfalls in Bewegung. Die drei Studenten standen an der Garderobe und warteten auf ihre Mäntel. Zéwüster lief jedoch an der Garderobe vorbei und ging mit dem Buch in der Hand die Treppe hinab in die marmorgetäfelte Vorhalle. So wie er war, im Anzug, verließ er das Gebäude.

Als Osewoudt Mantel und Hut erhalten hatte und auch ins Freie trat, war Zéwüster wie vom Erdboden verschluckt.

Er hat sich über meine schwarzen Haare zu Tode erschrocken! Jemand, den er noch nie gesehen hat, spricht ihn einfach an. Nie? Warum hat er nicht zumindest gedacht, ich sei Dorbeck? Oder hat er einen Grund, sich vor Dorbeck zu fürchten? Ist er ein Verräter? Ein Überläufer? Im Dienst der deutschen Polizei? Ist er jetzt unterwegs, um mich anzuzeigen? Telefoniert er gerade? Vielleicht haben die Deutschen ihn verhaftet und nur unter der Bedingung freigelassen, daß er seine Komplizen verrät. Jetzt ist es also soweit gekommen. Er schreit gerade: *Ich habe ihn! Ich habe ihn! Den Kerl von dem Anschlag in Haarlem! Kommt schnell, beeilt euch! Ich hab ihn gefunden!*

Osewoudt rannte auf die andere Straßenseite des Singel und ging die Stufen zum Pissoir hinab, das, zur Hälfte in der Erde, neben der Gracht lag. Im Pissoir war niemand. Durch schmale

Schlitze auf einer Höhe etwas oberhalb des Straßenpflasters konnte er die Umgebung überblicken. Er schob seinen Regenmantel zur Seite, nahm die Pistole aus der Hosentasche und steckte sie in die Manteltasche.

Nichts Besonderes geschah. Die Straßenbahnen fuhren in regelmäßigen Abständen vorbei, hin und wieder ein Auto, einige Radfahrer. Nirgends etwas, was ihm Angst einflößte. Nach einer Viertelstunde dachte er: Ich hätte längst weg sein können. Jetzt wird die Polizei nicht mehr kommen, sie wissen, daß es schon zu spät ist.

In dem Moment erblickte er plötzlich wieder Zéwüster.

Zéwüster kam vom Spui, noch wie zuvor in seinem braunen Anzug. Er war allein. Er hatte die Hände frei. Das Buch steckte deutlich sichtbar in der Seitentasche des Jacketts. An der Straßenecke sah er sich nach allen Seiten um, als wolle er die Fahrbahn überqueren, aber Osewoudt wußte es besser. Nein. Zéwüster überquerte die Straße nicht, er hielt nur Ausschau. Er ging weiter bis zur Universitätsbibliothek, blieb vor der Tür stehen, schaute sich noch einmal um und blickte auch zur anderen Straßenseite. Dann verschwand er in dem Gebäude. Ihn abpassen, ihm vielleicht folgen?

Aber Osewoudt rührte sich nicht.

Die Tür der Bibliothek öffnete sich, jemand anders kam heraus. Kurz darauf öffnete sich die Tür erneut, diesmal war es Zéwüster. Er hatte nur seinen Mantel geholt, sonst nichts. Während er die Tür hinter sich zufallen ließ, schaute sich Zéwüster wieder nach allen Seiten um und ging dann Richtung Heiligeweg.

Osewoudt ging die Stufen hinauf, und als er sich wieder auf Straßenhöhe befand, schlenderte er langsam Richtung Koningsplein. Zéwüster hat mich erkannt, und Zéwüster hat Angst vor mir, dachte er. Oder er hat Dorbeck erkannt und hat Angst vor Dorbeck. Ein Verräter ist er vielleicht nicht, er ist nicht zur Polizei gerannt, nur Hals über Kopf geflüchtet und später zurückgekommen, um seinen Mantel zu holen.

Absichtlich bog Osewoudt nicht in den Heiligeweg ein, obgleich es eigentlich keinen Grund gab, eine neuerliche Begegnung mit Zéwüster zu vermeiden. Er trottete weiter, die Hände in den Taschen, die rechte Hand, mit der er den Griff der Pistole umklammerte, wurde feucht.

Er trottete durch die Leidsestraat und über den Leidseplein und wußte nicht, wie er die Zeit sonst totschlagen sollte.

Am Anfang des Overtoom betrat er einen Obstladen, nachdem er sich vorher vergewissert hatte, daß kein weiterer Kunde darin war.

Eine Frau mit rotem, rissigem Gesicht stand in einem gestärkten weißen Kittel hinter der Theke.

– Sie wünschen, Meneer?

Osewoudt zog den Hut, setzte ihn jedoch nicht ab.

– Ich möchte Sie um eine Auskunft bitten. Kommt es in Ihrem Laden manchmal vor, daß Sie Obst ins Gefängnis liefern?

– Gewiß, Meneer. Wir können unsere Ware überallhin liefern.

– Aber wenn Sie nicht genau wissen, wo der Empfänger inhaftiert ist, ist es dann auch möglich?

– Das weiß ich nicht, dann wird es sicher viel schwieriger.

– Hören Sie mal. Meine Mutter ist im Gefängnis, die Deutschen haben sie verhaftet, ich glaube, sie wird in Den Haag festgehalten. Könnten Sie ihr nun trotzdem einen Korb mit Obst schicken?

– Ach, Meneer, wie schrecklich. Und Sie wissen nicht mal genau, wohin man Ihre Mutter gebracht hat?

– Nein, das weiß ich nicht, sie wollten es mir nicht sagen. Aber Sie verstehen sicher, daß ich ihr gern etwas schicken möchte, ich weiß nur nicht, wie ich das anstellen soll. Auch wenn sie mir nicht genau sagen wollen, wohin sie sie gebracht haben, ist es ja vielleicht möglich, daß ein Päckchen sie trotzdem erreicht.

– Wäre es nicht am besten, wenn Sie es selbst hinbringen? Dann bekommen Sie wenigstens mit, was mit Ihrer Mutter passiert.

– Das ist ja mein Problem, ich kann hier nicht weg, und ich kenne niemanden, der es für mich tun könnte. Sehen Sie keine Möglichkeit dazu? Der Preis spielt keine Rolle.

– Ach, Meneer, wie furchtbar ist das alles. Aber Sie brauchen nichts extra dafür zu bezahlen. Ich werde meine Tochter schicken. Was anderes wüßte ich auch nicht. Wir können natürlich nicht garantieren, daß es auch ankommt.

Osewoudt blickte sie an und verzog den Mund zu einem Lächeln. Die Augen der Frau füllten sich mit Tränen. Er sah, daß sie goldene Ohrstecker trug, im rechten Ohr hatte sie sogar zwei Löcher, eins war ausgerissen. In ihrer Jugend von einem Straßenräuber überfallen, vielleicht vergewaltigt, dachte er. Außerdem klemmte ein Bleistift hinter diesem Ohr.

– Hatten Sie schon etwas ausgesucht, Meneer?

– Kirschen wären am besten, dachte ich.

– Was anderes haben wir auch nicht. Und in einer Woche ist es damit wohl auch vorbei. Wir bekommen nur die Sachen herein, von denen so viel da ist, daß die Moffen sie nicht selbst aufessen oder lagern können. Ja, so ist es doch heutzutage?

Die Frau ging zur Auslage, nahm mehrere Hände voll Kirschen aus einer schrägstehenden Kiste und legte sie auf die automatische Waage. Den Kopf zur Seite geneigt, las sie das Gewicht ab, etwas zuwenig.

– Soll noch eine Karte dazu? fragte sie.

– Nein, nein, das ist nicht nötig.

Sie griff nach dem Bleistift hinter ihrem Ohr und legte ein schmales Buch, das mindestens einen halben Meter hoch war, auf die Theke.

– Und wie ist der Name Ihrer Mutter, Meneer?

– Mevrouw … Mevrouw van Blaaderen.

– Van Blaaderen? So heißen wir auch! Sie sind doch nicht mit uns verwandt?

Er blickte auf die Schaufensterscheibe und sah den Namen in Spiegelschrift auf dem Glas, mit zwei a. Er hatte den Impuls, um Hilfe zu rufen, aber er blieb stehen, ohne sich zu rühren.

– Ich glaube nicht, sagte er, wir haben keine Verwandten.

Er knöpfte den Mantel auf und griff in die Innentasche.

– Aber nein, Meneer, das kommt nicht in Frage. Sie bezahlen erst, wenn die Bestellung tatsächlich ausgeliefert worden ist. Wir werden Sie benachrichtigen, wenn es uns geglückt ist, das Päckchen zuzustellen. Aber dürfte ich dann mal Ihren Namen notieren?

– F. van Druten, sagte Osewoudt.

– Sie heißen van Druten?

Sie schrieb es auf. Er sah nun, daß Tränen auf ihr Buch tropften. Unterdessen überlegte er sich eine Adresse.

Die Frau blickte auf.

– Oudezijdsvoorburgwal 274, sagte Osewoudt.

Die Frau stellte den Bleistift senkrecht auf, mit der Spitze nach oben.

– Aber Meneer! Das ist die Adresse des Postgiroamtes! Das weiß ich genau! Wir haben hier eine Postagentur!

– Was sage ich da? Ich meine Achterburgwal, Achterburgwal.

Sie schrieb. Noch länger in dem Laden zu bleiben wurde nun zur Tortur, aber er blieb stehen.

Alles verdorben, dachte er, als er endlich wieder auf der Straße stand. Wäre mir bloß nicht herausgerutscht, daß es für meine Mutter ist; hätte ich doch einfach meinen eigenen Namen angegeben. Wie konnte ich so unachtsam sein? Ich werde schwachsinnig, wenn das noch lange so weitergeht.

Er hörte schon, wie die Frau seine Geschichte im Wohnzimmer erzählte ... die Mutter von einem Mann ... sie heißt van Blaaderen, wie wir ... nein, keine Verwandtschaft ... der Mann selbst heißt van Druten ... Oh, er war so nervös ... Ich wollte das Geld nicht im voraus von ihm nehmen ... er hat die Adresse des Postgiroamtes angegeben ... aber er meinte Oudezijdsachterburgwal statt Oudezijdsvoorburgwal.

Er sah die Tochter in den Zug steigen, vorsichtig die Tüte mit den Kirschen ins Gepäcknetz legen ... in Den Haag die Straßenbahn nach Scheveningen nehmen ... sich nach dem Weg zum Gefängnis erkundigen ... in der Pförtnerloge nach Mevrouw van Blaaderen fragen ... abschlägig beschieden werden ... sie würde es nicht glauben ... in patriotische Wut geraten, sich zu einer Beleidigung an Hitlers Adresse hinreißen lassen ... sie würden sie gleich dabehalten, ihr die Kirschen um die Ohren hauen!

Das durfte nicht geschehen. Wie konnte er es verhindern? Oh, das war ganz einfach. *Aber dann bekommt meine Mutter keine Kirschen!*

Er ging weiter den Overtoom entlang, bis er die T-förmige Kreuzung erreichte, wo die Jan Pieter Heyestraat auf den Overtoom stößt. Hier stand eine Telefonzelle, gegenüber der Fachoberschule für Technik, und auf der anderen Straßenseite eine Normaluhr. Auch die Straßenbahn hielt hier.

So hatte er alles beisammen, was er für die nächste Operation benötigte. Aber es war noch nicht später als halb vier.

Deshalb ging er weiter, bog nach links ab und gelangte in den Vondelpark. Dort wartete er eineinviertel Stunden auf einer Bank.

Genau fünf Minuten vor fünf kehrte er zur Telefonzelle zurück, eine Vorsichtsmaßnahme für den Fall, daß die Zelle besetzt sein sollte. Aber die Zelle war leer. Zur Sicherheit stellte er sich schon hinein. Er verglich seine Armbanduhr mit der Normaluhr: Sie stimmten auf die Minute überein. Eine Frau mit einer Einkaufstasche aus braunem Leder am Arm lief über die Fahrbahn auf die Telefonzelle zu. Um seine Anwesenheit in der Telefonzelle zu rechtfertigen, begann Osewoudt im Telefonbuch zu blättern. Die Tür hinter ihm wurde geöffnet.

– Mijnheer, wenn Sie noch gar nicht telefonieren, dürfte ich dann kurz vor?

– Nein! Lassen Sie mich in Ruhe!

– Sie sind aber freundlich, das muß man sagen!

Osewoudt zog die Tür mit Wucht wieder zu, die Frau ließ den Griff zum Glück los.

Er hielt die Tür immer noch fest, als er den Hörer abnahm, ihn auf das kleine Pult legte, eine Münze in den Schlitz steckte und die Nummer wählte. Dann nahm er den Hörer auf und horchte. Nur einmal hörte er das Amtszeichen.

– Bist du's, Osewoudt?

– Ja, ich. So, Dorbeck, bist du es selbst? Sag …

– Genug! Ich hab deine Stimme erkannt. Entschuldige bitte, daß ich dir ins Wort falle, Osewoudt, aber du mußt zuhören, nur zuhören, verstehst du, ich hab's eilig.

– Aber Dorbeck, ich seh dich nie, seit vier Jahren läßt du nichts von dir hören. Ich muß dir alles mögliche erzählen, und ich muß dich so vieles fragen. Wo warst du?

– Ein andermal, jetzt ist keine Zeit, hörst du? Du mußt nur

zuhören. Es geht darum: Sorg dafür, daß du nächsten Mittwoch halb eins im Wartesaal des Bahnhofs von Amersfoort bist. Paß auf, es gibt zwei Wartesäle. Ich meine den kleinen auf dem ersten Bahnsteig. Du kaufst dir vorher eine Fahrkarte nach Wageningen, hin und zurück. Im Wartesaal wirst du eine Frau treffen, die die Uniform einer Führerin des Nationalen Jugendsturms trägt. Du sprichst die Frau an und fragst: ›Haben wir uns nicht schon einmal gesehen? Sind Sie nicht die Verlobte von Kamerad Nispeldoorn?‹ Wenn es die richtige ist, wird sie das bejahen und dir ein Foto zeigen, das du wiedererkennst. Du mußt sie gefunden haben, bevor der Zug nach Wageningen abfährt. Was dann weiter geschehen soll, wird sie dir sagen. Viel Erfolg! Und nimm eine kleine Kneifzange mit! Vergiß das nicht!

– Dorbeck! Elly ist verschwunden! Und wie ist sie an das Foto gekommen, das ich dir geschickt hatte? Jetzt hör doch zu! …

– Elly ist in Utrecht von de Vos Clootwijk verraten worden.

Das Telefon machte tuut, tuut an seinem Ohr.

Tuut, tuut. Osewoudt hängte ein und suchte nach einer neuen Münze.

– Sind Sie immer noch nicht fertig?

– Nein. Tut mir leid. Ich hab's mindestens so eilig wie Sie.

Er nahm den Hörer wieder ab, steckte die Münze in den Schlitz und wählte die Nummer 38776. Niemand nahm ab. Er hängte den Hörer wieder ein, die Gabel senkte sich langsam mit einem rasselnden Geräusch, die Münze kam wieder heraus. Er wählte von neuem die Nummer 38776. Nun hörte er einen Pfeifton, der mal höher, mal tiefer wurde. Die falsche Nummer. Er hängte wieder ein, wählte von neuem, zuerst drei, dann acht, dann zweimal sieben, zum Schluß sechs. Wieder der hohe, an- und abschwellende Pfeifton, der gleiche Ton, den er gehört hatte, als er in Leiden die gesperrte Nummer von Onkel Bart gewählt hatte. Die Frau mit der braunen Einkaufstasche hatte sich nun vor der Zelle postiert. Die Nase an die Glaswand gedrückt, starrte sie ihn an.

Osewoudt hängte wieder ein, wählte die Nummer der Auskunft, wartete, bis sich jemand meldete, und fragte: Könnten Sie mir bitte sagen, wem die Nummer drei acht sieben sieben sechs gehört?

– Drei acht zweimal die sieben sechs. Moment bitte.

Er wartete. Ganz leise hörte er durchs Telefon ein Geräusch wie von einer abgelaufenen Schallplatte, die sich weiterdreht. Die Frau ging zur Rückwand der Telefonzelle.

– Meneer, machen Sie das eigentlich, um mich zu ärgern?

Er drehte sich um. Die Frau hatte bereits einen Fuß in die Zelle gesetzt, aber da der Boden höher als die Straße war, brauchte Osewoudt nicht zu ihr aufzublicken.

– Sie sind jetzt schon über eine Viertelstunde in der Zelle!

– Eine Viertelstunde in der Zelle, das ist in der heutigen Zeit gar nichts, gute Frau!

Mit der freien Hand griff er sich in die Innentasche, nahm den gefälschten Dienstausweis heraus, schwenkte ihn kurz vor ihrem Gesicht hin und her und murmelte: Polizei …

Die Frau ließ die Tür los und ging weg, ohne sich umzuschauen, aufrecht, den Kopf weit nach hinten, als könnte nur das sie daran hindern, zu rennen.

Er wartete.

– Hallo, Meneer?

– Ja, Fräulein?

– Die Nummer ist nicht ans Telefonnetz angeschlossen, Meneer.

In diesem Augenblick kam eine Straßenbahn. Osewoudt rannte zur Haltestelle und konnte gerade noch aufspringen. Viertel vor sechs kam er am Hauptbahnhof an. Er kaufte eine einfache Fahrkarte nach Utrecht und ging auf Bahnsteig eins.

In der Telefonzelle schlug er den Namen nach: van Blaaderen, Gemüse, Obst und Delikatessen. Es klingelte mit einem normalen Ton.

– Van Blaaderen. Sie wünschen?

– Hier van Druten. Erinnern Sie sich daran, daß ich vor ein paar Stunden in Ihrem Laden war und Kirschen für meine Mutter bestellt habe?

– Natürlich, Meneer.

– Ich habe gerade die Nachricht erhalten, daß meine Mutter freigelassen wurde.

– Was für ein Glück für Sie, Meneer! Sollen wir die Kirschen dann zu ihr nach Hause bringen?

– Nicht nötig, tut mir leid.

Er knallte den Hörer auf die Gabel. Das fehlt noch! Geschäfte machen bis zum Erbrechen. Und das, obwohl meine Mutter in Wirklichkeit gar nicht freigelassen wurde! Vielleicht ist sie ja schon tot.

Im Zug nach Utrecht hatte er genug Zeit, über das Gespräch mit Dorbeck nachzudenken. Am plausibelsten war diese Lösung: Das erste Mal, als er Dorbeck tatsächlich an den Apparat bekommen hatte, hatte er die richtige Nummer gewählt. Das zweite und dritte Mal mußte die Nummer falsch gewesen sein. Aber die richtige Nummer hatte er für immer vergessen. Das Foto, auf dem sie gestanden hatte, hatte er sofort zerrissen und weggeworfen. Ich habe mir die Nummer eingeprägt, ich habe sie nirgends notiert, eigentlich meine ich, es war 38776, aber das ist offensichtlich falsch. Was habe ich denn beim ersten Mal gewählt? 38876? 37886? 38667? 38676? 38677? 38687? 37886? Er suchte in seinen Taschen nach Papier und Bleistift, fand beides, schrieb die Zahlen auf und hoffte dabei, die richtige Kombination wiederzuerkennen, wenn er sie schwarz auf weiß vor sich sah. Aber der Zug rüttelte ihn so heftig, daß die Zahlen, die er notierte, alle gleichermaßen unleserlich und unzuverlässig wurden.

Er knüllte den Zettel zusammen, steckte den Bleistift wieder ein und schaute durch die beschlagene Fensterscheibe nach draußen.

Utrecht. Er war noch nie in Utrecht gewesen, er kannte sich dort nicht aus.

Auf dem Bahnsteig erkundigte er sich nach einer Telefonzelle und stellte fest, daß er fast unmittelbar davorstand. Erst als er sie betrat, merkte er, daß kein Telefonbuch darin lag. Da, wo es eigentlich hätte liegen müssen, klebte ein Zettel: *Telefonbuch am Ausschank.*

An der Theke bestellte er eine Tasse Teesurrogat. Ohne etwas davon zu trinken, schlug er das Telefonbuch unter dem Buchstaben V auf. Aber den Namen, den er suchte, fand er nicht bei dem Buchstaben V. Vielleicht unter C? Clooving, Cloppers, Cloppers, Clootwijk.

Clootwijk, Dipl.-Ing. J.B.G.M. de Vos, Chefingenieur der niederländischen Bahn, Stadhouderslaan 21.

Osewoudt zahlte und ging, ohne sein Teesurrogat ausgetrunken zu haben. Er erkundigte sich nach dem Weg, jemand erklärte ihm, welchen Bus er nehmen mußte.

Halb sieben klingelte er an dem Haus in der Stadhouderslaan. Polizei, sagte er zu dem Dienstmädchen, das öffnete. Er faßte mit der rechten Hand an die Hutkrempe, zog sich den Hut jedoch tiefer ins Gesicht, statt ihn zu lüften.

– Ist Mijnheer de Vos Clootwijk zu Hause?

– Mijnheer ist gerade beim Essen. Ich rufe ihn.

– Gut.

Erst im Halbdunkel der Diele nahm er den Hut ab.

– Würden Sie hier bitte kurz warten?

Das Mädchen öffnete die Tür zu einem Zimmer und ging hinein. Osewoudt blieb in der geöffneten Tür stehen. Das Mädchen ging zu den Fenstern, band ein paar Schnüre los, und Rollos aus schwarzem Papier kamen herunter. Sie sagte: Wir nehmen es mit der Verdunkelung sehr genau.

– Das ist auch gut so.

Das einzige Licht im Zimmer kam nun aus dem Flur. Trotzdem stieß das Mädchen nirgendwo an, als sie zur Tür ging und einen Schalter zweimal umdrehte. Unter der Decke brannten jetzt, diagonal gegenüber, zwei kleine, mit rotbrauner Seide bezogene Eckleuchten. In den beiden anderen Ecken waren entsprechende Deckenleuchten angebracht, und in der Mitte hing eine großflächige, mit Ornamenten verzierte Lampe, die jedoch nicht brannte. Das Mädchen stand halb im Flur, die Türklinke in der Hand.

– Mijnheer kommt gleich.

Osewoudt nickte, und sie schloß die Tür.

Über dem Kaminsims hing ein großer Spiegel, leicht gekippt, so daß Osewoudt, der mitten im Zimmer stand, sich darin von Kopf bis Fuß sehen konnte. Die helle Farbe seines

Mantels spielte in dem schummrigen Licht der Deckenleuchten ins Violette, sein Gesicht schien grün zu phosphoreszieren. Er dachte: Es stimmt, ich habe tatsächlich die Visage eines Polypen, der für die Deutschen arbeitet. Die gespenstisch beleuchtete Plumpheit des Mobiliars, wuchtige, mit fliederfarbenem Plüsch bezogene Sessel, große, mit üppigen Schnitzereien verzierte Ebenholzstühle, ein Schrank aus Ebenholz, die fast gleichmäßig dunkelbraunen Gemälde, die luxuriöse Beleuchtungsanlage, außerdem noch eine Stehlampe mit einem Schirm aus Seide und seidenen Fransen, all das machte auf ihn den Eindruck unbesiegbaren Reichtums. Er fragte sich, ob dieser Besuch der Anfang vom Ende sein würde. Trotzdem schaute er weiterhin in den Spiegel, als sich die Tür des Zimmers öffnete und ein korpulenter Herr eintrat. Osewoudt sah ihn ein paar Sekunden lang im Spiegel an und drehte sich erst dann um.

Der Herr blieb stehen, nachdem er die Tür hinter sich geschlossen hatte, und ließ Osewoudt nicht aus den Augen. Sein runder Kopf war kahl, und er trug einen gestutzten grauen Schnurrbart. Sein Jackett hing offen, die untersten Taschen der Weste waren durch eine dünne Goldkette, die durch ein Knopfloch lief und in zwei Bögen herabhing, miteinander verbunden.

Osewoudt bewegte seinen Hut wie einen Fächer, als könnte er so die Atmosphäre, die dieser Mann mitbrachte, verschwinden lassen.

– Sind Sie Meneer de Vos Clootwijk?

– Was wollen Sie eigentlich hier? Ich habe gestern auf der Polizeiwache Maliebaan alles haarklein erzählt. Mehr weiß ich nicht.

Der Mann hörte auf zu sprechen, bewegte jedoch noch den Mund, wie es Leute, die man beim Essen gestört hat, öfter machen.

Osewoudt ging einen Schritt auf ihn zu.

– Hat sich eine gewisse Elly Sprenkelbach Meijer mit Ihnen in Verbindung gesetzt?

– Aber ich sage es Ihnen doch! Ich habe auf der Maliebaan alles erzählt, was ich weiß!

– Ich habe mit der Maliebaan nichts zu tun, ich komme vom Präsidium Binnenhof in Den Haag.

Osewoudt trat einen Schritt zur Seite und ließ sich in einen Sessel fallen. Er biß die Zähne zusammen, damit sie ihm nicht klapperten.

– Ich habe keine Lust mehr, die Geschichte hundertmal zu erzählen.

– Für mich ist sie neu. Was genau ist geschehen?

Der Mann begann nun im äußersten Winkel des Zimmers, beim Fenster, auf und ab zu gehen. Er schlug die Hände zusammen und drückte sie einen Augenblick an die Nase.

– Also, das war so. Letzte Woche Mittwoch, gegen ein Uhr, meldete mir das Dienstmädchen, daß mich eine Dame sprechen wolle. Ich hatte es eilig, ich bin in die Diele gegangen. Dort stand diese Dame. Sie machte auf mich einen ausgesprochen unvorteilhaften Eindruck. Ich sagte ihr, ich sei in Eile und müsse in fünf Minuten weg. Sie fragte, ob sie mich etwas fragen dürfe. Und was fragte sie? Ob ich bereit sei, ihr Informationen über Eisenbahn-Transporte der deutschen Wehrmacht zu verschaffen, und falls nicht, ob ich ihr dann die Adresse eines leitenden Beamten geben könnte, der dazu in der Lage sei. Ich habe gesagt, daß ich darauf nicht eingehen könne. Dann ist sie verschwunden. Aber sie war noch keine Sekunde fort, da klingelte es. Ich stand noch in der Diele und öffnete selbst. Es war wieder das Fräulein, und sie sagte: Ich bin Komteß Sprenkelbach Meijer. Wollen Sie darüber nicht mit Herrn van Stockum reden? Das habe ich ihr versprochen. Meine Frau hatte sie durch die Gardine im Eßzimmer gesehen. Auch auf meine Frau hat sie einen ausgesprochen unvorteilhaften Eindruck gemacht.

Ich bin in mein Büro gegangen und habe das Ganze meinem Chef, Herrn Beuleveld, gemeldet. Herr Beuleveld hat sich gleich mit der Polizei in Verbindung gesetzt.

– Warum?

Osewoudt stand auf.

Der Mann blieb reglos stehen.

– Das müssen Sie Herrn Beuleveld fragen.

– Haben Sie geglaubt, Komteß Sprenkelbach Meijer sei eine

Provokateurin, die Ihnen eine deutsche Dienststelle auf den Hals geschickt hat?

– Nein, Meneer. Sie kam aus London! Sie sagte noch: Ich habe einen englischen Freund. Das hat sie gesagt!

– Sie haben ihr also geglaubt, daß sie aus London kam?

– Ja!

– So, das haben Sie geglaubt. Seltsam. Warum haben Sie dann nicht getan, worum Sie gebeten wurden?

– Meneer, was denken Sie sich eigentlich! Meinen Sie, daß ich dem erstbesten, der mir hereinschneit, Informationen gebe, die …

– Sie hat Sie nicht nur um Informationen gebeten, sie bat Sie für den Fall, daß Sie es nicht konnten oder wollten, um die Adresse eines anderen Beamten.

– Aber, Meneer, was denken Sie sich, ich in meiner Position …

Osewoudt stand nun direkt vor ihm. Der Mann war nicht groß, aber trotzdem noch einen halben Kopf größer als er.

– Meneer! Sie sind, glaube ich, der richtige Mann auf dem richtigen Platz in dieser Zeit! Sie bekleiden eine hohe, verantwortungsvolle Funktion, sind aber nicht so patriotisch eingestellt, daß Sie auch nur das geringste Risiko eingehen würden! Sie hätten einfach Ihrem Chef gegenüber den Mund halten können, aber nicht einmal das haben Sie gewagt! Sie verstehen, jemand wie ich kann Ihnen keinen Vorwurf daraus machen, daß Sie eine Abgesandte der Ex-Regierung in London so behandelt haben, aber ich muß doch sagen: Sie haben seltsame Vorstellungen von den Methoden, die unsere Polizei anwendet! Uns zu unterstellen, wir würden auf die Idee kommen, eine Frau zu Ihnen zu schicken, um Sie zu provozieren! Wenn Sie mich fragen: Sie haben eine höchst sonderbare Auffassung von der nationalsozialistischen Moral! Oder, genauer gesagt: Ihre Vorstellungen von uns sind ein Gemisch aus erbärmlicher Angst und dem allereinfältigsten politischen Unverständnis. Glauben Sie etwa, die deutsche Polizei hätte nichts Besseres zu tun, als aufs Geratewohl Provokateure hierhin und dahin zu schicken, damit sie herausfinden, ob Jan, Piet und Klaas vielleicht bereit sind, für eine Regierung zu arbeiten, für die sie bis vor vier Jahren schon immer gearbeitet hatten! Als ob nicht schon so genug Sachen passieren würden, auf die die deutsche Polizei achten muß. Was denken Sie sich eigentlich!

Die deutsche Polizei schickt Provokateure nur zu Personen, gegen die sie ohnehin schon einen begründeten Verdacht hegt, gegen die sie nur noch keinen Beweis in der Hand hat! Leute also, die gefährlich sind, die beseitigt werden müssen. Aber machen Sie sich keine Sorgen, zu denen gehören Sie nicht, dazu sind Sie viel zu ängstlich.

Osewoudt setzte den Hut auf und ging zur Tür.

De Vos Clootwijk verharrte reglos an seinem Platz, die Bewegungen seines Mundes wurden heftiger, obwohl er inzwischen genügend Zeit gehabt haben mußte, das Essen hinunterzuschlucken.

Osewoudt sagte: Sie wundern sich, nicht wahr, so etwas aus dem Mund eines einfachen Landesverräters zu hören, eines niederländischen Handlangers der deutschen Polizei. Aber denken Sie daran, Meneer, reden Sie mit niemandem über dieses Gespräch, nicht mit der Polizei von der Maliebaan und nicht mit Ihrem Chef. Und falls Ihre Frau unser Gespräch mitgehört haben sollte, legen Sie ihr ans Herz, daß sie den Mund hält, sonst könnte es für Sie sehr gefährlich werden. Ich hoffe, daß Sie diesen Krieg überleben, denn ich bin gespannt, was Sie sagen werden, wenn man nach der Befreiung Rechenschaft von Ihnen fordert. Danke, ich finde schon allein hinaus!

Er ging in den Flur, durch die Diele und verließ das Haus. So schnell er konnte, rannte er weg, bog um die nächste Straßenecke, um eine zweite. Erst dann wurden seine Schritte langsamer.

Der Zug war noch nicht im Bahnhof eingefahren, als Osewoudt schon an der Wagentür stand. Ehe der Zug hielt, öffnete er bereits die Tür.

Während er über den Bahnsteig eilte, knickte er die untere Hälfte der Rückfahrkarte Leiden–Amersfoort um. Er rannte die Treppe zur Verbindungsbrücke hinauf und auf der anderen Seite wieder hinunter, passierte die Sperre und ging zu einem Schalter.

– Einmal Wageningen hin und zurück, dritte Klasse.

Er bezahlte, richtete sich auf, fuhr sich mit der Zunge über die trocken gewordenen Lippen und folgte einer Gruppe von Viehhändlern in den Wartesaal.

Da stand sie! Die Führerin des Nationalen Jugendsturms! Womit hatte er so ein Glück verdient? Eine Offenbarung im Bett, mit hinreißenden Beinen! Auf den aschblonden Locken trug sie eine Art Kosakenmütze aus Persianer mit einem orangefarbenen Deckel: Symbol der neuen germanischen Niederlande! Zugleich ein Überbleibsel der Oranienliebe, der sie erst vor kurzem abgeschworen hatte! Ihre Augen waren von Natur aus ein wenig zusammengekniffen, und die Unterlippe schob sie ziemlich weit vor, als betrachte sie alles um sich herum mit Geringschätzung. Sie stand bei einer der Türen zum Bahnsteig, die Hände in den Taschen des dunkelblauen Uniformmantels. Sie hält Ausschau nach mir, dachte Osewoudt.

Er ging zu ihr und zog den Hut.

– Pardon, sind wir uns nicht schon einmal begegnet? Sind Sie nicht die Verlobte von Kamerad Nispeldoorn?

Sie drehte ihm nur das Gesicht zu, ohne den Körper zu bewegen.

– Nein, ich kenne Sie nicht, und auch keinen Kameraden Nispeldoorn.

Sie schaute wieder nach draußen und änderte dabei auch ihre Körperhaltung. Osewoudt hob hinter ihrem Rücken den

Arm und murmelte: Heil. Dann ging er so schnell wie möglich zur äußersten Ecke des Wartesaals. Er blickte auf die Armbanduhr. Noch zwanzig Minuten bis zur Abfahrt des Zugs nach Wageningen. Nirgendwo konnte er eine andere Führerin des Nationalen Jugendsturms entdecken.

Von neuem beobachtete er heimlich das schöne Geschöpf bei der Tür. Sie änderte wieder ihre Haltung, drehte sich langsam um, als wollte sie sich den Mann, der sie angesprochen hatte, doch noch einmal anschauen. Osewoudt trat einen Schritt zur Seite, damit ein korpulenter Viehhändler, der mitten im Wartesaal stand, ihr die Sicht nahm. Liebes Kind, dachte er, eine Nacht des Glücks mit dir und dich hinterher umbringen, genau dazu hätte ich große Lust, und außerdem wäre es eine gute, patriotische Tat.

Der Viehhändler beugte sich zu den anderen Viehhändlern, die an einem Tisch saßen. Osewoudt konnte das Mädchen nun im Profil sehen, ihre Nase, das strenge Kinn, die verächtlich vorstehende Unterlippe, den Schleier aus blondem Haar vor der Stirn. Sogar noch unter dem Mantel war ihr Busen reizvoll. Er dachte: Vielleicht tut es ihr leid, daß ich so schnell weggegangen bin, aber es kann auch sein, daß sie Argwohn geschöpft hat. Er fühlte sich unwohl. Im Wartesaal hing ein dichter Schwaden aus Qualm, verbrauchter Luft und unfermentiertem Tabak. Am liebsten wäre er ins Freie gegangen. Wenn ich mich nur trauen würde, wenn ich nicht Angst hätte, daß mich die Jugendsturmführerin noch einmal sieht. Eine Schreckensvision drängte sich ihm auf: Plötzlich würden Dutzende von Jugendsturmführerinnen in den Wartesaal schwirren, und er müßte sie eine nach der anderen ansprechen: Sind wir uns nicht schon einmal begegnet? Sind Sie nicht die Verlobte von Kamerad Nispeldoorn?

Die Viehhändler standen nun auf und bewegten sich in Gruppen zum Ausgang. Als der letzte den Wartesaal verlassen hatte, entdeckte Osewoudt plötzlich eine zweite Führerin des Nationalen Jugendsturms. Sie war allein.

Zögernd ging sie ein paar Schritte und schaute sich, fast ohne den Kopf zu bewegen, nach allen Seiten um. Offenbar suchte sie jemanden. Das mußte sie sein. Sie hatte krumme

Beine, keine Figur, der blaue Mantel saß nicht besonders gut. Auch sie hatte blondes Haar, jedoch flachsartig und stumpf. Ihr Gesicht war grob, fast das Gesicht eines Mannes. Die Sorte Frau, die einen unsichtbaren, doch im entscheidenden Moment besonders gut spürbaren Schnurrbart hat. Trotz der tiefen Furchen um den Mund konnte sie noch nicht alt sein. Schräg unter dem linken Mundwinkel hob sich eine braune Warze deutlich von der Haut ab, die weiß wie gekochtes Kalbfleisch war. Osewoudt bewegte sich nicht auf sie zu. Ihre Augen glitten über ihn hinweg, ohne daß darin eine Frage zu lesen war. Er schaute die andere Jugendführerin wieder an. Diese griff nun zu einer Tasche, die auf dem Boden stand, und verließ den Wartesaal. Die häßliche Jugendführerin stand direkt beim Ofen, ungefähr drei Meter von Osewoudt entfernt. Er blickte sich im Wartesaal um: Niemand beachtete ihn und die Frau. Dann ging er ein paar Schritte auf sie zu.

Sie hatte es bemerkt und schaute ihn an. Er wußte, daß er es sich sparen konnte, seinen Vers noch einmal aufzusagen, tat es aber dennoch: Sind wir uns nicht schon einmal begegnet? Sind Sie nicht die Verlobte von Kamerad Nispeldoorn?

Augenbrauen hatte sie nicht, aber sie zog trotzdem die entsprechenden Stellen ihrer Stirn hoch. Sie begann verhalten zu lachen, doch er sah, daß sie im ganzen Gesicht Schweißperlen hatte, erstaunlich kleine.

– Ich bin nicht mit Kamerad Nispeldoorn verlobt, aber ich kann dir ein Foto zeigen, das dich interessieren wird.

Osewoudt hob das linke Handgelenk und schob den Ärmel über seiner Armbanduhr zurück.

– Vielleicht ist es am besten, wenn wir jetzt in den Zug einsteigen.

– Gut.

Sie verließen den Wartesaal, das Mädchen hatte keine Tasche.

Auf dem Bahnsteig fragte sie: Weißt du denn eigentlich, worum es geht?

– Nein, das weiß ich nicht. Mir wurde nur gesagt, ich solle eine Fahrkarte nach Wageningen kaufen, ein Retourbillett.

– So. Es ist eine ziemlich ernste Sache. Setzen wir uns lieber in den Zug.

Er ging zu einer offenstehenden Tür.

– Sind da zwei Plätze frei? Ja, geh schon mal, sagte sie.

Sie trat ein paar Schritte zur Seite und schaute mit dem gleichen Blick in den Zug, mit dem sie Osewoudt im Wartesaal gesucht hatte. Anscheinend überprüfte sie, ob noch jemand anders im Waggon war, auf den sie achten mußte.

Endlich stieg sie auch ein und murmelte dabei: Eigentlich weiß ich auch nicht, was am besten ist.

– Wie meinst du das?

– Ach, nichts. Bleib bitte am Fenster sitzen, ja!

Er zog die Tür mit einem Knall zu. Es war ein alter Waggon mit hellgelb gestrichenen Holzbänken; jeweils zwei Abteile standen miteinander in Verbindung.

Ihnen gegenüber saß niemand. Auf derselben Bank wie sie saß eine alte Dame, die wegen nervöser Zuckungen am Hals den Kopf keinen Augenblick stillhalten konnte.

– Jetzt erklär mir mal, was nun passieren soll.

Das Mädchen rückte so nah, daß er den vermuteten Schnurrbart deutlich sehen konnte. Sie schmiegte sich an ihn, als würden sie sich schon mindestens eine Stunde kennen.

– Ich erklär's dir. Wir müssen nicht nach Wageningen, sondern steigen vorher aus, in Lunteren. In Lunteren wohnt ein gewisser Lagendaal. Der Mann muß aus dem Weg geräumt werden, er ist sehr gefährlich, er arbeitet für die Gestapo, hat schon Dutzende von Leuten ans Messer geliefert. Er wohnt außerhalb des Dorfs, mitten in der Heide. Vor dem Krieg war er Fahrradmechaniker, aber jetzt hat er sich einen schönen Bungalow gekauft. Ich weiß den Weg dorthin, ich habe schon alles erkundet, das ist also nicht dein Problem. Wie es der Zufall will, ist der Mann auf subtile Weise gewarnt worden. Das heißt, er ahnt etwas, weiß aber nichts Genaues.

– Was ahnt er denn?

Auf dem Bahnsteig ertönte ein Pfiff, der Zug fuhr an, eine dichte Rauchwolke zog am Fenster vorbei.

– Er weiß, daß jeden Augenblick etwas passieren kann. Er wohnt ziemlich einsam dort in der Heide, besser gesagt, seine Frau und sein Sohn wohnen dort, er selbst hält sich meist nicht dort auf. Aber heute ist er da. Die Eltern haben sich entschlossen, das Kind woanders unterzubringen. Es soll von einer Führerin des Nationalen Jugendsturms abgeholt werden.

Sie lachte, sie hatte große, regelmäßige Zähne, die jedoch mehr grau als weiß waren.

– Ich gehe also zuerst hin und hole das Kind ab. Ich bringe das Kind zum Bahnhof. Dann kommst du. Hast du eine Kneifzange mitgebracht? Du mußt die Telefonleitung durchschneiden, zur Sicherheit. Wenn du das erledigt hast, gehst du einfach hinein und machst den Mann stumm.

– Ich habe eine Zange, das hat man mir vorher gesagt. Und was ist mit der Frau?

– Du darfst natürlich kein Risiko eingehen.

Er sah ihr an, daß sie wußte, die Frau würde zu Hause sein. Und er wußte, was sie damit meinte, er dürfe kein Risiko eingehen.

– So, du bist also die Jugendführerin, die das Kind holen soll, wiederholte er. Rechnen sie damit, daß du heute nachmittag kommst?

– Ich hoffe doch.

Ein Zittern ging durch seinen Körper. Er sah, daß sich ihre Nasenflügel bewegten, als könne sie die Zukunft schnuppern. Sie nahm seine Hand. Ihre Hand war eiskalt und schweißig.

Osewoudt zog seine Hand weg und tätschelte ihr den Handrücken.

– Was geschieht danach mit dem Kind?

– Ich steige in Amersfoort aus, und dort trennen sich unsere Wege für immer. Ich meine, deine und meine Wege. Das Kind bleibt bei mir.

Dann fragte er: Hast du irgendwann mal jemanden getroffen, der … der Dorbeck hieß, hatte er sagen wollen, aber er beendete den Satz nicht.

Sie antwortete aber schon: Nein, ich habe niemanden getroffen! Nie! Nirgends! Merk dir das!

Sie konnte Dorbeck auch nie begegnet sein, dachte er, sonst hätte sie sich bestimmt gewundert, als sie mich sah, weil ich ihm zum Verwechseln ähnlich sehe.

– Weißt du eigentlich, wie ich heiße?

– Nein, wie heißt du denn?
– Filip van Druten. Und du?
– Ach, es lohnt sich nicht, daß ich es dir sage. Sag einfach nur du. Wenn du mich rufen mußt, rufst du: He, du!

Am Ausgang des Bahnhofs Lunteren sahen sie die andere Führerin des Jugendsturms! Mit der Tasche in der Hand! Die echte! Sie hatte ebenfalls im Zug gesessen! Sie war auch in Lunteren ausgestiegen!

– Siehst du die Frau dort? fragte er.
– Das hat nichts zu bedeuten. In Lunteren wimmelt es von dem Pack. Vielleicht will sie schon das Bett für den Parteiführer richten, der hält hier ständig Versammlungen ab.

Als sie den Bahnhof verließen, hatte die andere Jugendführerin ungefähr dreißig Meter Vorsprung.

– Welche Richtung?
– Dieselbe Richtung wie sie.

Sie liefen ein Stück an den Gleisen entlang, bis sie zu einem Bahnübergang kamen. Die andere Jugendführerin war bereits hinübergegangen. Wenn sie nun nach links schaut, sieht sie uns, dachte Osewoudt. Doch die Frau schaute nicht nach links.

Sie überquerten ebenfalls die Gleise und gelangten in eine breite Allee. Zu beiden Seiten standen altmodische Villen und Pensionen.

– Ist es hier in dieser Gegend?
– Nein, noch ein ganzes Stück weiter. Gott sei Dank, wenn es hier wäre, würden alle Nachbarn zu Hilfe eilen. Das passiert des öfteren bei solchen Anlässen. Wußtest du das?
– Ja, davon hab ich auch schon mal gehört.
– Viele von den Leuten, die für die Moffen arbeiten, gelten bei ihren Nachbarn als gute Patrioten.
– Natürlich.
– Weißt du, für diese Art Aufgaben wollen die Deutschen überhaupt keine Parteimitglieder, weil sonst jeder von vornherein gewarnt wäre.
– Versteht sich.

Die andere Jugendführerin war noch immer vor ihnen und hatte ihren Vorsprung nun auf ungefähr fünfzig Meter vergrößert. Trotzdem konnte Osewoudt noch deutlich ihre schönen Beine mit den schwarzseidenen Strümpfen und die schlanke Taille in dem maßgeschneiderten Uniformmantel sehen. Er wandte den Blick ab, sah seine häßliche Gefährtin an und dachte: Denkt nicht jemand, der zuerst die eine und dann die andere vorbeikommen sieht, daß hier was nicht stimmt?

Sie kamen zu einer Kreuzung mit vielen Abzweigungen.

– In diese Richtung?

– Ja, wir müssen auf der Asphaltstraße bleiben.

Die andere Jugendführerin ging bereits über die Asphaltstraße. Ein Gemüsehändler mit Pferd und Wagen kam ihnen entgegen. Kurz vor ihnen räusperte er sich gurgelnd und spuckte auf den Boden. Höhnisch schaute er abwechselnd Osewoudt und das Mädchen an, richtete sich dann halb auf dem Bock auf und drehte sich noch einmal nach der anderen Frau um.

An der Straße, die sie nun entlanggingen, standen schon weniger Häuser. Zu beiden Seiten lagen große Waldstücke, dazwischen war hin und wieder ein Garten mit einem alten Landhaus.

– Wie weit ist es eigentlich noch?

– Ich glaube, etwa eine Viertelstunde. Siehst du den Briefkasten dort?

Er sah den roten leuchtenden Briefkasten, der auf einem kurzen Pfahl neben einer altmodischen Gaslaterne am Straßenrand stand.

– Gleich dahinter müssen wir nach links, in die Heide.

Beklommen sah er fast im gleichen Augenblick, wie die hübsche echte Jugendführerin nach links abbog.

– Wohin zum Teufel will die?

Das Mädchen begann zu lachen, nahm seinen Arm und drückte ihn an sich. Sie roch nach Lux-Toilettenseife.

– Ich glaube, du bist ein netter Kerl, Filip. Aber weißt du, was ich denke? Daß sie dasselbe Ziel hat wie wir!

– Dasselbe Ziel wie wir? Was hat das zu bedeuten?

– Aber das liegt doch auf der Hand! Sie geht zu den Leuten, um den Jungen in Sicherheit zu bringen.

– Und was ist dann mit dir?

– Tja, das wird wohl ein bißchen schwierig. Wir können natürlich schlecht mit ihr um das Kind kämpfen. Das hieße die Kinderliebe zu weit treiben!

– Und was sollen wir jetzt machen?

– Ich weiß nicht, das überlasse ich gerne dir.

– Aber der ganze Plan stammt doch von dir! Du hast die Umgebung erkundet! Du hast den Plan gemacht!

– Ich ... ich ... So ist es nun auch nicht. Ich habe den Plan nicht allein gemacht! Der Auftrag, Lagendaal zu liquidieren, kommt außerdem aus London. Um dir die Wahrheit zu sagen, die Frau da ist eine Komplikation. Vermute ich jedenfalls. Ich hatte eigentlich damit gerechnet, daß sie einen Zug später kommen würde, also dann, wenn wir schon wieder weg sind.

Sie gelangten nun auch an die Stelle, von der aus der Weg in die Heide führte. Es war ein sandiger Pfad, eigentlich nicht mehr als ein Graben, und daneben eine Karrenspur, schlecht begehbar, so daß der Vorsprung der anderen Jugendführerin nicht mehr so groß war. An diesem Weg standen keine Häuser, aber er war von Telefonmasten gesäumt. Diese Masten waren mit nur zwei Leitungen bespannt.

– Wenn die Sache so aussieht, fragte Osewoudt, was hattest du denn dann mit dem Kind vor?

– Der Vater muß weg, die Mutter notfalls auch, aber dem Kind darf nichts passieren.

– Aber das Kind wird schreien, wenn wir es der Frau entreißen!

– Können wir uns nicht etwas überlegen, damit sie es gar nicht erst in die Hände bekommt?

– Natürlich. Sonst wäre deine ganze Maskerade ja sinnlos. Komm, wir müssen schneller gehen, wir müssen sie einholen.

In diesem Augenblick blickte sich die andere Jugendführerin um, zum erstenmal. Sie blieb sogar einen Augenblick stehen, höchstwahrscheinlich starr vor Erstaunen.

Dann ging sie weiter. Schneller? War ihr alles klar?

Osewoudt nahm ›He, du‹ bei der Hand, und zuerst schien es, als seien sie sportliche Geher, schon bald aber rannten sie einfach, auch wenn das wegen des losen Sandes sehr beschwerlich war. Die andere Jugendführerin schaute sich nun zum zweiten Mal um, aber vielleicht ahnte sie überhaupt nichts, jedenfalls blieb sie wieder stehen. Osewoudt ließ die Hand des Mädchens los und lief noch schneller. Der Geruch von Kiefern und Humus drang ihm tief in die Nase. Er ließ die Jugendführerin nicht mehr aus den Augen. Zuerst sah er sie lächeln, dann öffnete sie den Mund, aber ehe sie schreien konnte, hatte er die Hände schon um ihren Hals gelegt. Es ging so schnell, daß ihre Köpfe zusammenstießen und sie fast gleichzeitig stürzten. Beim Fallen griff er ihr am Hinterkopf ins Haar. Er war ein Stückchen an ihr vorbeigeschossen, so daß sie auf ihn fiel, aber seine Füße, dicht nebeneinander, stemmten sich bereits gegen ihren Bauch. Er streckte die Beine und hielt ihren Kopf noch immer fest. Sie flog durch die Luft und prallte hinter ihm auf den Boden.

Als sich das andere Mädchen näherte, war Osewoudt bereits aufgestanden. Er schlug sich den Sand vom Mantel und bückte sich, um seinen Hut aufzuheben. Die Jugendführerin aber lag noch auf dem Rücken, die Beine weit auseinander, Mantel und Rock bis über den Rand der schwarzen Strümpfe hochgeschoben. Die Mütze saß fest auf ihren Haaren. Ihre Augen starrten halb zugekniffen nach oben, die Zunge hing ihr aus dem Mund. Am Wegrand lag ihre Tasche.

Das Mädchen hob die Tasche auf und schaute hinein.

– Leer! Bestimmt für die Sachen des Kleinen. Ist sie bewußtlos?

– Nein, das nicht. Komm, wir können sie hier nicht liegenlassen.

Er schaute sich nach allen Richtungen um, nirgends war jemand zu sehen. Erst jetzt bemerkte er seine Brille, die, in zwei Teile zerbrochen, auf dem Boden lag. Er hob die Teile auf und steckte sie ein. Das Mädchen stellte die Tasche wieder ab und half ihm, den Leichnam wegzuschleppen. Zum Glück war gerade hier an einer Seite des Weges Gebüsch, wenn auch nur ein schmaler Streifen, und die Sträucher waren eher licht.

– Man wird sie sowieso finden, es geht nur darum, daß man sie nicht gleich entdeckt.

– Sollten wir sie nicht besser ausziehen und ihre Kleider irgendwo anders vergraben?

– Womit willst du ein Loch graben?

– Gut, dann eben nicht. Mitnehmen und verbrennen. Das Mädchen knöpfte den Uniformmantel auf. Sie hielt den Mantel fest, während Osewoudt die Arme der anderen Frau herauszog. Das Mädchen rollte den Mantel zusammen und legte ihn auf den Boden.

Eine bronzene Brosche mit einer gehämmerten Swastika löste Osewoudt von der Uniformbluse der Toten und gab sie dem Mädchen.

Dann zogen sie der Jugendführerin die Bluse und die Unterwäsche aus, doch ehe sie völlig nackt war, sagte Osewoudt: Hören wir damit auf. Das ist viel zuviel Gewese. Vergraben geht nicht, und wo lassen wir das ganze Zeug?

Er schaute das Mädchen nicht an, er blickte auf die Leiche und dachte daran, wie warm sie sich angefühlt hatte. Er beugte sich vor, um ihren Geruch einzuatmen.

Das Mädchen stieß ihn gegen die Schulter.

– Was machst du da? Was hast du denn vor?

– So schnell wie möglich weg! Sie hier liegen lassen! Wenn hier jemand zufällig vorbeikommt, sieht er sie nicht sofort. Das reicht. Gib mir ihren Mantel.

– Nein, nimm lieber meinen.

Sofort zog sie ihren Mantel aus, tastete, ob nichts in den Taschen war, und legte ihn über die tote Jugendführerin. Dann zog sie den anderen Mantel an.

– Ich glaube, er paßt mir genau.

– Ist nichts in den Taschen?

Sie steckte die Hände hinein: Doch, eine Brieftasche.

Sie klappte die Brieftasche auf. Fünf Fotos von fünf verschiedenen deutschen Offizieren kamen zum Vorschein. Osewoudt entzündete ein Streichholz, und sie verbrannten die Fotos und den Ausweis. Die Brieftasche, die ohnehin nicht brennen würde, schleuderte er so weit wie möglich weg. Das Geld, das sie enthalten hatte (neun Gulden in Scheinen, kein Kleingeld), steckte er sich in die Tasche. Schließlich trat er die Flammen aus, und sie gingen zum Weg zurück. Auf dem Weg blieben sie noch kurz stehen und schauten sich um. Von hier aus war im Gebüsch nichts Besonderes zu sehen.

– Sie hieß Marchiena Siemerink. Was für ein Name!

– Meinst du nicht, daß mir dieser Mantel besser steht als der andere?

Osewoudt bejahte es, zeigte sich aber nicht begeistert.

– Wie hast du das so schnell geschafft?

– Ich war früher in einem Judoverein.

– Das ist praktisch.

– Ja, manchmal. Es hat aber auch Nachteile. Meine Füße sind dadurch ganz verwachsen. Ich kann nicht einfach ins Schuhgeschäft gehen und mir ein Paar Schuhe kaufen.

– Schuhe kann man ja sowieso nicht mehr kaufen.

– Ich aber doch. Wenn ich will, bekomme ich einen Bezugsschein für orthopädische Maßschuhe. Völlig problemlos.

– Die sind bestimmt teuer.

– Billiger, als wenn man einen Bezugsschein für Schuhe auf dem Schwarzmarkt kaufen muß. Viel billiger.

– Sie war sehr hübsch. Sie hatte eine gute Figur. Oder ist dir das nicht aufgefallen?

– Ist es noch weit bis zum Haus von diesem Lagendaal?

– Ich glaube, wenn ich nicht dabeigewesen wäre, hättest du sie vergewaltigt! Du hättest mal dein Gesicht sehen müssen!

– Red keinen Blödsinn. Ich hab eher Lust auf einen Schluck Cognac.

– Vielleicht hat Lagendaal welchen im Haus.

Sie ergriff seinen Arm.

– Noch zwei Strommasten weiter, und beim nächsten mußt du dann die Leitungen durchschneiden. Wenn du an dem Mast vorbei bist, kannst du das Haus sehen.

– Und was dann?

– Dann wartest du kurz. Ich geh hinein und komme so schnell wie möglich mit dem Jungen wieder. Direkt hinter dem Telefonmast ist ein Waldstück, da kannst du dich verstecken. Wenn ich mit dem Kind vorbeigegangen bin, erledigst du die Sache. Schau, es ist dieser Mast. Und dort siehst du das Waldstück. Ich geh jetzt. Schaffst du es, hochzuklettern?

Er spähte in alle Richtungen, nirgends war jemand zu sehen. Dann begann er zu klettern. Es war nicht einfach. Ich hätte den Regenmantel ausziehen sollen, dachte er. Zum Glück trug er Schuhe mit Gummisohlen, so daß er wenigstens etwas Halt fand. Das Mädchen schaute sich lächelnd nach ihm um. Mit dem Daumen machte sie ihm ein Zeichen, er müsse schneller, schneller klettern.

Endlich konnte er sich an der eisernen Querstange mit den weißen Porzellanisolatoren festhalten. Mit der freien Hand nahm er die Kneifzange. Schräg unter ihm ging das Mädchen und schlenkerte mit der Tasche. Noch nie hatte er Telefonisolatoren aus solcher Nähe gesehen, er hatte nicht gewußt, daß sie so groß waren. Bestimmt so groß wie ein Milchbecher. Er knipste die Leitungen durch und sah, wie sie herabfielen und sich zu riesengroßen Ringen zusammenrollten, die mitten auf dem Weg lagen. Sofort rutschte er den Mast hinab, rannte zu den Drähten und versuchte sie zu bändigen, sie, soweit es ging, im Graben zu verstecken. Das gelang ihm auch. Dann versuchte er den Schmutz vom Mantel abzuklopfen, doch der größte Teil ließ sich nicht entfernen. Von oben bis unten hatte der Mast einen breiten schwarzen Strich auf dem hellen Baumwollstoff hinterlassen.

Noch immer den Mantel abklopfend, erreichte er das Waldstück. Er sprang über den Graben und drückte sich zwischen die dürren Tannen, schob dabei immer wieder Zweige vor dem Gesicht weg. In schräger Richtung arbeitete er sich hindurch. Auch dieses Waldstück war nicht breit. Schon bald sah er das Haus, das Lagendaal gehören mußte. Es stand völlig frei, hier und da wuchs eine junge Douglasfichte auf dem Anwesen, das vom Wäldchen durch einen Kartoffelacker getrennt war. Er sah, wie das Mädchen zum Haus ging und dabei mit der Tasche schlenkerte. Sie war schätzungsweise noch hundertfünfzig Meter vom Haus entfernt.

Es war ein niedriges Holzhaus. Ach herrje! Die Fensterläden waren in den Farben der Partei gestrichen: rot und schwarz!

Osewoudt setzte sich auf den Boden, zog die Knie an und legte die Hände über Kreuz auf die Füße. Das Mädchen war ganz nahe am Haus und schlenkerte nicht mehr mit der

Tasche, sondern hatte die Hände in die Manteltaschen gesteckt.

Osewoudt zog die Pistole aus der Innentasche, entnahm das Magazin, blies darauf und setzte es wieder ein. Als er aufblickte, sah er ein Eichhörnchen, das am Fuß einer Buche saß und zu ihm herschaute, die beiden Vorderpfoten bereits am Stamm. Osewoudt steckte die Pistole in die rechte Tasche seines Regenmantels und stand auf. Das Eichhörnchen flitzte den Baumstamm hinauf.

Osewoudt blickte wieder zum Haus und sah kurz darauf, daß das Mädchen eingelassen wurde. Wer sie empfing, konnte er nicht sehen. Er überlegte: Sie muß gewußt haben, daß Marchiena Siemerink mit demselben Zug kommen würde, denn dieser Lagendaal wird sie nach ihrem Namen fragen. Man muß davon ausgehen, daß er weiß, wie die Jugendführerin heißt, die sein Kind abholt. Also muß Dorbeck den Namen auch gekannt haben oder besser: eigentlich müßte er ihn gekannt haben und ›He, du‹ ebenfalls. Möglicherweise. Andererseits – das wäre mir aufgefallen. Eher glaube ich, daß sie ihn nicht gekannt haben, nur gewußt, mit welchem Zug sie kommen würde, und daß sie damit gerechnet haben, daß ich sie aus dem Weg räume. Und wenn es nun mißglückt wäre?

Er starrte auf die Haustür, doch die blieb geschlossen. Er wartete bereits zehn Minuten. Dann sah er, wie das Mädchen hinter dem Haus hervorkam. Sie schob ein Fahrrad, und auf dem Gepäckträger saß ein Kind. Die Tasche hing am Lenker. Neben ihr ging ein Mann, der keine Kopfbedeckung trug. Jetzt verabschiede dich endlich und fahr los, dachte Osewoudt, in Gottes Namen, beeil dich! Aber sie verabschiedeten sich nicht. Das Mädchen ging weiter, der Mann, lebhaft redend, ebenfalls. Wie es schien, wollte er sie ein Stück des Weges begleiten. Osewoudt bemerkte, daß der Mann sich eigentlich am meisten mit dem Kind beschäftigte. Wahrscheinlich hatte das Kind nicht von den Eltern weggewollt und zu brüllen angefangen, und nun ging der Mann mit, um es zu trösten.

Der Mann war korpulent und nicht besonders groß. Er trug keinen Hut, war nur im Jackett nach draußen gegangen. Die lange, spitze Nase ragte so weit aus dem Gesicht, daß er Falten bekommen hatte, die parallel dazu verliefen, und der kleine, schmallippige Mund kaum zu sehen war. Bei jedem Wort, das der Mann zu dem Jungen sagte, sah es aus, als würde er das Kind anherrschen, aber das Kind lachte laut. Was gesprochen wurde, konnte Osewoudt nicht verstehen. Sie kamen ziemlich dicht an ihn heran, er hätte sie mit einem Stein treffen können, dann waren sie hinter den Bäumen verschwunden.

Osewoudt verließ das Waldstück und lief in einem weiten Bogen über den Kartoffelacker zum Haus. Er schaute sich um, aber der Mann begleitete offenbar noch das Mädchen und das Kind. Osewoudt richtete den Blick auf die Fenster, sah dahinter jedoch nichts als die Umrisse der Möbel. Hinter keinem der Fenster hing eine Gardine. Auf der Vorderseite stand die Inschrift *De Hazenwal*. Plötzlich sah er, daß es hier doch nicht so abgelegen war, wie er gedacht hatte. Links hinter dem Ödland lag ein Bauernhof; auf der Weide graste eine weiße Kuh.

Es war ein Wunder, wie geräuschlos er gehen konnte. Zu seiner Erleichterung lag um das Haus herum kein Kies. Faktisch gab es nicht den geringsten Ansatz einer Gartenanlage. Das Haus stand einfach in der Heide, deren Vegetation nur an den vielbegangenen Stellen verschwunden war.

Er hatte die beiden von der Rückseite des Hauses herkommen sehen, es mußte also eine Hintertür geben, wahrscheinlich zur Küche. Er bemerkte nun auch, daß hinter dem Haus ein kleiner Schuppen stand. Inzwischen war er nah genug, um die Hinterfront überblicken zu können. Es gab dort ein Vordach, und die Tür darunter stand offen. Er lief hin. Als er eintrat, schien es in der Küche dunkel zu sein, er sah nur die Flamme eines Petroleumkochers, und eine Frau drehte sich zu ihm um. Ehe sie einen Laut von sich geben konnte, kniete sie bereits auf dem Boden. Er hielt ihren Hinterkopf an den Haaren fest und brach ihr an der Spülsteinkante das Genick. Dann ließ er sie zu Boden fallen. Eine Tür stand offen. Er trat in einen dunklen Flur. Der Flur führte zu einem kleinen Raum, der als Diele diente, denn auf der anderen Seite war die Haustür. Hinter der Haustür blieb er stehen. Es war keine richtige Haustür, sondern eine Tür mit sechs kleinen Glasscheiben, die genauso aussah wie die anderen Türen im Haus. Auch vor diesen Scheiben hing keine Gardine. Osewoudt hielt nach dem Mann Ausschau, konnte ihn aber noch nicht entdecken. Ob er seinen Sohn und das Mädchen bis zum Bahnhof bringen würde? Wie auch immer, jedenfalls war genug Zeit, die Frau aus der Küche zu holen und irgendwo zu verstecken. Dann würde der Mann nichtsahnend in die Küche kommen und die Frau im Haus suchen. Wenn er sie dagegen so in der Küche liegen sähe, würde er vielleicht die Flucht ergreifen.

Das Risiko, ihn im Freien erledigen zu müssen ... Osewoudt nahm die Pistole aus der Tasche und spähte noch einmal nach allen Richtungen. Die Kuh auf der Weide war nicht mehr allein. Zwei Männer mit Mützen liefen um das Tier herum. Was wollten sie? Hatten sie die Absicht, die Kuh noch länger zu betrachten, oder wollten sie sich vom Bauernhof wegbegeben? Vielleicht in diese Richtung, einen Schwatz mit den Nachbarn halten? Zum erstenmal an diesem Nachmittag kam Osewoudt der Gedanke, daß er noch Zeit genug hatte, sich davonzumachen, den Überfall auf einen geeigneteren Zeitpunkt zu verschieben, es morgen oder zur Not übermorgen erneut zu versuchen.

Die beiden Bauern beschäftigten sich immer noch mit der Kuh. Osewoudt ließ den Blick wieder über das Anwesen schweifen, weil er sich inzwischen entschlossen hatte, die Frau aus der Küche zu schleppen, als er Lagendaal zurückkommen sah. In diesem Augenblick verschwand jeder Gedanke an einen Aufschub. Es mußte jetzt geschehen, jetzt gleich, in den nächsten Minuten. Komm her! murmelte er befehlend, während er sich von der Tür zurückzog, so weit es möglich war, ohne Lagendaal aus den Augen zu verlieren. Als hätte er Angst, Lagendaal würde umkehren, sobald er ihn nicht mehr sähe, verschwand sogar *der Gedanke*, die Frau aus der Küche zu entfernen.

Lagendaal näherte sich mit großen, langsamen Schritten. Mit einer Hand stocherte er im Mund. Vermutlich saß etwas hinter einem Zahn fest. Dann biß er sich auf den Daumen. Er hielt den Kopf gesenkt. Die dünnen, unansehnlichen Haare ließen die Kopfhaut rötlich durchscheinen. Er ging wie gewohnt über den Pfad, den man eigentlich kaum als Pfad bezeichnen konnte. Plötzlich trat er ein paar Schritte zur Seite. Ihm war etwas Ungewöhnliches aufgefallen, er bückte sich, hob etwas auf. Eine Kneifzange! Er blieb einen Moment stehen, hielt sich die Zange mit beiden Händen direkt vor die Augen und ließ sie auf- und zuschnappen. Dann ging er zum Pfad zurück und setzte den Weg zu seinem Haus fort. Die Zange trug er in der rechten Hand, ließ sie immer wieder auf- und zuschnappen. Osewoudt spürte, wie ihm die Zähne aufeinanderschlugen. Er konnte Lagendaal jetzt direkt ins Gesicht blicken, die dünne, vorspringende Nase, die Falten links und rechts davon. Er sah auch Lagendaals Augen und die großen, tiefen Augenhöhlen. Die buschigen zusammengewachsenen Brauen hatten die Form eines ʌ, als ob jedes Auge für sich in einem Häuschen mit Spitzdach wohnte. Wäßrige, fahle Augen waren es, auch die Haut ringsum war weich und fast wäßrig. Ohne nur einen Augenblick zur Tür geschaut zu haben, verschwand Lagendaal aus Osewoudts Blickfeld.

Osewoudt drehte sich um, die Pistole fast auf Augenhöhe in der zitternden Faust erhoben. Er setzte schon einen Fuß vor den andern und behielt dabei die Küchentür im Auge; er konnte jedoch nicht in die Küche schauen, denn er hatte die Tür fast ganz zugeschoben, was ihm erst jetzt bewußt wurde. Er spitzte die Ohren, hörte aber nur Lagendaals Schritte im Sand. Dann einen Schritt auf dem Dielenboden der Küche. Den Ruf: Was ist denn hier los?

– Hilfe! Hilfe! schrie Osewoudt.

Die Küchentür wurde aufgestoßen, und Lagendaal trat einen Schritt in den Flur. Osewoudt schoß sofort. Der ganze Flur war erleuchtet, als hätte jemand mit Blitzlicht fotografiert. Lagendaal fiel jedoch nicht um. Er verschwand in der Küche. Osewoudt sprang hinterher. Als er Lagendaal wieder sah, befand sich dieser mitten in der Küche. Osewoudt schoß noch einmal, aber Lagendaal machte wieder einen Schritt. Osewoudt schoß zweimal hintereinander. Lagendaal ging zu Boden, brach aber nicht zusammen, der Oberkörper blieb aufrecht, das eine Bein war unter ihm eingeknickt, das andere trat mit heftigen Bewegungen aus. Osewoudt ging dicht an ihn heran, hielt mit der linken Hand den rechten Ellbogen fest und feuerte auf Lagendaals Rücken, bis das Magazin leer war. Lagendaal kippte nach hinten, sein Kopf schlug auf Osewoudts Schuhen auf. Der Mund war geöffnet, der Blick starr. Osewoudt schaute auf. Durch die offene Tür zogen bläuliche Rauchschwaden. Er steckte die Pistole in die Tasche, stieg über Lagendaals Körper und ging zu dem Schuppen. Der Schuppen war nicht abgeschlossen, und Osewoudt fand darin ein Herrenfahrrad. Er schob das Fahrrad nach draußen, schlug die Tür des Schuppens zu und stieg auf. Doch kaum hatte er sich ein Stück vom Haus entfernt, bremste er und legte das Rad auf den Boden. Er rannte in die Küche zurück und riß Lagendaal die Zange aus der krampfhaft geschlossenen Hand. Dann blies er den Petroleumkocher aus.

Die Bauern standen, die Hände in den Taschen, noch immer plaudernd bei der weißen Kuh. Der eine trat einen Schritt vor und klopfte dem Tier auf das Hinterteil. Dann stellte er sich wieder zu dem anderen Bauern.

Auf dem holprigen Pfad war das Radfahren nicht einfach. Osewoudt kam an zwei großen, weiß angestrichenen Findlingen vorbei, die eine Art von primitivem Eingang bildeten. Er schaute sich nach den Steinen um. Auf dem einen stand in schwarzen Buchstaben

DE

und auf dem anderen

HAZENWAL.

Er blickte wieder nach vorn. Er sah, daß die Telefonleitungen plötzlich aufhörten und wieder anfingen. Er hätte nicht einmal mehr genau gewußt, wo die ermordete Jugendführerin lag. Wenn er kräftig in die Pedalen trat, kam er trotz allem einigermaßen schnell voran. Dort war bereits die Asphaltstraße. Behaglich ließ er sich auf den Sattel fallen und nahm eine Hand vom Lenker. Er schaute sich nach allen Richtungen um und pfiff *Mit dir war es immer so schön*. Er kam am Briefkasten vorbei, der dort noch ebenso rot und leuchtend stand.

Dann war am grauen Himmel ein dröhnendes Brummen zu

hören. Nicht weit von Osewoudt entfernt wurden aus mehreren Geschützen Salven von drei Schüssen zugleich abgefeuert. Ein riesiges Aluminium-Kampfflugzeug schob sich in geringer Höhe über das Waldstück. Osewoudt konnte die Gefechtskanzeln funkeln sehen, ja sogar das kreisförmige Flirren rings um die vier Motoren sah er. Über dem Flugzeug erschienen schmutzigbraune Rauchwolken von detonierten Flakgranaten. Mit der freien Hand winkte Osewoudt zu der Maschine, bis sie aus seinem Gesichtskreis verschwunden war.

Am Bahnhof lehnte er das Rad an einen Baum und ging in den Wartesaal. Dort saß ›He, du‹, der Junge stand vor ihr. Der Wartesaal war klein und schmal, nur eine Bank an der Wand, kein Ausschank. Außer ihnen war dort kein Mensch.

– He, du, wie geht's? rief Osewoudt.

– Gib dem Herrn mal die Hand!

– Ich heiße Walter, sagte der Junge und gab Osewoudt die Hand.

– Du hast aber einen schönen Trainingsanzug an, Walter.

Osewoudt setzte sich neben ›He, du‹.

– Den hab ich an, weil ich für ein paar Tage verreise, sagte das Kind. Eigentlich ziehe ich meine guten Sachen gern an. Manche Kinder ziehen ihre guten Sachen nicht gern an, ich aber doch. Ich bin sehr ordentlich.

Der Junge war etwa fünf. Er hatte dunkle Augen und dichte Brauen, die über der Nase zusammengewachsen waren. Ganz der Vater. Vergeblich versuchte Osewoudt sich zu erinnern, wie die Mutter ausgesehen hatte.

– Weißt du auch, wann der Zug fährt?

›He, du‹ sah Osewoudt an. Sie war noch blasser als vorher. Es schien, als habe sie Mühe, den Mund aufzumachen.

– In einer halben Stunde. Den Zug davor haben wir verpaßt.

– Ich freu mich schon auf Amsterdam, sagte Walter. Er suchte Halt, indem er sich an den Revers von Osewoudts Regenmantel festhielt, und kniete sich mit dem rechten Bein auf die Bank.

– Ich verreise furchtbar gern, weißt du. Ich glaube, ich ziehe nach Rußland, wenn der Krieg vorbei ist. Ich will ein großes Landgut haben.

– Wenn du so gern verreist, würde ich an deiner Stelle mal nachschauen, ob ein Zug kommt. Ich höre eine Lokomotive. Geh nur, es ist bestimmt ein Güterzug.

Das Kind ließ ihn los und rannte durch eine offenstehende Tür auf den Bahnsteig.

– Wie ist es ausgegangen?

– Gut. Beide, die Frau und der Mann.

– Die Frau auch?

– Ja. Sie war in der Küche.

– Hatten sie Cognac im Haus?

– Weiß ich nicht. Ich habe nicht danach gesucht, auch nicht nach Papieren. Es ging nicht so schnell. Aber es hat geklappt.

– Ich dachte schon, der Mann würde den ganzen Weg bis zum Bahnhof mitkommen. Ich habe zu ihm gesagt: Passen Sie auf, Sie werden sich noch erkälten, wenn Sie ohne Mantel so lange draußen herumlaufen. Dann liegen Sie morgen im Bett. Es ist kalt für die Jahreszeit! Sie lächelte nicht, während sie ihm das berichtete.

Als der Güterzug vorbeifuhr, fiel kaum noch Licht in den Wartesaal.

Osewoudt legte die Hand in den Nacken des Mädchens und sagte: Komm, denk nicht mehr dran.

– Als er ging, hab ich noch vergessen, ›Heil‹ zu sagen.

– Was macht das schon? Alles ist gutgegangen.

– Ich frage mich, ob die Deutschen als Vergeltung Geiseln erschießen werden.

Osewoudt spürte, daß ihm die Knie zu zittern anfingen. Er fragte: Wo hast du das Fahrrad gelassen, das er dir gegeben hatte?

– In der Gepäckaufbewahrung. Er würde es dann später abholen, hat er gesagt. Warum?

– Ich hab eine Dummheit gemacht. Ich bin auch mit einem Fahrrad zurückgekommen, ich hab es draußen stehenlassen. Wenn es jemand wiedererkennt …

– Na und? Dann müßte es schon jemand sein, der jetzt gerade bei Lagendaal war und gesehen hat …

– Verdammt, wenn doch endlich der Zug käme.

– Ach, hör schon auf. Angenommen, jemand hätte es jetzt schon entdeckt, warum sollte er auf die Idee kommen, nachzuschauen, ob Lagendaals Rad vielleicht am Bahnhof steht?

– Nein, aber derjenige, der es entdeckt, wird natürlich ins Dorf gehen, und dann ist es gut möglich, daß er am Bahnhof vorbeikommt.

Walter war wieder da.

– Puh! Das war ein ganz langer Zug! Siebenundsiebzig Waggons! Der fährt bestimmt an die Ostfront!

– Ja, Walter, an die Ostfront, um unseren Soldaten warme Kleidung zu bringen.

– Ich bin für die Russen, sagte Walter. Alle Jungen sind für die Russen.

Im Zug ließen sie das Kind zwischen sich sitzen. So brauchten sie nicht miteinander zu reden. Der Waggon hatte von vorn bis hinten einen Durchgang.

Der Zug hielt in Barneveld-Dorp, und zwei Frauen setzten sich zu ihnen; nun waren alle Plätze besetzt.

Der Zug fuhr weiter. Draußen begann es zu nieseln, und der Regen zog dünne Striche über die Fensterscheiben.

Die nächste Station war Barneveld-Voorthuizen. Die Tür wurde geöffnet, und eine korpulente Frau mit einem Korb am Arm zog sich hoch.

– Nichts mehr frei?

– Nein, alles besetzt.

Osewoudt stand auf und deutete auf seinen Platz.

Aber die Frau blickte zuerst ihn an, dann das Kind, dann die falsche Jugendführerin.

– Nein, Meneer, danke. Auf Ihrem Platz möchte ich nicht mal für Geld sitzen.

– Richtig! sagte eine der Frauen, die in Barneveld-Dorp zugestiegen waren. Wenn solche Leute sitzen, soll man sie sitzen lassen. Wenn es nach uns ginge, mindestens ihr Leben lang!

Das ganze Abteil brach in Gelächter aus. Osewoudt ließ sich auf seinen Platz fallen und schaute aus dem Fenster.

Der Zug fuhr weiter. Er fuhr noch keine Minute, als zwei Männer in Lederjacken aus dem Gang kamen.

– Polizei! Ausweise bitte.

– Auch das noch! sagte die Frau, die das mit dem Sitzen gesagt hatte.

– *Personsbeweise, astublief!* sagte der vordere Mann auf niederländisch mit starkem deutschem Akzent und streckte die Hand aus. Der zweite blieb im Durchgang stehen und schaute ständig nach links und rechts.

Osewoudt gab dem Mann seinen Ausweis. Der nahm ihn aus der Zelluloidhülle, schlug ihn auf und gleich wieder zu, hielt ihn mit einer Art Geste des Einvernehmens kurz hoch und gab ihn zurück.

Dann reichte ihm die Dame, die den angebotenen Platz abgelehnt hatte, ihren Ausweis.

Erst als alle ihre Ausweise gezeigt hatten, gab die Jugendführerin ihren hin. Der Deutsche lächelte ihr zu, als er das Dokument entgegennahm, doch als er es aufschlug, verfinsterte sich seine Miene.

Er vertiefte sich in das Dokument, betrachtete es auch von der Rückseite. Über seine Schulter hinweg warf der zweite Mann einen Blick darauf. Der erste klappte den Ausweis zusammen und steckte ihn in die Tasche.

– Da stimmt was nicht. Kommen Sie mal mit.

Als hätte ›He, du‹ damit gerechnet, stand sie sofort auf und ging mit den beiden Männern in Leder mit, ohne sich umzuschauen.

Im Abteil begann man zu grienen.

– Jetzt habe ich plötzlich doch wieder Lust, mich noch kurz zu setzen, sagte die korpulente Frau und ließ sich auf den freien Platz plumpsen.

– Ist schon in Ordnung, aber wenn Tante Marchiena zurückkommt, müssen Sie wieder aufstehen, sagte Walter.

Die Frau starrte vor sich hin. Das Lächeln auf den Gesichtern der anderen Fahrgäste verschwand ziemlich schnell. Es war etwas passiert, was sie nicht verstanden. Eine Führerin des Nationalen Jugendsturms, eine Landesverräterin, die von der deutschen Polizei abgeführt wurde? Wie konnte das sein?

Jemand haute den Knoten durch und sagte, ohne daß jemand anders danach gefragt hatte: Auch unter denen gibt es welche, die reinfallen! Schwarzhandel, wer weiß!

– Wo ist Tante Marchiena hingegangen? fragte Walter.

Im Abteil wurde es totenstill.

Es kostete Osewoudt enorme Anstrengung, das Gesicht vom Fenster wegzuwenden. Alle hingen an seinen Lippen, als er murmelte: Sei jetzt ruhig, Walter. Gleich in Amersfoort sehen wir Tante Marchiena wieder.

Er blickte auf die Armbanduhr.

– Schau, noch drei Minuten. Wir sind gleich da.

Als der Zug in den Bahnhof einfuhr, hatte er den Jungen fest an der Hand gefaßt, um ihn sofort hinauszuzerren.

Erst als sie auf dem Bahnsteig standen, fiel ihm ein, daß er keine Fahrkarte für das Kind hatte. ›He, du‹ mußte eine Karte für den Jungen gekauft haben! ›He, du‹ hatte die Karte! Er schaute sich um, aber sah sie natürlich nirgends. Dann beugte er sich zu Walter.

– Paß mal auf, Walter. Bleib hier stehen, rühr dich nicht vom Fleck! Ich bin gleich wieder da. Bleib hier stehen. Paß gut auf, ob du Tante Marchiena siehst! Ich geh mal kurz weg. Aber bleib hier stehen, kapiert?

Er ließ den Jungen los und rannte zu einer Tür, über der ein Schild mit der Aufschrift

FAHRSCHEINE FÜR DURCHREISENDE

hing. Er kaufte eine einfache Fahrkarte und eine Kinderkarte nach Amsterdam.

Von weitem sah er, daß Walter ihm aufs Wort gehorcht und sich keinen Fingerbreit von seinem Platz entfernt hatte.

Blödsinn! Was sollte er mit dem Kind anfangen? Um Himmels willen, wo lasse ich es? Ich sollte es besser dort stehenlassen, bis in alle Ewigkeit, und allein in den Zug nach Amsterdam steigen. Verdammt, wie werde ich den Jungen los?

Aber als hätte der Kauf des Kinderfahrscheins ihm eine Verpflichtung auferlegt, ging er wieder zu Walter.

– So! Hast du Tante Marchiena noch nicht gesehen?

– Nein, du?

– Ja, sie muß hier in Amersfoort noch was erledigen, sie hat mit den beiden Herren was zu besprechen. In fünf Minuten kommt der Zug nach Amsterdam. Tante Marchiena kommt nach, hat sie gesagt. Komm, Walter, gib mir die Hand, wir gehen schon mal zum Bahnsteig.

Osewoudt zog das Kind mit zum Bahnsteig, wo der Zug nach Amsterdam abfahren würde. Kurz darauf fuhr der Zug ein.

Osewoudt fand zwei Sitzplätze.

– Eisenbahnfahren ist das Schönste, was es gibt, sagte Walter. Er stützte die Hände neben den Schenkeln auf die Bank.

– Bist du denn auch schon mal anders verreist?

– Ja, mit einem Flugzeug. Das hat mir nicht gefallen.

– Wohin bist du mit dem Flugzeug denn geflogen?

– Nach Südamerika. Puh, da ist es warm!

Ein alter Mann, der ihnen gegenüber saß, mischte sich ins Gespräch.

– Das war sicher vor dem Krieg, was, Junge? Der Alte zwinkerte Osewoudt zu.

– Das kann nicht sein, sagte Walter, Krieg war schon immer.

Erst als sie in Amsterdam ankamen, begann Walter nach ›Tante Marchiena‹ zu jammern. Können wir nicht im Wartesaal nachschauen, ob Tante Marchiena da ist?

– Ach Junge, wie soll das denn gehen? Tante Marchiena ist noch in Amersfoort. Wie könnte sie dann hier im Wartesaal sein? Sie kommt mit dem nächsten Zug.

– Ich will nicht.

– Was willst du nicht?

– Ich will nicht in Amsterdam sein. Ich will mit Tante Marchiena ins Jugendheim. Das hat Papa mir versprochen. Ich krieg einen Gürtel mit einem Fahrtenmesser. Du bist ein fremder Mann, mit dir habe ich nichts zu tun!

In diesem Augenblick war aus den Lautsprechern, die auf den Bahnsteigen hingen, ein lautes Knacken zu hören, und eine hohle, aber doch heisere Stimme rief: Herr Osewoudt! Herr Osewoudt! Herr Osewoudt, vermutlich mit dem Zug aus Richtung Amersfoort angekommen, wird gebeten, ins Büro des Bahnhofsvorstands zu kommen und eine wichtige Nachricht entgegenzunehmen. Wiederholung: Herr Osewoudt, vermutlich mit dem Zug aus Richtung Amersfoort angekommen, wird …

Osewoudt fühlte sich, als hätte ihm jemand einen gewaltigen Tritt in die Leiste versetzt. Er mußte schlucken, um sich nicht zu übergeben. Am liebsten hätte er sich sein Taschentuch vors Gesicht gebunden. Er drückte Walters Hand. Walter fragte: Warum rufen die den Herrn?

– Weil sie ihn brauchen, natürlich.

Er zog die Fahrkarten aus der Tasche. Drei Stück hatte er nun: die halb benutzte Rückfahrkarte Leiden–Amersfoort, eine Karte Amersfoort–Amsterdam und die Kinderkarte. Er betrachtete sie ausgiebig, steckte die erste Karte in die Tasche und behielt die beiden anderen in der Hand.

– Warum soll sich der Herr denn bei ihnen melden?

– Weil sie ihm etwas ausrichten wollen, Walter. Von seiner Frau oder von seiner Mutter. Von seiner Mutter, wiederholte Osewoudt murmelnd, während sie sich in der Schlange vor der Sperre ein Stück weiterschoben.

– Was sollen sie ihm denn von seiner Mutter ausrichten?

– Vielleicht hat er seiner Mutter versprochen, ihr einen Korb Kirschen zu kaufen, und es dann nicht gemacht. So etwas, verstehst du, Walter, so etwas vielleicht.

– Osewoudt ist ein komischer Name.

Walter sah sich nun ständig nach allen Seiten um.

– Ist es noch weit bis zum Jugendheim?

– Sehr weit. Du würdest zu müde werden, wenn ich dich gleich hinbringen würde. Wir gehen jetzt erst mal zu einem sehr netten alten Mann und ruhen uns dort aus. Sein ganzes Haus ist voll mit Vogelfedern, roten, grünen, blauen und gelben. Er hat Federn von vielen Vogelarten. Du wirst dich wundern, was du da alles siehst!

Sie gingen über die Brücke und kamen auf den Oudezijds Achterburgwal.

Als sie fast bei Onkel Barts Haus angelangt waren, wurde an eine Fensterscheibe geklopft, fester, als Huren sonst an ihre Scheiben klopfen. Osewoudt blieb stehen und schaute sich um. Hinter dem Kellerfenster winkte ihm die Frau mit heftigen Gesten. Sie war schon von ihrem Hocker aufgestanden.

Osewoudt ging ein paar Schritte in Richtung der offenstehenden Kellertür. Die Frau kam heraus, einen nicht zugeknöpften Mantel mit einer Hand zusammenhaltend.

– Sie sind doch der Neffe von Meneer Nauta, nicht wahr? Wollten Sie vielleicht zu Ihrem Onkel?

– Ja. Warum?

– Hören Sie, machen Sie bloß schnell, daß Sie wegkommen! Heute nachmittag waren die Deutschen hier und haben Ihren Onkel mitgenommen. Sie haben das ganze Haus ausgeräumt. Mit einem großen Lastwagen. Das wollte ich Ihnen nur sagen!

Ohne eine Antwort abzuwarten, drehte sich die Frau um und verschwand in ihrem Kellerloch.

– Was hat die Frau gesagt? fragte Walter.

– Nichts, was dich angeht. Komm jetzt. Wir sind fast da. Aber wo waren sie fast? Osewoudt wußte es nicht, und er konnte keinen klaren Gedanken fassen. Er hatte vorgehabt, das Kind bei Onkel Bart abzugeben, im nachhinein betrachtet, schon ein völlig unsinniger Plan. Wie dem auch sei, er mußte den Jungen loswerden, und zwar so schnell wie möglich! Am liebsten hätte er ihn mit einem schweren Stein um den Hals in die Gracht geworfen.

Er ging so schnell, daß das Kind kaum Schritt halten konnte, aber der Junge sagte kein Wort. Als sie an Onkel Barts Haus vorbeigingen, blickte Osewoudt nicht zu den Fenstern hoch. Er starrte vor sich hin auf die unter ihm dahingleitenden Steine. Hier und da lagen rote Vogelfedern auf der Straße.

– Was hat die Dame denn gesagt? fragte Walter.

– Etwas, was dich nichts angeht.

– Warum nicht?

– Ach, Junge, sei vernünftig und halt den Mund.

– Warum?

– Wenn du jetzt artig bist, fahren wir gleich mit einer Kutsche. Schau mal, mit so einer. So eine Kutsche, denk dir, damit fahren wir gleich!

Sie standen bei der Brücke zur Damstraat und warteten, um die Straße zu überqueren. Eine leichte Metallkutsche mit einem mageren Pferd davor fuhr vorbei.

– Was für eine schöne Kutsche!

– Ja! Schön, was? Und so praktisch, wo es jetzt kein Benzin für Autos mehr gibt! Als diese Kutschen gerade erfunden waren, wurden sie nicht von einem Pferd gezogen, sondern von einem Mann auf einem Fahrrad. Lustig, was? Aber das ist verboten. Das verstößt gegen die Menschenwürde, verstehst du? Nein? Macht nichts! Gleich machen wir zwei eine schöne Fahrt in so einer Kutsche.

Er zerrte den Jungen weiter in die Damstraat, Richtung Dam.

Bei dem Torbogen angekommen, durch den man vom Vijgendam zum Rokin gelangt, blieb er stehen und sagte, Walter bei jedem Wort mit einem kleinen Ruck am Arm ziehend: Bleib hier stehen, an diesem Tor! Mach genau das, was ich dir sage! Rühr dich nicht vom Fleck! Ich hol jetzt eine Kutsche, die fährt dann gleich hier vor. Verstanden?

Er ließ das Kind los und rannte zum Rokin.

Er sprang auf die hintere Plattform der ersten Straßenbahn, die vorbeifuhr.

Als er zur anderen Straßenseite blickte, sah er, daß Walter nicht so gehorsam gewesen war, wie er gehofft hatte. Der kleine Kerl, wahrscheinlich neugierig geworden, mußte durch das Tor gegangen sein; Osewoudt sah, wie er sich auf der stillen Seite des Rokin umschaute, die Hände in den Hosentaschen. Dort standen gleich drei wartende Kutschen und erweckten den Eindruck, als stünden sie dort absichtlich, um zu bewirken, daß das Kind überhaupt nichts mehr begriff.

Fünf Minuten später stieg Osewoudt am Muntplein aus. Es war Punkt halb sieben. Die Turmuhr schlug.

Da sah er auch Marianne. Sie trug ein neues Sommerkleid. Als sie ihn erblickte, lächelte sie. Er fand sie schön, und es war, als sei den ganzen Tag nichts Besonderes vorgefallen.

– Guten Tag, Liebling.

Sie legte ihm die Hände auf die Wangen, er umarmte sie.

– Du bist aber pünktlich, sagte sie. Du bist wenigstens ein Mann, der sich an Verabredungen hält! Wo ist deine Brille?

– Die Gläser sind zersprungen, weil ich dich mit solchem Feuer im Blick anschaue.

– Was hast du heute gemacht?

– Alles mögliche erledigt. Ich war auch noch bei diesem Herrn Nauta, von der Firma Bellincoff, du weißt schon, auf dem Oudezijdsachterburgwal. Die Deutschen haben ihn verhaftet. Sie haben das ganze Haus ausgeräumt!

– Tatsächlich? Hat ihm das diese Elly eingebrockt? Oder dieser Neffe, der gleichzeitig sein Schwiegersohn ist?

– Das weiß ich nicht.

– Dein Mantel ist ja ganz schmutzig! Als ob du auf einen Mast geklettert wärst.

– Was sagst du da? Osewoudt schaute an sich hinunter und fing an, auf die schwarzen Spuren des Telefonmastes zu klopfen. Ich hab mich wohl irgendwo angelehnt, sagte er, heutzutage ist alles schmutzig. Nichts wird mehr saubergemacht, wohin man blickt, nur noch Verfall!

– Es sieht aus wie Teer oder Karbol!

Sie griff nach seinem Mantel, beugte sich darüber und roch daran.

– Laß das! rief er und schob sie weg. Ich stolpere über dich. Wo willst du hin?

– Das rätst du nie! Ich hab was Verrücktes gemacht. Ich hab zwei Kinokarten gekauft. Aber nicht für einen deutschen Film. Es ist ein tschechischer Streifen, er heißt *Präludium*.

– Wo läuft er denn?

– Im Tivoli. Sie überquerten die Straße.

– Wenn du wüßtest, sagte sie, während sie in die Reguliersbreestraat einbogen, wie aufgeregt ich jetzt bin. Mir gehen viele seltsame Gedanken durch den Kopf. Es gibt Arier, die sich aus Protest weigern, ins Kino zu gehen, und ich gehe als Jüdin hin. Findest du das nicht ein bißchen pervers?

– Niemand kann sehen, daß du Jüdin bist.

– Darum geht es nicht, aber ich weiß, daß ich es bin! Meine ganze Familie haben sie mitgenommen, ich habe nichts mehr von ihnen gehört. Vielleicht sind sie schon tot, und ich laufe hier herum, als ob nichts wäre!

– Du darfst über diese schmerzhaften Dinge nicht reden, sagte Osewoudt, außerdem sind die Geschichten ja vielleicht übertrieben, vielleicht leben sie noch.

– Aber sie sind auf jeden Fall verhaftet worden. Sie gehen nicht über die Reguliersbreestraat, so wie wir. Ist es nicht so?

– Ja.

– Oder etwa nicht? Ich verstehe selbst nicht, wie ich so gleichgültig sein kann.

Sie stellten sich in eine Schlange. Über der Kasse hing ein Schild ›Für Juden verboten!‹. Auf Perserteppichen schoben sie sich langsam voran.

– So gleichgültig bist du nicht, sagte Osewoudt, die Gleichgültigen würden nicht darüber reden.

Das Saallicht ging halb aus, und die Wochenschau begann.

– Warum geht das Licht nicht ganz aus?

– Das ist schon lange so. Wenn Hitler oder so jemand auf der Leinwand erscheint, und es wird gepfiffen oder gejohlt, können sie sehen, wer das macht.

Plötzlich mußte Osewoudt an ›He, du‹ denken. Was war wohl mit ihr geschehen? Was war mit ihrem Ausweis? Ob die Deutschen etwas über sie wußten? Würden sie sie fragen, was sie in Lunteren gemacht hatte? Würden sie zwei Fahrkarten bei ihr finden, ihre eigene und die von Walter? Würde sie den Mund halten? Er hielt es für wahrscheinlich, daß sie zumindest im Zug noch nichts gesagt hatte, denn sonst hätten die Deutschen Walter sicherlich nicht laufenlassen. Plötzlich fiel ihm ein, daß ›He, du‹ sich ihm gegenüber eigentlich mit einem Foto hätte legitimieren müssen und *daß er sie nicht mal nach dem Foto gefragt, daß er es überhaupt nicht gesehen hatte. Daß sie das Foto bei ihrer Verhaftung noch bei sich gehabt haben mußte!* Was für ein Foto war es wohl? Vielleicht, wer weiß, das dritte Foto. Das dritte Foto der Serie, die er Dorbeck geschickt und von der Elly auch eines mitgebracht hatte, angeblich aus England. Was war auf diesem dritten Foto? Ich weiß es nicht mehr, aber das tut nichts zur Sache. Wenn ich es sehen würde, würde ich es erkennen. Werden die Deutschen etwas Besonderes daran entdecken? Seine Gedanken beanspruchten ihn so, daß er erst wieder auf die Leinwand schaute, als die Stimmen und die Musik der Wochenschau plötzlich verstummten.

Das Licht ging nun ganz aus, und etwas Seltsames geschah. Auf der Leinwand erschien ein Foto, ein regloses Foto, das nur ein wenig zitterte, weil es auf einen Film aufgenommen war. Es war sein Porträt. Das Publikum hüstelte, der Projektor ratterte, andere Geräusche waren nicht zu hören.

Neben dem Bild stand ein Text in Schreibmaschinenschrift.

500 Gulden Belohnung

Die nebenstehend abgebildete Person
Hendrik Maarten OSEWOUDT
geb. 23. 4. 20 in VOORSCHOTEN
zuletzt wohnhaft dortselbst,

Geschäftsinhaber,
wird von der Kriminalpolizei
wegen Straßenraub gesucht.
Sachdienliche Hinweise nimmt
jede Polizeiwache entgegen.

Das Publikum bekam viel Zeit, sich das Bild anzuschauen.

Woher stammte es? Wahrscheinlich war es das Foto auf seinem ursprünglichen Personalausweis; ein Duplikat davon befand sich im Register der Meldestelle. Aber war sein Haar auf dem Foto so dunkel wie auf diesem Bild? Oder war es ein Foto von Dorbeck, das hier auf die Leinwand projiziert wurde?

Die Projektion verschwand. Melancholische slawische Musik setzte ein, und der Hauptfilm begann.

– Filip, das ist ja verrückt! Der Mann ähnelt dir!

– Hör gut zu, flüsterte er, mach genau das, was ich dir sage. Er suchte in seinen Taschen.

– Ich verschwinde jetzt, ich fahre nach Leiden. Aber du bleibst sitzen, bis die Vorstellung vorbei ist oder bis sie fast vorbei ist. Ich kann nicht so lange warten. Wenn ich mitten zwischen den ganzen Leuten hier, die das Foto gesehen haben, hinausgehe, sind darunter bestimmt Amateurdetektive, die sich gern fünfhundert Gulden verdienen wollen und glauben, ich wäre der Mann von dem Fahndungsbild. Darum gehe ich jetzt, jetzt sofort. Nimm das. Er gab ihr die Pistole.

– Steck sie gut weg.

– Behältst du sie nicht besser, Filip?

– Nein. Ich habe viel zu oft damit geschossen. Ich hätte längst eine andere Pistole haben müssen. Wenn die Polizei sie bei mir finden würde und wenn sie eine Kugel hätten, die damit abgefeuert wurde, wäre ich verloren.

Er gab ihr die Zange und auch die Bruchstücke seiner Brille.

– Nimm ruhig auch die Stücke von der Brille. Ich habe nichts mehr davon.

Er tastete, ob es noch mehr Dinge gab, die er besser loswurde, aber er fand nichts.

– Was ist denn das? Eine Kneifzange? fragte sie.

– Auf Wiedersehen, liebe Marianne. Mach dir keine Sorgen. Bis bald. Es wird schon gutgehen, aber man weiß ja nie.

– Es ist meine Schuld, sagte sie, hätte ich dir nur nicht die Haare gefärbt!

Er zog sie an sich, stand dann auf, setzte den Hut auf und knöpfte sich den Regenmantel zu.

Am Saalausgang saß eine Platzanweiserin auf einem Stuhl. Sie stand auf und ging weg, noch ehe er den Ausgang erreicht hatte.

Osewoudt trat in die große Halle mit den Perserteppichen.

– Mijnheer! rief ein Pförtner.

Osewoudt blieb stehen. Der Pförtner blieb ebenfalls stehen, in größerer Entfernung, als die meisten Menschen stehenbleiben würden, wenn sie jemanden angerufen haben.

Osewoudt sagte: Na, was willst du?

Der Pförtner schwieg. Osewoudt hörte ein klickendes Geräusch, das aus dem Kassenhäuschen kam, neben dem er stand. Er konnte nicht hineinschauen, erkannte jedoch das Geräusch: Jemand drehte die Wählscheibe eines Telefons. Er verließ das

Kino. Aber hinter seinem Rücken rief der Pförtner: Haltet den Dieb!

Ein lächerlicher dramatischer Ruf in der dunklen Straße. Osewoudt blieb stehen, sah, daß andere Leute auch stehenblieben. Erst als er bemerkte, daß der Pförtner auf ihn zugelaufen kam, ging er weiter, aber in normalem Tempo. Der Pförtner legte ihm die Hand auf die Schulter. Osewoudt ergriff die Hand, zog sie nach vorn, bis der Arm gestreckt war, drehte den Arm um und bückte sich schnell und tief. Brüllend landete der Mann auf dem Pflaster, mit einer Wucht, die ihm das Rückgrat hätte brechen können. Osewoudt ließ ihn los, doch Passanten begannen ihn einzukreisen.

Osewoudt ging auf sie zu.

– Warum halten Sie mich auf? Der Pförtner hat mich ohne jeden Grund belästigt.

– Ihren Ausweis.

Ein holländischer Polizist versperrte ihm den Weg mit seinem Rad.

Osewoudt gab ihm den Ausweis, der Polizist knipste eine Taschenlampe an und betrachtete das Dokument.

– Soso, Sie sind selbst bei der Polizei? Wo ist Ihr Dienstausweis?

Osewoudt gab ihm den gefälschten deutschen Dienstausweis. Der Polizist steckte beide Ausweise in die Tasche und sagte: Sie müssen aber kurz mitkommen.

– Ich bin im Dienst, ich habe keine Zeit, für nichts und wieder nichts mitzukommen.

– Kann sein, aber ich tue meine Pflicht.

– Und wenn ich mich weigere?

– Ist mir völlig Wurst, sagte der Polizist, und wenn ich Gewalt anwenden müßte, Sie kommen mit. Denken Sie daran, wenn Sie jetzt weglaufen, schieße ich.

Osewoudt blickte sich um. Die ihn umringende Menschenmenge wurde immer größer. Weglaufen war unmöglich.

– Gut, ich komme mit. Wie Sie wollen.

Der Polizist ließ das Fahrrad los und griff in seine Hosentasche. Klick. Ehe Osewoudt sich widersetzen konnte, war er mit Handschellen gefesselt.

Sie kehrten um. Schweigend ging Osewoudt mit zur Polizeiwache an der Ecke Halvemaanssteeg. Die Menge folgte ihnen.

Erst als sie in der Eingangshalle der Polizeiwache standen, sagte Osewoudt: Hören Sie, vielleicht sind Sie ein guter Patriot. Ich bin nicht von der deutschen Polizei. Die Papiere sind gefälscht. Aber ich habe mir auch keinen Straßenraub zuschulden kommen lassen. Ich bin nicht der Mann auf dem Fahndungsbild. Ich sehe ihm sehr ähnlich, aber ich bin es nicht. Ich heiße anders.

– Stimmt, sagte der Polizist. Der Mann, der gesucht wird, heißt Osewoudt, und in Ihrem Ausweis steht van Druten. Aber auf beiden Fotos ist ein und dieselbe Person. Sie geben ja auch zu, daß der Ausweis gefälscht ist.

– Ich habe keinen Straßenraub begangen. Lassen Sie mich laufen. Mein Leben hängt davon ab. Es wird Ihnen noch leid tun, wenn Sie mich nicht laufenlassen. Geben Sie mir die Papiere wieder.

– Was Sie da erzählen, kann jeder sagen.

– Lassen Sie mich gehen. Ich werde aus politischen Gründen gesucht. Sie werden es Ihr Leben lang bereuen, wenn Sie mich an den Feind ausliefern.

– Wenn Sie mich fragen, Meneer, dann sind Ihre Papiere doch echt. Sie haben unter falschem Namen für die Deutschen gearbeitet, und jetzt haben Sie auch bei denen verspielt. Deshalb haben die Deutschen das Foto von Ihnen verbreitet. Hab ich recht?

– Nein, die Papiere sind gefälscht. Es wird Ihnen noch leid tun.

– Und was meinen Sie, was uns hier auf der Wache blüht, wenn wir Sie laufenlassen? Ich habe Frau und Kinder, Meneer.

Sie ließen ihn in der Wachstube sitzen. Sie hatten ihm die Hände auf dem Rücken gefesselt. Vier Polizisten und ein Kommissar standen um ihn herum. Sie nickten bei allem, was er ihnen erzählte. Sie boten ihm eine Zigarette an, aber er lehnte ab. Seine Stimme wurde zunehmend leiser, doch er redete weiter.

Eine halbe Stunde später kamen zwei Deutsche mit einem kleinen, leicht gepanzerten Auto, um ihn abzuholen.

Die Hände auf dem Rücken gefesselt, aufrecht auf der Holzbank in dem schlecht gefederten Wagen sitzend, vibrierte sein ganzer Körper unablässig, bis das Auto in Den Haag anhielt.

Osewoudt saß auf einem Stuhl. In dem verräucherten Zimmer standen zwei Schreibtische, zwei Deutsche gingen mit Aktenordnern ein und aus. Ein dritter saß auf einem anderen Stuhl in der Ecke, die Beine verschränkt, eine Pistole griffbereit. Er schaute Osewoudt jedoch nicht an.

Osewoudt schwieg, stellte keine Fragen. Das Vibrieren des Autos glaubte er noch immer zu spüren. Er fand es eigenartig, daß die uniformierten Deutschen hier wie normale Büroangestellte herumliefen. Verstärkt wurde dieser Eindruck vor allem, weil sie, obwohl in Uniform, natürlich keine Mützen trugen. Er konnte sich nicht erinnern, vorher schon einmal Deutsche ohne Mützen gesehen zu haben.

Der Deutsche, der in der Ecke saß, steckte die Pistole weg und verließ den Raum, aber sofort kam ein kleiner, untersetzter Mann herein, der sich vor Osewoudts Stuhl stellte, eine Art komisches Erstaunen mimte und sagte: Meneer Osewoudt! Hat man Ihnen schon eine Tasse Kaffee gegeben? Der Mann hatte die Tür hinter sich offengelassen und rief in den Flur: Kaffee!

Dann ging er zu einem der Schreibtische, rückte den Schreibtischstuhl so, daß er Osewoudt direkt gegenüberstand, und setzte sich.

– So, Meneer Osewoudt! Ich bin Kriminalrat Wülfing. Wie schön, daß wir endlich Gelegenheit haben, mit Ihnen zu reden!

– Wo ist meine Mutter?

– Darüber wollte ich gerade mit Ihnen sprechen. Ihrer Mutter geht es ausgezeichnet! Es gibt verschiedene Möglichkeiten, Meneer Osewoudt! Sie könnten sie besuchen, nichts spricht dagegen, wir könnten sie vielleicht sogar freilassen. Nichts spricht dagegen! Aber dann müssen Sie auch Verständnis für unseren Standpunkt aufbringen!

Er schaute auf die Tür und rief: Jawohl!

Die Tür öffnete sich, und ein uniformierter Unteroffizier brachte ein Tablett mit zwei Tassen Kaffee.

Osewoudt trank von dem Kaffee und stellte die Tasse, dabei halb aufstehend, auf dem Schreibtisch ab. Kriminalrat Wülfing blies in seine Tasse, schlürfte einen Schluck und pustete schließlich mit prallen Wangen Luft aus.

– Über uns wird alles mögliche verbreitet, Meneer Osewoudt, aber Sie verstehen sicherlich, daß wir nicht das geringste Interesse daran haben, als Henker und Barbaren aufzutreten! Wem sollte das nützen? Wir respektieren Sie, wie man einen Feind auf dem Schlachtfeld respektiert! Allerdings müssen Sie sich darüber im klaren sein, daß der Kampf in Ihrem Fall vorbei ist. Sie und ich, wir müssen jetzt miteinander ins Gespräch kommen! Ein ganz normales Gespräch von Mensch zu Mensch! Gibt es etwas Schöneres auf dieser Welt als das Gespräch? Ich frage mich sogar, ob es noch etwas gibt, was den Menschen in so hohem Maße vom Tier unterscheidet wie das Gespräch! Lassen Sie uns doch menschlich sein! Bei uns ist es nicht das unabwendbare Schicksal des Verlierers, aufgefressen zu werden! Zigarette, Meneer Osewoudt?

Der Deutsche hielt Osewoudt eine englische Schachtel hin. Osewoudt war sich fast sicher, daß die Zigaretten aus seinem Laden stammten.

– Beim Menschen aber, fuhr Wülfing fort, beim wirklich menschlichen Menschen folgt auf den Kampf das Gespräch!

Er hob die Hände, als modellierte er dieses Gespräch aus Luft. Dann zog er an seiner Zigarette, blies den Rauch aus und beugte sich blitzschnell vor. – Kleine Houtstraat 32, Haarlem! Wir wissen alles! Alles ist bekannt! Alle Beteiligten haben gestanden! Wo sind Sie Elkan zum erstenmal begegnet?

Osewoudt zuckte die Schultern.

Elkan? Der Name sagte ihm nichts.

– Sie waren zu dritt! Wir wissen es! Wer waren die anderen?

– Ich kenne nicht einmal diese Adresse.

– Ach, Meneer Osewoudt, reden Sie keinen Unsinn. Sie sind dabeigewesen, von Anfang bis Ende! 23. Juli 1940! Elkan, Osewoudt und Zéwüster schießen, bis ihre Magazine leer sind, auf mehrere Personen, mit denen sie sich in einer Pension in Haarlem, Kleine Houtstraat 32, verabredet haben! Wir wissen alles! Wer hat den Auftrag für diese Schießerei gegeben?

– Ich weiß davon nichts.

– Warum haben wir Sie wohl hierhergebracht? Warum haben wir Ihre Mutter bei uns aufgenommen? Na? Sie sind wohl nicht ganz bei Trost! Oder wollen Sie uns für verrückt erklären?

Osewoudt dachte: Er sagt: Sie waren zu dritt. Glaubt er, Dorbeck hieße Elkan? Er weiß nicht alles, oder er will mich reinlegen.

– Vielleicht sind Sie ja verrückt, sagte Osewoudt.

Der Deutsche beugte sich vor, doch seine rechte Hand blieb zurück und kam mit gewaltigem Schwung nach; Osewoudt hatte bereits den Kopf eingezogen. Trotzdem traf gleich darauf die linke Faust seine Nase. Er mußte sich beherrschen, die Faust nicht festzuhalten und dem andern den Arm auszurenken, aber er dachte: Dann wissen sie, daß ich Judo kann, und vielleicht kann ich es später noch mal anwenden, wenn die Erfolgschancen größer sind.

Er straffte den Rücken und zog ergeben das Blut hoch, das ihm aus der Nase tropfte.

Wülfing lehnte sich zurück. Breitbeinig, die Füße verschränkt, saß er auf seinem Stuhl.

– Meneer Osewoudt! Muß das denn wirklich sein, daß wir unsere gute Laune verlieren, wenn wir uns hier von Mensch zu Mensch gegenübersitzen? Wo ist Elkan?

– Ich kenne keinen Elkan.

– Du hast noch vor drei Tagen mit ihm gesprochen.

– Ich kenne ihn nicht!

– Du hast ihn am Eingang des Vondelparks in Amsterdam getroffen, beim Leidseplein!

– Ich kenne ihn nicht!

– Sonntag nachmittag halb vier hast du ihn am Vondelpark gesprochen. Und nicht nur ihn. Ein dritter Mann war dabei! Wer?

– Weiß ich nicht!

– Aber ich weiß es! Er ist hier im Haus, in einer Zelle. Roorda heißt er!

– Den Namen hab ich noch nie gehört.

– Gut möglich. Er heißt Roorda. Deckname: Steggerda, Heemstra, van Norden, Vervoord. Weißt du immer noch nicht, wen wir meinen?

– Nein.

Wülfing langte zum Schreibtisch und drückte auf einen Knopf. Osewoudt griff in seine Tasche, hatte aber nicht einmal mehr sein Taschentuch. Der Deutsche sah, was er wollte, zog eine Schublade auf und gab ihm ein Taschentuch aus Kreppapier. Osewoudt wischte sich das Blut vom Gesicht.

Roorda stand im Zimmer; der Polizist, der ihn gebracht hatte, hielt ihn an seinen Handschellen fest. Er sah aus, als sei er die ganze Zeit schwer mißhandelt worden. Er trug einen verschlissenen Anzug, der nicht einmal mehr Knöpfe hatte, die Hose mußte er mit einer Hand festhalten, das schmutzige Hemd ohne Krawatte stand offen.

– Wer ist dieser Mann, Roorda?

– Das ist Henk Osewoudt.

– Henk? Wer hat ihn denn Henk genannt? Bist du dir sicher, daß du ihn wiedererkennst, Roorda?

– Ja. Ich habe ihn noch am Sonntagnachmittag gesehen, am Haupteingang zum Vondelpark in Amsterdam.

– Na, Osewoudt, was sagst du dazu?

– Ich hab den Mann noch nie gesehen.

– Wer war noch bei dem Gespräch dabei, Roorda?

– Elkan.

– Worüber habt ihr geredet?

– Über die Waffen, die aus dem Flugzeug abgeworfen werden sollten. Osewoudt sagte noch, er hoffe, daß Bleistiftbomben dabeisein würden, weil er die benötigte.

– Es reicht! Bring ihn weg!

Wie einen Hund schleifte der Polizist Roorda an den Handschellen aus dem Raum.

– Siehst du, Osewoudt, wir wissen alles. Gib es endlich zu und laß uns ernsthaft miteinander reden. Dann belästige ich dich auch nicht weiter. In einer halben Stunde hast du mir alles gesagt. Dann kannst du in Ruhe schlafen.

– Ich kenne den Mann nicht.

– Denkst du denn überhaupt nicht an deine Mutter?

– Ich war nie bei dieser Adresse in der Houtstraat, ich habe nichts verbrochen! Ich werde Ihnen was anderes erzählen. Heute abend sah ich …

– Was hast du gesehen?

– Nichts.

– Doch. Du hast was gesehen, und zwar im Kino! Wir wissen genau, was du gesehen hast! Dein eigenes Bild, mehr als lebensgroß auf der Leinwand! Und darunter stand: Fünfhundert Gulden Belohnung! Und daneben dein Name. Und was hast du dann gemacht? Du bist getürmt! Du bist aus dem Kino gelaufen, obwohl der Hauptfilm gerade erst angefangen hatte! Ist das normal, wenn man ein reines Gewissen hat?

– Es war so verräuchert, ich fühlte mich unwohl, ich wollte an die frische Luft!

– Quatsch! Es war nicht verräuchert. Solange wir euer Land besetzt halten, ist Rauchen im Kino verboten! Warum verquasselst du hier deine Zeit?

– Ich sage doch so wenig wie möglich!

Der Deutsche stand auf.

– Aber du vergißt, daß wir über alle Mittel verfügen, dich zum Reden zu bringen.

Aus Angst, daß seine Gewandtheit auffallen könnte, zog Osewoudt jetzt nicht einmal mehr den Kopf ein. Mit großer Wucht traf ihn der Schlag auf die Wange.

– Ach! rief Wülfing. Wie fühlt sich denn das an? Was für weiche Wangen! *Wie ein Mädchen!*

Er strich mit dem Handrücken über die Wange, die er geschlagen hatte, vom Kinn bis zum Ohr.

– Ist denn das die Möglichkeit? Du wärst was für Obersturmführer Ebernuss! Haha! Wie ein Mädchen!

Im gleichen Augenblick hörte Osewoudt ein Klirren, er spürte kaltes Metall an den Handgelenken, und seine Hände waren hinter der Rückenlehne des Stuhls gefesselt. Der Deutsche setzte sich wieder vor ihn.

– Ich geb dir einen guten Rat. Wenn gleich Obersturmführer Ebernuss kommt, steck dir einen Sektkorken in den Hintern, sonst hast du nichts zu lachen! Aber was ich sagen wollte – wir plaudern jetzt schon eine Stunde, und nichts kommt dabei heraus. Wer hatte dich nach Haarlem in die Kleine Houtstraat 32 geschickt? Wir wissen alles; wenn du den Mund nicht aufmachst, hat das nur für dich unangenehme Folgen, nicht für uns. Wir haben Zeit.

– Ich war dort noch nie.

– Komm, jetzt sei vernünftig. In einer Stunde kommt Obersturmführer Ebernuss, weil ich mich mal kurz aufs Ohr lege. Und wenn du Obersturmführer Ebernuss nichts sagen willst, kommt acht Stunden später Obersturmführer Galovsky. Der bleibt ebenfalls acht Stunden. Und wenn du dann noch nichts gesagt hast, bin ich wieder da. Und so geht das immer weiter, verstehst du, wenn's sein muß, eine Woche lang. Wir haben Zeit, und wir können zwischendurch schlafen, du aber nicht. Zu essen bekommst du auch nichts, wer nicht arbeitet, soll auch nicht essen, und wer nicht mitarbeitet, der soll überhaupt nicht essen. Eigentlich müßten wir dir auch noch den Magen auspumpen. Aber wir sind viel zu gutmütig. Trinken kommt auch nicht in Frage, wer nicht reden will, kriegt keinen Durst und braucht nichts zu trinken. Ist das etwa nicht logisch? Was ich sagen wollte: Wo ist Elkan?

– Ich kenne keinen Elkan.

– Soso, du kennst keinen Elkan?

Als Obersturmführer Ebernuss ins Zimmer kam, lag Osewoudt auf dem Boden. Die Handschellen hatte man ihm offenbar abgenommen, aber er konnte sich nicht daran erinnern. Mit beiden Händen hielt er sich den Bauch, von der linken Braue, die aufgeplatzt war, rann ihm Blut in die Augen, und er blies immer wieder Blut von den Lippen, das ihm aus der Nase sickerte. Er konnte die Augen nicht mehr richtig öffnen, doch sie zu schließen war ebenfalls zu schmerzhaft. Ebernuss sah er wie einen Schemen auf und ab gehen. Osewoudt dachte: Und ich habe doch nichts gesagt.

Ebernuss machte die Schreibtischlampe aus. Hinter den Fenstern war die Luft nicht mehr nachtschwarz. Der Morgen dämmerte.

Ebernuss hockte sich neben Osewoudts Kopf und sagte: Hör mal zu, mein lieber Freund, ich könnte mir denken, daß du tatsächlich nicht weißt, wo Elkan ist. Ich verstehe eigentlich nicht, warum sie dir so eine gewaltige Tracht Prügel verpaßt haben. Kannst du aufstehen?

Er roch nach Veilchen.

Osewoudt schüttelte den Kopf, ohne den Körper zu bewegen, ohne zu demonstrieren, daß er es nicht konnte. Ich kann es zwar, dachte er, aber ich denke nicht dran.

– Er kann nicht mal mehr aufstehen! rief Ebernuss, während er sich aufrichtete. Was für eine Schande! Er schaltete die Schreibtischlampe ein, griff zum Telefon und wartete, den Hörer ans Ohr gedrückt.

Osewoudt konnte erst jetzt Ebernuss' Gesicht richtig sehen: hell wie sein eigenes, aber viel fleischiger, einen Bart hatte er vermutlich auch, einen schwarzen Bart, denn er hatte schwarze Haare, aber er war ausgesprochen gut rasiert. Er ist der größte Schweinehund von allen, dachte Osewoudt. Am anderen Ende der Leitung meldete sich jemand, und Ebernuss sprach mit schleppender Stimme, aber doch drohend in den Hörer. Dann legte er auf und zog zwei Ausweise aus den Papieren auf dem Schreibtisch. Er legte sie aufeinander, hielt sie nebeneinander. Es waren Papiere auf den Namen Filip van Druten, Personalausweis und Dienstausweis der deutschen Polizei mit demselben Namen und demselben Foto. Ebernuss schlug den Personalausweis auf und hielt ihn an die Lampe, auch den Polizeiausweis hielt er ins Licht.

Zwei Polizisten kamen mit einer Tragbahre, die sie neben Osewoudt abstellten. An Schultern und Füßen hoben sie ihn darauf. Während man ihn auf der Bahre wegtrug, sah Osewoudt, daß Ebernuss die beiden Dokumente grübelnd auf den Schreibtisch legte.

Keiner hat mich gefragt, wie ich an die Papiere gekommen bin, dachte Osewoudt, als er auf der Bahre durch den Flur schwebte. Warum hat Ebernuss nicht danach gefragt? Warum haben sie mich zusammengeschlagen, um aus mir herauszubekommen, was ich mit diesem Elkan zu schaffen habe, den ich überhaupt nicht kenne? Warum bringen sie den angeblichen Roorda dazu, mich angeblich wiederzuerkennen? Was wollen sie damit erreichen? Und kein Wort über meine gefälschten Papiere!

In der Eingangshalle des Gebäudes stellten die Polizisten die Bahre auf einer Bank ab. Einer von ihnen ging hinaus, er ließ die Tür hinter sich offen, und Osewoudt sah, wie er sich in der Dämmerung umschaute, als erwarte er jeden Augenblick ein Auto.

Plötzlich stand Ebernuss wieder neben Osewoudt.

– Osewoudt … Ebernuss flüsterte fast, er beugte sich weit vor, sein Gesicht näherte sich dem Osewoudts bis auf eine Handbreit. Osewoudt konnte das Veilchenparfüm deutlich riechen.

– Osewoudt … mach dir keine Sorgen. Du kommst jetzt ins Krankenhaus, da kannst du richtig ausschlafen. Es ist ein Skandal, wie sie dich mißhandelt haben. Ich werde sofort in Berlin Bericht erstatten, darauf kannst du dich verlassen. Ich schäme mich für meine Kollegen, bitte akzeptier meine aufrichtige Entschuldigung. Und wenn du im Krankenhaus bist, denk noch mal über die Fragen nach, die man dir gestellt hat. Überleg dir gut, ob es nicht am besten wäre, mit der Wahrheit herauszurücken. Was kann dir geschehen? Die Sache ist doch in die Binsen gegangen, aber voll. Warum kannst du nicht vernünftig sein und dafür sorgen, daß du nicht auch noch in die Binsen gehst? Gib mir die Hand, ich wünsch dir alles Gute.

Osewoudt hielt die Arme stocksteif, aber Ebernuss nahm seine Hand, hielt sie an den Fingern in der Waagerechten, legte die andere Hand noch mit einer herzlichen Geste darauf. Dann ging er. Ein Wagen fuhr vor.

Kaum war Ebernuss weg, nahmen die beiden Polizisten die Bahre, trugen sie hinaus, ließen sie auf den Boden fallen und warfen Osewoudt auf den Rücksitz des Autos. Es war schmerzhafter als alles, was er zuvor durchgestanden hatte. Trotzdem schaute er aufmerksam aus dem Fenster, als das Auto anfuhr. Er wußte, daß er sich in Den Haag im Binnenhof befand, obwohl er sich nicht daran erinnern konnte, wann er dort früher schon einmal gewesen war. Und dabei hatte er sich für einen Polizisten ausgegeben, der gerade bei dieser deutschen Polizeiwache angestellt war!

Wo war die Erste Kammer? Und wo die Zweite Kammer? Er dachte: Säßen hier doch noch die alten Säcke von früher, um über das Wohl des Landes zu palavern. Dann brauchte ich keine Schmerzen dafür zu ertragen. Na ja, Schmerzen? Vorsichtig bewegte er nach und nach alle Glieder. Er wünschte sich jetzt nur eines: daß jemand das verkrustete, getrocknete Blut von seinem Gesicht abwaschen würde. Kalte, feuchte Luft drang ins Auto, und er fröstelte. Was mochte mit Marianne geschehen sein? War sie wohl bis zum Ende der Vorführung im Kino geblieben? Er konnte sich nicht mehr genau erinnern, was er mit ihr verabredet hatte. Auf jeden Fall war ihr inzwischen sicherlich klargeworden, was ihm zugestoßen war. Wahrscheinlich war sie nach Leiden zurückgefahren, in ihr Zimmer über dem Friseurgeschäft. Sie war bestimmt bis spät in der Nacht aufgeblieben, weil sie hoffte, noch etwas von ihm zu hören, aber vergebens. Was würde sie tun?

Osewoudt stellte sich vor, wie sie angekleidet auf dem Bett lag, mit klopfendem Herzen, die Nachttischlampe an. So hatte sie gewartet, bis die Uhr elf schlug, und dann gedacht: Es ist elf, niemand darf mehr auf die Straße.

Das Auto hielt an. Sie waren beim Krankenhaus Zuidwal angelangt.

Zwei Krankenschwestern brachten ihn in den Erste-Hilfe-Raum, einer der deutschen Polizisten ging mit.

Ein junger Arzt kam und untersuchte Osewoudt sofort. Der Deutsche saß in einer Ecke auf einem Stuhl.

– Herr Doktor, flüsterte Osewoudt, könnten Sie mir einen Gefallen tun und für mich anrufen, Nummer 2 25 75, Leiden. Fragen Sie nach Marianne Sondaar. Sagen Sie ihr, Filip ist von den Deutschen verhaftet worden und liegt im Krankenhaus.

– Selbstverständlich werde ich ihr das sagen. Sie können sich darauf verlassen, daß ich anrufe. Er lächelte: Sie haben Glück, daß Sie hier sind. Sie haben nichts Ernstes.

– Doch. Ich fühle mich schrecklich krank, Herr Doktor, es ist möglich, daß Sie nichts Ernstes finden können, aber ich bin fix und fertig.

Osewoudt kniff die Augen zu und dachte: Gleich sagt er den Deutschen, daß mir nichts fehlt!

Er fühlte sich schon viel besser, nachdem das Blut von seinem Gesicht gewaschen worden war.

Seine aufgeplatzte Braue wurde geklammert.

Er wurde gebadet und bekam ein sauberes Bett in einem kleinen Zimmer, in dem er allein lag. Die Vorhänge waren zugezogen, aber das Tageslicht drang herein. Er bekam Teesurrogat und Toast. Die Krankenschwester teilte ihm mit, daß ein Deutscher im Flur Wache hielt und daß sich das Zimmer im zweiten Stock befand, so daß er nicht versuchen sollte, aus dem Fenster zu springen.

– Machen Sie keine Witze, erwiderte er. Ich bin zu krank, Sie können sich nicht vorstellen, was für Schmerzen ich habe. Geben Sie mir ein Schlafmittel. Ich habe die ganze Nacht nicht geschlafen, aber ich kann kein Auge zumachen.

– Der Arzt hat nichts von einem Schlafmittel gesagt. Sie müssen sich entspannen, dann schlafen Sie schon von allein. Sie haben nichts Ernsthaftes, ein paar blaue Flecke und Nasenbluten, das ist alles. Die Klammern schmerzen ein wenig, aber in ein paar Tagen können sie raus. Wir werden den Deutschen nicht sagen, daß Ihnen nichts fehlt, machen Sie sich keine Sorgen!

Sie lachte, strich ihm über die Wange, machte für einen Augenblick ein sehr ernstes Gesicht, als dächte sie über etwas Unbegreifliches nach, während sie die Hand auf seiner Wange ruhen ließ, ging schließlich zur Tür.

– Ich bin Schwester Angela, sagte sie und verließ das Zimmer. Der Name klang fast wie ein Deckname. Vielleicht heißt sie gar nicht Angela, ebensowenig wie Marianne Marianne Sondaar heißt. Wer heißt überhaupt noch so, wie er heißt? Wem kann man trauen, wem nicht? Vielleicht ist der Arzt nur ein Handlanger von Ebernuss, vielleicht überprüfen die Deutschen gerade, zu welcher Adresse die Telefonnummer gehört, die ich dem Arzt gesagt habe, vielleicht wird Marianne in einer halben Stunde verhaftet. Vielleicht haben sie mich nur hierhergebracht, um zu schauen, ob ich in meiner Naivität dem Arzt und der Schwester alles erzähle, was sie wissen wollen.

Wem kann man noch trauen? Jeder betrügt jeden.

Er fragte sich, wie es wohl mit dem kleinen Walter ausgegangen war. Wie lange mochte der Junge bei den Pferden und Kutschen am Rokin gestanden haben? Vielleicht hatte er sich gehorsam hingesetzt, müde geworden nach einer Stunde, aber noch voller Hoffnung, daß der ›Onkel‹ zurückkommen und ihn in ein Kinderheim bringen würde, wo er ein Messer bekäme mit einer Klinge, auf der ›Meine Ehre heißt Treue!‹ eingraviert war. Und irgendwann war er sicher unruhig geworden, hatte einen Erwachsenen angesprochen, vielleicht hatte auch ein Erwachsener ihn angesprochen: Wie heißt du denn, mein Kleiner? Woher kommst du? Lunteren? Wohin willst du denn? Mit einem Onkel in ein Kinderheim? Ist der Onkel weggegangen? Wie sieht er denn aus? Wie bist du hierhergekommen? Mit einem Onkel und einer Tante? Mit der Eisenbahn? Und wo ist die Tante? Mit den Männern im Ledermantel mitgegangen, im Zug? Und die Tante trug eine Uniform? Ein Schiffchen aus schwarzem Persianer mit einem orangefarbenen Dach? Und der Onkel war nicht in Uniform? Was ist das denn für ein Onkel, der dich am Rokin einfach im Stich läßt?

Sie erkundigen sich in Lunteren. Sie rufen die deutsche Polizei an. ›He, du‹ hat inzwischen alles gestanden, was sie weiß, es ist nicht viel, aber vielleicht haben sie ihr mein Foto gezeigt, das ist naheliegend, wenn sie das Foto auch in den Kinos zeigen … Die Leichen von Lagendaal und seiner Frau werden identifiziert, vielleicht in Walters Gegenwart. Die Kugeln werden herausgepult. Wo ist die Pistole, mit der diese Kugeln abgefeuert wurden?

Ich weiß, wo sie ist, dachte Osewoudt. Marianne hat sie. Ich habe sie ihr im Kino gegeben. Aber es würde mich wundern, wenn sie Marianne nicht schon verhaftet haben. Jeder, der mit mir in Kontakt kommt, fliegt auf. Und auch für mich gibt es keine Rettung mehr.

Keine Rettung mehr – das ist auch der letzte Gedanke von Ertrinkenden, damit gehen sie für immer unter. Er hatte das Gefühl, selbst unterzugehen.

Aber er ging nicht für immer unter. Als er aufwachte, stand der Arzt an seinem Bett, und die Sonne schien ins Zimmer.

– Ich habe Ihren Wunsch erfüllt und angerufen. Fräulein Sondaar läßt Grüße an Filip ausrichten.

– Hat sie nicht mehr gesagt?

– Ja! Ich kenne ihre Familie sehr gut. Bis zu meinem zehnten Lebensjahr waren unsere Familien Nachbarn. Sie war etwa zwei Jahre alt, als wir umgezogen sind. Die Familie war sehr reich. Ihre Eltern und ihr Bruder sind nach Deutschland deportiert worden, weil sie Juden sind.

– Das ist traurig, sagte Osewoudt.

– Schauen Sie, sagte der Arzt, ich wollte Ihnen das im Erste-Hilfe-Raum nicht sagen, weil dieser Deutsche dabeisaß, aber das ist wirklich alles ein großer Zufall.

– Ein noch größerer Zufall ist es, daß ich Sie um Hilfe gebeten habe.

– Ja. Ich fand es ziemlich unvorsichtig, vor allem von jemandem, der sich gerade eine Tracht Prügel von den Deutschen eingehandelt hat, weil er den Mund nicht aufmachen wollte. Und dann … plötzlich … einfach einem fremden Arzt die Telefonnummer einer Freundin geben, die so schnell wie möglich von seiner Verhaftung informiert werden sollte!

– Wen hätte ich sonst um Hilfe bitten sollen?

Der Arzt lachte: Sie glauben also an das Gute im Menschen.

– Allmählich bleibt mir nichts anderes mehr übrig. Alle meine Kontakte sind hin. Meine kranke Mutter und meine Frau haben sie abgeholt. Meinen Onkel haben sie abgeholt. Zwei Mädchen, die ich kannte, haben sie verhaftet. In meiner Umgebung ist niemand mehr übriggeblieben. Verstehen Sie, Herr Doktor, auch meine Tage sind wahrscheinlich gezählt. Die Chance, daß ich mit dem Leben davonkomme, ist nicht groß.

Der Arzt zog einen Stuhl unter dem Bett hervor und setzte sich. Nach einem Blick auf die geschlossene Tür sagte er: Eigentlich muß etwas für Sie getan werden. Aus einem Krankenhaus kann man immer noch leichter entkommen als aus einer Polizeiwache oder einem Gefängnis. Man hört hin und wieder von Fällen, in denen Leute aus einem Krankenhaus entkommen. Die Klammern tun jetzt vielleicht ein bißchen weh, Sie bilden sich womöglich ein, daß Sie nicht mehr auf den Beinen stehen können, aber glauben Sie mir, eigentlich fehlt Ihnen nichts, Sie haben keine inneren Verletzungen. Ich werde Ihren Fall für die Deutschen ein wenig dramatisieren, damit Sie so lange wie möglich hierbleiben können, aber wochenlang können wir so nicht weitermachen. Wie ich schon sagte: Es ist ein großes Wunder, daß man Sie hierhergebracht hat.

Osewoudt erinnerte sich daran, was Wülfing ihm von Ebernuss' Neigungen erzählt hatte. Er schämte sich jedoch, vermuten zu müssen, daß Ebernuss ihn deshalb hatte schonen wollen. Bei diesem Gedanken erstickte er fast vor Wut. Dann dachte er: Der Arzt hat längst gesehen, daß mir kein Bart wächst. Was denkt er wohl von mir, wenn ich ihm erzähle, daß mich Ebernuss verdammt noch mal vielleicht genau deshalb hat hierherbringen lassen?

– Ich wollte Ihnen noch etwas sagen, Herr Doktor.

– Ja?

– Ich habe eigentlich nichts verbrochen. Ich bin unschuldig. Ich wäre lieber ein Held, aber ich weiß genau, daß ich unschuldig bin. Offenbar läuft jemand herum, der mir ähnlich sieht, der mir täuschend ähnlich sieht. Die Taten dieses Mannes werden mir angehängt. Die Deutschen haben mich einem anderen Häftling gegenübergestellt. Dieser Häftling hat Stein und Bein geschworen, er hätte mich wiedererkannt. Ich hatte ihn vorher nie gesehen. Er hat erzählt, noch vor einer Woche hätte er mit mir gesprochen, am Haupteingang des Vondelparks in Amsterdam. Ich bin dort noch nie gewesen. Er hat steif und fest behauptet, ich hätte mit ihm über Waffen gesprochen, die die Engländer mit dem Fallschirm abwerfen würden. Ich soll ihn um Bleistiftbomben gebeten haben. Aber ich weiß nicht mal, was Bleistiftbomben sind. Ich habe zum erstenmal im Leben gehört, daß die Engländer Waffen mit dem Fallschirm abwerfen. Wegen so einem Unsinn haben mich die Deutschen zusammengeschlagen, Herr Doktor! Ich bin kein Held, sondern ein Opfer. Ich werde mit jemandem verwechselt. Ich war gestern abend im Kino. Ein Fahndungsfoto wurde auf die Leinwand projiziert. Mein Name steht daneben, der Mann auf dem Foto sieht mir ähnlich. Wird wegen Straßenraub gesucht, steht da noch, fünfhundert Gulden Belohnung. Ich habe mich zu Tode erschrocken und bin aus Angst weggelaufen. Als ich das Kino verließ, hat mich der Pförtner erkannt. Er hat die Polizei angerufen, der Lump. So haben mich die Deutschen geschnappt. Ich habe nichts verbrochen, nichts, gar nichts.

Stimmt es, Herr Doktor, daß es nicht so schwierig ist, aus einem Krankenhaus zu entkommen?

– Schwierig und schwierig ist zweierlei. Aus dem Fenster springen können Sie nicht. Und auf dem Flur sitzt ein deutscher Wachtposten.

Der Arzt ging und sah den ganzen Tag nicht mehr nach Osewoudt. Allerdings erschien zu bestimmten Zeiten die Krankenschwester, um das zu tun, was der Stundenplan eines Krankenhaustages vorschreibt. Schwester Angela. Abends halb neun kam sie zum letzten Mal ins Zimmer. Die Sonne war noch nicht untergegangen. Die Fenster standen offen, feuchte Wärme und der Gestank von fauligem Grachtenwasser drangen herein.

Schwester Angela wollte die Tür hinter sich schließen und sagte, die Klinke noch in der Hand: Es ist Schlafenszeit.

Aber die Tür wurde nicht geschlossen. Im Gegenteil, sie wurde mit Gewalt weiter aufgerissen, und drei maskierte Männer stürmten ins Zimmer. Schwester Angela stolperte, stürzte jedoch nicht zu Boden, weil zwei der Männer sie packten und in eine Ecke zerrten.

Der dritte Mann kam auf Osewoudt zu: Steh auf! Wo sind deine Sachen? Zieh dich an, mach schnell!

Der Motor wurde mit Holzgas betrieben; dennoch erreichte das Auto ein beträchtliches Tempo. Osewoudt schaute sich immer wieder um, aber niemand verfolgte sie.

Sie fuhren Richtung Leiden, parallel zu den Gleisen der blauen Straßenbahn. Die Dämmerung brach herein.

– Sollen wir dich vor deinem Haus absetzen?

– Nein, wenn es Ihnen nichts ausmacht, lieber in der Umgebung von Leiden.

– Auch recht. Oder, Cor? Können wir ihn in der Umgebung von Leiden absetzen?

– Wir haben massenhaft Zeit. Wir bringen ihn dahin, wo er hinwill.

– Das hättest du vor einer Viertelstunde nicht gedacht, was?

Osewoudt antwortete nicht. So, der Mann am Steuer wurde Cor genannt. Ins Krankenhaus war er nicht mitgekommen, er saß bereits am Steuer, als sie einstiegen. Der Mann neben ihm hatte die ganze Zeit geschwiegen, er hatte die Krankenschwester gefesselt, zusammen mit dem Mann, der rechts neben Osewoudt saß. Der Mann links neben Osewoudt nannte sich Onkel Kees. Onkel Kees hatte die ganze Zeit das große Wort geführt, Onkel Kees war offenbar der Anführer der Gruppe. Er trug dieselbe Art eckigen Schnurrbart wie Hitler, auch die Augen waren fast eckig, sein Gesicht war ein Kreuzworträtsel.

– Was haben Sie damit gemeint, Onkel Kees, als Sie mich gefragt haben, ob Sie mich nach Hause bringen sollen?

– Du wohnst doch in Voorschoten? Oder etwa nicht?

– Woher wissen Sie das?

– Stand in allen Zeitungen. Mit deinem Foto! Gemeiner Trick der Moffen, zu sagen: Wird wegen Straßenraub gesucht. Wenn da gestanden hätte: Wegen Mord an einem Landesverräter, hätte kein einziger Niederländer die fünfhundert Gulden haben wollen.

Osewoudt schaute wieder nach vorn, ohne etwas zu erwidern. Mein Foto in allen Zeitungen, mit Namen und Vornamen. Ich habe mich mit einem Hut und einer Brille getarnt, aber nicht mal Hut und Brille besitze ich noch. Ich bin jetzt frei, aber für wie lange?

Als das Auto Voorschoten erreicht hatte, sprach er diese Gedanken laut aus.

– Hören Sie mal zu, Onkel Kees. Mein Foto ist in allen Zeitungen, sie zeigen es in allen Kinos. Ich kann mich nirgends mehr blicken lassen. Ich kann nirgendwo hingehen, wo ich früher gewesen bin, denn dann fassen sie mich gleich wieder. Ich muß so schnell wie möglich das Land verlassen. Ich will in die Schweiz oder nach Spanien und von dort aus nach England.

Der Mann am Steuer brach in Gelächter aus: Glaubst du vielleicht, wir führen ein Reisebüro?

– Noch nicht damit zufrieden, daß wir ihn befreit haben! rief Onkel Kees.

– Auch wenn Sie mir nicht helfen können, das Land zu verlassen, könnten Sie mir nicht vielleicht eine Adresse beschaffen, wo ich vorläufig unterkommen kann?

Osewoudt spürte einen Kloß im Hals, als er die Frage stellte. Im gleichen Augenblick fuhren sie am Tabakladen vorbei.

NORTH STATE
Cigarettes

Er sah, daß die Rollos hochgezogen waren, beide, auch das defekte vor dem Fenster. Wer hatte das gemacht? Es war ihm ein Rätsel, aber er dachte: Eigentlich kann es mir schnurzegal sein.

– Er will eine Adresse, wo er sich verstecken kann, Cor! rief Onkel Kees.

– Ach, dieser Osewoudt! rief Cor. Der will aber auch alles auf einmal! Sieh doch bitte ein, Osewoudt, daß es uns viel zu brenzlig ist, dich aus einem Krankenhaus zu befreien und dir obendrein noch ein sicheres Versteck zu verschaffen! Wir wollen eigentlich nichts mit dir zu tun haben, das ist für uns das beste und auch für dich!

Er gab spürbar mehr Gas.

Der Mann, der rechts von Osewoudt saß, schwieg, und der Mann, der rechts vom Fahrer saß, sagte ebenfalls kein Wort.

– Für mich das beste? sagte Osewoudt. Ist es für mich das beste, wenn sie mich so bald wie möglich wieder schnappen?

– Na komm, Cor, sagte Onkel Kees. Nicht jeder ist so gestählt durch unsere Arbeit wie du. Ich kann gut verstehen, daß er sich nach Hilfe umtut.

Osewoudt beugte sich vor, so daß sein Gesicht dicht an der Schulter des Fahrers war.

– Es ist nicht gefährlich, mir zu helfen. Ich bin nicht der Mann auf dem Foto. Ich werde mit einem anderen verwechselt. Glauben Sie mir, ich habe das Foto selbst im Kino gesehen, deshalb wurde ich ja verhaftet. Aber es war kein Foto von mir, der Mann auf dem Bild sieht mir nur ähnlich. Von mir gibt es überhaupt kein Foto wie dieses. Vielleicht kennen Sie ja den Mann, der in Wirklichkeit auf dem Foto abgebildet ist. Ich weiß, daß es ihn gibt.

– Woher weißt du das?

Zum erstenmal drehte sich der Fahrer um.

Cor hatte dunkelbraune Haare; eine dicke Strähne hing ihm in die Augen, als würde sie das dunkle Feuer, das darin brannte, abschirmen.

– He, Cor, rief Onkel Kees, nicht zu viel fragen. Er stellt uns auch keine Fragen, er weiß, was sich gehört. Er hat sich noch nicht mal bedankt. Komischer Kerl!

– Woher weißt du, daß es ein anderer war? wiederholte Cor und blickte wieder auf die Straße.

– Frag ihn nicht zu viel, Cor!

– Schon gut, Onkel Kees, sagte Osewoudt, das kann jeder ruhig wissen! Die Deutschen haben mich einem Mann gegenübergestellt, der behauptet hat, ich hätte mich zu einem Gespräch mit ihm am Vondelpark in Amsterdam getroffen. Ich bin dort nie gewesen, ich hatte den Mann nie gesehen.

– Haben sie dich nicht nach der Schießerei in Haarlem, Kleine Houtstraat 32, im Sommer 1940 gefragt?

– Ich weiß nichts von einer Schießerei, sagte Osewoudt. Cor weiß mehr darüber als ich, sagte er zu Onkel Kees.

– Jesses, Cor, hör jetzt auf, sagte Onkel Kees. Wir sollten

besser einen Schnaps trinken auf den glücklichen Ausgang. Der Mann ist dem Tod entronnen, und du stellst ein Verhör mit ihm an!

– Wenn er wirklich nichts getan hat, warum sollen wir ihm dann einen Unterschlupf besorgen? Dann ist es doch gar nicht nötig? Wir gehen das Risiko ein, wir befreien ihn und das für nichts und wieder nichts. Er ist unschuldig wie ein Lamm. Er ist für unsere Arbeit überhaupt nicht wichtig, wenn ich es recht verstehe.

– Ich habe Angst, sagte Osewoudt, ich will nicht noch einmal festgenommen werden. Sie haben mir das Leben gerettet, vielleicht werden Sie das nach der Befreiung irgendwann verstehen.

– Unsinn. Tausende von Menschen, die nichts getan haben, werden von den Deutschen vermöbelt. Das ist schrecklich, aber wir können es nicht ändern. Wir können nur für die Leute was tun, die für uns wichtig sind. Eine Frage der Ökonomie. Für Leute, die nichts anderes sind als arme Teufel, können wir keine Risiken eingehen, es zerreißt einem das Herz, aber so ist es nun mal. So, wo können wir dich jetzt absetzen?

– Bitte seien Sie mir nicht böse. Ich kann es nicht ändern, ich habe Ihnen nicht den Auftrag gegeben, mich zu befreien. Es ist ein Gotteswunder, daß es geschehen ist. Ich habe Glück gehabt. Ich hoffe jedenfalls nicht, daß Sie vorhaben, mich zurückzubringen!

Osewoudt lachte gezwungen.

– Mein Gott, hör jetzt auf zu salbadern, Cor, sagte Onkel Kees.

– Ich hab's mir schon gedacht, sagte Cor, ich hab's mir schon gedacht, als ich ihn gesehen habe. Ich dachte: Das ist er also, dieser schrecklich wichtige Bursche? Mit so einem Mädchengesicht? Wenn ich mich nicht irre, ist er nicht mal dieser Tabakhändler Osewoudt. Ich schätze ihn auf nicht älter als siebzehn.

Osewoudt sah, daß sie inzwischen durch das sogenannte Professorenviertel fuhren.

– Lassen Sie mich hier raus, sagte er, ich komme schon allein zurecht.

Cor schaute nach hinten, fuhr rechts heran und hielt am Bürgersteig. Der Mann, der rechts von Osewoudt saß, rührte sich nicht. Es war Onkel Kees, der die Wagentür öffnete und selbst ausstieg.

Osewoudt stand auf, rief jedoch, noch ehe er ausgestiegen war: Ich danke Ihnen allen, ich kann im Moment gar nicht sagen, wie dankbar ich bin und warum, aber ich hoffe, daß ich irgendwann die Gelegenheit dazu bekommen werde.

Er stand neben dem Auto, schüttelte Onkel Kees die Hand und sagte: Die Deutschen haben meine alte kranke Mutter verhaftet und meine Frau und meinen Onkel. Ich bin der einzige in der Familie, der frei ist.

– Die Deutschen, sagte Onkel Kees, während er Osewoudts linke Hand ergriff und das Handgelenk vor seine Augen hob, um auf die Armbanduhr zu schauen, die Deutschen suchen dich jetzt bestimmt. Wie sorgst du dafür, daß sie dich nicht erkennen?

– Ich habe eine Zeitlang eine Brille und einen Hut getragen, aber ich habe die Sachen verloren.

– Auf jeden Fall erkennen sie dich jetzt sogar, wenn es stockdunkel ist, mit deinem Pflaster über dem Auge!

Onkel Kees ließ Osewoudts Hand los, streckte den Arm zu seinem Gesicht aus und riß ihm das Pflaster von der Stirn.

Blind vor Schmerz, hörte Osewoudt, wie die Wagentür zuschlug und der Motor heulend auf Touren kam. Ein scharfer Geruch nach schwelendem Holz drang ihm in die Nase. Als er wieder sehen konnte, war der Wagen verschwunden. Im Halbdunkel sah er das zerknüllte Pflaster vor seinen Füßen auf der Fahrbahn liegen. Er spürte, wie Blut über sein Gesicht rann.

Ein Taschentuch!

In der Hosentasche fand er das Stück Papier, das Wülfing ihm gegeben hatte. Er hielt es sich vors Gesicht und ging los. Er blickte sich nach allen Seiten um und stellte fest, daß wahrscheinlich niemand etwas gesehen hatte, denn in dieser Gegend war es immer sehr ruhig.

Labare würde sich jedenfalls nicht über ihn beklagen können: Er hatte den Mund gehalten. Daß es Freunde von Labare waren, die ihn befreit hatten, stand für Osewoudt außer Zweifel. Wenn es Bekannte von Dorbeck gewesen wären, warum hätte dann vor allem dieser Cor so über den Grund seiner Verhaftung durch die Deutschen palavert? Ihn mit seinem Mädchengesicht aufgezogen, gesagt, daß sie nur für wichtige Leute Risiken eingehen würden, aber nicht für einfältige Trottel, die von den Deutschen aus Versehen verhaftet und verprügelt wurden? Eine dritte Möglichkeit war, daß es Bekannte des Arztes oder vielleicht auch Bekannte von beiden, von Labare und dem Arzt, waren, vielleicht auch Bekannte von Meinarends oder von Marianne. Aber warum hatten sie Cor dann auf die Nase gebunden, daß der Tabakhändler Osewoudt nicht wegen eines Raubüberfalls, wie es in den Zeitungen stand, sondern wegen einer Schießerei in Haarlem gesucht wurde?

Die Frau des Friseurs öffnete ihm. Osewoudt begegnete ihr zum erstenmal, denn bisher war Marianne immer selbst an die Tür gekommen.

Die Frau hatte, wenn man bedachte, wie lange der Krieg bereits dauerte, ein auffällig fleischiges Gesicht. Die roten Wangen waren mit feinen Äderchen von einem noch dunkleren Rot durchzogen. Sie hatte eine hohe Stirn, ein wenig zusammengekniffene Augen und dünnes, krauses Haar.

– Nein, Meneer, Fräulein Sondaar ist nicht da, aber kommen Sie doch kurz herein. Sie sehen schrecklich aus, Sie sind ja ganz voll Blut! Sind Sie gestürzt?

– Ja, ich bin gestolpert.

Er betrat den kleinen Laden. Sie gab ihm einen der beiden Hocker, die vor der Theke standen, und sagte: Ich hol Ihnen etwas Watte.

– Machen Sie sich keine Mühe. Sagen Sie mir nur, wo Fräulein Sondaar ist. Ich bin in Eile.

Aber die Frau überhörte seine Frage und ging in den hinteren Raum.

In den Vitrinen vor der Wand sah er Verpackungen von Seifensorten und Haarwässer, die längst nicht mehr verkauft wurden. Ausstellungsmaterial ohne Inhalt. Ist es der Mühe wert, es irgendwann wieder zu füllen? Jeder, mit dem ich in Kontakt komme, geht zugrunde. Warum haben sie mich befreit? Er schwieg, als die Frau mit einer Schüssel Wasser und einem Wattebausch zurückkam, und ließ sich das Gesicht geduldig säubern.

– So, jetzt sehen Sie wieder einigermaßen vorzeigbar aus. Aber was für Dinger haben Sie da über Ihrem Auge?

– Das ist geklammert worden. Vorgestern bin ich schon einmal gestürzt. Ist Marianne verhaftet worden?

– Wie kommen Sie darauf! Ich hoffe nicht! Sie wird gleich nach Hause kommen.

– Wo ist sie?

– Sie sind doch Meneer van Druten?

– Ja.

– Das dachte ich mir schon, ich habe es an Ihrem Gesicht gesehen. Ich soll Ihnen sagen, daß Marianne bei Meneer Labare ist. Zoeterwoudsesingel 74.

– Hat sie gesagt, daß Sie mir das ausrichten sollen?

– Ja, vierundsiebzig! Aber können Sie nicht besser hier auf sie warten? Ich könnte sie holen. Sie sehen so mitgenommen aus.

Wieso war Marianne bei Labare? Woher kannte sie ihn? Hatte sie ihn vielleicht schon vorher gekannt?

– Nein, danke, nein, ich bin jetzt viel zu weit weg von meiner Wohnung. Wenn ich hier auf sie warte, kann ich nicht mehr vor elf zu Hause sein! Vielen Dank!

Er rannte auf die Straße, wo es nun so gut wie dunkel war. Befreit, aber vogelfrei. Der erstbeste, der das Fahndungsfoto in der Zeitung oder im Kino aufmerksam betrachtet hatte, ihn als den gesuchten Straßenräuber wiedererkennen würde und sich fünfhundert Gulden verdienen wollte, könnte ihn bei der Polizei anzeigen.

An einer Straßenecke blieb er stehen, drückte sich an eine Hauswand und vergewisserte sich zuerst durch einen Blick in alle Richtungen, daß keine Deutschen zu sehen waren. Als er zur nächsten Straßenecke kam, war er nicht allein, so daß er unmöglich zuerst vorsichtig umherspähen konnte, ohne Argwohn zu erregen bei den Passanten, die bisher zum Glück überhaupt nicht auf ihn geachtet hatten. Also schaute er sich um, ohne sich dabei zu ducken. Aber eigentlich war das zwecklos, denn ehe er die Gefahr entdecken würde, hätte sie ihn entdeckt.

Zweimal fuhr ein Auto mit Deutschen vorbei, doch sie hatten offenbar nicht den Auftrag, ihn festzunehmen. Ein Offizier der Luftwaffe bat ihn um Feuer und ging dann wortlos weiter. Ungestört erreichte er den Zoeterwoudsesingel.

Beim Anblick von Labares Haus dachte er: Jetzt bin ich zum letzten Mal an der frischen Luft. Jemand, dessen Bild in allen Zeitungen war, ist für den Widerstand nicht mehr zu gebrauchen. Den möchte ich sehen, der mich vor dem Ende des Krieges noch mal dazu bewegt, dieses Haus zu verlassen. Wenn Dorbeck wieder einen Auftrag für mich hat, muß er kommen und mich persönlich darum bitten, und auch dann ist es fraglich, ob ich etwas für ihn tun kann. Was habe ich davon, wenn ich blindlings seine Anweisungen befolge? Es sieht verdammt noch mal so aus, als würde ich ihn verehren!

Womöglich hat er sich in Sicherheit gebracht und ist jetzt in England. Er schickt Nachrichten, die ich nicht verstehe. Ich hab mir die Haare schwarz färben lassen, damit man mich nicht wiedererkennt, aber es sieht so aus, als hätte ich es getan, damit man mich noch leichter mit Dorbeck verwechseln kann. Meine Feinde machen mich für das verantwortlich, was er getan hat, und meine Freunde sehen auf den ersten Blick, daß ich nicht ein Mann wie Dorbeck bin. Sie halten mich für einen Siebzehnjährigen mit einem Mädchengesicht, einen Schwächling, einen armen Teufel, den die Deutschen mehr aus Routine verprügelt haben und nicht, weil sie vermuteten, er sei im Besitz wirklich wichtiger Geheimnisse.

Meine gefälschten Papiere bin ich los, aber ich könnte sie ohnehin nicht mehr benutzen. Ich muß mich verkriechen, bis sich das Gewitter verzogen hat.

Seine Gedanken kamen plötzlich zum Stillstand, er spürte nichts mehr als den Schmerz in seinem gepeinigten Kopf.

Die Haustür wurde geöffnet; er hatte nicht mal geklingelt. Marianne stand vor ihm in der Diele. Sie trug einen Regenmantel aus weißer ägyptischer Baumwolle, der um die Taille stark zusammengeschnürt war, das Haar fiel ihr auf die Schultern, sie rief etwas, als sie ihn sah.

Osewoudt lachte los. Er ging auf sie zu und umarmte sie in der Diele, ohne die Haustür zu schließen. Er küßte sie, ohne zuerst sein Erscheinen zu erklären, er hielt die Augen geöffnet und sah Tränen über ihre Wangen rollen. Dann wurde der Drang zu lachen in ihm wieder so stark, daß er sie nicht mehr küssen konnte. Hinter sich stieß er mit dem Fuß die Tür knallend zu.

Sie legte ihm die Hände um den Hinterkopf und sagte: Liebling, ich hab mich so nach dir gesehnt, daß ich nicht mal geflohen bin, als mir klar war, daß sie dich verhaftet haben.

– Dachtest du vielleicht, wenn sie dich auch verhaftet hätten, würden wir in dieselbe Zelle gesperrt?

– Das wäre wunderbar gewesen.

– Oder hast du damit gerechnet, daß man mich befreien würde?

– Befreien?

– Ja! Ich bin befreit worden, sie haben mich entführt.

– Ich dachte, die Deutschen hätten dich wieder laufenlassen. Du bist also befreit worden?

– Ja! Aus dem Krankenhaus. Der Arzt dort hat gesagt, er würde dich kennen.

– Er hat früher neben uns gewohnt, aber das ist alles.

– Du wußtest also nichts von meiner Befreiung?

– Wie kommst du darauf ? Du bist doch jetzt nicht enttäuscht, Filip?

– Warum hattest du dann zu der Frau des Friseurs gesagt, sie solle mir ausrichten, daß du bei Labare bist?

– Ich habe nur gehofft, daß dich die Deutschen laufenlassen. Es war doch ein Irrtum? Du bist doch nicht der Mann auf dem Foto?

Osewoudt lachte und drückte Marianne an sich.

– Sie haben dein Gesicht schrecklich zugerichtet, sagte sie. Haben sie denn überhaupt nicht gemerkt, daß sie den Falschen vor sich hatten?

– Nein, sie haben mich zuerst geschlagen und einem Mann gegenübergestellt, den ich nicht kannte. Dann haben sie mich ins Krankenhaus Zuidwal gebracht, damit sie mich dort verbinden. Ich bin dort den ganzen Tag geblieben. Auf dem Flur hielt ein Deutscher Wache. Aber heute abend haben mich vier Männer entführt. Sie haben dem Deutschen eine Spritze verpaßt und die Krankenschwester gefesselt. Sie haben mich mit einem Auto nach Leiden gebracht.

– Und du hast die Männer nicht gekannt?

– Nein. Einer wurde Onkel Kees genannt und ein weiterer Cor. Die beiden anderen haben den Mund nicht aufgemacht.

– Marianne, mit wem redest du denn da?

Es war Labares Stimme. Sie kam aus dem ersten Stockwerk.

Osewoudt ging zur Treppe und rief: Ich bin's, Labare! Melgers! Ich komme gleich!

Er ging zu Marianne zurück und sagte: Denk daran, für Labare heiße ich Joost Melgers. Verplappere dich nicht!

Er küßte sie so lange, bis er an Labares Schritten hörte, daß dieser mitten auf der Treppe war.

Labare nahm Osewoudt und Marianne ins Hinterzimmer mit, wo Osewoudt vorher noch nicht gewesen war. Ein Mann, der dort saß und Zeitung las, stellte sich ihm vor: Suyling. Er trug eine Brille mit Minusgläsern, die so stark waren, daß seine Augen dahinter lächerlich klein wirkten. Seine Stimme klang weinerlich.

– Aber Labare, das ist gegen die Vereinbarung. Jemanden, der aufgeflogen ist, können wir nicht hierbehalten. Dieser Melgers oder Osewoudt oder van Druten, wer immer er auch sein mag, wird auf jeden Fall für die Person auf dem Fahndungsbild gehalten. Es hat überhaupt keinen Sinn, weder für uns noch für ihn, wenn wir ihn hier im Haus behalten.

Die Zeitung, die aufgeschlagen auf Suylings Schoß lag, war die Ausgabe mit Osewoudts Foto.

Suyling schaute Osewoudt an und sagte: Ja, als du hier in der Dunkelkammer warst, hast du mich nicht gesehen, aber ich dich.

– Stimmt, ich hab dich nicht gesehen.

– Du hast mir überhaupt nicht gefallen. Ich bin noch der vorsichtigste von allen! sagte Suyling. Gleich, als ich das Foto in der Zeitung sah, hab ich gesagt: Verdammt, das ist Melgers. Wo steckt er? Ich geh zu Labare, und Labare sagt: Er kommt heute abend nach Hause. Wir sind die ganze Nacht aufgeblieben, die Pistolen vor uns auf dem Tisch.

Nun mischte sich Labare ein.

– Es geht nicht darum, zu wissen, wo er in der Nacht gewesen ist. Das wissen wir. Er war verhaftet worden. Er hat uns nicht verpfiffen, sonst säßen wir nicht mehr hier. Das ist schon mal klar. Aber eine Sache ist nicht klar: Wer sind die Leute, die ihn befreit haben?

– Weißt du denn nicht Bescheid?

– Was hab ich damit zu schaffen? sagte Labare. Heute morgen hat mich Meinarends angerufen und mir gesagt, sie hätten dich zusammengeschlagen und du lägst im Krankenhaus Zuidwal unter deutscher Bewachung. Das hätte er von Fräulein Sondaar gehört. Ich habe Meinarends gefragt, ob er dieses Fräulein Sondaar nicht kurz vorbeischicken könnte, damit sie mir Bericht erstattet. Er sagt: Selbstverständlich, aber dann mußt du ihr eine neue Adresse besorgen. So ist sie hierhergekommen. Alles, was ich von der Sache weiß, weiß ich von ihr. Jetzt zu dir. Du bist also befreit worden. Wie? Wer hatte die Leute geschickt?

– Das wollten sie mir nicht sagen.

– Und als du aus dem Krankenhaus kamst und in dieses Auto eingestiegen bist, was haben sie da gesagt?

– Sie haben mich gefragt, wohin ich wollte, und ich habe gesagt, daß ich irgendwohin wollte, wo ich früher mal gewesen bin. Ich hab sie gefragt, ob sie nicht eine Adresse für mich wüßten, aber sie sagten, daß sie mir unmöglich einen Unterschlupf verschaffen könnten. Darauf habe ich gesagt, daß sie mich dann eben an die Stadtgrenze von Leiden bringen sollten. Ich habe keine Adresse genannt. Ich bin einfach auf der Straße ausgestiegen, und die Männer sind sofort weitergefahren.

Labare lehnte sich im Sessel zurück, verschränkte die Hände über dem Bauch und ließ die Daumen umeinander kreisen.

– Aber dann waren es die reinsten Dilettanten!

Er zog die Mundwinkel vor Verachtung so hoch, daß sogar so hohle Wangen wie seine prall aussahen.

– Große Stümper! Kleine Jungs! Einen aus den Händen der

Gestapo kidnappen und dann nicht mal dafür sorgen, daß er eine sichere Bleibe findet! Nein! Sie überlassen ihn seinem Schicksal! Sie setzen ihn einfach irgendwo auf die Straße! Sie hauen ab, ohne einen Gedanken daran zu verschwenden, daß er eine halbe Minute später einem Polypen hätte über den Weg laufen können, der gesagt hätte: Was machst du denn hier, Sportsfreund? Dein Foto ist in allen Zeitungen, und ich habe gerade einen Anruf bekommen, daß du aus dem Krankenhaus Zuidwal getürmt bist. Komm mal schnell mit dem Onkel Wachtmeister mit. Und jetzt sag mal: Hat man dich vielleicht entführt? Erzähl mir mal schnell, wie die Jungs aussahen, die das gemacht haben! Du lieber Himmel, was für Hornochsen! Die sind wohl ganz wild drauf, so bald wie möglich an die Wand gestellt zu werden!

Osewoudt merkte, daß er rot wurde. Er machte schon den Mund auf, um etwas zu sagen, schwieg dann jedoch.

– Na, was wolltest du sagen? fragte Labare.

– Was soll ich sagen? Es waren Leute, die solche Sachen vorher noch nie gemacht hatten. Freunde des Arztes. Der Arzt hat sie reingelassen und ihnen den Weg gezeigt. Wahrscheinlich war die Krankenschwester auch eingeweiht, denn sie hat kein Wort gesagt, als sie sie gefesselt haben. Sonst hätte sie vielleicht geschrien oder etwa nicht, so jemand fängt doch an zu schreien, wenn drei maskierte Männer in ihr ordentliches Krankenhaus eindringen und einen Patienten aus dem Bett holen, sie fängt an zu schreien und wenn auch nur, weil sie nicht weiß, was los ist.

– Mir kommt das Ganze ziemlich spanisch vor, sagte Suyling. Auf seinem Schoß lag noch immer die Zeitung. Er schaute von Osewoudt auf das Foto und von dem Foto auf Osewoudt.

– Meneer Suyling, sagte Marianne, Sie schauen ihn an, als würden sie ihn tatsächlich für einen Straßenräuber halten!

Suyling legte die Zeitung auf den Tisch und schlug das linke Bein über das rechte, aber das Bein kam nicht zur Ruhe. Es schlenkerte weiter, als er sagte: Ach, Fräulein Sondaar, wenn ich sagen würde, was ich so alles denke, käme ich kaum zu einem Ende. Um nur ein Beispiel zu nennen: Man kann natürlich von so einem Foto in der Zeitung nicht viel sagen, aber trotzdem, wenn ich es mir genau ansehe, finde ich, daß es Melgers eigentlich nicht besonders ähnlich sieht. Wer garantiert uns, daß Melgers tatsächlich Osewoudt ist?

– Das geht Sie nichts an, sagte Osewoudt, ich bin Osewoudt, aber ich bin nicht der Mann auf dem Bild. Es ist kein Foto von mir, verstehen Sie, und der Mann, der von den Deutschen gesucht wird, ist nicht Osewoudt, sondern ein anderer, der ihm gleicht. Das weiß ich genau. Die Deutschen haben mich einem gewissen Roorda gegenübergestellt, der hat behauptet, mich wiederzuerkennen, er hätte noch drei Tage zuvor mit mir gesprochen, sagte er, am Vondelpark in Amsterdam. Aber ich hatte den Mann noch nie gesehen, und im Vondelpark war ich schon seit Jahren nicht mehr.

Suyling machte ein schmatzendes Geräusch.

– Nehmen wir mal an, daß sich nicht nur die Deutschen irren, sondern daß sich auch Osewoudt irrt. Ich meine das so: Die Deutschen haben sich geirrt, als sie Osewoudt verhafteten, aber Osewoudt irrt sich, wenn er erzählt, vier finstere Gestalten hätten ihn aus dem Krankenhaus entführt. Könnte das nicht sein, Osewoudt? Na? Du schmückst die Ereignisse ein bißchen aus, mein Freund. Gut, das kann dem Besten passieren, das finde ich nicht so schlimm. Aber weißt du, was ich glaube? Ich glaube, die Deutschen haben auch gemerkt, daß sie den Falschen vor sich hatten, und dann haben sie dich einfach laufenlassen. Versteh mich nicht falsch, ich finde es ja nicht schlimm, aber ich halte es auch nicht für nötig, daß du hier romantische Geschichten von dir gibst von geheimnisvollen Männern mit einem Auto, das mit Holzgas fuhr, Onkel Kees und Onkel Cor und wie sie alle heißen mögen.

Er klatschte dreimal laut in die Hände, machte mit den Lippen ein Geräusch, als ließe er einen Wind abgehen, und stellte eine selbstzufriedene Miene zur Schau.

Labare lachte leise, Osewoudt sagte kein Wort, spreizte die Knie, stützte die Ellbogen darauf, ließ Hände und Kopf schlaff hängen.

Marianne sagte: Wir können froh sein, daß so ein Umstandskrämer wie Meneer Suyling so gründlich über alles nachdenkt. Keine Möglichkeit, wie verrückt sie auch sein mag, ist zu unbedeutend für sein vortreffliches Hirn. Aber wenn Sie ihn loswerden wollen, wenn Sie meinen, er sei eine Gefahr, dann wissen Sie bestimmt auch eine sichere Adresse für ihn, Meneer Suyling? Sie sind sich ja wohl darüber im klaren, daß er auf keinen Fall den Deutschen noch einmal in die Hände fallen darf. Vielleicht haben sie ihn ja nur aus Versehen verhaftet, vielleicht ist er ja nicht der Mann auf dem Foto, vielleicht ist er nicht mal der Tabakhändler Osewoudt, aber auf jeden Fall hat er, was dieses Haus betrifft und das, was darin vor sich geht, den Mund gehalten, sonst könnten Sie hier und jetzt nicht solche scharfsinnigen Bemerkungen von sich geben, Meneer Suyling!

Im Zimmer, das nicht gelüftet werden konnte, wurde es immer stickiger.

– Na, Suyling, weißt du eine gute Adresse? fragte Labare. Und kannst du ihn heute abend noch hinbringen? Es ist Viertel vor elf, ich hoffe, das hast du bemerkt.

Suyling erwiderte darauf nichts. Alle schwiegen. Viertel vor elf, dachte Osewoudt. Marianne muß sich beeilen. Er schaute sie an, aber sie machte keine Anstalten, aufzustehen.

Dann wurde die Tür geöffnet, und ein Junge von etwa fünfzehn Jahren kam herein, mit einem Stück Papier in der Hand. Er schrie: Den Amerikanern ist der Durchbruch geglückt! Wir haben es gerade im Radio gehört! Die Deutschen ziehen sich bei Caen zurück! Vielleicht sind wir schon nächste Woche befreit!

Suyling ließ die Zeitung nicht los.

Marianne, Labare und Osewoudt waren aufgesprungen. Labare hatte den Zettel von dem Jungen entgegengenommen. Marianne umarmte Osewoudt. Sie küßte ihn auf den Mund, den Hals und ganz vorsichtig auf das unverletzte Auge. Doch er wurde traurig bei ihren Küssen. Wenn die Deutschen besiegt wären, was könnte ein Mädchen wie Marianne dann noch für ihn empfinden: für einen ungebildeten Tabakwarenhändler, dessen Äußeres auch nicht gerade ansprechend war, einen Mann, dem nicht mal ein Bart wuchs und der in einem befreiten Vaterland auch nicht mehr die Chance haben würde, den Märtyrer oder den Helden zu spielen? Er kniff die Augen zusammen, und während er mit den Händen ständig über ihren Rücken fuhr, drückte er sie an sich, als müßte es eine Möglichkeit geben, sie so an sich zu drücken, daß sie niemals mehr von ihm getrennt werden könnte.

Die Stimmen von Labare und dem Jungen hallten ihm in den Ohren. Auch Suyling öffnete den Mund.

– Die Luft hier ist zum Ersticken, rief er, haltet wenigstens den Mund, dann kann ich ein bißchen frische Luft reinlassen!

Er schaltete das Licht aus und öffnete die Türen zum Garten. Alle fünf gingen hinaus. Osewoudt betrat den kleinen Garten zum erstenmal. Er roch ihn mehr, als daß er ihn sah. Nirgends brannte Licht, außerdem schien es, als sei es in allen Häusern ringsum still. Vielleicht hatten die Leute, die dort wohnten, den englischen Sender nicht gehört und wußten nicht, daß Bewegung in die Front gekommen war und daß der Krieg in einer Woche vorbei sein würde. Was war das für ein Duft? Wonach roch es hier? Verschiedene Blumen wuchsen anscheinend durcheinander in einem Beet, das er nur mit dem Fuß spüren konnte.

Sie schauten zusammen hoch in den schwarzen Himmel. Doch es waren keine Sterne zu sehen, und das Schwarz war eigentlich nicht richtig schwarz.

Osewoudt drückte Mariannes Kopf so fest an sein Gesicht, daß ihm die Klammern in der Augenbraue Schmerzen bereiteten. Sie steckte die Hände unter sein Jackett, und er spürte sie durch das dünne Oberhemd hindurch auf seinem Rücken.

Er sagte: Ich habe mich so nach dir gesehnt. Ich wußte gar nicht, daß ich mich jemals so nach jemandem sehnen könnte. Du mußt heute nacht hierbleiben, es ist schon nach elf, und du bleibst bei mir, ich habe oben ein Zimmer.

Das waren einfache Fakten, Fakten, an denen nicht zu rütteln war, so überzeugend, daß es schien, als habe er das Mädchen schachmatt gesetzt, das spürte er sofort.

Sie fragte: Warum sagst du das so? Auch wenn ich die ganze Nacht auf der Straße herumlaufen könnte, wenn ich gehen und stehen könnte, wo ich will, würde ich trotzdem nur bei dir sein wollen. Verstehst du das nicht? Wie mißtrauisch du bist.

– Manchmal denke ich, daß ich Angst vor dir habe.

– Du bist noch erschrocken wegen deiner Verhaftung, deshalb hast du vor allem Angst, ohne Grund.

– Liebst du mich?

– Ja.

– Und wenn der Krieg vorbei ist, wirst du mich dann auch noch lieben?

– Warum nicht?

Er ergriff sie bei den Haaren, er wußte, daß er ihr weh tat, er mußte sich beherrschen, während er sie küßte, um seinen Mund daran zu hindern, daß er sagte: Ich glaube dir kein Wort, denn ich weiß, wer ich bin, und ich ahne, wer du bist. (Ich weiß es nicht genau, dachte er, manchmal geschehen die seltsamsten Dinge, vielleicht wäre es möglich, daß sie mich auch später noch liebt, aber es ist unwahrscheinlich, denn wenn der Krieg vorbei ist, geschehen ab sofort auch nicht mehr so viele seltsame Dinge. Ich kann mir die Haare nicht immer wieder schwarz färben, und selbst wenn ich es täte, wäre ich doch nie ein Mann wie Dorbeck. Ich sehe ihm zwar ähnlich, aber ich sehe nicht genauso aus wie er.)

Eine gespenstische Vision drängte sich ihm auf: Es war Frieden, irgendwo, weit weg, ging er mit Marianne Hand in Hand spazieren, und sie begegneten Dorbeck. Ohne sich auch nur von ihm zu verabschieden, ging Marianne mit Dorbeck mit und ließ ihn stehen. Sie schaute sich nicht einmal mehr nach ihm um oder ja, doch, einmal, um ihm, während sie neben Dorbeck ging, zuzurufen: Ich wußte, wie der, den ich suchte, aussah. Verzeih mir, daß ich einen Augenblick gedacht habe, du wärst es. Aber warum siehst du denn auch dem Richtigen so ähnlich und bist in Wirklichkeit doch nicht er? Es ist deine eigene Schuld. Außerdem war ich es, die dir die Haare gefärbt hat, nach meinen Vorstellungen habe ich dich vervollkommnet. Was bleibt von dir übrig, nachdem deine Haare jetzt nicht mehr schwarz sind? Eine gebleichte Ratte.

Oder, noch schlimmer: An einem Abend, an dem er sich mit ihr verabredet hatte, hätte er unterwegs einen Unfall und könnte nicht rechtzeitig bei ihr sein. Zufällig begegnete sie Dorbeck zu dem Zeitpunkt, an dem sie sich mit ihm, Osewoudt, verabredet hatte. Die Verwechslung würde ihr nicht bewußt, sie würde sagen: Heute abend liebe ich dich noch viel mehr als je zuvor! Und wenn er dann endlich vor ihr stünde, würde sie zu ihm sagen: Jetzt ist mir alles klar, du bist ein Betrüger, du hast dich immer für einen anderen ausgegeben.

Marianne nahm ihren Mund von seinem und sagte: So lange hast du mich noch nie geküßt.

Er ließ sie los und schaute sich um. Labare, Suyling und der Junge mußten wieder ins Haus gegangen sein. Die Türen standen noch offen. Sie traten in das dunkle Zimmer, und Osewoudt schloß, hinter sich tastend, die Türen. Im Haus war es still. Er nahm Marianne bei der Hand und zog sie mit sich in den Flur und die Treppe hinauf, in den kleinen Raum, wo das schmale Bett mit der grauweißen Tagesdecke stand, der Stuhl, der kleine Tisch mit dem Waschgeschirr aus Emaille und wo an der Wand die gerahmte Zeichnung hing mit einer Familie rotbrauner Affen, von denen manche wie Menschen gekleidet waren.

Ihre Kleider lagen durcheinander auf dem Stuhl.

Marianne schob Osewoudt von sich weg und lachte.

– Sag mal, im Krankenhaus haben sie dich doch in die Badewanne gesteckt?

– Ja, warum?

Sie konnte sich vor Lachen nicht mehr halten. Osewoudt lachte auch und fragte: Findest du das merkwürdig?

– Nein, aber fanden die Schwestern es nicht merkwürdig?

Er lachte nicht mehr.

– Was denn? fragte er erschrocken.

– Wir zwei sind das genaue Gegenteil, sagte Marianne, immer noch lachend, warum bist du jetzt so ernst? Wenn sie es bemerkt haben, besteht höchstens die Gefahr, daß sie zu einem Deutschen sagen: Wir haben gesehen, daß der Mann gefärbte Haare hat. Eigentlich ist er blond. Ist es schlimm, wenn die Deutschen das wissen?

Sie griff in die Luft, als würde sie so die Schlußfolgerung auffangen: Vielleicht ist das ja gerade gut für dich! Sie suchen einen Mann mit schwarzen Haaren und stellen fest, daß der Mann, den sie verhaftet haben, in Wirklichkeit blond ist! Dann wissen sie, daß sie den Falschen vor sich hatten!

– Nein, sagte Osewoudt, sie wissen ja nicht, seit wann ich mir die Haare färbe. Ich konnte schon schwarze Haare haben, als das Foto geknipst wurde. Etwas anderes: Was hast du mit meiner Pistole gemacht? Ich hatte sie dir im Kino gegeben, ehe ich abgehauen bin.

– Ich hab sie immer bei mir gehabt. Sie ist in meiner Tasche. Brauchst du sie jetzt gleich?

– Sehr witzig.

Sie küßte ihn immer wieder in das Grübchen über dem linken Schlüsselbein und strich ihm mit den Fingerspitzen über den Nacken. Unter seinem linken Arm hindurch betrachtete er ihren Körper. Er spürte sie überall und hatte trotzdem nicht das Gefühl, einen anderen Menschen zu spüren. Die Zeit verging rasend schnell, und dies, dies wäre das Glück oder das ewige Leben: die Zeit zum Stillstand bringen, ohne daß sie diese rasende Geschwindigkeit verlor. Marianne stöhnte, und ihm war, als versinke er gänzlich in ihr, als würde er von ihr verschlungen und sie zugleich von ihm.

Danach lag er neben ihr, den Arm unter ihrem Kopf, er drückte ihre Wange an seine Brust. Große Traurigkeit überkam ihn.

– Du mußt wissen, sagte er, daß ich Labare nicht die ganze Wahrheit gesagt habe.

– Was hast du ihm denn nicht erzählt?

– Ich habe dir schon gesagt, daß sie mir nicht vertrauten, aber das war nicht alles. Dieser Cor hat gesagt: Ich schätze dich auf nicht älter als siebzehn. Er hat nicht geglaubt, daß ich Osewoudt bin. Er sagte, es sei nicht der Mühe wert gewesen, mich zu befreien, weil ich nur ein armer Teufel wäre, den die Deutschen irrtümlich vermöbelt hätten, und daß sie ihr Leben nur für Leute riskieren, die für den Widerstand wichtig sind, nicht für arme Teufel wie mich. Er sagte, ich hätte ein Mädchengesicht. Aber ich bin doch ein Mann!

– Selbstverständlich bist du ein Mann.

– Mir wächst kein Bart, das stimmt. Damit haben mich alle

gehänselt, seit ich in dem Alter war, in dem ein Mann einen Bart haben muß.

– Tja, das ist natürlich eine seltsame physiologische Erscheinung, aber es kann einfach eine Hautanomalie sein, die weiter nichts zu sagen hat. Ich hätte doch keine erotischen Gefühle für dich, wenn du kein Mann wärst.

Sie kitzelte ihn an der Seite.

– Immer, wenn du mich siehst, beweist du, daß du ein Mann bist und was für einer!

– Es dir zu beweisen ist nicht schwer. Aber diesen Beweis kann ich nicht in der Öffentlichkeit antreten, du Scherzbold.

– Um so besser. Ich finde es wunderbar, wenn ich die einzige bin, die es weiß. Ich bin sehr eifersüchtig. Du mußt dich nicht um das kümmern, was die Leute sagen oder denken.

– Trotzdem habe ich ein schlechtes Gewissen, trotzdem ist es so, als würde ich ihnen irgendwie recht geben.

– Aber warum denn, um Himmels willen?

– Weil der Mann, von dem das Foto in Wirklichkeit stammt, tatsächlich existiert. Du wirst es nicht glauben, was ich dir jetzt sage, aber es ist die Wahrheit. Ich habe diesen Mann mehrmals getroffen. Er heißt Dorbeck. Er hat meine Größe, er sieht mir täuschend ähnlich. Wirklich, er könnte mein Zwillingsbruder sein. Es ist unfaßbar, wie zwei Menschen, die nicht miteinander verwandt sind, sich so ähneln können, aber es ist so. Nur: er hat schwarze Haare und einen Bart. Ansonsten ist er aber ganz anders als ich. Er war Offizier in den Maitagen 1940. Als Rotterdam bombardiert wurde, sah er zwei Deutsche auf der Straße. Die hat er sofort erschießen lassen. Deshalb wurde er kurz nach der Kapitulation schon gesucht. Er hatte vor nichts Angst. Er bat mich bei ein paar Gelegenheiten, ihm zu helfen. Ich habe alles getan, was er von mir verlangt hat. Ich hatte das Gefühl, sein verlängerter Arm zu sein, so etwas wie ein Teil von ihm.

Als ich ihn zum erstenmal sah, dachte ich: So wie dieser Mann ist, so müßte ich sein. Verstehst du, es ist gar nicht so leicht, das auszudrücken, aber ich meine so ungefähr wie in einer Fabrik, wo ein bestimmter Gegenstand hergestellt wird: Hin und wieder mißlingt einer, ein zweiter wird gemacht, der in Ordnung ist, und das mißlungene Exemplar wird weggeworfen …

Nur, mich haben sie nicht weggeworfen, ich habe weiter gelebt, wenn auch mißlungen. Ich habe nie gewußt, daß ich das mißlungene Exemplar bin, bis ich Dorbeck begegnet bin. Von da an wußte ich es. Von da an wußte ich, daß er das gelungene Exemplar ist, daß ich im Vergleich mit diesem Mann keine Existenzberechtigung hatte, daß ich mich nur zu einem annehmbaren Menschen entwickeln konnte, indem ich genau das tat, was er wollte. Ich habe alles getan, was er von mir verlangt hat, und das ist nicht wenig … nein, nicht wenig …

Marianne richtete sich auf und beugte sich, auf den Ellbogen gestützt, über ihn.

– Aber Filip, das sind doch unmögliche Gedankengänge. Vielleicht ist es ja nur Einbildung, daß dir der Mann so ähnlich sieht.

– Einbildung? Warum verhaften mich die Deutschen dann, wenn sie *ihn* suchen, warum verbreiten sie sein Foto unter meinem Namen? Und wieso war sich dieser Roorda so sicher, mich wiederzuerkennen, obwohl ich genau weiß, daß er mit Dorbeck gesprochen hat? Wie ist das möglich, außer wenn Dorbeck sich kaum von mir unterscheidet? Wenn er mir nicht wie ein Zwillingsbruder ähnelt oder noch mehr als ein Zwillingsbruder: genauso groß, genauso breit, eine tiefere Stimme, aber die gleiche Art zu sprechen, die gleichen Gesten. Ich kann dir versichern: Der einzige Unterschied zwischen Dorbeck und mir ist, daß Dorbeck einen Bart und schwarze Haare hat.

– Trotzdem ist er ein anderer als du. Wärst du gern jemand anders?

– Warum nicht? Was bin ich? So zu sein, wie ich bin, ist das ein Grund, sich zu freuen?

– Vielleicht hättest du mich nicht, wenn du ein anderer wärst.

– Wenn du Dorbeck kennen würdest, hättest du vielleicht lieber Dorbeck als mich.

– Nein.

– Wie kannst du das sagen? Als du mich kennengelernt hast, habe ich alles getan, was Dorbeck mir aufgetragen hatte. Nur indem ich getan habe, was Dorbeck von mir wollte, habe ich dich kennengelernt. Ohne Dorbeck wäre ich für immer in Voorschoten in meinem Tabakladen geblieben. Du wärst mir nie begegnet. Du weißt nicht, wie ich früher war. Du hattest mich noch keine zehn Minuten gesehen, da waren meine Haare schon schwarz, so wie Dorbecks Haare.

– Armer Filip. Nur zu einem Bart kann ich dir nicht verhelfen. Vielleicht einen Schnurrbart ankleben, aber das ist alles. Übrigens kann ich Schnurrbärte nicht leiden.

– Du machst dich darüber lustig.

– Was soll ich sonst tun? Es ist ja fast so, als ob du mir mitteilen willst, daß du eigentlich ein Hochstapler bist und daß es ein Irrtum sein muß, wenn ich mich in dich verliebt habe. Man könnte meinen, du würdest mich, falls du Dorbeck hierherrufen könntest, ihm als Geschenk übergeben. Meinst du, daß mir das gefällt?

– Vielleicht würdest du ihm von selbst in die Arme fallen.

– Ich muß schon sagen, daß ich begeistert bin, zu hören, wie du über mich denkst. Du hast ja eine hohe Meinung von mir und meinen Gefühlen.

– Darum geht es nicht. Es geht darum, daß ich denke: In Wirklichkeit liebt sie Dorbeck, sie weiß es nur nicht. Sie sagt, daß sie mich liebt, aber sie meint Dorbeck, denn Dorbeck ist das gelungene Exemplar, ich bin die Mißgeburt.

– Du bist ein bißchen nervös. Mit der Zeit wächst die schwarze Farbe wieder heraus. Du wirst sehen, wie sehr ich dich liebe, wenn du wieder blond bist. Glaub mir. Schwöre Dorbeck doch ab, wenn er dich so stört. Schwör ihm ab, sei du selbst. Trau dich, mit mir die Probe aufs Exempel zu machen.

– Wie meinst du das, daß ich Dorbeck abschwören soll? Du weißt nicht, was du sagst! Dorbeck abschwören. Das würde bedeuten, daß ich Dorbeck verraten müßte. Wie könnte ich ihn verraten? Zu den Deutschen gehen und sagen: Ihr irrt euch. Ich weiß, wer derjenige ist, den ihr sucht. Dorbeck heißt er. Er hat tatsächlich schwarze Haare, meine sind nur gefärbt. Das ist doch nicht dein Ernst, Marianne?

– Nein, das ist auch nicht mein Ernst.

– Und selbst wenn es so wäre: es wäre völlig unmöglich wegen alldem, was ich in seinem Auftrag getan habe. Ich habe geheime Fotos für ihn entwickelt, ich habe in Haarlem einen Mann erschossen, ich habe eine Führerin des Jugendsturms umgebracht, ich habe einen deutschen Agenten erschossen und auch die Frau des Agenten, ich habe ihr Kind nach Amsterdam entführt …

– Aber diese Dinge hast du doch ganz allein gemacht, Filip, allein, vollkommen allein. Dorbeck war nicht dabei?

– Nein, Dorbeck war nicht dabei.

– Aber wenn Dorbeck nicht dabei war, sind es doch deine eigenen Taten! Wenn Dorbeck dir Anweisungen gegeben hat, was macht das schon? Ein Soldat gehorcht schließlich auch den Befehlen seines Vorgesetzten. Sind deshalb die Handlungen eines Soldaten nicht seine eigenen Handlungen?

– Ein Soldat gehorcht dem erstbesten Offizier, der über ihm steht. Er gehorcht nicht dem Mann persönlich, er gehorcht den Befehlen. Aber ich kann nur Dorbeck gehorchen, und keiner hat mich dazu gezwungen. Versteh doch, was ich meine: Bevor ich ihm begegnet bin, habe ich eigentlich gar nicht gelebt. Ich bin mit einer Cousine ersten Grades verheiratet, die sieben Jahre älter ist als ich, aus purem Zufall. Ich habe nie etwas gemacht, nie etwas gewollt, ich habe alles dem Zufall überlassen. Mein Onkel wollte, daß ich studierte, aber durch Zufall wurde meine Mutter aus der Anstalt entlassen, also machte ich, was am einfachsten war: Ich übernahm den Tabakwarenladen meines Vaters, damit ich für meine Mutter sorgen konnte. Es sah so aus, als würde ich mich für sie opfern, aber in Wirklichkeit war es gar nicht so: Ich brachte kein Opfer, weil ich nichts war. Ich konnte nichts, ich wollte nichts. Erst seit meiner Begegnung mit Dorbeck, erst seitdem wollte ich zum erstenmal etwas, auch wenn es nur der Wille war, so zu sein wie er, auch wenn ich nur wollte, was er wollte. Aber wollen, was ein anderer will, ist schon mehr als überhaupt nichts wollen.

Marianne hob den Ellbogen an und ließ sich schräg auf ihn fallen. Sie küßte ihn aufs Ohr.

– Du redest und redest, dabei will ich, daß du mich umarmst. Könntest du nicht zur Abwechslung mal tun, was ich möchte? Wo du doch sagst, daß du mich so sehr liebst?

Er drückte sie an sich und murmelte: Du hast recht. Das hier ist die Antwort. Die einzig mögliche Antwort.

Er spürte zwar, wie müde er war, aber keine Aufgabe erschien ihm großartiger, als diese Müdigkeit zu überwinden. Alles, was noch geschehen könnte, würde er mit dieser Leidenschaft in Angriff nehmen müssen, als sei das Leben eine riesige Frau, deren Schweißgeruch reichte, um wirklich virile Männer in eine nicht zu zügelnde Ekstase zu versetzen. Nicht nur einmal, sondern stets von neuem, ohne auszuruhen. Nie mehr schlafen.

Er hörte Marianne keuchen und richtete sich halb auf, die Zähne aufeinandergepreßt. Sie stöhnte und hatte die Augen weit aufgerissen, als zeige sie ihm, wie man mit offenen Augen kämpfen und mit offenen Augen sterben müsse.

Eine Viertelstunde lang schwiegen sie. Osewoudt stand auf, machte das Licht aus, zog die Vorhänge auf und öffnete das Fenster. Von draußen drang kaum Licht herein.

– Du hast mir die schrecklichsten Dinge erzählt.

– Ja.

Er legte sich wieder neben sie.

– Daß du mit einer häßlichen Cousine verheiratet bist, die sieben Jahre älter ist als du.

– Ist das für dich das Schlimmste, was ich erzählt habe?

– Ja. Wo ist sie?

– Die Deutschen haben sie verhaftet.

– Heißt sie vielleicht Ria?

– Woher weißt du das?

– Wohnt ihr Vater in Amsterdam auf dem Oudezijdsachterburgwal?

– Ja. Wieso?

– Dann heißt er Nauta. Firma Bellincoff. Ich war bei ihm, um ihm auszurichten: Viele Grüße von Henri, Ria ist verhaftet worden. Weißt du nicht mehr, daß du mich hingeschickt hast?

– Doch.

– Also du bist dieser Henri, der seine Frau verlassen und mit einem Mädchen bei seinem Onkel Nauta übernachtet hat?

– Ja, ich bin dieser Henri.

– Wo ist das Mädchen?

– Verhaftet. Vielleicht auch tot. Sie war eine englische Agentin.

– Woher kanntest du sie?

– Sie hatte meine Adresse. Ich sollte ihr weiterhelfen. Sie hatte sich mit einem Foto legitimiert.

– Weißt du noch, daß ich ihr einen neuen Ausweis bringen sollte? Ich sehe ihr Gesicht noch deutlich vor mir, auf dem Ausweis. Soso.

Osewoudt gab ihr einen flüchtigen Kuß.

Marianne seufzte: Und so viele Leute erschossen.

– Das findest du nicht schlimm.

– Natürlich nicht. Allein deshalb würde ich dir überhaupt nichts nachtragen. Du weißt nicht, was es für mich bedeutet, einen Mann zu haben, der solche Dinge getan hat. Ich, die ich als Jüdin mit gebleichten Haaren und unter einem nicht-jüdischen Namen herumlaufen muß. Ach, weißt du, Filip, manchmal bilde ich mir ein, daß du es nur getan hast, um mich zu rächen.

– Das ist auch so.

– Dann hast du früh damit angefangen! Aber es ist sehr liebenswürdig, daß du das sagst.

– Vielleicht hätte ich nicht damit angefangen, wenn es mir nicht beschieden gewesen wäre, dir zu begegnen.

– Jetzt übertreibst du.

Sie lachte. Er lachte auch und legte sich auf den Rücken.

Plötzlich hörten sie mehrere Autos über den Singel fahren; diese Autos verringerten das Tempo und hielten direkt vor dem Haus. Es wurde hell im Zimmer, von der Straße hörte man deutsche Wörter. Das Strahlenbündel eines Scheinwerfers drang schräg von unten durchs Fenster und fiel auf die gegenüberliegende Wand, auf die roten Affen, die zum Teil wie Menschen gekleidet waren. Schwere Stiefel knallten draußen auf die Steine. Der Scheinwerfer blieb unbeweglich auf die Affen gerichtet.

Leute liefen hin und her, dann klingelte es, und jemand hämmerte mit einem schweren Gegenstand an die Haustür.

Osewoudt glitt vom Bett und kroch unter dem Lichtbündel durch zum Stuhl, zog die Kleider herunter und suchte seine Unterwäsche zusammen. Mariannes Kleider warf er aufs Bett.

Kleine, schrille Alarmklingeln ertönten überall im Haus. Laute deutsche Befehle erschallten, dann wurde wieder gegen die Tür gehämmert. Schließlich klirrte Glas.

– Filip! Sie dringen durch die Fenster ein.

– Wo ist deine Tasche?

– Liegt sie da nicht?

– Ich kann sie nicht finden.

Nur in Unterhemd und Hose kroch er durchs Zimmer, hob die Kleidungsstücke hoch und warf sie wieder hin.

– Marianne, wo ist deine Tasche? Meine Pistole steckt darin.

In Panik suchte er überall auf dem Fußboden, schaute sogar unters Bett, fand die Tasche jedoch nicht. Keine Zeit mehr, Socken und Schuhe anzuziehen. Barfuß öffnete er die Tür und ging auf den Flur. Er sah die Lichtkreise der Taschenlampen über die Wände gleiten. Aus dem Vorzimmer drangen Stimmen. Jemand drehte einen Lichtschalter unablässig mit einem klickenden Geräusch um, aber es kam kein Licht. Wahrscheinlich hatte Labare den Strom mit dem Hauptschalter gesperrt.

Osewoudt beugte sich übers Treppengeländer und schaute nach unten. Er sah die Deutschen zwischen dem vorderen und hinteren Zimmer hin und her laufen, Taschenlampen in der einen, Maschinenpistolen in der anderen Hand. Ein Polizist öffnete die Kellertür und machte einen anderen auf etwas aufmerksam, was sich hinter der Tür befinden mußte. Der andere brach in Gelächter aus. Osewoudt wunderte sich, daß sie die Kellertür, die ja verbarrikadiert sein mußte, ohne weiteres öffnen konnten. Er ging fünf Treppenstufen hinunter, nahm die Hände hoch und rief: Nicht schießen! Ich ergebe mich!

Drei Taschenlampen richteten sich zugleich auf ihn, während er die Treppe weiter hinabging.

– Ich bin Osewoudt! rief er. Ich bin der, den ihr sucht!

So ging er nach unten. Die Maschinenpistolen wurden ihm in die Seiten gedrückt, drei Taschenlampen blendeten ihn. Er konnte die Gesichter der Deutschen nicht sehen.

– Stimmt. Das ist dieser Osewoudt.

Sie schoben ihn in das hintere Zimmer, wo noch zwei Deutsche standen, die keine Uniform trugen. Sie stießen ihn zu einem Sessel, und er setzte sich.

Einer der Deutschen in Zivil schleppte einen zweiten Sessel heran, stellte ihn direkt vor Osewoudts Sessel, setzte sich, fuhr aber sofort wieder hoch, als hätte ihn etwas gestochen, schaute auf die Sitzfläche, warf Mariannes Tasche in eine Zimmerecke und ließ sich von neuem nieder. Die Tasche landete auf dem Boden, für eine Damenhandtasche mit einem viel zu lauten Geräusch.

– Warum ist hier kein Licht? fragte der Deutsche.

Osewoudt wußte es nicht. Der andere Deutsche in Zivil ging in die Zimmerecke, in der Mariannes Tasche lag.

– Verdammt, Helmuth, leuchte mir mal!

Zwei Taschenlampen blieben auf Osewoudt gerichtet, die dritte schwenkte in die Ecke, in der sich der Deutsche bückte.

– Wer ist sonst noch hier im Haus? fragte der Mann, der Osewoudt gegenübersaß.

– Außer mir ist niemand im Haus. Alle sind gegangen. Wohin, weiß ich nicht.

– Werner! Schau mal! Das ist verdammt noch mal eine gefährliche Dame!

In der einen Hand die Pistole, die er am Lauf festhielt, in der anderen die Tasche, zeigte er die Gegenstände dem Mann, der Osewoudt gegenübersaß. In diesem Augenblick kam ein weiterer Deutscher mit einer Acetylenlampe ins Zimmer, die ein grelles Licht verbreitete. Er stellte die Lampe auf den Tisch. Mariannes Tasche wurde ausgeschüttet. Sie inspizierten sofort den Ausweis.

– Marian Sondaar, sagte Werner laut.

– Die Pistole gehört ihr nicht, es ist meine! rief Osewoudt. Das kann ich beweisen.

– Sehr interessant, sagte Werner. Wir werden dir genügend Zeit geben, den Beweis anzutreten. Bring ihn weg.

Er knallte die Pistole auf den Tisch neben die leere Tasche, eine Puderdose, einen Lippenstift, Zehn- und Fünfundzwanzigcentmünzen aus Zink, ein zerknülltes Taschentuch.

Osewoudt stand auf. Ein uniformierter Deutscher packte ihn am Arm. Sie gingen zur Tür. Die anderen blieben im Zimmer.

Als Osewoudt in den Flur kam, sah er, daß sich dort niemand befand. Die Haustür stand offen, auch die Windfangtür, die eingehakt war. Draußen war ziemlich viel Licht, aber es schien kein Scheinwerfer durch die Tür herein. Er spürte eine Kokosmatte unter den bloßen Füßen, dann die kalte, steinerne Haustürschwelle. Er sah den Einsatzwagen der Polizei.

Lag es daran, daß ihm die Steine unter den nackten Fußsohlen Schmerz bereiteten? Er trat einen Schritt zur Seite, ergriff im gleichen Moment die Hand des Deutschen, der ihn festhielt. Er zog an der Hand, zog den Arm über seine Schulter und bückte sich, so daß der Deutsche den Boden unter den Füßen verlor. Osewoudt schleuderte ihn mit ganzer Kraft fort, drehte dem anderen dabei den Arm um, bis ihm dieser durch das Gewicht des fallenden Mannes aus der Hand gerissen wurde. Der Mann quiekte wie ein Schwein, das am Schwanz in einen Viehtransporter gezerrt wird. Um das Auto herum kam ein anderer Deutscher in Nagelstiefeln, die über den Boden kratzten. Osewoudt rannte über den Bürgersteig. Der Scheinwerfer erfaßte ihn kurz. Als Schüsse fielen, duckte er sich hinter das Auto, wo ihn der Scheinwerfer nicht erreichte. Ein Stück weiter wurde der Motor eines anderen Wagens gestartet. Osewoudt überquerte die Straße und rannte durch das Gras am Ufer entlang, während hinter ihm mehrere Salven abgefeuert wurden. Doch ohne irgendwo Schmerz zu spüren, erreichte er das Wasser. Es ging ihm nur bis zu den Knien. Geduckt, den Kopf so nah wie möglich am Wasser, watete er weiter. Er schürfte sich die Haut an toten Ästen, vielleicht waren es auch Eisenteile. Der Scheinwerfer glitt mehrmals über ihn hinweg. Durch die einschlagenden Kugeln spritzte ihm Wasser in die Augen. Hin und wieder mußte er seine Füße befreien, so daß es schien, als liefe er unter Wasser auf allen vieren. Er hatte keine Ahnung, wie schnell oder wie langsam er vorankam, eher hatte er das Gefühl, überhaupt nicht weiterzukommen.

Hier in der Gegend gab es nirgends eine Brücke. Die Deutschen würden einen großen Umweg fahren müssen, um ihn am anderen Ufer einzukreisen. Als er auftauchte, um Luft zu holen, hörte er das Geräusch eines Motorrads, aber es kam nicht von der anderen Seite. Nirgends konnte er schwimmen. Ungeduldig geworden, richtete er sich ganz auf, um möglichst große Schritte machen zu können. Es wurde ständig geschossen, doch nicht in seine Richtung. Ein Scheinwerfer strahlte die ganze Zeit eine Baumkrone an.

Endlich konnte er auf der anderen Seite die Böschung hinaufkriechen. Die Schüsse hörten plötzlich auf, kurz darauf erlosch der Scheinwerfer. Ein Vogel, den wohl der Lärm geweckt hatte, begann zu singen. Osewoudt rannte geduckt weiter. Er befand sich in einer breiten Grünanlage, er lief über Gras und überquerte Wege. Hinter einer rustikalen Bank hockend, schaute er auf die andere Seite des Wassers.

Er hatte zwar den Eindruck, daß die Autos noch vor Labares Haus standen, es brannte auch noch Licht, aber was dort geschah, konnte er nicht erkennen. Tief geduckt ging er weiter. Die Grünanlage endete. Wieder überquerte er eine Fahrbahn. Er bog in die erstbeste Straße ein. Es war eine enge, ziemlich gekrümmte Straße, so daß er ihr Ende nicht sehen konnte. Er schaute nach oben, suchte die Hausfassaden nach einem Lebenszeichen ab, aber alle Fenster waren geschlossen und schwarz. Alle Leute schliefen, keiner kümmerte sich um ihn. Oder vielleicht schliefen sie auch nicht, aufgewacht von den Schüssen, standen sie zitternd hinter ihren mit schwarzem Papier zugeklebten Fensterscheiben, mit wirrem Haar und knurrendem Magen.

Nichts war zu hören als das Patschen seiner nackten Füße auf den Pflastersteinen. Oder doch, ja, Musik. Sie drang aus einer Parterrewohnung. Er legte das Ohr an ein Fenster. Nein, es war das nächste Fenster. Er suchte den Eingang, der zu der Wohnung mit diesem Fenster gehörte, tastete den Türpfosten ab, fand die Klingel und läutete. Er begann schrecklich zu zittern; die Hände voller Schlamm und halbverfaulter Wasserpflanzen wischte er abwechselnd aneinander und an seiner Hose ab. Es war amerikanische Musik, die im Haus abgespielt wurde. Osewoudt drückte das Gesicht an den Briefschlitz in der Tür, sah dann, daß im Flur Licht gemacht wurde.

Die Musik verstummte, die Tür wurde geöffnet. Der Hauseingang war nun hell beleuchtet.

– Was soll das! rief der Mann, der geöffnet hatte.

Osewoudt stieß ihn zurück, trat in die Diele und warf die Haustür ins Schloß.

Aus einem Zimmer kamen weitere Leute, zwei Frauen zuerst, eine hatte ein Glas in der Hand, dann ein paar Männer, er sah nicht, wie viele es waren, denn der Flur war so schmal, daß zwei Leute nicht nebeneinander stehen konnten.

– Verstecken Sie mich, flehte Osewoudt, während er einen Schritt vortrat. Ich werde von den Deutschen verfolgt.

Die Leute begannen durcheinanderzurufen. Osewoudt bewegte sich noch einen Schritt nach vorn, aber keiner machte ihm Platz.

– Er hat im Wasser gelegen. Er stinkt.

– Oh, wie abscheulich! Wie abscheulich!

– Was denken Sie sich eigentlich, wie sollten wir Sie verstecken? Wir wüßten gar nicht, wo!

– Er macht alles schmutzig!

– Seien Sie vernünftig, Meneer! In drei Tagen sind die Amerikaner hier, und der Krieg ist vorbei. Wollen Sie uns für nichts und wieder nichts in Schwierigkeiten bringen? Wenn wir Sie verstecken, werden wir sofort erschossen.

– Helfen Sie mir! schrie Osewoudt. Mein Leben hängt davon ab!

– Er macht alles ganz naß!

– Siehst du nicht, wie der Mann zittert?

– Er ist ganz voll Blut! Er verblutet.

– Möchten Sie etwas trinken, Meneer?

– Ihr schreit alle durcheinander. In Gottes Namen! Laßt mich durch!

Von der Straße war das Knattern eines Motorrads zu hören. Schwere Schritte. Jemand klingelte Sturm, Gewehrkolben schlugen gegen die Tür.

– Lassen Sie mich durch! schrie Osewoudt. Ich will versuchen aus der Hintertür durch den Garten zu flüchten! Er streckte die Arme aus und wollte sich durch die Menschen zwängen. Aber fast im gleichen Augenblick öffnete sich die Haustür. Zwei Deutsche packten ihn an den Armen, er spürte den Stahl von Handschellen um die Gelenke, man zerrte ihn rückwärts hinaus, seine Füße schleiften über den Boden. Er wurde hochgehoben und auf die Ladefläche eines Autos geworfen. Er kam so unglücklich auf, daß ein betäubender Schmerz von seiner Schulter bis in den Kopf schoß. Er schloß die Augen und zog die Knie an.

Sie ließen ihn eine Woche in einer dunklen Zelle. Er bekam nicht einmal Gelegenheit, sich zu waschen, und seine aufgeplatzte Braue wurde nicht verbunden. Wenn er sie vorsichtig mit den Fingerspitzen berührte, spürte er dicke nässende Krusten. Er hatte ständig Kopfschmerzen.

Er bekam niemanden zu sehen. Klopfsignale wurden nicht beantwortet.

Nach dieser Woche aber holte man ihn aus der Zelle, er erhielt ein Handtuch in Taschentuchgröße und als Ersatz für Seife einen Klumpen hartgewordenen Ton. Er durfte sich unter einer Dusche waschen, aus der kochendheißes Wasser kam, jedoch nur ein so dünner Strahl, daß es schien, die Dusche sei nicht aufgedreht, sondern undicht.

– Kommen die Amerikaner jetzt bald? fragte er seinen Bewacher.

– Es sieht nicht danach aus.

– Haben Sie nicht ein bißchen kaltes Wasser für mich zum Abspülen?

– Ich darf hier nicht weg. Ich kann es nicht holen.

Er reinigte sich, so gut es ging, indem er Wasser mit der Hand auffing und es sich mit dem kleinen Handtuch über den Körper rieb. Als er fertig war, waren seine Hände trotzdem voller Blasen.

Nackt führte man ihn in ein kahles Zimmer, das aussah wie ein Behandlungsraum. Zwei Krankenschwestern betupften seine Augenbraue mit einer beißenden Flüssigkeit, rissen die Klammern heraus und klebten ein paar Heftpflaster darauf. Dann konnte er sich anziehen und in seine Zelle zurückgehen, in der Licht brannte.

Nach kaum fünf Minuten wurde er wieder abgeholt, durch Korridore geführt und in ein Büro gebracht. Kriminalrat Wülfing saß hinter einem Schreibtisch, und an einem kleinen Tisch, auf dem eine Schreibmaschine stand, saß ein anderer Deutscher in Uniform.

– Tja, Osewoudt, das war ein kurzes Vergnügen! Ich spreche nicht von deiner Flucht. Ich meine unser letztes Gespräch! Aber wir dürfen dankbar sein, daß wir es fortsetzen können. Deinem Aussehen ist die Flucht übrigens nicht gut bekommen! Da wird Ebernuss aber betrübt sein, wenn er das sieht!

Osewoudt saß mehr oder weniger breitbeinig auf einem Stuhl, die gefesselten Hände zwischen den Knien, den Kopf gesenkt.

– Komm, jetzt sag schon was. Kennst du Labare?

Geräuschvoll schob Wülfing seinen Lehnstuhl zurück und kam hinter dem Schreibtisch hervor.

– Nein, sagte Osewoudt.

– Du leidest an Gedächtnisschwund. Wie soll das noch mit dir enden? Glaubst du vielleicht, wir würden dich wegen Gedächtnisverlust ins Krankenhaus schicken? Nein, mein Lieber, gegen dieses Leiden haben wir unsere eigene Therapie.

Die Tür wurde geöffnet. Osewoudt blickte auf.

Ein uniformierter Deutscher schob Labare ins Zimmer.

Labare sah nicht so aus, als hätten sie ihn mißhandelt. Allerdings hatte er den linken Arm in Gips. Er trug seinen gewöhnlichen Anzug, ein sauberes Hemd, jedoch ohne Krawatte, und er war gut rasiert.

– Melgers, sagte er, du brauchst nichts mehr zu verschweigen, sag ruhig alles, was du weißt. Sie haben alles bei mir im Haus gefunden. Wir konnten nicht mal mehr die Filme vernichten.

– Und ich dachte, ihr würdet die Tür verbarrikadieren?

Labare begann nun zu schluchzen, er hob den gesunden Arm und wischte sich über die Augen. Sein ganzer Körper schien sich anzustrengen, die Tränen zu unterdrücken, doch seine Worte waren kaum verständlich.

– Melgers, uns ist ein schlimmes Unglück zugestoßen! Ich bin zuletzt nach unten gegangen, ich wollte den Sicherheitsbalken herablassen, aber er bewegte sich nicht von selbst, und als ich daran zog, ist mir das ganze Ding auf den Arm gefallen. Ich konnte mich nicht mehr befreien. Ich konnte nicht mal die Kellertür abschließen. So haben mich die Schweinehunde gefunden. Sie haben mich ausgelacht, ausgelacht, sie haben mich mindestens eine halbe Stunde so eingeklemmt gelassen. Und Suyling, dieser Kaffer, der hatte sich weit weg verkrochen, der kam mir nicht mal zu Hilfe. Statt sich zu fragen: Wo bleibt Labare? Nein! Der nicht! Und ich wollte ihn nicht verraten, deshalb habe ich nicht nach ihm gerufen. Ich dachte, wenigstens er kann entkommen und die Filme mitnehmen. Aber nicht mal das ist ihm gelungen.

Ich bin müde, Melgers, ich fühle mich wie gerädert!

Wülfing ging auf ihn zu und klopfte ihm auf die Schulter.

– Kopf hoch, Labare! Haha! Die Amerikaner sind ja nun doch nicht so schnell gekommen, wie ihr geglaubt habt, aber vielleicht legen sie sich heute oder morgen ein bißchen ins Zeug, dann könnte es für dich noch gut ausgehen! Jeder hat mal Pech, und ich muß schon sagen, du hattest deine Bude gut in Schuß. Fachmännische Arbeit, Labare! Ich war tief beeindruckt! Ich kenne mich damit aus! Rat mal, was ich vor dem Krieg gemacht habe. Drehbücher für Gangsterfilme geschrieben! Wirklich! Alles habe ich selbst entworfen, ganze Niederlassungen voller Gangster. Und alles fundiert, bis in die kleinsten Einzelheiten! Nie ist eins meiner Drehbücher umgesetzt worden! Ich hätte dich eher kennenlernen müssen! Das wäre eine bessere Zusammenarbeit gewesen als jetzt in diesem harschen Augenblick!

Lachend blickte er zur Decke hoch und hielt die rechte Hand, wie einen Blütenkelch geformt, in Kopfhöhe.

– Melgers, alles ist hin, sagte Labare. Alle sind geschnappt worden! Suyling, Robbie und Marianne! Laß dir nichts weismachen, sie wissen alles. Gesteh ruhig, wenn diese Schweinehunde gern möchten, daß du ihnen die ganze Geschichte auch noch einmal erzählst. Sie wissen schon alles.

Auf ein Handzeichen Wülfings öffnete der Polizist, der Labare hereingebracht hatte, die Tür.

– Auf Wiedersehen, Melgers, rief Labare, halt dich tapfer! Vielleicht sehen wir uns noch einmal wieder! Hoch lebe das Vaterland!

Ehe er den letzten Satz ganz ausgesprochen hatte, versetzte ihm der Polizist einen Tritt in den Hintern, aber im Flur, als die Tür bereits wieder zu war, schrie er: Hoch lebe das Vaterland! noch zweimal, sehr schnell hintereinander für jemanden, der sonst so langsam sprach wie er.

Wülfing setzte sich wieder an den Schreibtisch.

– Ein redlicher Mann und ein guter Patriot. Du hast ja wohl gehört, Osewoudt, was er gesagt hat? Es hat überhaupt keinen Sinn, noch länger den Mund zu halten. Erzähl ruhig alles. Wie bist du aus dem Krankenhaus geflohen?

– Ich bin aus dem Fenster geklettert.

– Aus dem Fenster geklettert? Aus dem zweiten Stock? Das kannst du deiner Großmutter erzählen.

– Ich bin gesprungen. Ich kann Judo, ich weiß, wie man sich fallen lassen muß.

– Du kannst Judo, sagst du. Das stimmt. Breithaupt liegt mit ausgekugeltem Arm im Krankenrevier. Völlig richtig. Aufrichtiges Geständnis. Er kann Judo. Hast du das, Gustaf ?

Er schaute den Deutschen an der Schreibmaschine an. Der polkte sich einen Popel aus der Nase, betrachtete ihn eingehend und aß ihn dann auf, während er murmelte: Er kann Judo. Er tippte jedoch nichts.

– Und dann? fuhr Wülfing fort. Dann standest du auf der Straße, was? Im Nachthemd! Und keiner hat darauf geachtet, was; die Wache, die wir dort postiert hatten, war gerade weg einen Schnaps trinken! Das wolltest du doch jetzt behaupten?

Spar dir die Mühe! Wir wissen alles! Onkel Kees! Sagt dir der Name nichts? Und hast du schon mal von Cor gehört? Cor saß am Steuer des Autos, das dich nach Leiden gebracht hat! Glaubst du etwa, wir wüßten das nicht? Ich lasse die beiden Widerstandshelden mal kurz herbringen!

Er griff zum Telefonhörer, drückte auf eine Taste und rief: Bringen Sie Onkel Kees und Cor.

Er wartete, sagte dann: Was? Na also … und legte den Hörer auf.

– Onkel Kees und Cor sind im Augenblick nicht verfügbar. Aber wir haben keine Zeit, auf sie zu warten, Osewoudt. Wir betreiben hier schließlich kein Panoptikum, ich brauche dir nicht alle vorzuführen, Osewoudt, aber du weißt, daß ich alles weiß. Jetzt zu dem Anschlag in Haarlem, 1940. Wie viele Schüsse hast du abgefeuert?

– Keinen einzigen.

– Vollidiot. Wir wissen auf die Sekunde genau, wann und wie oft du geschossen hast. Gut. Eine andere Frage. Was hast du im Haus von Labare gemacht?

– Ich habe Filme entwickelt. Ich wußte nicht, was darauf zu sehen war. Ich wußte nicht, wozu.

– So, das wußtest du nicht. Aber wir wissen es.

Die Tür ging auf, und derselbe Polizist schob Suyling ins Zimmer.

Suyling war offenbar heftig verprügelt worden. Sein Gesicht war unversehrt, aber er hatte wirres Haar und humpelte stark.

– So, Suyling! Wer ist der Mann, der da auf dem Stuhl sitzt?

Suyling blickte Osewoudt an, zuerst verwundert, dann haßerfüllt.

– Ah, jetzt geht mir ein Licht auf ! Der hat alles verraten! Das ist Melgers! Aber er heißt nicht Melgers. Er ist der Mann auf dem Foto in der Zeitung. Ich weiß nicht mehr, wie er heißt, aber er ist der Mann, der in der Zeitung abgebildet war.

Wülfing ging auf Suyling zu und blieb in ungefähr einem Meter Abstand vor ihm stehen. Er ballte die rechte Hand zur Faust und schlug damit in die Handfläche der linken Hand.

– Wirst du jetzt wohl ruhig sein! Hör verdammt noch mal mit dem Gejammer auf ! Wenn sich ein Häftling weigert, die Wahrheit zu sagen, ist das noch verständlich. Aber mit scheinheiligen Komödien brauchst du mir nicht zu kommen. Kapiert, Suyling? Du meinst wohl, ich würde dich nicht durchschauen. Als ob du nicht wüßtest, welcher Name bei dem Foto in der Zeitung stand. Du weißt wahrscheinlich mehr darüber als die ganze Bande zusammen.

– Ich weiß nichts!

– Du weißt alles! Ich bin ein viel zu guter Psychologe, um mich von dir hinters Licht führen zu lassen, und du hast zu wenig Ahnung von Psychologie, um dir eine Lüge ausdenken zu können, die nicht genau das Gegenteil von dem bewirkt, was du damit bezwecken möchtest.

Er trat einen Schritt zurück und dann zwei Schritte nach vorn, so daß er direkt vor Suyling stand, als ob er ihm ins Gesicht spucken wollte.

– Wer ist Onkel Kees? Wer ist Cor? Wie lautet die Autonummer?

– Ich kenne keinen Onkel Kees!

– Aber du hast von ihm gehört!

– Nein!

– Ich weiß, daß du lügst! Hat Onkel Kees Osewoudt aus dem Krankenhaus Zuidwal geholt, ja oder nein?

– Sag ruhig ja, Suyling! rief Osewoudt. Du siehst doch, daß sie es wissen.

– Ich sage nein.

– Was hast du davon, etwas abzustreiten, was sie wissen?

– Was haben sie davon, nach etwas zu fragen, was ihnen längst bekannt ist? Ich lasse mich nicht demütigen.

Wülfing drehte sich mit knallenden Hacken um und ging wieder zum Schreibtisch.

– Ach so! Meneer Suyling läßt sich nicht demütigen! Sehr schön! Unterscharführer! Sperren Sie ihn in eine dunkle Zelle und sorgen Sie dafür, daß er sich den Magen nicht überlädt!

Noch ehe er etwas erwidern konnte, zerrte der Wachtmeister Suyling aus dem Zimmer. Vom Flur war Geschrei aus mehreren Kehlen zu hören, außerdem ein Poltern, das aber eigentlich kein normales Poltern war, vielleicht eher Treten und Schlagen.

Wülfing ließ sich auf den Schreibtisch plumpsen, daß dieser knarrte.

– Na, Osewoudt, was sagst du jetzt? Du siehst, daß ich nicht aufschneide. Alle deine Freunde haben wir verhaftet. Möchtest du vielleicht auch den kleinen Robbie noch kurz sehen? Na?

– Ich kenne ihn kaum.

– Du kennst ihn kaum? Du hast im selben Haus wie er gewohnt!

– Nein. Ich habe dort nicht gewohnt. An dem Abend war ich nur zufällig dort.

– Du warst dort noch halb eins in der Nacht! Keiner darf nach elf auf die Straße! Und wir haben dich nachts halb eins dort angetroffen!

– Ich war zu …

– Natürlich! Du bist dort hängengeblieben! So war das! Und deshalb hast du dort geschlafen. Ich will doch hoffen, allein! War es so?

– Das geht Sie nichts an!

– Das geht mich nichts an! Das soll uns nichts angehen? Wenn du aus dem Krankenhaus abhaust, um die Nacht in einem Haus wie dem von Labare zu verbringen? Und warum?

Er stand auf und ging mit gewichtigen Schritten zur anderen Seite des Schreibtischs.

– Um mit einer Jüdin zu schlafen, Osewoudt! Deshalb! Habe ich recht?

– Ich weiß nicht, wovon Sie reden.

– Wenn es nur so wäre. Aber ich habe Beweise.

– Mit wem ich schlafe, geht niemanden was an. Es hat mit Politik nichts zu tun!

– Es hat mit Politik nichts zu tun, wenn du mit einer Jüdin ins Bett gehst, die einen gefälschten Ausweis besitzt?

– Ich weiß, wen Sie meinen. Aber ich bin dem Fräulein an dem Abend zum erstenmal begegnet, und sie ist keine Jüdin.

– Du willst behaupten, du hättest nicht gewußt, daß sie Jüdin ist?

– Ich habe mir keine Gedanken darüber gemacht. Ich bin ihr an dem Abend zum erstenmal begegnet.

– Soso und dann gleich mit ihr ins Bett! Wohl aus Platzmangel?

Osewoudt zuckte mit den Schultern. Wülfing zog eine Schublade des Schreibtischs auf.

– Wem gehört dieser Schlips? Keine Interessenten? Und dieses Hemd? Keinem? Zum ersten, zum zweiten. Und wem gehören diese Schuhe? Vielleicht Osewoudt? Alles im jungfräulichen Bett von Mirjam Zettenbaum gefunden!

Er wurde plötzlich lauter: Muß ich dich vielleicht erst zwingen, die Sachen anzuprobieren, Osewoudt? Und wem gehört diese Leica? Etwa auch nicht dir? Mach dir keine Sorgen, den Film, der darin war, haben wir ordentlich entwickelt. Junge, Junge, was du für Aufnahmen mit dem Guckkasten machst!

Er stellte die Leica vorsichtig auf den Schreibtisch und sagte: Und dann habe ich hier noch ein sehr schönes Spielzeug.

Er bückte sich zur Schublade und nahm eine Automatikpistole heraus, die er sehr langsam hochhob.

– Diese Pistole, Osewoudt, haben wir in der Handtasche von Mirjam Zettenbaum alias Marian Sondaar gefunden. Mit der du noch nie im Bett warst. Und trotzdem hast du der Dame die Knallblättchenpistole geliehen. Oder sollen wir etwa glauben, daß sie die Person war, die am 23. Juli 1940 damit geschossen hat, in Haarlem, Kleine Houtstraat 32? Versteh mich richtig, Osewoudt, die Wissenschaft kennt keine Scherze, nur Beweise! Und bewiesen ist, daß die Kugeln, die man im Körper von Knijtijzen gefunden hat, aus dieser Pistole stammen. Und das ist noch nicht alles. Wenn wir erst mal alle Kugeln, die wir bei den entsprechenden Gelegenheiten aus toten Körpern gesammelt haben, genau untersuchen, wer weiß, was dann noch ans Licht kommt!

Osewoudt wurde in die Zelle zurückgebracht, bekam einen halben Liter Suppe und ein großes Stück Graubrot. Das Brot war von erstaunlich guter Qualität, grob und saftig, mit vielen großen, nur halb zermahlenen Weizenkörnern. Zum erstenmal konnte er sich satt essen.

Abends um sieben öffnete sich die Zellentür, und Ebernuss kam herein. Ebernuss hatte eine Steingutflasche Genever unterm Arm und in der Hand ein Stück Wurst, das in Butterbrotpapier gewickelt war.

Er sah aus, als hätte er sich speziell zu diesem Anlaß rasiert und eine frischgebügelte Uniform angezogen. Sein Veilchenduft vertrieb den Gestank von feuchtem Beton, rostigem Eisen und getrocknetem Urin, der sonst die Zelle füllte.

Er setzte sich auf den Schemel, holte aus seiner Tasche zwei Gläser und schenkte ein.

– Prosit, sagte er.

Osewoudt sagte nichts, trank aber einen Schluck.

– Ich muß dir etwas erklären. Heute nachmittag habe ich Wülfing sehr grob auftreten lassen, weil Gustaf dabeisaß. Ich fühle mich verpflichtet, meinen Teil zur guten Sache beizusteuern. Und außerdem saß eben Gustaf dabei. Aber glaub mir, es war nicht böse gemeint. Ich finde, du bist ein netter Kerl. Du warst mir von Anfang an sympathisch. Und außerdem kommen die Amerikaner heute oder morgen sowieso. Und auch wenn sie überhaupt nicht kommen, ist der Krieg verloren. Ich weiß es. Trink aus. Wir nehmen noch einen.

– Es schmeckt mir nicht.

– Abstinenzler?

– Das habe ich mich nie gefragt. Ich mag einfach keinen Alkohol.

– Du bist doch nicht krank, Osewoudt?

– Ich bin kerngesund.

– Womit kann ich dir dann eine Freude machen? Vielleicht eine Frau?

Osewoudt schwieg. Ebernuss' Freundlichkeit widerte ihn an, seiner Vertraulichkeit traute er nicht. Ebernuss' Verhalten gab ihm jedoch die Hoffnung, etwas bei diesem Mann erreichen zu können, so daß er sich beherrschte und nicht sagte: Tu mir den Gefallen und scher dich zum Teufel! Er wußte zwar nicht, was er überhaupt erreichen könnte, aber was würde Dorbeck sagen, wenn er hörte, daß er sich nicht einmal die *Möglichkeit* offengehalten hatte?

– Deine Freundin war tatsächlich Jüdin, sagte Ebernuss, das haben wir alles bis ins kleinste recherchiert. Mirjam Zettenbaum. Ich persönlich habe nichts gegen Juden. Wie findest du das?

– Ich finde es sehr praktisch, wenn Sie sowieso davon überzeugt sind, daß Deutschland den Krieg verliert.

Osewoudt ließ sich auf der Pritsche nach hinten fallen, zog die Knie an und kehrte Ebernuss den Rücken zu.

– Der schlafende Ganymed! Was für ein hübscher Anblick! rief Ebernuss. Osewoudt konnte sich nicht erinnern, den Namen Ganymed jemals gehört zu haben, und dachte: Was redet er für einen Stuß.

– Die ganze Behandlung der Judenfrage, sagte Ebernuss, ist nichts anderes als ein Mittel einiger hoher SS-Chargen, den Rest Europas auszubeuten! Nicht nur die Juden zu berauben, sondern genauso auch uns! Denk nur mal an die ganze Transportkapazität, die uns das Hinundherschleppen vollkommen ungefährlicher und außerdem nutzloser Menschen gekostet hat: alte Leute, Kranke, Kinder, Frauen und Intellektuelle. Tausende Waggonladungen, während es der Truppe an Material mangelt! Der größte Schlag, den die Juden Deutschland versetzt haben, ist der Raum, den sie in unseren Güter- und Viehwaggons eingenommen haben.

Ebernuss lachte. Osewoudt schwieg.

Ebernuss sagte: Ich lache, aber das, was ich sage, meine ich nicht ernst. Wäre nicht eine Welt denkbar, in der die Menschen einander wenigstens nicht vorsätzlich ermorden? Es müßte doch möglich sein, daß die Menschheit diesen Minimalstandard einmal erreicht. Meinst du nicht auch, Osewoudt? Bist du nicht deshalb in den Widerstand gegangen?

– Ja! Nur deshalb!

– Ich habe keine Sekunde daran gezweifelt! Aber du mußt wissen, wen du dir zum Feind machen darfst. Du mußt gut aufpassen, wo deine Freunde sind. Man findet seine Freunde manchmal an den seltsamsten Orten, da, wo man sie am wenigsten erwartet. Vergiß das nie, Osewoudt.

Osewoudt dachte: Gleich fällt er mir um den Hals, aber ich werde ihn treten, wo ich ihn nur treffen kann, mir ist egal, was dann passiert.

Das Guckloch wurde geöffnet mit einem sehr leisen, klickenden Geräusch, fast unhörbar. Osewoudt konnte nicht verhindern, daß sich sein Kopf ruckartig hob. Dieses Zucken durchfuhr ihn jedesmal, wenn das Guckloch geöffnet und er vom Gang aus beobachtet wurde. Er drehte sich nicht zur Tür um. Er hörte keine Schritte, die sich entfernten, aber irgendwann wußte er, daß das Guckloch wieder geschlossen war.

Nun war die Chance groß, daß man ihn eine halbe Stunde lang in Ruhe ließ. Er stand auf und blickte nach oben, in die Ecke neben dem Mattglasfenster. Aus dem Lüftungsrost hing ein Stück Bindfaden heraus. Sein Herz begann zu klopfen, als er auf die Pritsche kletterte. Er ging in die Knie, und mit einem kleinen Sprung schaffte er es, die Finger der rechten Hand in die untersten Schlitze des Rostes zu krallen. Mit der anderen Hand ergriff er den Bindfaden und ließ sich wieder auf die Pritsche fallen, die Schnur mit sich ziehend. Am anderen Ende war ein Bleistiftstummel befestigt.

Er setzte sich auf die Pritsche und zog ein Stück Toilettenpapier aus der Hosentasche.

Er schrieb:

Liebste Marianne!

Ich bin nun schon seit drei Monaten im Gefängnis. Es geschieht nichts, ich werde manchmal wochenlang nicht verhört, rede mit niemandem. Hin und wieder werde ich in der Zelle zu Fragen vernommen, von denen ich keine Ahnung habe. Wie wird es enden? Kommen die Amerikaner? Kommen sie nicht? Manchmal denke ich, daß sie mich eines Tages einfach ermorden, wie so viele, ohne Prozeß, ohne irgendeine Erklärung.

Ich habe erfahren, daß Du in Westerbork bist. Setze alles daran, in diesem Lager zu bleiben, sorge dafür, daß Du nicht nach Deutschland weitertransportiert wirst. Der Krieg kann nicht mehr lange dauern. Dann sehen wir uns wieder. Ich denke Tag und Nacht an Dich, das ist nicht übertrieben, ich schlafe fast nie. Denk auch viel an mich, vielleicht hilft das. Sie verdächtigen mich nur wegen Dingen, die ich nicht getan habe. Sie können mich nicht für immer festhalten. Auf Wiedersehen, Liebste. Ich küsse Dich tausendmal, tausendmal.

Tausendmal, tausendmal, dachte er, während er den Zettel so klein wie möglich zusammenfaltete und sich auf die Pritsche legte. War das viel, wenn es um Küsse ging, tausendmal, tausendmal? Wieviel Zeit brauchte man, jemanden tausendmal zu küssen?

Er hörte wieder das klickende Geräusch des Gucklochs. Er stand auf, ging zur Tür und steckte den Brief durch die runde Öffnung.

Einen Monat lang geschah nichts Besonderes, abgesehen davon, daß die Zelle neben seiner belegt wurde und er sich mit dem anderen Häftling durch Klopfzeichen verständigen konnte. Dieser Mann behauptete, beim Diebstahl von Stempeln im Büro der deutschen Polizei auf frischer Tat ertappt worden zu sein. Osewoudt antwortete, er würde festgehalten, obwohl er sich nichts habe zuschulden kommen lassen. Würde der Krieg noch lange dauern?

Der Nachbar zeigte sich gut informiert. Osewoudt erfuhr von ihm, daß die Alliierten bis Arnheim vorgestoßen waren.

Noch am selben Tag flog plötzlich die Zellentür auf, und Osewoudt wurde aufgefordert mitzukommen. Man legte ihm keine Handschellen an.

Er ging mit. Er war sich ziemlich sicher, daß man ihn freilassen würde.

Eine Tür wurde geöffnet, und eine Wolke von Veilchenduft drang ihm in die Nase.

Ein kleiner Büroraum mit vergitterten Fenstern, in dem – mit dem Rücken zu den Gittern – Ebernuss saß.

Als er Osewoudt sah, stand Ebernuss sofort auf, kam auf ihn zu und hielt seine rechte Hand mit beiden Händen fest.

– Osewoudt! Es ist lange her! Ich hatte so viel zu tun, so viel zu tun! Kein Tag ist vergangen, an dem ich nicht gehofft hätte, mich ein Viertelstündchen für dich freimachen zu können! Immer ist etwas dazwischengekommen! Setz dich! Zigarette? Echte englische, *Gold Flake*! Die werden hier kistenweise abgeworfen. Die Engländer sind ein freundliches Volk. Jetzt wieder bei Arnheim. Hast du natürlich auch schon gehört, oder? Du hast geglaubt, der Krieg wäre bald vorbei, stimmt's? Von wegen! Diese Engländer! Haben eine gewaltige Tracht Prügel bezogen von unserer SS! Sechzehnjährige Jungs, die aus Frankreich abgezogen worden waren, um ein bißchen zu verschnaufen. Wir haben's geschafft! Jawohl! Mensch, ich hatte schon

Angst, dich für immer aus den Augen zu verlieren. Aber noch sind wir nicht davon befreit, uns gegenseitig Gesellschaft leisten zu müssen, keineswegs.

Osewoudt senkte den Blick und sagte: Ich habe nichts verbrochen. Sie haben keine Beweise gegen mich. Warum lassen Sie mich nicht laufen?

Ebernuss stützte die Ellbogen auf den Schreibtisch und legte die Hände an die Wangen, wie es ältere Frauen manchmal machen, damit ihr Gesicht schmaler erscheint.

– Beweise. Was für ein lieber Kerl du doch eigentlich bist! Glaubst du, wir hielten dich hier fest, um Beweise gegen dich zu sammeln? Du lebst in einer Gedankenwelt, die längst nicht mehr existiert.

Es gibt nur zwei Sorten Leute, die wir festhalten. Zur ersten Sorte gehören die, die wir aus irgendeinem Grund nicht frei herumlaufen lassen wollen. Die zweite Sorte besteht aus denen, die uns etwas erzählen können, was uns interessiert. Niemand wird freigelassen, weil man keine Beweise gegen ihn hat. Beweisführung ist eine Aufgabe für Professoren, nicht für Politiker. Einen Politiker interessiert nur, ob er seine Ziele erreicht. Was würden wir damit erreichen, in einer Angelegenheit keine Beweise gegen jemanden zu haben? Wer hat jemals etwas erreicht, indem er Unrecht eingestanden hat? Mensch, sei doch klüger! Ich sage dir: Für einen Politiker ist die Vernichtung eines unschuldigen Opfers wichtiger als die Bestrafung von jemandem, der schuldig ist, denn das freigelassene unschuldige Opfer wird Rachegefühle hegen, während jemand, der tatsächlich schuldig ist und trotzdem begnadigt wird, dankbar ist. Versuch doch, etwas von der Welt zu verstehen, Osewoudt!

– Ach, Meneer Ebernuss! Wie ist es möglich, daß Sie die Nationalsozialisten als solche Ungeheuer darstellen!

– Na, daß du so über uns denkst, kannst du deiner alten Mutter erzählen!

– Ich weiß nicht mal, ob meine Mutter noch lebt.

– Ich weiß es aber. Sie lebt nicht mehr.

– Wissen Sie das genau?

– Ich weiß es genau.

– Und mein Onkel?

– Er ist nach Deutschland gebracht worden, man weiß nicht mal in welches Konzentrationslager.

– Und meine Frau?

– Das weiß ich nicht. Ich werde mich erkundigen. Noch weitere Fragen?

– Nein.

– Du lügst. Du willst wissen, wo Marian Zettenbaum ist. Leugne es nicht! Du hast ihr einen Brief geschrieben. Hier ist er. Hier, hier! Ich lach mich tot über dich!

Ebernuss schlug eine Mappe auf, nahm ein paar Papiere heraus, fand schließlich das Stück Toilettenpapier, auf das Osewoudt seinen Brief geschrieben hatte. Ebernuss begann vorzulesen: *Liebste Marianne. Ich bin nun schon seit drei Monaten im Gefängnis.* Inzwischen sind es schon vier Monate. *Wie wird es enden. Kommen die Amerikaner?* Die kommen, aber für die meisten Leute viel zu spät.

– Sie wissen also, was mit Marianne geschehen ist! Sie müssen es mir sagen! Ist sie nach Deutschland gebracht worden?

Auf Wiedersehen, Liebste, ich küsse Dich tausendmal, tausendmal.

Ebernuss schob den Brief wieder in die Mappe.

Osewoudt schluchzte.

Ebernuss trat auf ihn zu, faßte ihn unters Kinn und hob seinen Kopf hoch.

– Ich sag dir jetzt was. Sie ist nicht in Deutschland. Dafür habe ich gesorgt. Ich kann dir noch was sagen. Sie ist schwanger. Wie findest du das, Osewoudt? Schwanger! Was sagst du dazu? Herzlichen Glückwunsch! Wenn es ein Junge wird, nenn ihn Waldemar. So heiße ich. Abgemacht?

Osewoudt schwieg.

– Übrigens, sagte Ebernuss, sag ruhig Waldemar und du zu mir. Wir kennen uns schon so lange, seit Monaten … Aber das ist nicht der einzige Grund. Du hast niemanden mehr auf der Welt, denk daran. Deine Mutter ist tot, dein Onkel ist tot, deine Freundin Elly Sprenkelbach Meijer ist tot, Labare ist tot, dein Freund Robbie ist tot oder in einem Konzentrationslager, aus dem er keinesfalls lebend herauskommt. Aber versteh mich richtig: Auch ich stehe allein da. Alle meine Freunde sind an der Front gefallen. *Meine* Mutter liegt unter den Trümmern ihres Hauses in Frankfurt. Wer wird mir helfen, wenn die Amerikaner kommen?

Osewoudt setzte sich aufrecht, schaute Ebernuss mit einem hämischen Grinsen an und sagte: Keiner, denke ich. Dann sind die Rollen vertauscht!

– Und wennschon, dann sind die Rollen eben vertauscht! Bekommst du dadurch deine Mutter und deine Freunde zurück? Nun? Was meinst du?

Osewoudt krümmte den Zeigefinger der rechten Hand und biß sich auf den Knöchel.

Ebernuss legte ihm die Hand auf die Schulter.

– Wir sind Kameraden im Unglück. Ich bin bereit, dir zu helfen, als guter Kamerad. Ich kann dafür sorgen, daß das jüdische Mädchen freigelassen wird. Verstehst du? Wenn der Krieg vorbei ist, gibt es dann wenigstens jemanden, der auf dich wartet. Was sage ich? Jemand? Vielleicht zwei! Womöglich drei, wenn es Zwillinge sind. Aber dann mußt du mir auch helfen, du mußt mir etwas sagen, was du weißt und was ich nicht weiß. Ist das Mädchen dir das wert? Und das Kind? Oder ziehst du es vor, weiter den Mund zu halten, und sie wird nach Deutschland transportiert und in einer Gaskammer umgebracht? Wer sagt danke zu dir, nach dem Krieg? Ebernuss stand auf und hob die Stimme.

– Niemand auf der ganzen Welt sagt danke zu dir! Niemand! Falls du dann noch leben solltest, wenn die Amerikaner kommen!

Er blätterte wieder in dem Dossier.

– Schau, ich sage dir jetzt mal, worum es geht. Bei uns ist ein Verdacht aufgekommen, der schon ans Wahnhafte grenzt, aber er scheint begründet zu sein. Du brauchst nur ja oder nein zu sagen.

Bleibst du bei der Erklärung, daß du Roorda nicht im Vondelpark getroffen hast?

– Ja.

– Stimmt. An dem Tag, an dem Roorda dich angeblich im Vondelpark getroffen hat, warst du überhaupt nicht im Vondelpark. Du warst bei Meinarends in Leiden, stimmt's?

– Ich weiß es nicht mehr.

– Man hat Roorda unter Druck gesetzt, und er hat seine Aussage mehr oder weniger widerrufen. Er hat noch etwas hinzugefügt. Er behauptet, daß er dich nicht nur einmal, sondern zweimal in Amsterdam getroffen hätte, das zweite Mal im Warteraum eines Wannenbades in der Zocherstraat, ein paar Tage später.

– Er lügt.

– Stimmt, denn an dem Tag warst du nicht in der Zocherstraat. Du warst in Lunteren, wo du Lagendaal und seine Frau erschossen hast. Hab ich recht?

Osewoudt schwieg. Der ganze Raum bewegte sich vor seinen Augen ruckartig auf und ab, und er bekam ein Gefühl in den Oberschenkeln, als würden sie mit Eiswasser übergossen.

– Nun?

– Ich war es nicht.

– Lüg nicht wie ein kleines Kind. Die Kugeln wurden aus den Leichnamen geholt und mikroskopisch untersucht. Sie stammen aus der Pistole, die wir in der Handtasche deiner Freundin Zettenbaum gefunden haben. Was willst du noch mehr?

Oder willst du vielleicht behaupten, nicht du, sondern Zettenbaum wäre nach Lunteren gefahren, um Lagendaal zu erschießen? Willst du deiner Freundin die Tat in die Schuhe schieben?

Osewoudt versuchte zu verbergen, daß ihm bei diesen Worten übel wurde. Wenn Worte töten könnten, wäre er am liebsten auf der Stelle tot umgefallen, aber er starb nicht, er sah, wie Ebernuss ihn mit ernstem Blick anschaute, er hörte alles, was Ebernuss sagte.

– Gut. Zettenbaum war es also nicht, du hast es getan. Reg dich nicht darüber auf, wir regen uns auch nicht darüber auf. Wir können nicht nach jeder Mücke schlagen. Aber es gibt ein Problem, das uns nicht losläßt. Mit wem hat sich Roorda getroffen? Wir haben keinen Grund zu der Annahme, daß Roorda lügt. Wir können beweisen, daß er nicht lügt. Wenn der Mann also nicht lügt, muß er sich mit jemandem getroffen haben. Aber mit wem? Du warst es nicht. Wer war es dann?

– Ich war auf keinen Fall dabei, wie du selbst sagst. Wie könnte ich also wissen, mit wem sich Roorda getroffen hat?

– Du brauchst es auch nicht zu wissen. Die Schlußfolgerung liegt auf der Hand: Es war jemand, der dir ähnlich sieht. Der dir täuschend ähnlich sieht. Kein Zwillingsbruder von dir, denn den hast du nicht, aber doch eine Person, die von dir kaum zu unterscheiden ist. Gleiche Größe, gleiche Statur, dieselbe Visage und so weiter, und so weiter. Wahrscheinlich gibt es einen Unterschied: Er hat schwarzes und du hast blondes Haar. Es wäre der Gipfel, wenn ihm kein Bart wachsen würde, so wie dir, aber das ist wohl unwahrscheinlich, haha. Also ein Bart, aber rasiert. Gut. Wer ist der Mann, wie heißt er?

– Ich weiß es nicht.

– Ich aber. Er heißt Dorbeck. Falls er wirklich existiert, heißt er Dorbeck. Und du kennst ihn. Warum hättest du dir sonst die Haare schwarz gefärbt? Du bist als sein Doppelgänger aufgetreten.

– Das stimmt nicht. Wenn ich gewußt hätte, daß es einen Mann gibt, der mir ähnlich sieht und in der Widerstandsbewegung ist, hätte ich mir die Haare lieber rot gefärbt.

– Red keinen Unsinn.

Ebernuss zögerte trotzdem, ehe er weiterredete; Osewoudts Antwort kam ihm offenbar sehr plausibel vor.

– Komm, fuhr er schließlich fort, reden wir nicht länger um den heißen Brei herum. Es heißt, daß dieser Mann existiert und daß er sich in den Niederlanden aufhält. In Amsterdam scheint es eine Art Geheimclub für Widerstandshelden zu geben. Auf dem Dachboden eines Grachtenhauses. Das Lokal wird von einem Theologiestudenten betrieben. Er heißt Moorlag. Behaupte nicht, du hättest diesen Namen nie gehört, denn du kennst ihn. Er hat jahrelang bei euch in Voorschoten zur Untermiete gewohnt.

– Moorlag?

– Na also. Jetzt denk an Marianne! Ich mach dir einen Vorschlag. Wir bringen dich in den nächsten Tagen zu dieser Kneipe. Du gehst hinein, plauderst kurz mit Moorlag. Du achtest gut darauf, wie du empfangen wirst. Vielleicht reden sie dich mit Dorbeck an, nur als Beispiel. Oder sie sagen: Nanu, was ist denn jetzt los? Wir dachten, du wärst schon vor einer Viertelstunde gekommen.

Sonst brauchst du nichts weiter zu tun. Es ist ganz einfach. Ich komme nicht mit, keiner von uns kommt mit, darauf kannst du dich verlassen. Du brauchst nichts anderes zu tun, als dort auf dem Dachboden einen Genever zu trinken. Damit verrätst du niemanden. Wenn du das machst, verspreche ich dir, daß Marian Sondaar freigelassen wird und daß sie einen richtigen Ausweis bekommt, ohne ein J! Denk mal darüber nach!

Er dachte darüber nach. Tagaus, tagein dachte er darüber nach. Sie gaben ihm offenbar reichlich Zeit zum Nachdenken, denn Ebernuss ließ ihn nicht mehr rufen. Erwarteten sie vielleicht, daß er sich an einen der Gefängniswärter wenden würde: Richten Sie Ebernuss aus, ich hätte darüber nachgedacht und wäre einverstanden … Wollten sie, daß er ihnen seine Mitarbeit sozusagen freiwillig anbot, damit sie dann noch weitergehen und zu ihm sagen könnten: Los, du hast uns deine Mitarbeit angeboten, du hast dich damit einverstanden erklärt, uns auf diesem Dachboden einzuführen, den Dorbeck manchmal besucht … was macht es dann noch für einen Unterschied, wenn du Dorbeck unter einem Vorwand herauslockst und uns hilfst, ihn zu schnappen?

Das Gefängnis war überfüllt, die meisten Häftlinge waren zu fünft oder sechst in einen Raum gepfercht, in den höchstens zwei Menschen paßten – ihn aber ließ man allein, er bekam keine Gesellschaft. Auch die Zelle neben seiner war meist leer. Da seine Zelle an einer Ecke des Gebäudes lag, befand sich auf der anderen Seite nur die Außenwand.

Wie sollte er sich verhalten? Wenn er auf Ebernuss' Wunsch nicht einging, wäre Marianne mit Sicherheit verloren. Tat er jedoch, was Ebernuss von ihm verlangte, würde Marianne den Krieg vielleicht überleben, und selbst wenn er scheinbar mit den Deutschen zusammenarbeitete, war die Gefahr, daß Dorbeck in die Falle gehen würde, sehr gering. Dorbeck! Er brauchte ihm nur zuzuzwinkern, und Dorbeck würde gleich Bescheid wissen. Was riskierte Dorbeck? Überhaupt nichts. Sie würden schon eine Lösung finden!

Osewoudts Entschluß stand bereits nach einer Woche Einzelhaft fest, aber niemand kam, um ihn danach zu fragen.

Einen Monat später dachte er: Vielleicht konnten sie Dorbeck auf andere Art fassen. Sie brauchen mich nicht mehr, sie sind nicht mehr auf meine Mitarbeit angewiesen, deshalb brauchen sie sich auch nicht mehr erkenntlich zu zeigen. Marianne ist nach Deutschland gebracht worden. Vielleicht ist sie längst tot. Alle sind tot, nur ich lebe noch. Wahrscheinlich ist es ja eine Gefälligkeit von Ebernuss, daß er mich hier hocken läßt, ohne sich weiter um mich zu kümmern. Wenn der Krieg vorbei ist, werde ich schon von allein freikommen. Vielleicht bekomme ich einen Orden.

Er sah sich bereits mit einem Orden im Knopfloch hinter der Theke des Tabakladens stehen. Das Schaufenster war mit Zigaretten, Zigarren, Shag und Pfeifentabak gefüllt. Die besten Marken. Alles Importware aus Amerika und Niederländisch-Indien. Aber ja, Meneer, natürlich führen wir die Marke wieder!

Seine Kundschaft würde beträchtlich anwachsen. Jeder würde seine Zigarren und Zigaretten bei dem heldenhaften Widerstandskämpfer mit dem Orden kaufen wollen. Wenn er den Laden einmal renovieren ließe und sich einen anderen Namen ausdenken würde? *Der Untergrund-Tabakladen?* Nein. *Tabakmagazin Durch Die Jahrhunderte Treu.* Das war besser.

Die Kasse würde klingeln. Aber wofür? Für seine Mutter brauchte er sich nicht mehr anzustrengen. Für Ria? Er sprang auf und hämmerte mit den Fäusten an die Wände. Nie, nie und nie.

Weiterleben ohne Marianne, ohne Dorbeck, ohne Labare, ohne Meinarends, ohne Moorlag? Keiner würde ihn mehr brauchen, alle würden ihr eigenes Leben führen. Vielleicht kämen sie alle halbe Jahre vorbei, um eine Zigarette bei ihm zu rauchen und ein paar Erinnerungen an den Krieg auszutauschen, der zum Glück vorbei war. Aber nach etwa einem Jahr würden sie nicht mal mehr das tun. Was wäre er dann? Ein schlaffer junger Mann, den ganzen Tag über die Theke eines Tabakladens gebeugt, ein Mann ohne Bart, in der Obhut einer verwelkten Frau, die, ohne zu fragen, Geld aus der Thekenschublade nimmt. Nach etwa einem Jahr würde die Anziehungskraft seines Ordens nachlassen, die neuen Kunden würden wieder zu ihren alten Händlern zurückkehren, mit seinem unvorteilhaften Aussehen wäre er nicht imstande, bleibende Eroberungen zu machen.

Ebernuss persönlich brachte ihm den Brief.

Liebster Filip!

Ich bin schon vor vier Monaten aus dem Lager Westerbork entlassen worden. Ich wohne einfach wieder an meiner alten Adresse, habe jetzt aber einen richtigen Ausweis ohne J. Mir kann nichts mehr geschehen. Dies ist bestimmt schon der zwanzigste Brief, den ich Dir schreibe. In meinen vorigen Briefen habe ich Dir das alles haarklein berichtet, aber nie eine Antwort von Dir bekommen. Ich nehme an, daß Du die Post nicht erhalten hast. Trotzdem ist das alles inzwischen Schnee von gestern, deshalb schreibe ich nicht mehr ausführlich darüber. Du sollst nur wissen, daß es mir gut geht. Ach, Liebster, es gibt noch eine andere Neuigkeit, und das ist eine echte Neuigkeit, die niemals Schnee von gestern sein wird, im Gegenteil, sie wird jeden Tag neuer. Liebling, Du wirst es nie erraten, aber ich bekomme bald ein Kind von Dir! Ich bin so glücklich. Auch wenn ich Dich nie wiedersehen würde, wärst Du doch nicht ganz für mich verloren. Verzeih mir, ich schluchze, während ich dies schreibe, ich weiß nicht mal genau, ob vor Glück oder aus Kummer. Ach, lieber Filip, manchmal wage ich sogar zu hoffen, daß ich Dich nach dem Krieg lebend wiedersehen werde, dann aber denke ich wieder: Nein, das wäre zuviel, das ist so, als ob man alles wollte, wie bei einem kleinen Mädchen, das für seine Rolle in einem Theaterstück auf der Schulfeier ein wenig Beifall bekommen hat und dann fest daran glaubt, später eine berühmte Schauspielerin zu werden.

Der Krieg kann nicht mehr lange dauern. Es heißt, die Deutschen würden im letzten Augenblick die ganzen Niederlande überfluten. Aber wenn das geschieht, werde ich es auf jeden Fall schaffen, trockenen Boden zu erreichen, und den kleinen Filip nehme ich in einem Boot mit, das ich aus einer Kiste werde zimmern lassen. Glaub nicht, daß das einfach ist! Eine alte Kiste ist nirgends mehr aufzutreiben. Die Leute stecken alles in den Ofen. Ist Dir nicht kalt im Gefängnis? Ach, mein armer Schatz, wie mager wirst Du sein, wenn Du nichts anderes als die offiziellen Zuteilungen zu essen bekommst, ein Butterbrot und drei Kartoffeln pro Tag. Stell Dir vor, ich bekomme auch noch Extra-Rationen, weil ich schwanger bin. Wie findest Du das? Mach Dir wegen mir keine Sorgen. Auf Wiedersehen, mein Schatz. Man hat mir gesagt, daß es vielleicht auch eine Möglichkeit gibt, einen Brief aus dem Gefängnis zu schmuggeln, von Dir an mich …

Er faltete den Brief zusammen, steckte ihn in die Hosentasche und legte sich auf die Pritsche.

Ebernuss gab Osewoudt ein Schinkenbrötchen.

– Ich hoffe, daß du dir über die Situation im klaren bist, Osewoudt. Wir von unserer Seite haben unser Versprechen auf glänzende Art gehalten. Der werdenden Mutter fehlt es an nichts. Ach, wie reizend. Aber das kann sich jeden Augenblick ändern, wenn du das Versprechen nicht hältst, das du mir gegeben hast.

Als er neben Ebernuss im Auto saß und sie sich Amsterdam näherten, wunderte er sich. Die Stadt war stockdunkel, und ihr Auto war das einzige, das unterwegs war. Es schien, als wäre die Welt während seiner Haft ausgestorben. Auch als sie in die Stadt hineinfuhren, sah er keinen Menschen auf der Straße.

– Ist die Hungersnot denn so groß?

– Hungersnot! sagte Ebernuss. Auch unsere Soldaten leiden Mangel. Sie bekommen nur fünf Zigaretten in der Woche.

– Warum ist denn kein Mensch auf der Straße? Es ist doch noch früh.

– Es ist nicht früh. Es ist nach halb neun. Nach acht darf niemand mehr das Haus verlassen.

Sie hielten an einer Kreuzung, nicht um auf den Verkehr zu achten, sondern weil Ebernuss unschlüssig war, wie sie weiterfahren sollten. Ein lautes Brummen am Himmel schwoll an und ab.

– Ich sehe keine Suchlichter, sagte Osewoudt. Warum nicht?

– Suchlichter werden nicht mehr benutzt. Radar ist das neueste: unsichtbares Licht, langwellige Strahlung. Aber ob dieses unsichtbare Licht den Feind sichtbar macht, darf bezweifelt werden. Wir schießen keinen mehr ab.

– Ausgezeichnet, sagte Osewoudt, um so eher ist der Krieg vorbei.

– So ist es. Lieber heute als morgen. Was machst du nach dem Krieg, wenn ich dich lebend durchbringe?

– Ich gehe zur politischen Polizei der Amerikaner in Deutschland.

– Witzbold. Du bist mir im Laufe der Zeit sehr sympathisch geworden, Osewoudt. Wir müssen immer gute Freunde bleiben. Wenn die Amerikaner kommen, müssen wir nicht für immer Abschied nehmen. Ich habe niemanden mehr auf der Welt, so wie du.

– Ja, ich weiß.

– Mir fällt auf, daß du mich nie mit meinem Vornamen anredest. Ich möchte meinen Namen aus deinem Mund hören. Keiner nennt mich mehr Waldemar.

Osewoudt schwieg.

– Du hättest sagen müssen, sagte Ebernuss, du hättest sagen müssen: Aber du nennst mich auch nie beim Vornamen. Darauf hätte ich dann erwidert: Du hast einen schönen Vornamen, aber dein Nachname ist schöner. Und außerdem möchte ich dich nicht beim Vornamen nennen, weil mir klar ist, wie viele andere Leute, die dich mochten, dich beim Vornamen genannt haben. Ich will mich nicht aufdrängen.

– Du mußt auf die andere Seite, sagte Osewoudt. Auf dieser Seite sind die ungeraden Nummern.

Ebernuss bremste, fuhr rückwärts aus der Ziezeniskade, in die er bereits eingebogen war, wendete und fuhr über die Brücke. Langsam holperte der Wagen über die vielen Schlaglöcher in der Lijnbaansgracht.

– Hat dich deine Mutter Henri genannt?

– Ja, meine Mutter hat mich Henri genannt, aber mir wäre lieber, wenn du nicht von ihr reden würdest.

– Ich dachte, es würde dir guttun, mit jemandem über deine

Mutter zu reden. Es muß lange her sein, daß du die Gelegenheit dazu hattest.

– Ich rede auch nicht über sie, wenn ich die Gelegenheit dazu habe.

– Du mußt sie sehr geliebt haben. Eine Mutter, die den Vater ermordet hat, das ist erst eine wahre Mutter! Wozu braucht eine Frau noch einen Mann, wenn sie einen Sohn hat! Bei den Bienen ist das genauso eingerichtet: Nach der Befruchtung stirbt das Männchen. Ich muß dir etwas gestehen. Viel mehr als für die kleine Jüdin habe ich mich für die Rettung deiner Mutter eingesetzt, damit sie dir erhalten bleiben sollte. Aber es war schon zu spät. Sie hat sich im Gefängnis umgebracht. Wenn ich deine Mutter hätte retten können, hätte ich für die kleine Jüdin keinen Finger krumm gemacht. Nicht mal, um dir ein Versprechen abzuringen oder um dich zur Mitarbeit zu bewegen.

Osewoudt beugte sich vor. Sie waren an der Ecke der Spiegelgracht. Ebernuss stoppte und schaltete den Suchscheinwerfer ein. Er richtete ihn auf eine Hausnummer und sagte: Es wäre viel besser für dich gewesen, wenn ich deine Mutter hätte retten können anstelle des Mädchens.

– Die Adresse ist fünf Nummern weiter, sagte Osewoudt. Ich würde dir nicht raten, den Wagen vor der Tür zu parken.

Ebernuss legte die Hand auf Osewoudts Knie. Er blickte nach vorn und ließ den Scheinwerfer, der starr auf die Hausnummer gerichtet war, eingeschaltet.

– Du hörst gar nicht zu, wenn ich mit dir rede. Das ist schade. Ich sag es noch einmal: Wir sind beide einsam in dieser Welt, und wenn der Krieg vorbei ist, ist für keinen von uns mehr Platz. Für keinen von uns beiden, verstehst du? Für mich nicht, aber auch nicht für dich. Näher will ich mich dazu nicht äußern, aber merk dir meine Worte. Du wirst noch an mich denken. Wenn wir einander im Stich lassen, hat keiner von uns mehr lange zu leben. Angenommen, die Amerikaner kommen nächste Woche, sie sind bereits 100 Kilometer über den Rhein vorgestoßen, und die Kanadier rücken in Twente vor. Wir haben jetzt April. Das Jahresende werde ich nicht erleben. Du aber auch nicht. Ich prophezeie es dir, und ich brauche dazu keinen Kaffeesatz. Du wirst noch an mich denken!

– Verflucht, beeil dich. Wohin willst du mit dem Wagen? Ihn etwa hier stehenlassen?

Ebernuss schaltete den Suchscheinwerfer aus, kuppelte und fuhr in die Spiegelgracht. Bei einem Baum am Wasser parkte er, und sie stiegen aus.

Es war ein kleiner DKW mit knatterndem Motor, der noch mit echtem Treibstoff fuhr, nicht mit Gas oder Holz. Er war schwarz und gelb lackiert und hatte ein niederländisches Nummernschild. Nichts ließ darauf schließen, daß es sich um einen Wagen der deutschen Polizei handelte.

Osewoudt schaute in den schwarzen Himmel, während Ebernuss die Wagentüren abschloß. Das Dröhnen der unsichtbaren Bomber wurde nun sehr stark, es hörte sich an, als würde eine Kreissäge von riesigen Ausmaßen über die Stadt gezerrt.

– Hier, sagte Ebernuss und drückte Osewoudt etwas in die Hand. Osewoudt spürte etwas Schweres und die Kälte von Metall in seiner Handfläche und blickte nach unten.

– Deine Leica. Steck sie ein oder halt sie in der Hand, wie du willst. Es ist ein neuer Film drin. Wenn es nach mir gegangen wäre, hättest du auch deine Pistole wiederbekommen. Na ja, nicht alles geht nach meinem Kopf.

– Was willst du jetzt eigentlich? fragte Osewoudt.

– Ich will raus aus der Sache, Osewoudt. Glaub mir doch. Mir reicht's. Der Krieg ist für mich vorbei. Ich bereue alles, was ich für die Gestapo getan habe. Du glaubst, du wärst in meiner Macht, aber in Wirklichkeit bin ich in deiner Macht. Ihr seid die Machthaber, nicht mehr wir.

– Wenn das so ist, dann geh zu deinem Auto und fahr nach Den Haag zurück, oder wohin du auch willst. Laß mich laufen. Laß mich in Ruhe. Nach dem Krieg werde ich schauen, was meine Freunde für dich tun können.

– Dich freilassen wäre nicht genug. Ich habe noch viel mehr wiedergutzumachen. Dein Fall ist nur eine Lappalie im Vergleich zu allem, was ich verbrochen habe.

– Nun gut, darüber kann man dann später mal reden.

– Nein, jetzt! Jetzt! Da ist etwas sehr Wichtiges, was du nicht weißt. Tu, was ich dir sage, führ mich bei diesen Widerstandskämpfern ein, sorg dafür, daß sie mich untertauchen lassen, sonst wird es dir später leid tun.

– Sind das Drohungen?

– Warum vertraust du mir nicht? Hier! Ich geb dir den Autoschlüssel.

Osewoudt nahm den Schlüssel und steckte ihn in die Hosentasche.

– Warum hast du so viele Bedenken, mich mit reinzunehmen? fuhr Ebernuss fort. Erzähl den Leuten getrost alles, was du von mir weißt. Wirklich! Haßt du mich denn so sehr, daß du mich partout umkommen lassen willst zusammen mit dem Rest der Hitlerclique? Womit habe ich das verdient? Ich war immer freundlich zu dir, oder? Ich hab alles getan, was in meiner Macht stand. Ich hab dafür gesorgt, daß deine schwangere Freundin aus dem Lager entlassen wurde. Ich hab dich nie geschlagen.

Osewoudt schwieg. Die Leica drückte er an die Brust, als sei der Apparat ein kleines Haustier, das er vor dem Tod errettet hatte.

– Es geht nicht einmal nur um mich, bedrängte ihn Ebernuss weiter. Er ergriff Osewoudts Ärmel mit Daumen und Zeigefinger. Wirklich, Osewoudt, es ist auch für dich ungeheuer wichtig. Das wirst du später verstehen.

– Wenn es so wichtig ist, dann erklär es mir jetzt sofort.

– Wozu soll das gut sein? Es ist nicht wichtig, daß du es weißt, aber sie müssen es wissen. Nicht du, sondern sie. Glaub mir doch, Osewoudt.

– Ich hab keine Zigaretten bei mir, sagte Osewoudt, gib mir eine.

Ebernuss blieb stehen, fischte ein Päckchen aus seiner Hosentasche und bot Osewoudt eine Zigarette an.

– Warum glaubst du mir nicht? Denkst du vielleicht, so, wie es jetzt aussieht, wo alles zusammenbricht, hätte es für mich noch irgendeinen Sinn, deinem Fall weiter nachzugehen und eine Anklage gegen dich zu konstruieren? Wieso meinst du, daß ich tatsächlich noch vorhabe, diesen Dorbeck aufzuspüren? Selbst wenn er existiert, selbst wenn er dein Doppelgänger ist, selbst wenn ich dich beschuldigt habe, Taten begangen zu haben, die er begangen hat, dachtest du, daß mich das noch interessiert? Sollen doch die Kommissionen, die nach dem Krieg die Orden verteilen, der Sache auf den Grund gehen! Sollen sie sich doch den Kopf darüber zerbrechen, ob Dorbeck existiert, und falls ja, müssen sie eben entscheiden, wer der größere Held ist, Dorbeck oder Osewoudt, oder ob beiden der gleiche Ruhm zukommt. Von mir aus!

Osewoudt ging einen Schritt in Richtung der Häuser, Ebernuss folgte ihm. Er entzündete ein Streichholz und gab Osewoudt Feuer.

– Ich lege die Karten offen auf den Tisch, sagte Ebernuss, mir geht es nur noch darum, meine Haut zu retten.

Das Haus, vor dem sie standen, hatte eine breite Treppe mit fünf Stufen, die zu drei Haustüren führte. Ebernuss zog an einer Schnur, die aus dem Briefkasten der mittleren Tür hing.

Die Tür öffnete sich. Sie traten in einen schmalen Hausflur, von dem eine steile Treppe nach oben führte.

Oben, am Ende der Treppe, stand ein Mann, der eine Kerze in der Hand hielt.

– Ist Moorlag hier? rief Osewoudt.

– Ja, der ist hier. Worum geht's?

– Ich bin Osewoudt! Ich möchte Moorlag sprechen! Osewoudt ging die Treppe hinauf, Ebernuss wartete im Hausflur. Der Mann oben war nun deutlicher zu sehen.

– Bist du's, Moorlag?

– Ja.

Osewoudt nahm jetzt zwei Stufen gleichzeitig.

– Mein Gott, ist das lange her, daß wir uns zum letzten Mal gesehen haben.

Osewoudt versuchte zu lachen, aber es gelang ihm nicht.

– Ja, Henri, das ist lange her. Es war bei Meinarends, ich erinnere mich noch genau.

– Ich auch, sagte Osewoudt. Weißt du auch, wie es Meinarends geht?

– Ja, er ist tot.

– Wirklich? Wie viele sind doch tot!

Osewoudt stand Moorlag direkt gegenüber. Moorlag hielt

die Kerze in der rechten Hand, die linke Hand hatte er in der Hosentasche. Osewoudt verschränkte die Arme über der Brust, die Leica in der einen, die Zigarette in der anderen Hand, und begriff, daß er Moorlag nicht die Hand geben konnte. Der angehende Theologe hatte sich in seinem Äußeren ziemlich stark verändert. Er trug eine Brille mit plumper schwarzer Fassung, und unter der Nase wuchs ihm ein enormer krauser Schnurrbart. Der dicke Pullover war aus noppiger ungefärbter Schafwolle und hatte einen engen Rollkragen, der ihm bis unters Kinn reichte. Osewoudt zog an seiner Zigarette und schaute sich um. Die Treppe führte direkt auf den Dachboden. Dort standen ein paar Tische und Holzbänke. An einem der Tische saßen ein paar Leute, beleuchtet von einer kleinen Petroleumlampe ohne Glas.

Moorlag blieb unbeweglich stehen.

– Das hier hätte ich dir nie zugetraut, sagte Osewoudt, ich dachte: Der sitzt den Krieg in Nieuw-Buinen ab.

– So.

– Du müßtest mal wissen, was ich durchgemacht habe. Wunderst du dich nicht, daß du mich siehst?

– Ich habe von dir gehört. Ich dachte, der schaut irgendwann vorbei.

Von wem hatte Moorlag etwas von ihm gehört? Osewoudt blickte auf die Leute am Tisch, drei Männer und zwei Mädchen. Er kannte niemanden aus dieser Gesellschaft. Auf dem Tisch lagen auch noch zwei Stapel Bücher.

– Was ich sagen wollte, ich habe jemanden bei mir. Er steht unten an der Treppe. Darf er heraufkommen?

– Was will er?

– Er muß mit jemandem reden, der hier ist oder bald kommen wird.

– Mit wem?

– Dorbeck.

Es war so kalt, daß sein Atem im Kerzenschein deutlich zu sehen war.

– Dorbeck? Nie gehört den Namen.

– Nie gehört? Weißt du denn nicht mehr, damals in Voorschoten? Damals habe ich dir doch bestimmt von Dorbeck erzählt? Er brachte mir Fotos zum Entwickeln, die ich später Stück für Stück zurückbekam. Der Offizier, der mir so ähnlich sieht!

– Daran kann ich mich nicht erinnern.

– Aber du erinnerst dich doch bestimmt an diesen Abend, als ich das Mädchen, das aus England gekommen war, nach Amsterdam gebracht habe. Elly Berkelbach Sprenkel. Sie hatte echte Silbergulden und einen Ausweis, bei dem man auf den ersten Blick sah, daß er gefälscht war. Sie nannte sich Sprenkelbach Meijer. Ein unauffälliger Deckname! Ich habe dich damals angerufen. Es war die Nacht, als die Moffen meine Mutter und Ria verhaftet haben. Du hast am nächsten Morgen in Den Haag am Bahnhof auf mich gewartet!

– Sicher, daran kann ich mich noch sehr gut erinnern.

– Als du am Bahnhof standest, hast du mir einen Briefumschlag gegeben, der für mich gekommen war, und in diesem Umschlag war auch so ein Foto.

– Ich erinnere mich noch vage an einen Briefumschlag. Was hast du da in der Hand?

– Meine Leica. Weißt du nicht mehr …

– Ja, ja. Noch immer dieselbe Leica?

– So, das weißt du also wenigstens noch. Darf der Mann kurz raufkommen?

– Was ist das für ein Mann?

– Halt den Mund und verrat es niemandem hier. Der Mann ist von der Gestapo.

– Sind da noch mehr Leute von der Gestapo? Draußen?

– Nein, natürlich nicht. Du brauchst keine Angst zu haben. Ich habe ihn völlig in meiner Gewalt. Er muß nur Dorbeck etwas mitteilen, dann schert er sich wieder zum Teufel.

– Ich sagte bereits, daß hier kein Dorbeck ist.

– Laß den Mann wenigstens kurz raufkommen. Dann ist er überzeugt.

– Na gut. Du setzt dich irgendwohin. Ich hab noch was anderes zu tun.

Moorlag drehte sich um und verschwand in einen dunklen Bereich des Dachbodens.

Osewoudt beugte sich ins Treppenhaus, rief: He, komm

nur! und ging, ohne auf Ebernuss zu warten, zu einem der Tische.

– Ich heiße van Druten, sagte Osewoudt und blieb in einem Schritt Abstand vor dem Tisch stehen.

Die drei jungen Männer und die beiden Mädchen murmelten etwas Unverständliches und blieben sitzen.

Osewoudt setzte sich ebenfalls, an denselben Tisch, obwohl es naheliegender gewesen wäre, wenn er sich an einen freien Tisch gesetzt hätte.

– Du hast gut reden, aber Roland Holst wurde im Krieg neu aufgelegt, Rilke ist nirgends mehr komplett zu bekommen.

Der junge Mann legte die Hand auf den einen Bücherstapel, eine Rilke-Gesamtausgabe. Ein anderer nahm einen Gedichtband von Roland Holst von dem anderen Stapel.

– Er ist nicht neu aufgelegt worden. Das sieht man am Papier. Es ist Vorkriegspapier. Nur der Einband ist nicht aus der Vorkriegszeit, er ist aus Karton. Na ja. Ich bleibe dabei: Ich lege dreihundert Gulden drauf, aber das ist mehr als genug!

– Dreihundert Gulden? Was kann ich mir dafür kaufen? Höchstens dreihundert Gramm Tabak, das ist alles, was ich dafür kriegen kann!

– Tja, den kannst du dann aufrauchen, während du Adriaan Roland Holst liest!

– Armer Alfred! Er muß Rilke ohne Zigarette lesen. Wie ungemütlich!

– Die Kultur ist eine großartige Errungenschaft der Menschheit, sagte ein anderer und rülpste nach diesen Worten. Er hatte eingefallene picklige Wangen und dichtes, abstehendes Kraushaar.

Eines der Mädchen sagte: Simon spricht weise Worte. Er wäre unbezahlbar, wenn er sich nicht so oft wiederholen würde.

– Halt du die Klappe. Nutte. Schlampe, sagte Simon. Er sprach die Schimpfwörter aus, ohne die Stimme zu heben. As I was saying, fuhr er im gleichen Tonfall fort, listening to repeating is often irritating, always repeating is all of living, everything in a being is always repeating, more and more listening to repeating gives to me completed understanding. Gertrude Stein. Was ist denn jetzt los?

Die ganze Gesellschaft folgte seinem Blick.

Ebernuss und Moorlag kamen zusammen an den Tisch. Moorlag trug zwei Steingutflaschen Genever.

Ebernuss wurde als ›Naaborg‹ vorgestellt und setzte sich.

Moorlag blieb stehen und stieß Osewoudt an die Schulter.

– Komm mal kurz mit, hilf mir beim Gläsertragen.

– Gut. Gern.

Osewoudt stand auf und ging mit ihm zu einem Bereich des Dachbodens, der vom Kerzenlicht nicht mehr erhellt wurde.

– Ihr seid ja noch hervorragend versorgt. Genever!

– Wir haben auch was Besonderes verdient. Meinst du nicht auch, Henri?

– Warum benimmst du dich mir gegenüber so merkwürdig? Es würde mehr als eine Woche dauern, wenn ich dir alles erzählen wollte, was ich durchgemacht habe. Meine Mutter ist in der Haft umgekommen.

– Da stehen die Gläser. Mach mal die Tür dort auf. Osewoudt sah rechtwinklige leuchtende Ritzen im endlosen Dunkel.

Er tastete, fühlte Holz, fand schließlich die Klinke und öffnete die Tür.

Hinter der Tür war eine Art kleine Küche mit Wandborden für das Geschirr. Neben dem Spülstein stand eine Acetylenlampe, deren Licht blendete. Trotz des grellen Scheins sah Osewoudt den Mann, der vor dem Spülstein stand und sich nun umdrehte. Auch er trug einen Pullover, jedoch schwarz und bis zum Hals geschlossen. Er war ebensogroß wie Osewoudt, hatte schwarzes Haar und einen kurzen schwarzen Spitzbart. Er wandte den Kopf, ohne sich ganz umzudrehen, und sah Osewoudt mit grünen Augen an.

– Dorbeck! Ich wußte nicht, daß du schon hier bist!

Dorbeck legte den kleinen Behälter einer Acetylenlampe, den er mit Wasser gefüllt hatte, nieder und trat einen Schritt auf Osewoudt zu. Er ergriff ihn am Ellbogen und fixierte ihn mit starrem Blick.

– Auch jetzt ist keine Zeit, viel zu reden, Osewoudt. Du bist mit einem Deutschen hier, der dich schon neun Monate gefangenhält.

– Nein. Er will alles für mich tun. Er will desertieren!

– Wir brauchen ihn nicht. Hier, schau mal!

Dorbeck zog eine Tabakdose aus Nickel aus seiner Tasche und nahm ein Päckchen Rizla-Zigarettenpapier heraus. Die Dose steckte er wieder ein, das Päckchen Zigarettenpapier öffnete er. Nun sah Osewoudt, daß es kein Päckchen Zigarettenpapier war, sondern ein getarntes kleines Kuvert, in dem grüne Kristalle glitzerten.

– Streu das Ebernuss ins Glas. Warte danach noch eine Viertelstunde und verlaß dann das Haus. Hier sind die Gläser.

– Aber Dorbeck …

– Ich verstehe, daß du mir viel zu erzählen hast, aber nicht jetzt. Verdirb nicht alles durch deine Widerrede. Bis jetzt hast du dich prächtig geschlagen. Du warst meine größte Stütze. Mach auch das noch für mich. Glaub nicht, was Ebernuss sagt, er lügt, er hält dich zum Narren. Je eher er liquidiert wird, desto besser. Im allgemeinen ist es nicht so günstig, Deutsche zu liquidieren, aber der hier weiß zuviel. Hier sind die Gläser.

Dorbeck griff zum obersten Regal und nahm ein Tablett mit acht Schnapsgläsern herunter.

– Streu es jetzt noch nicht hinein, du könntest dich beim Hinstellen der Gläser irren. Warte bis zu seinem dritten oder vierten Schnaps. Bis gleich.

Osewoudt nahm das Tablett mit den Gläsern und ging durch die Tür, die Dorbeck ihm aufhielt. Während er mit Mühe seinen Weg über den dunklen Dachboden suchte, merkte er, daß sich seine Augen mit Tränen füllten.

– Verdammt, murmelte er, ohne zu begreifen, was die Tränen hervorrief.

Er dachte: Im Gefängnis bin ich zu einem Wrack geworden.

Die Gesellschaft am Tisch spielte inzwischen mit seiner Leica. Simon trank schon aus einer der Steingutflaschen, die er sich an die Lippen setzte.

– Foto knipsen, sagte er quengelig und reichte die Flasche dem jungen Mann, der Rilke verkaufen wollte. Schöne Erinnerung für später! Gib mir mal die Leica!

– Nein, die gehört dem Meneer, sagte das Mädchen.

Osewoudt stellte jedem ein Glas hin und setzte sich. Ebernuss nahm die andere Flasche und schenkte mit unsicherer Hand ein. Alle Gläser waren bis zum Rand gefüllt und standen in kleinen Lachen.

Nun hatte das Mädchen die Leica in der Hand.

– Ich weiß was, rief Simon. Jeder muß seine Streichhölzer beisteuern. Viele Streichhölzer sind genausogut wie Blitzlicht.

– Das ist eine Tatsache, sagte Moorlag.

Ebernuss schenkte nach, und alle suchten in ihren Taschen nach Streichhölzern.

– Ich habe keine Streichhölzer, sagte Osewoudt. Er hatte es schon vorher gewußt, wollte sich aber vergewissern, ob das Rizla-Päckchen mit den grünen Kristallen noch da war. Er nahm die Hand wieder aus der Hosentasche; das kleine Kuvert hatte er in der Handfläche versteckt.

Inzwischen war ein ganzer Haufen Streichhölzer zusammengekommen. Simon legte sie so, daß sämtliche Köpfe auf einer Seite waren, streifte ein Gummiband darüber und stellte das Bündel aufrecht auf den Tisch.

Der Mann, der Rilke verkaufen wollte, streckte die Hand nach der Leica aus.

– Ist es dir recht, wenn ich das Bild mache? Ich hab schon öfter fotografiert.

– Nur zu, sagte Osewoudt. Er schielte zu Ebernuss, der neben ihm saß, aber Ebernuss machte keine Anstalten, sein Gesicht zu verstecken.

– Fertig?

Der Verschluß der Leica, die auf dem Stapel Rilke ganz ruhig gehalten wurde, öffnete sich klickend.

– Du mußt die Lampe ausblasen! sagte Moorlag und blies die Lampe aus. Simon zündete ein Streichholz an und hielt es an das Bündel Zündhölzer auf dem Tisch, das zischend zu brennen begann, fast erlosch, noch einmal zischte und dann tatsächlich ein blendendes Licht gab.

Große grüne Flecken blieben im Dunkeln zurück. Der Verschluß der Kamera klickte mit einem Geräusch, als ob er das Bild verschluckt hätte.

Osewoudt hielt die Hand über Ebernuss' Glas, öffnete mit dem gekrümmten Mittelfinger das Rizla-Päckchen, wartete, bis er annahm, daß die Kristalle herausgerieselt waren, und steckte dann die Hand in die Hosentasche. Simon zündete die Petroleumlampe wieder an, und alle mußten wegen des Schwefelgestanks husten.

– Allmächtiger, was für ein Gestank! Da hat sich Simon wieder was ausgedacht!

– Schnell einen Schluck Genever!

– Ich hoffe, daß die Kamera jetzt nicht verdorben ist, sagte Osewoudt, nahm den Apparat vom Bücherstapel und hustete noch heftiger als vorher.

Er stand auf, rief: Hier kriegt man ja keine Luft! und rannte, die Kamera an die Brust gedrückt, über den Dachboden.

Im Treppenhaus war niemand. Niemand sah ihn nach unten gehen. Geräuschlos ging er die völlig dunkle steile Treppe hinab.

– Bist du das, Osewoudt?

– Ja. Stehst du da?

– Ja, du bist fast unten.

Dorbeck öffnete die Haustür und ging hinaus. Noch fünf Stufen, und Osewoudt stand auch auf der Straße. Dorbeck streckte die Hand aus und schloß die Tür ohne das geringste Geräusch. Dorbeck trug einen langen dunklen Regenmantel, unter dem er deutlich sichtbar einen großen Gegenstand verbarg.

– Hat es geklappt?

– Ja.

– Gib mir das Rizla-Päckchen wieder.

Osewoudt reichte es Dorbeck und gab ihm auch noch Ebernuss' Autoschlüssel.

Sie rannten über die Straße, bogen um die Ecke und krochen ins Auto.

– Hier, sagte Dorbeck und holte den großen Gegenstand unter seinem Mantel hervor, damit erschießt du sofort jeden, der uns aufhalten will. Kurbel das Fenster auf deiner Seite runter.

Osewoudt legte die Sten Gun auf seine Knie und kurbelte das Fenster herunter.

Es war fast halb sieben, und es wurde langsam hell. Hier und da waren Leute auf der Straße, die dem Wagen nachblickten, denn Autos gab es sonst nicht in der ausgehungerten Stadt.

Osewoudt schaute Dorbeck an, der leicht vorgebeugt am Steuer saß und die Kurven mit quietschenden Reifen nahm. Durch das offene Fenster drang die Morgenluft, vermischt mit dem säuerlichen Gestank des Mülls, der überall in den Gossen lag.

– Bist du noch oft in England? fragte Osewoudt.

– In letzter Zeit nicht mehr. Ich hab meine Kontakte jenseits der Flüsse.

– Wie ist das Leben in den befreiten Provinzen?

– Wie hier: Verdunkelung. Auf das Ende des Krieges warten. Ich bekomme wenig davon mit, ich meine davon, wie die Leute leben. Ich komme nur mit Soldaten zusammen.

– Aber die Leute dürfen sicher die ganze Nacht weggehen, und sie haben natürlich reichlich zu essen?

– Von reichlich kann nicht die Rede sein, aber manche Dinge bekommt man durchaus. Sie fangen schon wieder an zu nörgeln, wie vor dem Krieg.

– Wie kommt man am leichtesten dorthin?

– Kein Problem. In jedem kleinen Dorf hilft man dir weiter, wenn du ein Boot brauchst, um überzusetzen.

– Patrouillieren die Deutschen denn nicht?

– Und wenn schon. Ich hab meine Verbindungen, hundert Prozent sicher.

– Du hast immer noch alles im Griff.

– So ist es. Für mich ist der Krieg eine vollkommen gelungene Operation. Ich habe am 14. Mai 1940 nicht kapituliert. Ich gehöre zu den Siegern. Du auch.

– Ich auch? Es ist lächerlich, aber ich muß mich noch immer daran gewöhnen, daß ich wieder ein freier Mann bin. Vielleicht liegt es daran, daß ich im Auto von Ebernuss sitze, auch wenn der Wagen jetzt uns gehört. Verdammt, ich bin müde. Ich habe neun Monate in einer Zelle gehockt. Wohin fahren wir?

– Zur Bernard Kochstraat. Kennst du die?

– Nein. Ich kenne mich in Amsterdam nicht gut aus.

– Ruhige Straße.

– Wie ist das Leben in London? Ich war noch nie im Ausland.

– Das Leben in London? Viele Nachtclubs mit lärmenden Luftwaffenoffizieren, die sich ganz schön was einbilden, weil ihre Vorgänger, die die Schlacht um England gewonnen haben, nicht dabeisitzen, denn die sind inzwischen gefallen.

– Kannst du nicht dafür sorgen, daß ich zu den Alliierten komme?

– Daran habe ich auch gedacht.

– Ich möchte einfach in den Militärdienst. Das ist für mich die einzige Möglichkeit, noch etwas Nützliches zu tun. Vielleicht schauen sie in Kriegszeiten nicht so genau hin, vielleicht macht es nichts mehr aus, daß ich einen halben Zentimeter zu klein bin.

– Kann sein.

– Ich meine: für weitere Arbeit im Widerstand bin ich nicht mehr einsetzbar, das wußte ich bereits, als die Deutschen mein Foto in den Kinos zeigten. Und jetzt noch viel weniger. Was werden sie eigentlich tun, wenn sie Ebernuss vermissen?

– Die Jungs lassen Ebernuss spurlos verschwinden. Sei unbesorgt.

– Na gut, aber ich kann nicht in den Niederlanden bleiben. Du übrigens auch nicht. Es ist nämlich so: Das Bild, das im Kino gezeigt wurde, war gar kein Foto von mir, auch wenn mein Name dabeistand. Es war ein Foto von dir. Und Ebernuss war dahintergekommen, daß nicht ich auf dem Foto war, und er vermutete sogar, daß ich einen Doppelgänger habe.

– Man hat dich also wegen Dingen verhört, die ich getan habe?

– Es gab eine Gegenüberstellung mit einem gewissen Roorda, den ich vorher noch nie gesehen hatte. Er hat behauptet, mich wiederzuerkennen.

– Roorda. Soso. Gut, daß ich das weiß.

– Du kennst Roorda also?

– Ich denke schon.

– Gib mir deine Kontaktadressen. Ich muß aus dem besetzten Gebiet verschwinden. Ich will zusammen mit einer Freundin fliehen, einem jüdischen Mädchen, das unter falschem Namen in Leiden lebt. Ich will mit ihr zusammen fliehen. Sag mir, wie ich am leichtesten auf die andere Seite der Flüsse komme. Nenn mir eine Parole oder eine andere Möglichkeit, mich zu legitimieren. Ich will zusammen mit ihr fliehen. Wegen ihr will ich möglichst wenig riskieren.

– Das kann ich verstehen.

Der Wagen bog um die Ecke und fuhr durch eine düstere Straße; auch in der Mitte befand sich ein Gehsteig mit hohen Bäumen. Die Häuser waren mit schwarzer Teerfarbe gestrichen, und die Haustüren, die alle gleich aussahen, waren moosgrün.

Dorbeck hielt an und zog den Zündschlüssel heraus.

– Laß das Gewehr nur liegen, kurbel das Fenster hoch.

Dorbeck schloß eine Haustür auf. Dann gab er Osewoudt den flachen Schlüssel.

– Hier, das ist ab jetzt deiner.

Sie gingen eine Holztreppe hinauf. Im Haus roch es, als sei monatelang kein Mensch hiergewesen.

In einem kleinen Flur waren drei orangefarben gestrichene Türen, die halb offenstanden. Mit einem Blick war zu sehen, daß sie zu einer kleinen Küche, einem Schlafzimmer mit gemachtem Bett und einem Wohnzimmer führten.

Dorbeck ging in das vordere, das Wohnzimmer und setzte sich an den quadratischen Tisch, mit dem Gesicht zum Fenster, das kein Fenster war, sondern ein vorspringender Erker mit kleinen Scheiben. Osewoudt blieb mit der Leica in der Hand stehen; er schaute Dorbeck an. Dann fiel sein Blick auf einen abgewetzten Koffer, der neben dem Tisch stand. In einer Ecke des Zimmers war ein Kaminsims, über dem ein Spiegel hing, der in dem niedrigen Raum bis an die Decke reichte.

– Wer wohnt hier?

– Du. Hör gut zu, was ich dir jetzt sage, ich habe nicht viel Zeit.

– Mußt du wieder weg?

– Ja, so schnell wie möglich.

– Schade! Dies ist ein historischer Augenblick. Eigentlich müßte man ihn verewigen.

Osewoudt richtete die Leica auf den Spiegel und stellte sie ein.

– Viel zu dunkel hier, sagte Dorbeck.

– Nein, kein Problem. Beweg dich nicht!

Aus dem Spiegel sah Dorbeck ihn an. Ihre Köpfe waren dicht beieinander. Osewoudts Haare waren wieder völlig blond, doch trotzdem und trotz Dorbecks Bart war die Ähnlichkeit noch immer frappierend. Es schien tatsächlich so, als stünde dort derselbe Mann zweimal, das eine Mal maskiert. Und dennoch – hätte man erraten müssen, welches Gesicht verwandelt war und welches echt, hätte man eher das bartlose, blasse Gesicht für das verwandelte gehalten. Eine Sekunde lang rührten sie sich nicht und starrten einander im Spiegel an. Mit einem Gefühl der Ekstase hielt Osewoudt den Auslöser gedrückt; er dachte: Nun bin ich endlich vollständig, wenn auch nur auf einem Foto. Der Verschluß klickte.

– Danke, sagte er.

Dorbeck lockerte seine Haltung und gähnte.

– Mach mal den Koffer auf! Du wirst dich wundern!

Osewoudt legte den Fotoapparat auf den Tisch, bückte sich und öffnete den Koffer.

Frauenkleidung kam zum Vorschein: zwei Hemden, zwei weiße Unterhosen, zwei gestärkte weiße Schürzen, eine schwarze Strickjacke, zwei Kleider aus blaugrauem Leinen, schwarze Strümpfe, Halbschuhe, ein blauer Mantel, ein blauer Schleier, sechs weiße gestärkte Hauben mit Bändern daran. Osewoudt hielt das Kleid hoch. Eine Emaillebrosche mit einem gelben Kreuz rollte hinab und fiel zu Boden.

– Das ist doch eine Schwesterntracht. Wofür brauchst du die?

– Ich brauche sie überhaupt nicht. Du! Du sollst sie anziehen und bis zum Ende des Krieges anbehalten.

– Du bist wohl verrückt.

– Was willst du denn sonst machen? Hier im Haus hocken und verhungern? Oder so, wie du bist, auf die Straße gehen und dich wieder einbuchten lassen? Glaub nicht, daß ich dich noch mal befreien kann, auf so was solltest du dich nicht verlassen.

– Das sehe ich ein, es ist schon das zweite Mal.

– Das zweite Mal? Wie meinst du das?

– Na, das erste Mal hast du mich doch aus dem Krankenhaus geholt? In Den Haag? Onkel Kees und Cor?

– Einen Onkel Kees und einen Cor kenne ich nicht. Mit dieser Befreiung habe ich nichts zu tun.

– Tatsächlich nicht? Dann werde ich dir mal was erzählen. Kaum saßen wir im Auto, da ließen sie sich deutlich anmerken, daß sie etwas anderes erwartet hatten. Sie sprachen es nicht direkt aus, aber es war überdeutlich: Sie hatten damit gerechnet, nicht mich aus dem Krankenhaus zu befreien, sondern dich, sie fühlten sich als Opfer einer Verwechslung. Sie waren enttäuscht, sie wollten mir nicht mal eine sichere Unterkunft besorgen. Ich war ihnen nicht wichtig genug.

– Haha, sie waren verrückt! Du nicht wichtig genug! Hast du etwa Lagendaal nicht liquidiert? Hast du nicht in Haarlem mitgemacht?

– Natürlich, aber das konnte ich nicht sagen.

– Wie auch immer, es ist mir ein Rätsel. Ich kenne keinen Onkel Cor und Onkel Kees.

– Hast du dann vielleicht eine Ahnung, wie die Deutschen dazu gekommen sind, mich zu suchen? Sie suchten mich bereits, als sie noch nicht wußten, daß Lagendaal tot ist. Sie haben meinen Namen auf dem Bahnhof in Amsterdam ausrufen lassen. Sie wußten über die Geschichte in Haarlem Bescheid.

– Armer Osewoudt! Das weißt du noch nicht einmal? Deine eigene Frau hat dich denunziert! Ria! Zusammen mit dem Sohn des Drogisten! Sie steht wieder wie früher im Tabakladen! Mit diesem Kerl! Als ob nichts geschehen wäre! Sie erzählt überall herum, du wärst schon längst tot!

– Was sagst du da? Verdammt! Als ich aus dem Krankenhaus kam und nach Leiden fuhr, habe ich in Voorschoten gesehen, daß im Tabakladen wieder jemand war. Ich hab mich schon gefragt, wie das sein konnte!

Verdammt! Der Sohn des Drogisten hat gesehen, wie ich in Haarlem auf die blaue Tram aufgesprungen bin. Er ist mir nach Zandvoort gefolgt. Er hat mich angesprochen und wollte mich aushorchen. Verflucht auch.

– Ria hat sich nur zum Schein verhaften lassen. So wurde sie auch gleich deine Mutter los. Die Deutschen haben Ria später freigelassen, angeblich aus Mangel an Beweisen.

Osewoudt setzte sich nun auch auf den Tisch neben Dorbeck, und er schlug die Hände vors Gesicht, um nachzudenken.

Dann sagte er: Ich will nach England, mit Marianne. Ich will nie mehr in die Niederlande zurückkehren.

– Selbstverständlich helfe ich dir, nach England zu kommen, so schnell ich kann, sagte Dorbeck, aber in der Zwischenzeit müssen wir uns was anderes überlegen. Zieh die Schwesterntracht an. Sie paßt dir wie angegossen, dafür habe ich gesorgt.

– Na ja, du hast wohl recht. Ich werde den Plunder anziehen, wenn ich mal raus auf die Straße muß.

– Das hast du dir so gedacht!

Dorbeck ließ sich vom Tisch gleiten und baute sich vor Osewoudt auf, mit geballten Fäusten, die er an die Brust drückte.

– Das hast du dir so gedacht! Du willst doch nicht kneifen? Du würdest dich jetzt am liebsten für immer verkriechen, weil die Deutschen dich ein wenig eingesperrt haben. Du rechnest wohl damit, daß künftig die anderen für dich die Kastanien aus dem Feuer holen. Was ist mit dir los? Zieh die Klamotten an, sage ich! Ich will mir sicher sein, daß sie dir passen! Glaubst du, ich hätte mir sonst die ganze Mühe gemacht? Ich kann in Schwierigkeiten kommen. Es kann sein, daß ich dich irgendwann brauche. Was wirst du dann machen? Dich in Frauenkleidern auf die Straße wagen? Ja oder nein? Dorbecks Fäuste begannen zu zittern, ansonsten bewegte er sich nicht und sah Osewoudt mit seinen tiefgrünen Augen unverwandt an.

– Bin ich etwa ein Weib? schrie Osewoudt.

– Natürlich nicht. Aber dir wächst kein Bart. Und im Stimmbruch warst du auch nie. Wäre für jemanden wie dich eine perfektere Tarnung denkbar?

– Also gut, reg dich nicht auf.

Osewoudt rutschte vom Tisch, zog Jackett und Pullover aus, band die Krawatte ab und knöpfte das Hemd auf.

Mit geschlossenen Augen zog er die Schwesternunterwäsche

an, die nach Lavendel roch, dann die Schwesternbluse und den Trägerrock.

– Warum steckst du meine Sachen in den Koffer?

Unbeirrt legte Dorbeck alles, was Osewoudt ausgezogen hatte, in den leeren Koffer.

– Ich bring nachher deine Sachen schon mal weg. Heute oder morgen abend hole ich dich. Du kannst die Sachen wieder anziehen, wenn wir im befreiten Teil sind.

– Ich will Marianne mitnehmen.

– Ich hab dir doch gesagt, daß ich nichts dagegen habe! Gib mir ihre Adresse. Ich hole sie ab.

Osewoudt gab ihm die Adresse des Friseurs in Leiden.

Dorbeck sagte: Ich kümmere mich drum. Heute abend komme ich wieder. Gib mir auch deine Schuhe und Socken.

Osewoudt zog auch Socken und Schuhe aus. Dorbeck ließ den Kofferdeckel zufallen.

– Ach, eh ich's vergesse. Hier hast du eine Lebensmittelkarte und einen Ausweis. Du brauchst nur deinen Fingerabdruck draufzusetzen, ansonsten sind die Papiere von echten nicht zu unterscheiden. Schau mal, was für ein prächtiges Foto!

Osewoudt betrachtete das Foto: sein eigenes Gesicht, umrahmt von der weißen Schwesternhaube. Er las den Namen, den er künftig tragen würde. Clara Boeken, Beruf: Gemeindeschwester.

– Komm, setz zum Spaß auch die Haube kurz auf, sagte Dorbeck. Du müßtest mal sehen, wie ähnlich das Foto ist!

Er hielt den Ausweis neben den Spiegel.

Osewoudt setzte die Haube einen Augenblick auf, grinste und nahm sie wieder ab.

– Wie kommt es, daß mir die Schwesterntracht so gut paßt?

– Ganz einfach! Ich hab sie vorher anprobiert!

– Das hätte ich gern gesehen! Mit dem Bart!

– Hahaha. Ich gehe jetzt. Bis heute abend.

Dorbeck nahm den Koffer und verließ das Zimmer, ohne Osewoudt die Hand zu geben.

– Dorbeck!

Dorbeck schien ihn nicht zu hören, er war bereits auf der Treppe. Osewoudt wollte ihm folgen, aber er hatte den Unterrock der Schwesterntracht nicht richtig befestigt, so daß dieser rutschte. Fast wäre er darüber gestolpert. Als er den Rock wieder hochgezogen hatte, schlug Dorbeck bereits die Haustür zu. Mühsam, beide Röcke gerafft, nicht imstande, den Verschluß zu finden, ging Osewoudt ins Zimmer zurück und schaute aus dem Seitenfenster des Erkers auf die Straße. Seine kalten, nackten Füße rieb er abwechselnd gegeneinander. Das Auto von Ebernuss stand noch vor dem Haus. Osewoudt klopfte heftig an die Fensterscheibe. Aber der Wagen setzte sich in Bewegung, beschleunigte und bog um die Ecke.

– Du hättest mir wenigstens eine Pistole geben können! rief er. Seine Stimme klang dumpf in dem kleinen Raum.

Er blieb einen Augenblick mit gesenktem Kopf stehen, ging dann zum Spiegel. Es fröstelte ihn, und er knöpfte die Schwesterntracht so gut wie möglich zu. Vor allem die Bluse kostete ihn Mühe, weil die Knopflöcher auf der rechten und die Knöpfe auf der linken Seite waren. Sogar die Brosche mit dem gelben Kreuz steckte er sich an, und schließlich zog er auch die schwarzen Wollstrümpfe und die flachen Schuhe an. Er bekam Angst, daß ihn jemand mit seinen für eine Krankenschwester doch recht kurzen Haaren sehen könnte, deshalb setzte er die Haube auf. Nun war zwischen seinem Spiegelbild und dem Paßfoto tatsächlich kein Unterschied mehr zu erkennen.

Eine Viertelstunde lang musterte er sich so und kam zu dem Schluß, daß er eigentlich ganz passabel aussah. Er lachte, er lächelte, er betrachtete sich von hinten, hob erst das eine, dann das andere Bein und schaute sich seine Waden an. Dann ging er zum Tisch zurück und zog die schwarze Strickjacke an. Erst jetzt bemerkte er, daß auch noch eine schwarze Tasche in dem Koffer gewesen war, eine, die mit einem Riemen über der Schulter getragen wurde. Er öffnete die Tasche. Sie enthielt ein sauberes weißes Taschentuch, Lebensmittelkarten, ein Bündel Banknoten, zwei Schachteln englische Zigaretten, Streichhölzer, einen Kamm und einen Dolch von einer Machart, die er noch nie gesehen hatte. Die Waffe hatte einen großen Griff aus schwarzem Gummi. Die Klinge war nicht länger als sein Daumen, jedoch unglaublich scharf, und wurde nach oben so breit wie ein Rasiermesser. Es würde nicht schwierig sein, jemandem damit eine tödliche Verletzung zuzufügen. Die Klinge war mit einer Feder in dem weichen Griff befestigt. Damit sie heraussprang, brauchte man nur mit dem Daumen auf das andere Ende des Griffs zu drücken. Wie man dieses seltsame Instrument benutzte, war offensichtlich: Man konnte damit zustechen, ohne daß das Opfer den Stahl zu sehen bekam; man hielt ihm einfach den Griff an den Körper und ließ dann die Klinge hervorschnellen.

– Eine Pistole wäre besser gewesen, aber das hier ist immerhin etwas, dachte er. Er fand die Waffe praktisch.

Er schaute auf die Armbanduhr und sah, daß es halb acht war. Die Uhr war der einzige männliche Gegenstand, der sich noch in seinem Besitz befand. Sie könnte ihn verraten, dachte er. Aus Angst, es sonst zu vergessen, nahm er sie sofort vom Handgelenk und steckte sie in die Umhängetasche. Dann beschloß er, sich im Haus umzuschauen.

In der Küche fand er Brot, kalten Brei und ein Stückchen Margarine auf einem kleinen Teller. Nicht viel, aber für einen Tag reichte es. So konnte er es vermeiden, in seinem Aufzug auf die Straße zu gehen. Er entzündete ein Streichholz und drehte den Hahn des Gasherdes auf. Kein Gas. Gab es nicht mal mehr Gas in der Stadt?

Er ging in das vordere Zimmer zurück und schaute in den kalten Ofen. Der Ofen war mit trockenem Holz und Papier gefüllt. Eine Schütte mit Koks stand daneben. Er heizte den Ofen an und wärmte den Brei auf.

Abends um sieben war Dorbeck noch nicht gekommen, um ihn abzuholen. Osewoudt hatte sich im Schlafzimmer ins Bett gelegt, angekleidet, aber zugedeckt. Hin und wieder döste er ein. Wenn er wach wurde, entzündete er ein Streichholz und schaute auf die Armbanduhr. Darüber wurde es elf und dann zwei Uhr. Dorbeck kam nicht.

Am nächsten Morgen stand Osewoudt halb zehn auf, ging in die Küche und hielt den Kopf unter den Wasserhahn. Dann trottete er, in Gedanken ständig bei Marianne, durch die Küche, das Schlafzimmer und das vordere Zimmer.

Als er zum zehntenmal durch den Flur ging, schaute er über

das Treppengeländer hinunter. Er sah etwas Weißes auf der Matte an der Haustür liegen. Unhörbar ging er die Treppe hinab: Die Nachbarn glauben, daß hier niemand wohnt, dachte er.

Es war ein Briefumschlag von kleinem Format, der eine getippte Nachricht enthielt:

Marianne Sondaar liegt in der Emmaklinik, Oranje Nassaulaan 48, zur Entbindung. *Dorbeck*

Der Wind spielte mit dem Schleier. Hin und wieder legte sich das Tuch über sein Gesicht, und Osewoudt schlug es zurück. Das feine Gewebe roch so, wie ganz neuer Stoff riecht. Tadellos gebügelt, zeichneten sich die Falten vom Zusammenlegen noch deutlich ab und bildeten rechte Winkel.

Eine Viertelstunde zuvor hatte es kurz geregnet. Nun schien die Sonne, zwar nicht verschwenderisch, aber doch angenehm. Das nasse, glitzernde Pflaster ließ ihn blinzeln.

Auf der Straße war es still. Nur ein Hund und eine Taube erzeugten Geräusche, Menschen waren kaum unterwegs. Wenn ihm jemand begegnete, prüfte Osewoudt mit einem nervösen Seitenblick, ob der Passant ihm vielleicht besondere Aufmerksamkeit widmete. Doch niemand beachtete ihn. Die Leute hielten ihn für eine ganz normale Gemeindeschwester, die vielleicht gerade einen Krankenbesuch machte.

Er fror nicht, und obwohl er so gut wie nichts gegessen hatte, verspürte er keinen Hunger. Zum erstenmal gehe ich allein und in Freiheit durch die Straßen, dachte er, es ist nur so, als ob ich lange krank gewesen wäre. Ich bin mit dem Leben davongekommen! Die Amerikaner sind in Hannover! Der Krieg ist übermorgen vorbei oder vielleicht auch nächste Woche, aber lange dauert es nicht mehr. Alles fängt ganz von vorn an!

Wie würde sein Neuanfang aussehen? Dorbeck hatte ihm ein neues Leben geschenkt. Neu anfangen mit Marianne und dem Kind! Bald, nach dem Abzug der Deutschen, würde es so sein, als wäre er neugeboren und doch sofort ein erwachsener Mann, ein Mann, der nicht nur den Krieg überlebt hat, sondern der auch zu den Siegern gehört. Ein Mann, der alle Schwierigkeiten gemeistert hat! Was sollte so einem Mann in Friedenszeiten passieren? Künftige Probleme würden sich in nichts auflösen, wenn er sie nur anschaute.

Er griff nach der Klinke eines Blumenladens. Die Tür war geschlossen. Er blickte in das Schaufenster, wo ein paar leere

Vasen und Töpfe mit Pflanzen ohne Blüten standen. Trotzdem klingelte er, doch niemand öffnete.

Auf dem Willemsparkweg fand er einen zweiten Blumenladen. Auch dieser war geschlossen, auch hier stand nichts im Schaufenster. Nachdem er geklingelt hatte, schlurfte ein alter Mann mit einer Tonpfeife im Mund herbei. Die Pfeife war ihm ausgegangen.

– Guten Tag, Schwester.

– Ach, Meneer, ich wage kaum noch zu hoffen, daß Sie mir helfen können, aber ich war schon ganz umsonst in so vielen Blumenläden. Ich verstehe ja, daß es schwierig ist, in dieser Zeit an Blumen zu kommen, aber ich hätte so gern ein paar Blümchen. Für ein kleines Kind, das im Krankenhaus liegt ... Ich würde dem Kind so gern etwas mitbringen!

Der Mann nahm die Pfeife aus dem Mund.

– Ja, Schwester, das kann ich gut verstehen. Blumen sind nicht mehr zu bekommen. Es gibt zwar welche, aber man muß sie sich selbst in Aalsmeer holen. Ich bin krumm vom Ischias, mein Fahrrad hat keine Reifen, und sehen Sie mal, wie mager ich geworden bin!

Er zog seine Strickjacke nach vorn und zeigte, wieviel leeren Raum sie umfaßte.

– Trotzdem will ich Ihnen einen Gefallen tun, Schwester, wenn Sie unbedingt ein paar Blümchen haben möchten. Kommen Sie kurz herein! Es ist natürlich nur eine kleine Gefälligkeit.

Osewoudt ging hinein, und das Männchen verriegelte die Tür wieder hinter ihm. Durch den Laden, der nur noch nach Erde und nicht mehr nach Blumen roch, gingen sie in das dahinter gelegene Wohnzimmer. In einem niedrigen Sessel döste eine alte Frau, deren Kopf unablässig hin und her wackelte.

Der Mann nahm keine Notiz von ihr, und die Frau selbst murmelte nur etwas, ohne die Augen zu öffnen.

– Schauen Sie, sagte er und deutete auf eine flache, mit Marmorsteinchen gefüllte Schale, in der karminrote und blaue Hyazinthen blühten. Ich gebe Ihnen ein paar davon. Eine kleine Gefälligkeit, weiter nichts.

Vertraulich legte er die Hand auf Osewoudts Arm.

– Ich weiß, wie schwer die Arbeit der Krankenschwestern in dieser Zeit ist. Für Ärzte und Schwestern tut man, was man kann.

Er holte ein großes Klappmesser aus der Hosentasche, die Klinge gebogen, wie es Floristen haben, und fragte: Ist es ein Junge oder ein Mädchen?

– Achten Sie nicht auf die Farbe, das ist egal.

Das Männchen schnitt zwei rote und zwei blaue Blütendolden ab und klappte das Messer wieder zu, indem er es gegen den Schenkel drückte. Mit den Blumen in der Hand suchte er etwas auf einer Anrichte, dabei murmelnd: Nicht mal Papier ist noch da.

Osewoudt zog die Umhängetasche nach vorn und öffnete sie.

– Was bin ich Ihnen schuldig?

– Mal sehen. Es ist natürlich nur eine kleine Gefälligkeit. Geben Sie mir einfach fünfundzwanzig Gulden.

Die Hyazinthen in eine weiße Papierserviette gewickelt, also doch noch mit einem ganz ansehnlichen Strauß, ging Osewoudt zur Oranje Nassaulaan. Ist es ein Junge oder ein Mädchen? dachte er.

Vielleicht war das Kind bereits geboren, oder vielleicht kam es gerade in diesem Augenblick auf die Welt. Er hoffte, daß es ein Junge war. Er würde zu Marianne sagen, daß er tatsächlich Filip heißen sollte, so wie sie ihn bereits in ihrem Brief genannt hatte. Vielleicht war es ja auch ein Mädchen. Was wäre Marianne wohl am liebsten?

Dann sah er die gewaltigen Barrikaden aus Stacheldraht, die einen Teil der Oranje Nassaulaan absperrten, den Teil, wo die von den Deutschen requirierten Villen standen.

Ihm taten die Füße weh, denn eigentlich paßten ihm die Schuhe nicht richtig, sie drückten wegen seines vom Judo übermäßig ausgeprägten Spanns, und er konnte sie auch nicht lockerer binden, weil sie keine Schnürsenkel, sondern Spangen hatten. Er sah jedoch ein, daß Dorbeck ihm unmöglich die sonst gewohnte Maßarbeit liefern konnte. Außerdem machte er in diesen unbequemen Schuhen kleinere Schritte als gewöhnlich, so daß sein Gang, wie er meinte, noch eher wie der einer Frau aussah. Nur mühsam konnte er sein Lachen unterdrücken, wenn er sich vergegenwärtigte, daß er, Osewoudt – 500 Gulden Belohnung – nun vor der Nase der Deutschen im Begriff war, seinem von einer Jüdin geborenen Kind Blumen zu bringen. Ich halte sie schön zum Narren, dachte er. Falls das Kind bereits auf der Welt war, würde er gleich an der Wiege stehen. Nur deine Mutter hat gewußt, daß ich es war, Junge, würde er später erzählen, alle haben mich für eine Krankenschwester gehalten. *Der Kindsvater als Krankenschwester verkleidet!*

Er steckte die Nase in die Blumen und sog den Hyazinthenduft tief ein. Scheißkerle, dachte er und schaute wieder auf die Barrikaden der Deutschen, eure Stunde hat geschlagen. Hier stehe ich in der geheiligten Tracht der Barmherzigen Schwestern, einen Blumenstrauß in der Hand, derselben Hand, mit der ich Lagendaal erschossen und Ebernuss, dem warmen Bruder, Gift in den Schnaps geschüttet habe. Nein, verdammt, man traut es mir vielleicht nicht zu, aber ich habe mehr gewagt als all die männlichen Männer, die mich beschützen wollten oder die mich verachtet haben. Ich habe mehr gewagt als Onkel Bart mit seinen philosophischen Büchern, der sich unterstanden hat, mich einen Feigling zu nennen, weil ich mich nicht gemeldet habe, als ihr meine Mutter abgeholt hattet. Scheißkerle, ich hab es euch heimgezahlt. Ich habe mehr gewagt als die Heulsusen in London, die sicher hinter ihrem Mikrophon sitzen, ihren Agenten nicht mal einen anständigen Ausweis mitgeben, aber dafür Silbergulden, die längst nicht mehr im Umlauf sind; ich habe mehr gewagt als all diese Jammerlappen, die über die Bestialität, die faschistischen Mörder und so weiter, und so weiter lamentieren. Hier stehe ich, ihr Scheißkerle, kommt doch hinter eurem Stacheldraht hervor, wenn ihr mir was wollt!

Er ging die Steintreppe der Emmaklinik hinauf.

Das monumentale Gebäude war ursprünglich nicht als Krankenhaus gedacht gewesen, so daß er in der Eingangshalle vergebens nach einer Pförtnerloge Ausschau hielt. Als sich eine junge Lernschwester im Korridor zeigte, ging er auf sie zu und fragte: Können Sie mir vielleicht sagen, wo Mevrouw Sondaar liegt?

– Mevrouw Sondaar. Würden Sie bitte einen Augenblick hier warten?

Sie deutete auf eine Bank aus Eichenholz in der Eingangshalle.

Osewoudt ging gehorsam zurück und setzte sich auf die Bank. Er schlug die Beine übereinander, die rechte Hand mit den Blumen ruhte auf seinem Knie, die linke Hand glitt langsam an seinem linken Schenkel hinab, auf der Suche nach Zigaretten. Verdammt, murmelte er und steckte den linken Daumen einen Augenblick lang in den Mund. An der Wand direkt gegenüber hing eine Karte mit der gedruckten Aufschrift: *Geburten müssen innerhalb von 3 × 24 Stunden vom Vater im Einwohnermeldeamt angezeigt werden.*

Als eine ältere Krankenschwester in grauer Tracht auf ihn zukam, stand er sofort auf, fand jedoch keine Gelegenheit, etwas zu sagen. Diese Frau war zweifellos die Oberschwester und nicht der Typ, der überflüssige Fragen stellte.

– Sie möchten Mevrouw Sondaar besuchen, Schwester? Das ist jetzt nicht möglich, sie schläft gerade ein wenig. Ihr Zustand ist alles andere als gut. Schade, nicht wahr, ein so junges Mädchen.

– Ja, sehr schade. Aber …

– Möchten Sie das Kind noch sehen? Dann warten Sie bitte einen Augenblick.

Die Oberschwester drehte sich um und ging wieder über den langen Korridor. Sie findet es schade, daß das Kind keinen Vater hat, dachte Osewoudt. Was für eine irrwitzige Situation. Aber warum darf ich Marianne nicht sehen? Er begriff nicht, was ihn dazu brachte, stehenzubleiben, die Hand mit den Blumen auf idiotische Art zum Rücken der Oberschwester ausgestreckt; warum er sie nicht zurückrief, nicht um nähere Erklärungen bat oder wenigstens die Blumen abgab.

Er setzte sich wieder auf die Eichenbank und dachte: Vielleicht ist es ja besser, nicht zu viel mit einer richtigen Schwester zu reden, in meiner Situation … Plötzlich spürte er, daß ihm die Zähne aufeinanderschlugen, er hatte den Gedanken, zu gehen, die Blumen bei der Lernschwester zurückzulassen, am nächsten Tag wiederzukommen. Aber er blieb.

Nach etwa zehn Minuten kam ein düster blickender Hausdiener in einem weiß und rosa gestreiften Kittel und sagte: Sie wollten kurz mitkommen und das Sondaar-Baby sehen?

Der Mann trug zwei übervolle Ascheneimer.

Osewoudt stand auf und folgte dem Hausdiener zu einer Steintreppe am Ende des Korridors. Während sie hinabgingen, stießen die Mülleimer hin und wieder mit einem echoenden Geräusch an die Stufen.

Unten angekommen, stellte der Mann die Ascheneimer ab. In einem kleinen Vorraum, der nur durch ein Quadrat aus dikkem Glas in der Decke ein wenig Licht bekam, holte der Mann einen Schlüssel aus der Hosentasche und sagte: Tja, schade.

Er schaute Osewoudt flüchtig an und öffnete dann eine Tür. Dahinter war es dunkel. Der Hausdiener griff um den Türpfosten herum, und eine Schwachstromlampe, die an einem dünnen Kabel hing, leuchtete auf.

Sie gingen zusammen durch die Tür und betraten einen schmalen, hellgrau gestrichenen Kellerraum. An der Wand standen breite Tische aus dunkelblauem Stein, und auf diesen Tischen standen hintereinander drei Särge, ein großer und zwei kleine.

Der Hausdiener trat noch einen Schritt vor. Auf den Dekkeln der Särge lagen kleine Kärtchen, auf die mit Tinte Namen geschrieben waren. Der Hausdiener nahm die Karte, die auf einem der beiden kleinen Särge lag. Osewoudt streckte den Kopf vor, um mitlesen zu können. Er las: *Baby Sondaar, 4. April 1945*. Dann nahm der Hausdiener den Deckel des Sarges ab. Das Kind lag unter einer dünnen Decke. Es trug ein Hemdchen mit halblangen Ärmeln. Die kleinen Hände lagen übereinander. Die Fingernägel waren dunkelbraun, wie die Nägel von jemandem, der sich die Finger in einer Tür eingeklemmt hat.

Das Gesicht des Kindes erinnerte an einen jungen Vogel: Die Oberlippe hing weit über die Unterlippe, so daß der Mund einem noch nicht ausgewachsenen Schnabel glich. An den Mundwinkeln klebte ein wenig getrocknetes Blut. Vermutlich damit der Mund geschlossen blieb, lag ein dickes Kissen unter dem Kopf. Die Augen waren geschlossen, und das Gesicht drückte grenzenlose Traurigkeit aus, als hätte das Kind gerade noch die Gelegenheit gehabt, Kummer darüber zu empfinden, daß es nicht leben würde.

Der Kopf war länglich und bei den Ohren tief eingedellt. Ein Bluterguß unter der Haut färbte die Stirn schon größtenteils schwarz.

Osewoudts Augen füllten sich mit Tränen, die Umgebung wurde unsichtbar, als befände sich eine dicke Platte aus Eisglas vor seinem Kopf. Tastend fand er den kalten Stein des Tisches, er legte die Blumen darauf, und ohne sich nach dem Hausdiener umzusehen, ging er die Treppe hinauf und rannte durch den Korridor. Die Tränen liefen immer noch, ohne daß er eigentlich das Gefühl hatte zu weinen.

Die frische Luft strömte fast feindselig in seine Lungen, als er ins Freie trat. Das Aufheulen eines startenden Automotors ließ ihn beim Überqueren der Straße aufblicken.

Zwei deutsche Soldaten öffneten den Stacheldrahtverhau, und ein kleiner DKW mit knatterndem Motor kam in langsamer Fahrt aus der Schneise.

Der Wagen überholte Osewoudt. Es war das gleiche Modell wie der DKW von Ebernuss, nur war dieses Exemplar seiner glänzenden Friedenslackierung entledigt und mit stumpfen Tarnfarben überstrichen, in schmutzigem Ockerbraun, trübem Grün und Rostrot. Als das Auto etwa zwanzig Meter weiter war, fuhr es langsamer. Osewoudt sah, daß sich der Fahrer nach ihm umschaute. Aber er ging einfach weiter. Vor ihm war der Wagen, hinter ihm die Barrikade mit den Wachtposten. Er hätte höchstens seitwärts in den Garten einer Villa flüchten können. Seine Augen weiteten sich vor Schreck, und er erwartete jeden Augenblick, daß der Deutsche mit gezogenem Revolver aussteigen würde.

Aber die Autotüren blieben zu, der Motor knatterte immer noch. Nun überholte Osewoudt den Wagen. Er hörte, wie hinter ihm Gas gegeben wurde. Osewoudt ging weiter, ohne sich umzuschauen. Er öffnete die Schultertasche, sah den Dolch darin liegen, die Leica und das Taschentuch. Das Taschentuch nahm er heraus, ohne die Tasche wieder zu schließen. Er wischte sich mit dem Taschentuch über die Augen, aber statt sie zu trocknen, schien es eher, als zöge das Taschentuch die Tränen an. In niedrigem Gang folgte ihm der DKW. Osewoudt bog in eine Seitenstraße ein, der Wagen folgte ihm immer noch, beschleunigte plötzlich, fuhr an ihm vorbei und bremste. Die Autotür öffnete sich. Ein hochgewachsener Offizier der Luftwaffe stieg aus. Er trug keine Kopfbedeckung. Er ließ die Wagentür offenstehen und kam leicht schwankend auf Osewoudt zu; als er in nächster Nähe war, konnte Osewoudt deutlich riechen, daß er getrunken hatte. Der Mann war etwa im gleichen Alter wie er, um die dreiundzwanzig. Sein Gesicht war sehr blaß, die Farbe seiner Wangen spielte ins Grünliche, und die Haut glänzte fettig. Die Wangen waren eingefallen, der Mund schmallippig. Er trug einen sehr dünnen blonden Schnurrbart, der nicht aus richtigen Barthaaren bestand, sondern aus einer Art Flockseide.

Osewoudt merkte, daß sein Unterkiefer zitterte und der Tränenfluß noch zunahm, als der Offizier ihm den Weg versperrte. Fast hätte er gerufen: Ja! Ich bin's! Nehmt mich nur mit! Mir ist alles egal! Dann sagte der Offizier in sehr deutlich artikuliertem Deutsch: Verzeihen Sie bitte, daß ich Sie anspreche, Schwester! Aber wenn ich so schöne Augen wie Ihre weinen sehe, kann ich nicht weiterfahren, als ob nichts wäre. Er wiegte den Kopf hin und her. Bitte entschuldigen Sie, daß ich Sie anspreche. Ich kenne Sie nicht, und außerdem hassen Sie mich als Deutschen. Aber glauben Sie mir, der Krieg ist vorbei, nur der Kummer bleibt. Jetzt gilt es nur noch, Mitleid füreinander zu empfinden und einander zu trösten. Sie halten mich für verrückt, aber ich bin nicht verrückt, ich habe nur Kummer, genau wie Sie.

Osewoudt trat einen Schritt zur Seite, er wollte etwas sagen, aber er war zu nichts anderem imstande, als vor Wut in sein Taschentuch zu beißen.

– Laufen Sie nicht weg, Schwester. Glauben Sie mir, ich meine es gut. Stürzen Sie mich nicht in noch größere Verzweiflung. Es zerreißt mich vor Reue über alles, was meine Landsleute angerichtet haben. Aber ich schwöre Ihnen, ich habe es nicht gewollt! Ich persönlich habe im ganzen Krieg keinen Schuß abgefeuert.

Osewoudt stampfte mit dem Fuß auf, brachte aber kein Wort heraus.

– Es hat keinen Sinn, daß wir noch länger Feinde bleiben, drängte der Offizier, während er die Finger ineinander verflocht und begann, rhythmisch seinen Magen hochzudrücken. Wir sind beide Opfer, Schwester, Opfer! Lassen Sie mich nicht weiterfahren, ohne daß ich etwas für Sie getan habe. Sagen Sie mir, wie ich Ihnen helfen kann. Ich flehe Sie an.

Ein roter Nebel stieg vor Osewoudts Augen auf, und er sagte: Für mich kommt jede Hilfe zu spät.

Er spürte das Knattern des Motors in seinem Hinterkopf und hatte das Gefühl, ebenfalls betrunken zu sein.

Der Offizier ergriff den Ärmel des Arms, mit dem Osewoudt das Taschentuch festhielt.

– Ich könnte Sie doch wenigstens irgendwo hinbringen. Sagen Sie mir, wo Sie hinwollen. Ich bin auf dem Weg nach Den Haag.

Osewoudt gab keine Antwort.

– Ich bin bereit, Sie überall hinzubringen.

– Wenn Sie wirklich darauf bestehen, sagte Osewoudt, dann nehmen Sie mich mit nach Den Haag.

– Sie wissen nicht, wie dankbar ich Ihnen bin.

Der Offizier ging zum Auto und hielt Osewoudt die Beifahrertür auf; seine Mütze, die auf dem Vordersitz lag, warf er nach hinten. Osewoudt setzte sich. Der Offizier ging wie ein Taxifahrer um den Wagen herum, stieg ein, schlug die Tür zu und fuhr los.

Der Deutsche, auf der Straße so sprachgewandt, schwieg während der Fahrt. Es schien, als sei er zufrieden, seine Krankenschwester eingefangen zu haben. Hin und wieder, vor allem, wenn er den Wagen durch Kurven lenkte, holte er tief Luft. Er beugte sich weit über das Lenkrad, weiter als die meisten anderen Autofahrer. Das Chauffieren kostete ihn ziemlich große Mühe. Dennoch fuhr er nicht unsicher, unvorsichtig oder zu schnell. Sein kastanienbraunes gewelltes Haar war lange nicht geschnitten worden, aber er trug es auf eine Art, die oft bei Deutschen auffiel: ohne Scheitel und nach hinten gebürstet, nicht gekämmt. Auf seiner blaugrauen Uniformjacke befand sich keine einzige Auszeichnung. Der Kragen war mit einem Stern zwischen zwei gekreuzten Eichenblättern geschmückt. Er trug eine Reithose, braune Schaftstiefel und um die Taille ein braunes Koppel mit einem Halfter, das so klein war, daß nur eine Damenpistole hineingepaßt hätte.

Die Straßen waren inzwischen wieder trocken. Der Himmel wurde gleichmäßig nachmittagsblau, keine Wolke zeigte sich mehr. Osewoudt steckte das Taschentuch ein und legte die Umhängetasche auf seinen Schoß, ohne sie zu schließen. Er federte kurz vom Sitz hoch und zog seinen Rock zurecht. Dann schlug er die Beine übereinander. Der Deutsche sah ihn flüchtig an und lächelte verlegen. Er begann zu reden: Ich bin Doktor Georg Krügener. Der Name kommt jedem bekannt vor. Ich bin tatsächlich ein Neffe des berühmten Zeppelinkapitäns. Ich selbst habe keinerlei Verdienste, gottlob. Meinen Titel habe ich so gut wie geschenkt bekommen, weil Krieg war. Ich bin bei der Luftwaffe, aber nur wegen meines Onkels. Ich weiß nicht, wie ein Flugzeug von innen aussieht. Mein Herz ist zu schwach. In normalen Zeiten hätte man mich für untauglich erklärt. Jetzt muß ich in Uniform in einem Büro sitzen. Warum schweigen Sie?

Sie waren in der Gegend von Schiphol. Die Wiesen waren grün. Hier und da richteten Horchgeräte der deutschen Luftwaffe ihre riesigen Ohren gen Himmel; von dort war kein Geräusch zu hören. Krügener schaute Osewoudt nun längere Zeit an, und der Wagen fuhr langsamer.

– Mein Geschwätz interessiert Sie nicht. Sie sind noch immer in Ihre traurigen Gedanken versunken. Ich rede nur, um Sie abzulenken, verzeihen Sie.

Er stoppte den Wagen am Straßenrand und schaltete den Motor aus. Unter seinem Sitz zog er eine Flasche Rum hervor und entkorkte sie.

– Ich habe kein Glas. Es wäre geschmacklos, Ihnen etwas anzubieten.

Er lachte kindlich und trank einen Schluck aus der Flasche.

Osewoudt sagte: Genieren Sie sich nicht. Ich trinke keinen Alkohol.

Krügener steckte den Korken wieder in die Flasche und sagte: Jetzt traue ich mich zu sagen, was ich schon die ganze Zeit sagen wollte. Glauben Sie mir, es ist kein Zufall, daß ich Sie angesprochen habe. Ich habe heute nacht von Ihnen geträumt. Ich sah Sie vor mir, genau wie jetzt, in Schwarz, mit einem schwarzen Schleier. Ihre Haare waren länger, sie hingen zu beiden Seiten des Gesichts herab. Sie saßen auf einem Karren mit zwei hohen Rädern, der von einem mageren Pferd gezogen wurde. Es war auf einem Feldweg, in einer verlassenen Gegend. Sie hielten sich die Hände vor die Augen und weinten. Sie waren auf dem Weg zur Guillotine. Trotzdem spielte alles in unserer Zeit. Vor und hinter dem Karren gingen amerikanische Soldaten in Tarnanzügen, behängt mit Automatikwaffen und Handgranaten. Ihre Helme waren mit Netzen bespannt, in denen dürre Äste steckten. Sie sahen wie wandelnde Storchennester aus. Es war ein kleiner Aufzug, der langsam näher kam. Ich sah alles von unten. Ich lag neben dem Weg in einem ausgetrockneten Graben. Ich wollte aufstehen, um Sie zu retten, konnte mich aber nicht bewegen. Die Pferdehufe wirbelten mir Sandkörner ins Gesicht.

Können Sie so einen Traum verstehen? Osewoudt zuckte mit den Schultern.

Krügener nahm noch einen Schluck, seine Hände zitterten.

– Haben Sie schon einmal schmutzige Pferdehufe gerochen? So stark, wie ich diesen Geruch in meinem Traum wahrnahm, habe ich ihn noch nie empfunden! Ach! Hölderlin sagt: Ein Gott ist der Mensch, wenn er träumt, ein Bettler, wenn er nachdenkt.

– Dann lieber für immer ein Bettler sein, sagte Osewoudt. Was geschieht mit einem Gott, der aus seinem Traum erwacht? Er hängt am Kreuz wie eine Vogelscheuche, oder er liegt in einem ausgetrockneten Graben, so wie Sie.

– Damit war mein Traum noch nicht zu Ende, sagte Krügener. Ich bin kurz aufgewacht und habe dann weitergeträumt. Ihr Kopf war abgeschlagen und rollte auf mich zu. Ich wußte, daß es Ihr Kopf war, auch wenn ich ihn nicht sehen konnte, denn beim Rollen hatte er sich völlig in den schwarzen Schleier gewickelt. Er blieb neben meinem Kopf liegen. Nun kamen andere amerikanische Soldaten, die eine Kette bildeten. Mit Minendetektoren tasteten sie vorsichtig und langsam den Boden ab. Sie gingen immer nur einen Schritt vorwärts und bewegten dann ihre Instrumente langsam über den Erdboden. Ich wußte, was sie suchten, verriet aber nichts. Auch mich bemerkten sie nicht. Als sie an mir vorbeigegangen waren, zog ich den Schleier weg. Es war tatsächlich Ihr Kopf, nur war es zugleich unübersehbar der Kopf eines Mannes, und dieser Mann hatte schwarzes Haar und im Gesicht dichte schwarze Bartstoppeln.

Er trank von neuem einen Schluck aus der Flasche. Irgendwo in der Ferne, unsichtbar, war nun das Dröhnen von Flugzeugen zu hören.

– Amerikaner, sagte Osewoudt, fahren wir weiter, ehe sie uns unter Beschuß nehmen.

Krügener verschloß die Flasche mit dem Korken, legte sie wieder unter den Sitz, startete den Motor und fuhr auf die Straße. Das Dröhnen schwoll an. Es mußten sehr viele Flugzeuge sein, weil man sie bereits so gut hören konnte, obwohl man sie noch nirgends sah. Hin und wieder schien es, als glitzerte hoch oben in der Luft ein Diamant, mehr nicht. Parallele weiße Striche erschienen am Himmel, als würde das Blau mit Notenlinien überzogen, aber die Flugzeuge selbst waren unsichtbar, und es fielen keine Schüsse.

Als sie sich Leiden näherten, sagte Osewoudt: Wo ich jetzt ohnehin in der Gegend bin, würde ich gern eine Nachricht bei Freunden in Voorschoten abgeben.

– Voorschoten? Ich weiß nicht, wo Voorschoten liegt.

– Ich zeige es Ihnen. Folgen Sie einfach den Gleisen der Straßenbahn, dann kommen Sie von allein dorthin. Die Tram wird wohl nicht mehr fahren, aber die Gleise sind noch vorhanden.

Sie folgten den verrosteten Tramgleisen.

Es war nach sechs, als sie an der Silberwarenfabrik vorbeifuhren. Osewoudt erblickte bereits den Turm der evangelisch-reformierten Kirche, der einem senkrecht stehenden Zeppelin glich, dann den niedrigen mittelalterlichen Turm der Willibrordkirche.

Sie fuhren an der Polizeiwache vorbei und erreichten die Haltestelle, an der die Gleise aufeinander zukriechen und sich übereinanderlegen. Er las das Schild

ÜBER HOLEN VERBOTEN.

Weder Autos noch Pferdekarren befuhren die enge Dorfstraße, und auch aus der anderen Richtung kam kein Fahrzeug.

– Anhalten! schrie Osewoudt.

Krügener bremste abrupt, zu betrunken, um an den Straßenrand zu fahren. Das Auto stand halb auf den Tramgleisen.

– Können Sie sich nicht ein Glas dort leihen, drängte Krügener, ich möchte Ihnen so gern etwas einschenken ... Osewoudt riß den Zündschlüssel aus dem Armaturenbrett, stieg aus und ging geradewegs zum Tabakladen.

Als erstes fiel sein Blick auf eine Karte mit dem Text

ZIGARETTENPAPIER AUSVERKAUFT.

Im Schaufenster standen außerdem einige aufgeklappte Schachteln mit braunen Papierrollen: KAUSTANGEN, 25 CENT; daneben lagen ein paar wie zufällig umgefallene Papiertüten, aus denen grünes Heu quoll. Das Rollo hinter der Tür war hochgezogen. Im Laden war niemand. Osewoudt öffnete die Schultertasche, nahm den Dolch heraus und steckte ihn in die rechte Manteltasche. Dann faßte er an den Türgriff; die Tür war nicht verschlossen.

Die Glocke läutete nicht, als er den Laden betrat. Die Zwischentüren mit der Bleiverglasung waren geschlossen. Osewoudt ging hin und drückte eine davon auf.

Da stand Ria! Sie blickte vom Bügelbrett hoch und stellte das Bügeleisen mit der Spitze nach oben ab. Dünner Dampf stieg auf.

Ihr blieb der Mund offenstehen, die Zähne schienen noch länger zu werden, als sie ohnehin waren, wie Streichhölzer ragten sie vor.

Osewoudt schloß langsam die Zwischentür hinter sich und blickte Ria unverwandt an. Seine Arme und Beine begannen zu zittern, er spürte, wie die Haube auf seinem Kopf hin und her schwankte. Am Rand seines Blickfeldes nahm er den Rest des Zimmers wahr. Im Raum standen Möbel, die er nicht kannte, neue Möbel. Woher hatte Ria sie?

Ein Geräusch löste sich aus seiner Kehle, das ihm fremd war. Ria sagte: Schwester! Jetzt habe ich mich aber erschrocken! Sie sehen meinem ersten Mann so ähnlich!

Im Haus herrschte Stille, als ihr Kreischen verstummt war.

Sie lag neben dem Bügelbrett auf dem Boden. Osewoudt wischte den Dolch an allem ab, was in Reichweite war: an der Bügelwäsche, der Tischdecke, dem Lampenschirm, so als wolle er das ganze Haus mit Rias Blut besudeln. Dann blieb er einen Augenblick keuchend stehen und steckte den Dolch wieder in die Manteltasche. Er ging in den Laden zurück, schob die Vorhänge hinter dem Schaufenster etwas auseinander und spähte durch den Spalt nach draußen.

Krügeners Auto begann im Dorf Aufsehen zu erregen. Zwei Jungen, an die Rahmen ihrer Fahrräder mit Holzreifen gelehnt, nahmen den Wagen in Augenschein. Hin und wieder riefen sie dem Mann, der darin saß, etwas zu und lachten. Drei Arm in Arm schlendernde Mädchen kamen mit klappernden Holzsohlen näher und blieben kichernd vor dem Auto stehen.

Osewoudt trat einen Schritt zurück und zog die Vorhänge wieder zurecht.

– Turlings! Turlings! schrie er, obwohl er längst erraten hatte, daß der Sohn des Drogisten nicht da war.

Im Laden wurde es dunkler, weil sich mehrere Leute vors Fenster gestellt und auf die Fensterbank gesetzt hatten. Über dem oberen Rand der Vorhänge sah er ihre Köpfe.

Er holte tief Luft, ging zur Tür und ergriff die Klinke. Direkt darüber war ein Emailleschild an die Tür geschraubt. Der Text lautete:

HABEN SIE AUCH NICHTS VERGESSEN?

Mit einem Ruck öffnete er die Tür, schloß sie hastig hinter sich und rannte zum Auto. Das Interesse der Dorfbewohner begann mehr und mehr den Umfang eines Menschenauflaufs anzunehmen. Lautes Reden, sogar Geschrei war zu hören. Ohne zu verstehen, was die Leute sagten, zog Osewoudt die Beifahrertür auf. In diesem Augenblick warf Krügener die leere Rumflasche aus dem Fenster auf der Fahrerseite. Er hing schräg auf dem Sitz, schaute Osewoudt an und sagte: Ich dachte schon, du bliebest dort, bei deinem Liebhaber.

Osewoudt beugte sich ins Innere des Autos und zog Krügener am Arm zur Seite, bis der Platz am Steuer frei war. Dann schlug er die Tür wieder zu, ging um den Wagen herum und setzte sich selbst ans Steuer. Er steckte den Schlüssel ins Zündschloß und startete. Der Motor gab ein hohles, kratzendes Geräusch wie eine leere Kaffeemühle von sich, sprang aber nicht an.

Ein junger Bursche schrie: Die läßt sich noch mal schön von einem Moffen besteigen, ehe es zu spät ist!

Von neuem versuchte Osewoudt, den Wagen zu starten. Schaut mal! Die ist ja ganz voll Blut! rief der Junge.

Krügener prustete vor Lachen und versuchte den Arm um Osewoudts Schulter zu legen. Osewoudt schüttelte den Arm ab und trat noch einmal auf den Anlasser. Diesmal versagte der Motor nicht. Osewoudt legte den ersten Gang ein. Ruckweise und knirschend bahnte sich der Wagen einen Weg durch die Umstehenden. Die Straße wurde breiter. Die Tür der Drogerie öffnete sich, aber die Frau, die heraustrat, kannte er nicht.

Er schaute auf seine Ärmel und seinen Mantel. Auf dem dunklen Stoff war das Blut nicht zu erkennen. Seine linke Hand war klebrig. Er ließ das Lenkrad los und wischte das Blut am Rand des Sitzes ab.

Die Masten der Tramoberleitung huschten vorbei. Die Abendsonne schien fast waagerecht zwischen ihnen hindurch. Die Häuser am Straßenrand wurden spärlicher. Statt dessen säumten große gläserne Treibhäuser die Straße.

Ein wütendes Heulen ertönte, und nicht weit entfernt erhob sich eine riesige Rakete in den Himmel, bog ab in Richtung England und wurde immer kleiner, bis nur ein glühender Funke zu sehen war.

– Hab nichts mehr zu trinken, jammerte Krügener, dabei hab ich dich noch gebeten, ein Glas mitzubringen.

Osewoudt trat das Gaspedal so weit wie möglich durch, aber der kleine Wagen schaffte nicht mehr als 40 Stundenkilometer.

– Das Glas ist bestimmt zerbrochen, sagte Krügener, du hast

dich verletzt, du bist ganz voll Blut. Glaub nicht, daß ich das nicht sehe, mein armer Liebling. Er legte eine schweißnasse Hand auf Osewoudts Wange.

Osewoudts rechte Hand löste sich vom Lenkrad, ballte sich zu einer Faust und landete unter Krügeners Kinn, auf dem weichen Teil des Halses.

Krügener gab keinen Laut mehr von sich. Den Mund zusammengekniffen, warf Osewoudt hin und wieder einen Blick auf ihn. Krügener hatte die Augen geschlossen, war jedoch nicht bewußtlos.

Er mußte am Leben bleiben. Wann würde sie ein Kontrollposten anhalten? Auf jeden Fall beim Tunnel in Rotterdam. Dort würde er Krügener noch brauchen.

Das Auto fuhr durch Voorburg, aber nichts geschah. Ebensowenig geschah etwas Besonderes in Delft. Als er an den Stadtrand von Rotterdam kam, begann es zu dunkeln. Er schaltete die Scheinwerfer ein, die, größtenteils mit schwarzem Leder abgeschirmt, so gut wie kein Licht gaben.

Es war weit nach acht, und die Straßen waren menschenleer.

Ohne Aufregung oder Angst näherte er sich dem Tunnel, aber die Wachtposten kamen nicht einmal aus ihren Schilderhäuschen. Ohne anhalten zu müssen, fuhr er in den Tunnel, in dem kein Licht brannte.

Als er Rotterdam hinter sich gelassen hatte, wurde die Straße schlechter, zerstört durch Panzer und schwere Fahrzeuge, so daß er noch langsamer fahren mußte.

Als sie sich Dordrecht näherten, war es dunkel. In der Ferne sah er eine Kirche. Osewoudt fuhr an den Straßenrand und hielt an, ein paar hundert Meter von der Kirche entfernt.

Krügener bewegte sich nun wieder. Er zog die Beine an und setzte sich aufrecht. Er stieß einen Schrei aus, schlang die Arme um Osewoudt und versuchte ihn auf den Mund zu küssen. Unter dem Schleier tätschelte er mit beiden Händen Osewoudts Nacken.

– Ach, Liebste, murmelte er. Du bist die erste. Nicht, weil ich keine Mädchen hätte kriegen können. Aber noch nie hat mich eine Frau so angezogen wie du!

Er hatte sich fast ganz aufgerichtet. Mit einem Bein stemmte er sich auf den Boden, das andere lag auf dem Sitz. So konnte er Osewoudt in dem engen Wagen in den Sitz drücken.

– Du bist mein Engel, stammelte Krügener, mein rettender Engel! Du bist die erste Frau, die ich küsse! Und dabei habe ich geglaubt, daß mir Frauen nichts bedeuten! Wie konnte ich mich so irren! Gib mir deinen Mund, Liebste!

Nun schaffte Osewoudt es, seinen rechten Arm zu befreien. Er steckte die Hand in die Manteltasche und fand den Dolch. Mit der Stirn stieß er wie ein Bock, konnte jedoch nicht verhindern, daß er Krügeners Lippen auf seinen Augen spürte.

– Ich habe Schmerzen! wimmerte Krügener plötzlich und richtete sich auf, ich spüre einen stechenden Schmerz im Rücken!

Seine Umarmung erschlaffte.

– Oh! Mein Rücken! Mein Rücken! wiederholte er. Er richtete sich so weit auf, daß er mit dem Hinterkopf an das Wagendach stieß. Seine Augen quollen vor. Sein Bein rutschte vom Sitz, die Knie knickten ihm ein. Er beugte einen Arm nach hinten, aber es schien, als sei der Arm lahm. Die schmerzende Stelle am Rücken konnte er einfach nicht erreichen. Osewoudt schob ihn in den Raum vor dem Lenkrad, wo er zusammengekrümmt liegenblieb. Der Dolch steckte senkrecht in Krügeners Rücken.

Während Osewoudt in Richtung Kirche ging, wurde am Horizont ein Artillerieduell ausgetragen. Weiße Flammen erleuchteten den Himmel, an dem die Wolken niedrig hingen.

Die Kirche war geschlossen. Osewoudt ging um die Kirche herum. Unter dem Donner der Geschütze klingelte Osewoudt am Pfarrhaus.

Der Pastor selbst öffnete ihm.

– Helfen Sie mir, flehte Osewoudt. Dort, in dem Auto, das dort steht, liegt ein Deutscher im Sterben. Helfen Sie mir, er wollte mich vergewaltigen!

Es war ein wolkenloser Vormittag. Eine Schar Hühner wagte sich auf die Straße und flüchtete gackernd ins Gebüsch, als sich das alte Auto näherte.

– Dauert es wohl noch lange, bis die Obstbäume blühen? fragte Osewoudt.

– Nein, ich glaube nicht. Zum Glück hatten wir keinen strengen Winter.

Doktor Sikkens war ein Mann in den Vierzigern. Er trug eine Brille mit randlosen Gläsern, und die eingefallenen Wangen waren hastig, aber gründlich rasiert. Er saß am Steuer in einem kurzen Dufflecoat, wie ihn die meisten Ärzte tragen, um rasch ins Auto ein- und wieder aussteigen zu können. Er fuhr mit Handschuhen und verbreitete einen beruhigenden Geruch nach Desinfektionsmittel.

– Ich habe unglaublich viel zu tun, sagte er, heute nacht hat man mich zweimal aus dem Bett geholt. All die Jahre kein Urlaub, die Winter waren am schlimmsten. Krieg und dann noch so strenge Winter! Andererseits, nehmen wir mal den Winter von 42. Wenn der nicht so streng gewesen wäre, hätte die deutsche Niederlage vielleicht noch länger auf sich warten lassen.

– So ist es, sagte Osewoudt begeistert, aber wenn es im letzten Winter mal richtig gefroren hätte, dann hätten die Alliierten vielleicht über die Flüsse kommen können, über das Eis. Dann wären wir hier im Norden jetzt auch schon befreit!

– Sie haben sicher viel Schweres erlebt, Schwester!

Osewoudt lächelte, kräuselte die Lippen, sagte aber nichts.

– Der Beruf einer Krankenschwester ist eigentlich noch schwerer als der eines Arztes, sagte Doktor Sikkens. Ich frage mich oft, wo Frauen wie Sie die Energie hernehmen. Es verwundert mich immer wieder. Ich kenne hier – er zeigte nach links auf den Kirchturm von Oosterhout –, ich kenne hier eine Gemeindeschwester, die ist buchstäblich zusammengebrochen.

Auf der Straße. Voriges Jahr war das, eine Woche bevor die Kanadier kamen. Verdammt …

Er trat auf das Bremspedal.

Am Straßenrand stand ein großes, grobgezimmertes Schild aus Holz. Es war schwarz gestrichen, und mit weißen Buchstaben stand darauf: HALT.

Fünf fremde Soldaten hielten bei dem Schild Wache. Ihre Helme waren mit Netzen bespannt, in denen verdorrte Zweige steckten. Sie trugen schlabbrige Tarnanzüge, hier und da mit Gürteln zusammengeschnürt, an denen allerlei metallene Ausrüstungsgegenstände hingen. Jeder von ihnen hielt ein Automatikgewehr unterm Ellbogen.

Einer von ihnen stellte sich mitten auf die Straße, erkannte offenbar den Wagen des Arztes und machte mit dem Daumen ein Zeichen, daß sie weiterfahren konnten. Zwei andere erblickten Osewoudt, begannen zu lachen, steckten die Finger in den Mund und pfiffen. Das Auto fuhr schneller.

Hey! Hey! Hey! wurde gerufen, als sie den Kontrollpunkt passierten.

– Sie haben Chancen bei unseren Befreiern, sagte Doktor Sikkens, während er noch mehr Gas gab. Aber was fehlt Ihnen? Sie leiden doch nicht an Reisekrankheit?

Osewoudt starrte mit weitgeöffneten Augen vor sich hin. Er saß ziemlich breitbeinig da, hielt die Knie mit den Händen fest.

– Sie sind ganz grün im Gesicht, sagte der Arzt, soll ich mal anhalten?

– Nein, fahren Sie nur weiter. Mir fehlt nichts.

– Das kommt sicher vom fehlenden Schlaf. Hätten Sie doch auf mich gehört und wären heute noch bei uns geblieben. Die ganze Nacht in einem Boot auf dem Hollands Diep, und wenn man dann noch bedenkt, was Sie davor alles durchgemacht haben. Das kann nicht gut gehen. Warum haben Sie es so eilig, nach Breda zu kommen?

– Ich muß eine wichtige Nachricht überbringen.

Osewoudt lehnte sich wieder zurück, als ob es ihm gut ginge, und sagte: Sie brauchen nicht vorsichtiger zu fahren, mir ist nicht übel. Fahren Sie nur einfach weiter, Herr Doktor.

– Ich weiß nicht.

Der Arzt hatte das Gesicht Osewoudt zugewandt; nur aus den Augenwinkeln sah er immer wieder auf die Straße.

– Bemerken Sie nichts Besonderes an mir?

– Was ich Ihnen gesagt habe, Schwester. Ich muß Ihnen raten, sich jetzt so bald wie möglich auszuruhen. Können Sie nicht bei uns übernachten, sobald Sie die Nachricht überbracht haben?

– Das meine ich nicht, Herr Doktor. Sehen Sie wirklich nicht, was ich meine? Ich sage es Ihnen jetzt freiheraus. Ich bin keine Krankenschwester, und ich bin kein Mädchen. Ich bin ein Mann.

– Ach. Tja. Hm. Soso.

Der Arzt drehte den Kopf nach vorn und richtete seine Aufmerksamkeit wieder ganz auf die Straße.

– Glauben Sie mir nicht?

– Natürlich, Schwester. Ich glaube Ihnen! Natürlich. Ich verstehe vollkommen, was Sie meinen. Ein Dorfarzt ist alles zugleich, auch Psychiater. Aber schauen Sie mal. Sie sind, wenn Sie mich fragen, am Ende Ihrer Kräfte. Sie müssen sich so schnell wie möglich ausruhen, sonst gehen Sie zugrunde. Gerade jemand mit einem tatkräftigen Charakter, jemand, der sich alles zutraut, so wie Sie! Gerade so jemand kann mal ganz plötzlich zusammenbrechen. Die enorme Energie, der Mut, über den Sie verfügen, fordert vielleicht zu viel von Ihrer Konstitution! Ich könnte einen Eid darauf schwören, daß Sie schon immer eine außergewöhnlich energische und zupackende Persönlichkeit waren. Es ist gut möglich, daß Sie, psychisch gesehen, etwas Männliches an sich haben. Ich kann mir vorstellen, daß Sie als kleines Mädchen am liebsten mit Jungs gespielt haben. Rauhe Spiele, Raufereien und so. Vielleicht haben Sie auch mal gedacht: Ach, wäre ich doch ein Junge. Gerade solche unerfüllbaren Wünsche nehmen in einer Zeit wie dieser, in einem Krieg, wenn die ganze Welt auf dem Kopf steht, nicht selten feste Form bei Menschen an, die eigentlich längst erwachsen sind. Aber das geht vorbei, wenn man wieder zur Ruhe kommt.

– Davon rede ich nicht. Das einzige, was mir fehlt, ist ein Bart.

– Wie bitte? Na, das kann ich natürlich jetzt nicht Knall und

Fall beurteilen. Ich würde sagen, lassen Sie sich so bald wie möglich von einem Facharzt behandeln.

Eine lange Kolonne gepanzerter Lastwagen, die Geschütze hinter sich herzogen, kam ihnen entgegen. Ein behelmter Motorradfahrer, der den Zug anführte, winkte sie an den Straßenrand. Der Arzt steuerte den Wagen auf den Randstreifen und hielt an. Mit einem hohen Dröhnen der schweren Motoren fuhren die LKWs einer nach dem anderen vorbei, olivgrün gestrichen, hier und da eingebeult, mit farbigen rätselhaften Zeichen versehen. Über die Planen mancher Wagen ragte ein behelmter Kopf. Lange, dünne Antennen peitschten durch die Luft hin und her. Die Alliierten! Zum erstenmal sah Osewoudt sie deutlich, aber er verbarg das Gesicht in den Händen, er duckte sich tief in den Sitz aus Angst, die Soldaten könnten ihn bemerken.

– Herr Doktor, sagte er, als sie wieder anfuhren, Sie verstehen mich völlig falsch. Ich laufe erst seit vorgestern in dieser Schwesterntracht herum. Ich muß nach Breda, weil ich mich als Freiwilliger zum Militärdienst melden will.

Der Doktor gab keine Antwort. Konzentrierte er sich auf die vielbefahrene Kreuzung am Stadtrand von Breda, der sie sich nun näherten?

– Herr Doktor, sagte Osewoudt, als sie durch die Stadt fuhren, ich hatte eine Freundin in Amsterdam. Sie hat ein Kind von mir bekommen. Glauben Sie mir jetzt?

– Sind Sie damit einverstanden, sagte Doktor Sikkens, sind Sie damit einverstanden, daß ich hier auf Sie warte? Dann können Sie gleich wieder mit mir zurückfahren. Ich werde sehen, was ich für Sie tun kann, ich halte keine Sprechstunde in meinem Auto ab. Aber Sie können so lange bei uns bleiben, wie Sie möchten. Ich rate es Ihnen dringend! Meine Frau und ich würden uns sehr freuen! Wir empfinden größte Bewunderung für jemanden wie Sie!

Aber Herr Doktor! Osewoudts Stimme klang flehend, fast erstickt. Ich trage eine Herrenarmbanduhr! Er zeigte dem Arzt seine Uhr.

– Solche Uhren tragen Krankenschwestern meistens, weil das Zifferblatt größer ist. Der Arzt lachte. Sagen Sie mir nur, wohin Sie müssen. Ich warte auf Sie, und dann fahren wir zusammen zurück!

– Ich muß hier raus, sagte Osewoudt und öffnete die Tür, obwohl das Auto noch fuhr.

– Wo denn?

– Hier, hier! schrie er und steckte schon ein Bein aus dem Auto. Noch ehe der Wagen stand, rannte Osewoudt über die Straße, im Zickzack zwischen zwei Fahrrädern hindurch. Mir wehendem Schleier bog er in die erstbeste Seitenstraße ein, er rannte so schnell, daß er die Haube festhalten mußte. Als er spürte, daß sie verrutscht war, weil sich die Schleife unterm Kinn gelockert hatte, lief er etwas langsamer und band die Schleife neu.

Die Umgebung wurde weiträumiger. Er überquerte einen breiten Platz, an dem niedrige Villen standen, lief danach wieder durch eine Straße ohne Gärten. Am Ende der Straße sah er eine Menschenmenge. Er ging unerschrocken weiter.

Die Straße mündete in eine Hauptstraße. Zu beiden Seiten der Fahrbahn standen viele Menschen. Die Leute hielten orangefarbene und rot-weiß-blaue Fähnchen in der Hand. Kleine Jungen trugen Mützen aus orangefarbenem Papier, und Mädchen hatten orangefarbene Schleifen im Haar. An allen Häusern waren Fahnen gehißt.

– Mevrouw, was ist hier los?

– Wissen Sie das nicht, Schwester? In ein paar Minuten kommt die Königin vorbei.

– Ach, wie wunderbar! Wissen Sie, ich komme gerade aus dem besetzten Teil. Ich bin geflohen. Mir ist, als ob ich träume! Ich weiß wirklich nicht, was ich sehe! All die fröhlichen Menschen, all die Farben. Fünf Jahre lang habe ich die niederländische Fahne nicht gesehen! Dies ist mein Vaterland. Mein eigenes Vaterland! Ich fühle mich, als wäre ich jahrelang von zu Hause fortgewesen und jetzt wieder zu meinen Leuten zurückgekehrt.

Er zitterte am ganzen Körper. Er faßte die Frau am Arm, als würde er sich an einen Ast klammern.

– Wird es noch lange dauern? Ich möchte so gern die Königin sehen, aber ich muß eine sehr eilige Nachricht überbringen.

– Vielleicht kommt sie in zehn Minuten, in fünf Minuten, wer weiß …

– Ich muß zum Hauptquartier der niederländischen Streitkräfte. Ist das weit von hier?

– Aber Schwester! Sie stehen sozusagen direkt davor! Sehen Sie nicht die Kaserne auf der anderen Straßenseite? Das ist die Graaf-Adolf-Kaserne, dort ist das Hauptquartier. Wenn Sie dort Ihre Nachricht übergeben müssen, sind Sie noch besser dran als wir. Die Königin hält dort an und inspiziert die Ehrenwache. Wenn Sie sich beeilen, können Sie alles aus nächster Nähe sehen! Kommt, Kinder, macht mal Platz! Laßt die Schwester durch!

– Herzlichen Dank und auf Wiedersehen. Osewoudt überquerte die Straße. Behelmte Soldaten bildeten nun einen Kordon, ließen ihn jedoch vorbei. Nicht einmal der Wachtposten am Kasernentor hielt ihn auf. Mit großen Schritten und wehenden Röcken ging er die Treppe zum Haupteingang hinauf und betrat das Gebäude. Hier standen drei Soldaten mit weißen geflochtenen Schnüren über der Brust und ein Sergeant, der zahlreiche neue Orden an der Uniformjacke trug.

– Sergeant …

– Was wollen Sie, Schwester?

– Ich muß so schnell wie möglich den Kommandanten sprechen. Ich habe eine wichtige Nachricht für ihn. Mein Name ist Osewoudt. Sagen Sie einfach, daß Osewoudt da ist.

– Ich geh mal nachschauen, Schwester. Der Sergeant drehte sich um und ging ins Innere des Gebäudes.

Osewoudt lächelte den Soldaten zu.

– Herrliches Wetter heute, was, Schwester?

Alle drei wurden nun auf ihn aufmerksam, sie kamen ein paar Schritte auf ihn zu. Derjenige, der am nächsten stand, sagte: Herrliches Wetter zum Schwimmen.

Er musterte Osewoudt von Kopf bis Fuß, als frage er sich, wie die Krankenschwester wohl im Badeanzug aussähe. Er grinste mit halb zugekniffenen Augen, er war der größte der drei und beugte sich schon fast über Osewoudt.

– Herrliches Wetter zum Sonnenbaden, auf der Wiese im Freibad.

– Vielleicht noch ein bißchen zu früh für die Jahreszeit, sagte Osewoudt. Er drehte sich zur Seite und schaute über den Vorplatz der Kaserne auf die Straße. Sah er richtig? Ja, es war der Wagen des Arztes. Der Doktor mußte ihm unbemerkt gefolgt sein. Schrittempo fahrend, hing er halb aus dem Fenster und suchte sorgfältig die Umgebung der Kaserne ab. Osewoudt hatte jedoch keine Sekunde den Eindruck , daß Doktor Sikkens ihn sah, zumal es in der Vorhalle im Vergleich zum Kasernenhof ziemlich dunkel war.

Die Absperrung der Straße wurde strenger. Ein Militärpolizist der Königlichen Maréchaussée, in blauer Galauniform, zu Pferd mit Degen und Pelzmütze, stellte sich neben das Auto, bückte sich und forderte den Arzt durch eine Handbewegung auf weiterzufahren. Kurz darauf war das Auto verschwunden.

Im Gang waren nun Schritte zu hören. Es war der Sergeant, der einen Offizier mitbrachte. Sie gingen schnell, der Sergeant gab den Soldaten unbegreifliche Zeichen, der Leutnant zog ein Bein nach, er hinkte. Das gesunde Bein warf er mit einem auffallend lauten Geräusch nach vorn, viel weiter als jemand, der beide Beine normal benutzen kann. In der rechten ausgestreckten Hand hielt er eine Karteikarte. Kreideweiß im Gesicht, blickte er mit seinen Froschaugen abwechselnd auf die Karte und auf Osewoudt. Er war nun ganz nah.

– Osewoudt! Osewoudt! rief er. Ist das Osewoudt? Ist das Osewoudt?

Auf der Karteikarte klebte ein Foto.

– Ja, ich bin Osewoudt. Haben Sie von mir gehört?

– Ergreift ihn! Verhaftet ihn! Durchsucht ihn! Der Mann ist äußerst gefährlich! Ihr gottverdammten Trottel! Er ist keine Krankenschwester! Er ist ein Spion!

Zwei der Soldaten hatten Osewoudt schon an den Armen gepackt und sie ihm auf den Rücken gedreht. Der dritte, der noch vor einer Minute mit ihm ins Freibad gewollt hatte, griff ihm nun mit einer Hand mehrmals unter die Kleider, scheu, als hätte er Angst, daß Osewoudt Dynamit am Körper trüge. Schließlich riß er ihm den Schleier vom Kopf.

Nein, als gehen konnte man das nicht mehr bezeichnen. Sie trugen ihn an den Ellbogen in den Flur wie eine Schaufensterpuppe. Sie brachten ihn in einen großen Raum, wo auf langen Bänken die Ehrenwache steif aufgereiht saß, die Gewehre zwischen den Knien. Zwischen diesen Reihen trug man ihn hindurch, er sagte kein Wort. Der dritte Soldat ging vor und öffnete eine Tür. Die beiden anderen ließen ihn los, aber eher so, als ob sie ihn hinwerfen würden. Hinter ihm wurde die Tür zugeschlagen und fest verriegelt.

Die Wand, die diesen kleinen von dem großen Raum trennte, war sehr dünn. Nachdem die Tür geschlossen war, brandete großer Lärm auf.

– Ruhe! rief der Leutnant, und es wurde still.

Osewoudt stand mit klopfendem Herzen hinter der Tür. Er schüttelte seine halb ausgerenkten Arme, er strich sich über den entblößten Kopf. Dann merkte er, daß er am ganzen Körper zitterte und ihm die Knie schlotterten, als ob er im Laufschritt einen Turm erklommen hätte – bis ganz nach oben, wo alle Fenster mit Brettern vernagelt waren.

Trotzdem war es in dem kleinen Raum nicht dunkel. Es gab ein Fenster, schmal und hoch wie alle Fenster der Kaserne. An der Außenseite war es von netzförmig gespanntem Stacheldraht überzogen.

Osewoudt horchte an der Tür; es war nicht vollkommen still, aber was gesagt wurde, konnte er nicht verstehen. Er schaute sich im Raum um. Es gab eine Pritsche, einen kleinen Tisch mit verrosteten Metallbeinen, einen verrosteten Metallstuhl und einen hölzernen Waschtisch, auf dem eine emaillierte Waschschüssel stand.

Der Lärm draußen drang wieder in den Raum. Er ging zum Fenster, das er mühelos hochschieben konnte. Der Stacheldraht davor war so dicht gespannt, daß nicht einmal ein Kind den Arm hätte hindurchstecken können, ohne sich die Haut aufzuritzen. Hindurchschauen aber konnte er ohne weiteres.

Das Fenster ging auf den Kasernenhof hinaus. Man befand sich hier ungefähr eine halbe Etage über dem Erdgeschoß. Die Frau hatte recht gehabt, er hatte einen hervorragenden Platz, um die Königin zu sehen! Er unterdrückte das Zähneklappern, nahm den Stuhl, stellte ihn vors Fenster, setzte sich und schaute hinaus, die Hände auf der Fensterbank, das Kinn auf die Hände gestützt.

Jeglicher Verkehr auf der Straße war nun eingestellt, die Fahrbahn war völlig frei, gesäumt von Infanteristen, die in Reihen vor den Zuschauern standen, abwechselnd mit dem Gesicht zum Asphalt und zu der Menschenmenge.

Im Wachlokal neben dem kleinen Raum hörte Osewoudt schwere, stampfende Schritte. Kurz darauf ertönten Trommeln, und die Ehrenwache marschierte in Viererreihen aus dem Gebäude, das Gewehr mit aufgepflanztem Bajonett geschultert. Die Soldaten marschierten bis zum Tor. Dort teilte sich die Kolonne, und jede Hälfte machte eine bogenförmige Bewegung. Es wurde Halt befohlen, und sie standen sich in zwei Halbkreisen gegenüber, das Gewehr bei Fuß.

Einen Augenblick lang war es still, dann schwoll in der Ferne Jubel an. Sechs einsame Motorradfahrer fuhren langsam vorbei. Der Jubel wurde noch lauter. Ein Wirbel von Händen und Fähnchen pflanzte sich in einer Welle über den Köpfen der Wartenden fort. Ein Auto mit offenem Verdeck fuhr vor und hielt.

Ein Militärpolizist in Galauniform öffnete den Schlag, und die Königin stieg aus. Sie trug ein graues Kostüm mit einem ziemlich langen Rock, der nach unten ausgestellt war, und hohe braune Schuhe. Die Offiziere salutierten, der Jubel wurde ohrenbetäubend, Osewoudt sprang vom Stuhl auf.

Die alte Dame ging langsam über den Kasernenhof. In der linken Hand hielt sie einen kleinen, mit Papier umwickelten Blumenstrauß, den ihr wahrscheinlich unterwegs jemand überreicht hatte, vielleicht ein Kind. Die andere Hand hielt sie in Höhe des Kopfes, die Handfläche zum Gesicht gekehrt. Steif verneigte sie sich leicht nach links und rechts und winkte mit der erhobenen Hand so, als ginge ein Fluidum von ihr aus, das sie durch die Handbewegung schneller zu ihren Untertanen strömen lassen wollte. Sie lächelte freundlich.

– Hurra! Hurra! schrie Osewoudt.

Zufällig fiel in diesem Moment der Blick der Königin auf ihn. Er ließ den Stacheldraht, den er umklammert hatte, los und verbeugte sich. Es schien ihm so, als sei die Handbewegung für einen Augenblick nur ihm zugedacht. Wahrscheinlich hatte auch die Königin eine Schwäche für Krankenschwestern! Dann schaute die alte Dame wieder in eine andere Richtung.

– Hurra! schrie Osewoudt noch einmal. Aber seine Stimme wurde schon nach wenigen Metern übertönt, niemand drehte sich zu seinem Fenster um.

Hinter der Tür wurde es unruhig, dann öffnete sie sich langsam.

Osewoudt hatte das Fenster wieder geschlossen und saß vor dem Waschtisch auf seinem Stuhl. Er rührte sich nicht.

Ein Soldat steckte den Kopf durch die Tür.

– Ach Gott, das isser also!

Die Tür schloß sich wieder, und er hörte, wie derselbe Soldat sagte: Trotzdem siehter aber wirklich wie 'n Mädchen aus!

Die Tür wurde erneut geöffnet, ein anderer Soldat steckte den Kopf um die Ecke. Sein Gesicht war mit Schlagsahne verschmiert. In der einen Hand hielt er einen Löffel, in der anderen ein Schälchen mit Erdbeeren.

– Erdbeeren mit Schlagsahne! rief er. Und du kannst in die Röhre gucken, du warmer Bruder!

Die Tür wurde wieder geschlossen, und Osewoudt hörte, wie jemand sagte: Verdammt, und ich hab noch gedacht, was für ein schnuckliges Mädchen. Eine süße kleine Blondine, verdammt!

Die Sonne ging bereits unter, als die Tür von neuem geöffnet wurde. Ein hochgewachsener Oberst trat ein, gefolgt von dem hinkenden Leutnant und einem Unteroffizier.

Osewoudt stand auf und stellte sich vor den Oberst.

– Herr Oberst! Es handelt sich hier um ein unbegreifliches Mißverständnis! Ich bin Osewoudt aus Voorschoten. Ich bin heute nacht durch die Linien gekommen. Ich …

Der Leutnant wollte etwas sagen, aber der Oberst gebot ihm durch eine Geste zu schweigen. Über Osewoudts Kopf hinwegschauend und ohne ihn auch nur eine Sekunde zu beachten, sagte er: Leutnant, ich halte es für einen äußerst unerwünschten Zustand, daß der Kerl hier noch immer Frauenkleider trägt. Was für einen Eindruck muß das auf die Truppe machen! So schnell wie möglich muß für ihn Zivilkleidung beschafft werden.

Er drehte sich um und verließ den Raum.

– Herr Oberst, Sie wollen sich doch hoffentlich nicht lächerlich machen, Sie können mir doch sicher eine Minute zuhören!

Der Unteroffizier schlug die Tür zu, und Osewoudt hörte, daß die Riegel wieder vorgeschoben wurden. Er ging zur Tür, hielt den Mund vor das Schlüsselloch und schrie: Herr Oberst! Ich kann nichts dafür, daß ich in Frauenkleidern herumlaufe! Ich habe nie ein Geheimnis daraus gemacht, daß ich ein Mann bin! So hören Sie mir doch zu! Ich bin hier schon seit fünf Stunden eingesperrt! Es ist ein idiotischer Irrtum! Ich bin kein Spion! Ich bin tatsächlich Osewoudt! Ich laufe nicht zum Scherz in Frauenkleidern herum! Lassen Sie mich raus! Ich kann alles aufklären!

Nichts geschah.

Osewoudt trat ans Fenster und schaute hinaus. Auf dem Kasernenhof war es still, die paar Soldaten, die auf und ab schlenderten, langweilten sich so offensichtlich, daß sich ihre Langeweile über die ganze Gegend verbreitete. Auf der Fahrbahn lagen noch Fetzen von orangefarbenem Papier, an den Häusern hingen die Fahnen reglos in der Abendstille.

Er hörte Schritte. Der Sergeant und ein Soldat, die aus dem Haupteingang gekommen waren, gingen über den Hof zum Tor und stiegen in einen Jeep. Der Wagen startete, fuhr durch das Tor und verschwand. Eine Viertelstunde später kam der Jeep zurück. Der Sergeant und der Soldat stiegen wieder aus. Der Soldat trug ein in Zeitungspapier eingewickeltes Paket.

Kurz darauf wurde die Tür entriegelt und geöffnet.

– Geht das immer noch so weiter? sagte Osewoudt. Seid ihr denn vollkommen verrückt?

Der Soldat warf das Paket auf die Pritsche, der Sergeant legte ein khakifarbenes Unterhemd, eine khakifarbene Unterhose, ein khakifarbenes Oberhemd und zwei Socken in der gleichen Farbe daneben.

– Röcke ausziehen und was da liegt anziehen. Ansonsten bin ich für nichts zuständig. Kapiert?

Sie traten ein paar Schritte zurück und schlossen die Tür.

Osewoudt entfernte das Zeitungspapier und packte einen ziemlich zerknitterten Anzug aus: eine Hose und ein Jackett, einen Doppelreiher. Der Anzug war nicht neu, aber auch nicht abgetragen. Auf violettem Grund waren große blaue Karos eingewebt. Der Stoff sah dünn aus, war jedoch steif und hart. Er verbreitete einen betäubenden Naphthalingeruch. Osewoudt zog die Röcke aus. Er warf die Schwesterntracht in eine Ecke und zog die khakifarbene Unterwäsche an. Das Oberhemd war auch aus militärischem Stoff, aber man hatte die Schulterstücke abgeschnitten, und die Krawatte fehlte.

Die Hose paßte ihm genau und saß ohne Gürtel, der ohnehin nicht dabei war. Als er die Jacke über der Brust zurechtzog, hörte er in der Innentasche etwas rascheln. Er faßte hinein und holte ein ziemlich großes weißes Blatt heraus, auf dem in der linken oberen Ecke eine amerikanische Fahne in den authentischen Farben abgedruckt war. Mit blauen Buchstaben stand dabei:

GESCHENK DER FRAUENLIGA
DER VEREINIGTEN STAATEN

Der Jungmädchenkreis von Knoxville (Tennessee) gratuliert allen Bewohnern der von den deutschen Barbaren unterdrückten Gebiete zur Befreiung durch die Truppen der Alliierten.

EIN HOCH AUF DIE VEREINTEN NATIONEN!

Draußen war es inzwischen völlig dunkel, als ihn zwei baumlange Neger holten. Sie trugen glänzende weiße Helme und weiße Gürtel, an denen riesengroße Revolver in riesengroßen weißen Taschen hingen. Osewoudt kam mit, ohne daß sie etwas sagen mußten. Ihre Münder machten nur Kaubewegungen.

Der eine ging vor ihm, der andere hinter ihm.

– Ihr seid verrückt! schrie Osewoudt einem niederländischen Soldaten zu, den er im Gang stehen sah.

– Steady now, murmelte der Neger hinter ihm.

Sie kamen auf den Hof. Die Militärpolizisten gingen nun beide vor ihm, als ob sie ihn loswerden wollten. Sie liefen geradewegs zu einem Jeep, der schon mit laufendem Motor bereitstand. Der eine setzte sich ans Steuer, der andere ließ sich mehr oder weniger neben ihn fallen. Er war zu groß für den kleinen Wagen, das rechte Bein ließ er heraushängen. Ohne sich umzuschauen, deutete er mit dem Daumen schwungvoll hinter sich. Osewoudt war klar, was von ihm verlangt wurde, und er spürte, wie sich seine Muskeln spannten. Einsteigen? Er bohrte seine Augen in die Dunkelheit auf der Suche nach einem Ausweg. Aber dann sah er einen zweiten Jeep, der etwa zehn Meter hinter dem ersten Wagen stand. Auch darin saßen zwei weißbehelmte Gestalten. Die Windschutzscheibe war heruntergeklappt, und auf die Motorhaube war ein kleines Maschinengewehr montiert.

Über das Rad kletternd stieg Osewoudt hinter den beiden Männern ein. Der Jeep fuhr sofort los, kurvte durch das Tor und erreichte auf der Straße gleich eine hohe Geschwindigkeit. Osewoudt hockte auf dem Boden. Er schaute sich um, die Haare flatterten ihm um den Kopf. Der zweite Jeep folgte in geringem Abstand.

Sie verließen die Stadt, und der zweite Jeep folgte ihnen noch immer. Hin und wieder schien der Mond durch die Wolken. Es war so dunkel, daß Osewoudt sich nicht orientieren konnte, aber er vermutete, daß sie in Richtung belgische Grenze fuhren. Von Zeit zu Zeit wurde auf dem zweiten Jeep ein Scheinwerfer eingeschaltet. Dann sah Osewoudt seinen Schatten auf dem Rücken der Neger.

Sie fuhren durch dunkle Dörfer, sie fuhren an bewaffneten Posten vorbei, die sie sofort durchließen, sie kamen zu einem Schild

HALT! ZOLL!

und hielten dort zwei Sekunden an, bis sich ein rot-weißer Schlagbaum hob. Die Straßen wurden schlecht und holprig, das Land war flach und verlassen. Dann fuhren sie durch einen Wald, und schließlich kamen sie in eine Heidelandschaft, wo viele Militärfahrzeuge, Panzer und Geschütze standen. Als sie daran vorbeigefahren waren, stoppte der Jeep. Die Neger stiegen aus, gaben Osewoudt zu verstehen, daß er auch aussteigen solle, und nahmen weiter keine Notiz von ihm. Er stieg aus und blieb neben ihnen stehen.

Der Fahrer gab dem anderen eine Zigarette und bot auch Osewoudt eine an. Er mußte sich bücken, um Osewoudt ein brennendes Streichholz vors Gesicht zu halten. Dann stellten sich beide mit dem Rücken zu Osewoudt. Vereinzelt liefen andere Soldaten herum.

Weit und breit war kein normales Gebäude zu sehen. Es gab nur ein hohes Zelt und zwei Baracken aus Eisenblech mit kleinen Fenstern, hinter denen ein trübes Licht brannte. Der sumpfige Boden war mit Streifen aus perforiertem Eisenblech bedeckt.

Osewoudt fröstelte in der kalten Nachtluft. Der Jeep, der ihn hergebracht hatte, fuhr weg. Aus dem Zelt kamen nacheinander einige Männer in zivilen Anzügen und Mänteln. Er zählte neun. Behelmte Polizisten stellten die Männer mit einem Meter Abstand zu Osewoudt in einer Reihe auf. Dann erkannte er, daß einer der Soldaten eine flache Kiste wie ein Tablett vor dem Bauch trug. Wie eine Art Operationsschwester, die die Instrumente anreicht, folgte er damit einem Sergeant, der hinter jedem Häftling stehenblieb, ihm die Hände auf den Rücken legte, kleine stählerne Handschellen aus der Kiste nahm und sie mit einem kurzen klickenden Geräusch schloß.

Der schwarze Himmel dröhnte von Motorenlärm, und ein Flugzeug setzte zum Landeflug an. Über das perforierte Eisenblech rollend, näherte es sich, ein Scheinwerfer an der stumpfen Nase tastete den Boden ab. Es hielt an, aber die Motoren liefen weiter. Der Sergeant sagte etwas Unverständliches zu dem Häftling, der am anderen Ende der Reihe stand. Dieser ging zum Flugzeug, und als er kurz davor stand, klappte aus dem Rumpf von oben nach unten eine Luke auf. An der Innenseite der Luke waren Treppenstufen angebracht. Der Häftling stieg hinauf, und ohne daß es einer Aufforderung bedurft hätte, folgten ihm die anderen. Osewoudt kletterte als letzter ins Flugzeug, der Luftstrom vom Propeller blies durch seinen dünnen Anzug, während er sich bemühte, nicht von den schmalen Stufen abzurutschen.

Kleine Glühlampen brannten im Inneren des Flugzeugs. Die aus ungehobelten Brettern zusammengezimmerte Einrichtung ließ eher an einen Hühnerstall denken. In zwei Reihen saßen sie einander auf Holzbänken gegenüber. Die Häftlinge redeten miteinander, was ihnen nicht verboten wurde. Sie schrien sogar, um das Dröhnen der Motoren zu übertönen. Sie redeten in Sprachen, die Osewoudt nicht verstand. Dann jedoch sprach ihn der Mann, der neben ihm saß, auf niederländisch an.

Es war ein hagerer grauhaariger Mann, der so aussah, wie man sich einen Arzt oder Zahnarzt vorstellte. Er trug einen adretten weißen Regenmantel.

– Wer sind Sie? fragte er plötzlich.

– Was geht Sie das an, wie ich heiße?

Der Mann beugte sich vertraulich über Osewoudt.

– Ich bin bereits seit Jahren im Fach. Schon im Ersten Weltkrieg habe ich für die Engländer gearbeitet. Die Deutschen haben mich nie gefaßt.

– Warum sind Sie dann hier?

– Purer Blödsinn! Sobald wir in England sind, bringe ich meine Verbindungsleute auf Trab. Übermorgen bin ich wieder auf freiem Fuß.

– Wissen Sie denn, wohin wir fliegen?

– Nach Manchester natürlich. Dienststelle L.I.4. Kurz durchchecken. Kein Grund zur Aufregung, was mich betrifft. Alles in Butter.

– Meine Verhaftung, rief Osewoudt, beruht auch auf einem Irrtum!

– Sie schnappen sich immer die Falschen! Vor allem die Amerikaner, die verstehen nichts von ihrem Handwerk. Alles Amateure.

– Mich haben die Holländer verhaftet. Ich war verdammt noch mal eine Nacht vorher durch die Linien gekommen, und was tun sie als erstes? Mich verhaften. Vor vier Tagen bin ich aus deutscher Gefangenschaft entkommen. Ich habe neun Monate im Gefängnis gesessen. In Breda geh ich aufs Hauptquartier, und sie stecken mich ins Militärgefängnis. Ich reg mich nicht darüber auf. Ich werde in England alles erklären.

– Wen kennst du denn in England?
– Niemanden.
– Welche Dienststelle hat dir denn deine Aufträge gegeben? SIS? SOE?
– Keine Ahnung. Mit dem britischen Geheimdienst hatte ich nicht viel zu tun. Sie haben mir nur hin und wieder Agenten geschickt, denen ich weiterhelfen sollte.
– Wer bist du denn?
– Ich bin Osewoudt. Aber …
– Verdammt! Du bist Osewoudt? Ich denke schon die ganze Zeit, das Gesicht kommt mir bekannt vor!
– Ich habe Sie noch nie gesehen!
– Nein. Aber ich dich.
– Wo denn?
– Wo? Vor fünf Monaten hat man schon vor dir gewarnt! Dein Foto war in allen Widerstandszeitungen. Sogar in den normalen Tageszeitungen in Limburg und Nordbrabant hat man über dich geschrieben. Ein äußerst gefährliches Individuum. Hat Hunderte von guten Patrioten dem Feind ausgeliefert. Du bist es doch? Der Mann ohne Bart? Verdammt, jetzt weiß ich's. Diese Stimme! Wer hat so eine hohe Stimme? Im befreiten Süden reden alle schon seit vier Monaten von nichts anderem als von dem gefährlichen Burschen mit der hohen Stimme.

Die Tür wurde zugeschlagen. Das Motorengeheul nahm an Tonhöhe zu. Mit einem Ruck setzte sich das Flugzeug in Bewegung. Es rüttelte wie eine Schubkarre, die über kantige Steine geschoben wird. Die Häftlinge fielen von den Bänken, lagen übereinander auf dem Boden, die Köpfe wurden gegeneinandergeschleudert. Plötzlich hörte das Gerüttel auf. Osewoudt sah sich im Flugzeug um, die Augen taten ihm weh, ihm war speiübel.

Einer nach dem anderen krochen sie über die schräg liegende Fläche zu den Bänken zurück.

Ein kahles Zimmer, in dem es nach kaltem Zigarettenrauch stank, mit einem großen Schreibtisch, der fast in der Mitte, und einem kleineren, der in der Ecke stand, und mit Gittern vor dem großen Fenster, das auf eine hohe, mit schwarzer Teerfarbe gestrichene Mauer hinausging.

Es nieselte. Der Regen war so fein, daß man ihn kaum von Nebel unterscheiden konnte.

In wie vielen Räumen dieser Art hatte Osewoudt nicht inzwischen auf einem harten Stuhl vor einem Schreibtisch gesessen, an den Handgelenken noch die Abdrücke der Handschellen, die man ihm fünf Minuten zuvor abgenommen hatte.

An dem kleineren Schreibtisch saß ein junger Mann in einem mausgrauen Anzug. Sein Haar war zu einer dicken Tolle frisiert, deren Zustandekommen ein Geheimnis englischer Friseure ist. Er rauchte eine Zigarette mit einer langen Zigarettenspitze aus Bernstein und hatte bemerkenswert lange Wimpern. Er spannte einen neuen Bogen Papier in die vor ihm stehende Schreibmaschine ein. Hin und wieder lächelte er Osewoudt zu, schaute dann wieder vor sich und blies dabei den Rauch sorgfältig zu einem O. An dem großen Schreibtisch saß niemand, und es lag auch nichts darauf, nicht einmal eine Schreibunterlage. Es war ein alter, abgenutzter Schreibtisch aus billigem Holz mit abgesplitterten Ecken.

Auf den Holzdielen lag kein Teppich. Um die Schreibtische herum war das Holz mit Tinte und zertretener Zigarettenasche befleckt, vor dem offenen Kamin war es schwarz von Kohlengrus, und aus dem Kamin gefallene Glut hatte an einigen Stellen große Löcher hineingesengt.

Draußen auf dem Gang waren Schritte zu hören.

– Der Chef ist heute spät dran, sagte der junge Mann auf englisch, das ist er übrigens meistens.

Osewoudt konnte es mit Mühe verstehen, wagte aber nicht, etwas zu erwidern.

Dann öffnete sich die Tür, und ein hochgewachsener Mann in einem braunen Tweedanzug ging zum Schreibtisch und legte eine blaue Mappe darauf.

– Ich zufällig bin Oberst Smers, sagte er auf niederländisch, ich bin sehr glücklich, eine kleine Konversation mit Ihnen haben zu können. Well Percy, how's everything this beautiful morning?

– Quite well Sir, thank you.

Der hochgewachsene Mann blies in seine Hände und setzte sich dann mit einer langsamen Bewegung. Sein Kopf war fast bis auf den Nacken kahl. Die Nackenhaare hatte er auf eine Länge von mehreren Dezimetern wachsen lassen und sie von hinten nach vorn über den Schädel gekämmt. Sein Gesicht war von bläulichem Rosa, die Augen, in denen die auffälligste Farbe ein gelbliches Weiß war, standen vor, die Haut seiner dicken Nase war rot und spannte sich wie der Gummi eines Luftballons. Das Sonderbarste an ihm war jedoch der Schnurrbart unter dieser Nase. Ein Schnurrbart, der die Form einer Sanduhr und die Farbe von Kupfer hatte, das seit Jahrhunderten einmal in der Woche mit Schlämmkreide poliert worden war.

Er legte die Ellbogen auf den Schreibtisch und schaukelte mehrmals mit dem Oberkörper von links nach rechts und von rechts nach links.

– Well, well, ein schöner Tag für die Jahreszeit. Aber zuerst einen Schluck Whiskey, nur einen Schluck.

Er bückte sich unter den Schreibtisch und kam mit einer Flasche und einem Zahnputzglas wieder hoch.

– Nur einen Schluck Whiskey am Morgen, das tut so gut!

Er füllte das Glas bis auf einen Fingerbreit unter dem Rand und schlürfte es, ohne abzusetzen, leer. Nachdem er Atem geholt hatte, blies er die Luft mit so viel Kraft durch seinen Schnurrbart wieder heraus, daß sich vor seinem Gesicht Alkoholdunst sammelte. Dann steckte er sich eine Zigarette an, ohne Osewoudt eine anzubieten. Zeige- und Mittelfinger seiner rechten Hand waren vom Nikotin dunkelbraun verfärbt, und er hatte die Gewohnheit, die Zigarette so zu halten, daß sie im Innern der Hand glomm, deshalb war auch seine Handfläche braun.

– Wir werden Sie nicht lange hierbehalten, sagte er, Sie müssen so bald wie möglich in Ihr befreites Vaterland zurück. Ich interessiere mich rein zufällig für ein paar kleine Dinge, über die Sie mir möglicherweise einige Aufklärung verschaffen können. Erinnern Sie sich zufällig an den Namen Elly Berkelbach Sprenkel?

– Ja.

– Sehr gut. Wie sind Sie ihr auf die Spur gekommen?

– Ich bin ihr nicht auf die Spur gekommen. Sie hat mich angerufen. Sie hatte meine Adresse in England erhalten.

– In England erhalten? Damals schon? Ich befürchte ein wenig, daß Sie damals bei uns hier noch nicht so gut bekannt waren wie heute. You got that, Percy?

– Yes, Sir.

Der andere rührte die Schreibmaschine jedoch nicht an.

– Thank you, my lad. Sie hatte also Ihre Adresse. Wie sind Sie dahintergekommen, daß sie eine englische Agentin war?

– Das hat sie mir selbst gesagt. Sie brauchte eine Unterkunft für die Nacht. Die habe ich ihr besorgt.

– Selbstverständlich, die haben Sie ihr besorgt. Ein ausgezeichneter Schlafplatz, das kann man wirklich sagen, denn sie schläft noch immer. Verzeihung, aber ich finde Ihren Humor recht zynisch.

– Was wollen Sie damit sagen? Ein Direktor der niederländischen Eisenbahn hat sie denunziert. Er ist zur deutschen Polizei gegangen, nachdem sie ihn um Informationen gebeten hatte. Was hätte ich da machen können?

– Natürlich nichts. Was Sie mir da berichten, habe ich auch aus anderen Quellen erfahren. Aber Ihre Darstellung weicht in einer kleinen Nuance von den anderen ab. Die Sache ist nämlich die, daß Sie damals schon als Agent im Dienst der Gestapo standen. Sie sind zu Herrn de Vos Clootwijk gegangen, haben sich als deutscher Polizist vorgestellt, ihn bedroht und gezwungen, die Sache anzuzeigen, obwohl das eigentlich gar nicht nötig gewesen wäre, denn Sie wußten ja bereits alles. Verzeihung, aber diese geringfügige Korrektur darf ich doch wohl vornehmen?

– Haben Sie denn nicht gelesen, was ich Captain Slum gegenüber erklärt habe? Schon seit drei Monaten werde ich Woche für Woche immer von jemand anders zu diesem Punkt verhört. Aber es ist, wie ich gesagt habe: Ich habe Elly Berkelbach Sprenkel bei einem Onkel von mir untergebracht. Als ich von dort auf dem Weg nach Hause war, erfuhr ich, daß die Deutschen meine Mutter und meine Frau abgeholt hatten. Ich bin also nicht nach Hause gegangen, sondern bei Leuten in Leiden untergekommen, die mir gefälschte Papiere besorgt haben, darunter einen Dienstausweis der deutschen Polizei. Als Elly Berkelbach Sprenkel verhaftet worden war, weil dieser Herr de Vos Clootwijk sie denunziert hatte, habe ich den Mann in Utrecht aufgesucht, um ihn zurechtzuweisen. Zuerst habe ich mich für einen Gestapomann ausgegeben, um die ganze Geschichte von ihm zu hören. Dabei habe ich den gefälschten Polizeiausweis benutzt, den ich in Leiden von Meinarends bekommen hatte. Ich hatte eigentlich die Absicht, ihn aus dem Haus zu locken und im Dunkeln zu erschießen. Aber ich fand ihn zu unbedeutend. Ich bereue, daß ich es nicht getan habe.

– Seine Erklärung weicht in einigen unwesentlichen Punkten von Ihrer ab. Er sagt aus, Sie seien bei ihm gewesen, *bevor* Elly Berkelbach Sprenkel sich mit ihm in Verbindung gesetzt hätte. Er erfuhr von Ihnen, daß sie kommen würde und daß die deutsche Polizei seine Reaktion auf den Besuch beobachten würde.

– Er lügt.

– Well, das ist ein hartes Wort. Warum sollte ein Direktor der Eisenbahn lügen?

– Warum sollte er die Wahrheit sagen, wenn es sich so verhält, wie ich Ihnen erzählt habe?

– Erzählen ist die eine Sache, aber die Wahrheit des Erzählten zu beweisen ist etwas ganz anderes.

– Ich habe Captain Slum auch die ganze Geschichte mit den Fotos erzählt.

– Gewiß, gewiß, das haben Sie auch gemacht. You got that, Percy?

– Most certainly so, Sir.

Mit einem Finger tippte er etwas in die Maschine.

– Thank you, my lad.

In diesem Augenblick bekam Oberst Smears einen Hustenanfall. Seine rechte Hand, die Spitzen der vier Finger und des Daumens um den Zigarettenstummel gepreßt, lag kraftlos auf dem Schreibtisch; mit der ausgestreckten linken Hand aber klopfte er sich leicht auf den Mund.

– Sie sind die höchste Instanz, die mich verhören kann, sagte Osewoudt, ich bin vollkommen unschuldig, ich versuche alle Ihre Fragen so vollständig wie möglich zu beantworten. Das liegt ja auch in meinem Interesse.

Der Oberst räusperte sich geräuschvoll, lehnte sich in seinem Schreibtischstuhl nach hinten und wischte sich den Schnurrbart mit einem großen weißen Taschentuch ab; dabei überprüfte er immer wieder, ob etwas auf dem Taschentuch zurückblieb.

– Well, dieser Onkel von Ihnen, wo ist er?

– Die Deutschen haben ihn verhaftet.

– Den auch noch? Zusammen mit Elly Sprenkel?

– Nein, etwas später.

– Und wo ist er jetzt?

– Woher soll ich das wissen? Wahrscheinlich ist er tot, vielleicht ist er noch irgendwo in Deutschland. Sie sind in der Lage, Nachforschungen anzustellen, ich nicht.

– Wir können nicht alles. Wir sind mit Arbeit überhäuft.

– Warum lassen Sie dann nicht Dorbeck kommen? Ich habe schon mindestens zwanzigmal erzählt, daß er genauestens darüber informiert ist, daß sich Elly Berkelbach Sprenkel mit mir in Verbindung gesetzt hatte und nicht ich mit ihr. Sie hatte ein Foto dabei, das man ihr in England gegeben hatte, ein Foto, das ich für Dorbeck entwickelt und einige Tage zuvor an eine mir von Dorbeck genannte Adresse geschickt hatte.

– Ich kann diesen Dorbeck, von dem Sie reden, nicht so ohne weiteres herbeordern.

– Warum nicht?

– Wenn ich Ihre Geschichten richtig verstehe, war Dorbeck Mitarbeiter in einer unserer Dienststellen. Falls das stimmt, ist er wahrscheinlich immer noch dort. Ich wäre also auf die Kooperation und die Zustimmung seines unmittelbaren Vorgesetzten angewiesen.

– Die können Sie doch einholen?

– Die kann man mir nicht geben. Falls meine Annahme zutrifft, ist Dorbecks Vorgesetzter durch den Official Secrets Act gebunden. Der besagt, daß er niemandem irgendeine Auskunft über sein Personal zu geben braucht.

– Was beabsichtigen Sie dann?

– Well. Es ist ein klein wenig schwierig, das zu sagen. Ich habe den Eindruck, aber es ist nicht mehr als ein Eindruck, daß auch Ihre Landsleute noch dies oder das mit Ihnen zu besprechen haben.

– Mit mir zu sprechen hat keinen Sinn. Alles, was ich gemacht habe, habe ich auf Anweisung von Dorbeck gemacht. Dorbeck hat mich aus deutscher Haft befreit. Warum sollte Dorbeck das getan haben, wenn ich der Verräter wäre, für den Sie mich halten? Als Dorbeck mich befreite, waren mein Foto und mein Steckbrief schon monatelang im befreiten Gebiet und bei den Nachrichtendiensten der Alliierten in Umlauf.

– Auch das muß nicht so ein großes Rätsel sein, wie Sie glauben. Möglicherweise war es weniger so, daß Sie bei den Deutschen *inhaftiert* waren, als vielmehr so, daß Sie ihren Schutz genossen. Außerdem ist es denkbar, daß Dorbeck Sie aus dieser Umgebung von beschützenden Deutschen befreit hat, um dafür zu sorgen, daß Sie Ihrer gerechten Strafe nicht entgehen!

– Aber dann hätte er mich gleich erschießen können.

– Na, na, nicht so große Worte!

– Er hat mir Sachen zum Verkleiden besorgt. Eine Schwesterntracht.

– Quite charming. You got that, Percy?

Als Osewoudt in seine Zelle zurückgebracht wurde, überreichte ihm der Wärter ein geöffnetes Päckchen. Wer es ihm geschickt hatte, konnte er nicht erkennen. Es enthielt einen kleinen holländischen Honigkuchen. Er biß ein Stück davon ab, und seine Zähne stießen auf etwas Hartes. Was war das? Draht? Nein, das Sägeblatt einer Laubsäge. Er zog es aus dem Kuchen.

Er hatte des öfteren gehört und gelesen, daß Häftlinge auf diese Weise in den Besitz eines kleinen Werkzeugs gelangt waren, mit dem sie sich befreit hatten: dicke Eisenstäbe durchgesägt, ein Loch ins Dach gemacht. Er schaute sich in der Zelle um: Die Wände bestanden aus Granitblöcken, die so groß waren, daß selbst dann, wenn sie ohne Zement aufeinanderliegen würden, ein Mann allein sie nicht würde verrücken können. Er begutachtete das Fenster: von innen und außen vergittert und obendrein viel zu hoch.

Er bog das Sägeblatt zusammen und benutzte es, um sich damit im Ohr zu stochern.

Der Aufseher, der ihm das Essen brachte, sah das Sägeblatt, sagte jedoch nichts und dachte nicht daran, es ihm abzunehmen.

Osewoudt bat um Papier und einen Füllhalter und bekam ein Folioblatt und einen Kugelschreiber.

Nevergold Prison, Manchester
29. Juni 1945

Majestät!

Zum letzten Mal erlaube ich mir, Sie um Ihre Aufmerksamkeit zu bitten für die Tatsache, daß ich bereits seit mehr als zweieinhalb Monaten ohne Grund inhaftiert bin. Diese Behandlung ist beispiellos und ließe sich besser als Mißhandlung bezeichnen.

Am 5. April d.J. entkam ich aus deutscher Gefangenschaft dank der Mithilfe des Agenten Dorbeck, der im Dienst der Engländer stand. Dorbeck verschaffte mir eine Schwesterntracht. In dieser Verkleidung fuhr ich in der Nacht vom 6. April von Amsterdam nach Dordrecht, wo ich die Hilfe des Pastors der Ignatiuskirche in Anspruch nahm. Dieser Pastor nahm mich für einen Tag in seinem Haus auf. Am Abend des 7. April holten mich holländische Widerstandskämpfer bei ihm ab und brachten mich nach Willemsdorp. Von hier aus brachten mich andere Personen, deren Namen ich nicht kenne, mit einem Ruderboot über das Hollands Diep und lieferten mich bei einem Arzt ab, Doktor Sikkens in Hogezwaluwe. Ich kam dort vier Uhr morgens an, aß in seinem Haus etwas und fuhr mit ihm am Vormittag des gleichen Tages in seinem Auto mit nach Breda, wo ich mich beim Hauptquartier in der Graaf-Adolf-Kaserne meldete. Ich wurde auf der Stelle festgenommen. Da ich annahm, daß es sich um eine allgemeine Sicherheitsmaßnahme handelte, habe ich mich der Verhaftung so gut wie nicht widersetzt. Am Abend wurde ich nach England transportiert. Bei dieser Gelegenheit erfuhr ich, daß mein Foto und mein Steckbrief bereits seit einigen Monaten in den befreiten Gebieten im Umlauf waren und daß nach mir gefahndet wurde. Die einzige Erklärung dafür ist, daß die Gestapo den Geheimdiensten der Alliierten irgend etwas zugespielt hat, um mich zu diskreditieren.

Das jedenfalls vermutete ich zunächst, da die Deutschen im besetzten Gebiet bereits 1944 ein Foto verbreitet und in der Wochenschau gezeigt haben, unter dem mein Name stand und vermeldet wurde, ich würde wegen Straßenraub gesucht.

Um so größer nun mein Erstaunen, als ich hier erfahren mußte, daß bestimmte Personen in den Niederlanden belastende Aussagen gegen mich gemacht haben, die auf nichts als Lügen und Verdrehungen der Wahrheit basieren.

Ich bin der Ansicht, ein Recht darauf zu haben, von niederländischen Instanzen zu dieser Angelegenheit befragt zu werden; ich habe mich 1940 nach dem Einmarsch der Deutschen vollkommen freiwillig in den Dienst des Vaterlandes gestellt. Auf die Kompetenz eines niederländischen Offiziers vertrauend, habe ich blindlings die Befehle und Anweisungen Dorbecks, eines Offiziers der niederländischen Armee, befolgt. Viele meiner Mitstreiter und Freunde, meine Mutter, mein Onkel und meine Verlobte wurden von den Deutschen ermordet. Das wäre vielleicht nicht geschehen, wenn ich, wie so viele Niederländer, passiv geblieben wäre.

Ich bin mir bewußt, daß ich nur ein Rädchen in einem größeren Getriebe war. Ich befinde mich in der verzweifelten Situation, daß ich diese Tatsache denjenigen, die mich verhören, nicht erklären kann. Wie alles genau vonstatten ging, weiß ich nicht und habe ich nie gewußt. Dorbeck ist derjenige, der es weiß, aber er ist anscheinend unauffindbar. Der englische Geheimdienst weigert sich, mir mitzuteilen, wo Dorbeck sich befindet …

Eine Woche später brachte der Gefängniswärter einen Herrn mit einer schwarzen Aktentasche in seine Zelle. Die Tür wurde hinter ihm offengelassen.

– Ich komme von der niederländischen Botschaft in London wegen des Briefs, den Sie an die Königin geschickt haben.

Der Wärter kam mit einem Polsterstuhl zurück, der Herr nahm Platz, der Wärter ging und schloß die Tür.

– Ist der Brief weitergeleitet worden? fragte Osewoudt.

– Weitergeleitet? Sie glauben doch wohl nicht im Ernst, daß wir einen solchen Brief von jemandem wie Ihnen an die Königin weiterleiten? Was denken Sie sich eigentlich? Glauben Sie etwa, ein Widerstandskämpfer, der bei den Deutschen im Konzentrationslager saß, hätte einen Brief mit Jeremiaden an Hitler schicken können?

– Mir ist schon klar, sagte Osewoudt, daß Sie nie in deutscher Gefangenschaft waren. Nein, Sie waren nie in deutscher Gefangenschaft. Ich aber, und zwar neun Monate lang. Sie haben mir das Gesicht zerschlagen; wenn Sie wollen, zeige ich Ihnen die Narbe. Ich darf vielleicht auch bemerken, daß es mir nicht im Traum einfallen würde, die Königin mit Hitler zu vergleichen.

– Ich bin nicht hier, um mir Vorwürfe anzuhören, sondern weil wir Untertanen eines Rechtsstaates sind. Trotzdem ist es ausgeschlossen, daß wir den Brief an Ihre Majestät weiterleiten. Was ist das für eine Geschichte über Ihre Verlobte, die angeblich von den Deutschen ermordet wurde? Soweit uns bekannt ist, haben Sie am 25. August 1939 Maria Roelofje Nauta geheiratet. Diese Frau wurde am 6. April in ihrem Tabakladen in Voorschoten tot aufgefunden. Sie waren nicht von ihr geschieden. Wie können Sie dann eine Verlobte gehabt haben?

– Wurde, fragte Osewoudt, meine Frau am 6. April in Voorschoten tot aufgefunden?

– Schweifen Sie nicht ab! Ich rede von Ihrer sogenannten Verlobten. Wie wagen Sie es, eine solche Geschichte an die Königin zu schicken?

– Hätte ich denn schreiben sollen: meine Konkubine?

– Sie hätten viel besser überhaupt nicht schreiben sollen. Mit solchen Unverschämtheiten schaden Sie Ihrer Sache nur. Ich kann Ihnen nur eines ankündigen: Man wird Sie in den nächsten Tagen in die Niederlande zurückbringen, und dann werden Sie noch sehen, was alles gegen Sie vorliegt. Eine schauderhafte Liste von Verbrechen!

– Können Sie mir sagen, woran meine Frau gestorben ist?

Der Mann warf einen Blick auf seine Unterlagen.

– Nein, das steht da nicht.

– Meine Frau hat mich bei den Deutschen denunziert; steht das wenigstens da?

– Nein.

– Sie hat mit dem Sohn eines Nachbarn zusammengelebt, einem Nazi. Steht das auch nicht da?

– Nein, auch das nicht. Und außerdem habe ich damit nichts zu tun. Ich bin nur hier, um Ihnen zu erklären, daß solche Briefe wie der von Ihnen unmöglich beachtet werden können. Sie haben das Recht auf die Erläuterung eines derartigen Beschlusses, davon abgesehen aber haben Sie keine Rechte.

Er steckte die Unterlagen in seine Tasche und stand auf.

Osewoudt stand ebenfalls auf und ging einen Schritt auf den Mann zu. Dessen Augen weiteten sich vor Schreck, die Tasche unter seinem Ellbogen rutschte ein Stück nach unten.

– Fassen Sie mich nicht an, schrie er, überlegen Sie sich gut, was Sie tun. Wo ist die Alarmglocke?

– Ich habe überhaupt nicht vor, Sie anzufassen! Sie sehen doch, ich stecke die Hände in die Taschen. Aber Sie wissen genausogut wie ich, daß ohne Dorbeck nichts aufgeklärt werden kann. Wo ist Dorbeck? Warum wird Dorbeck nicht ausfindig gemacht? Sie könnten mir doch helfen! Sie könnten doch bei den Engländern darauf dringen, daß sie Dorbeck zu einer Aussage veranlassen! Ich habe nichts verbrochen. Ich sitze seit Monaten im Gefängnis. Die Niederlande sind inzwischen befreit, der Krieg ist vorbei, und ich habe nichts davon gemerkt. Ich bin bereit, an allen möglichen Ermittlungen, soweit ich kann, mitzuwirken. Aber können Sie nicht dafür sorgen, daß man mich freiläßt?

Die Tür öffnete sich. Wie ein Schatten huschte der Herr am Aufseher vorbei und verschwand.

Die Sirene des Zerstörers heulte dreimal hintereinander, hoch und gellend wie der Schrei eines Raubvogels. Unter der Ummantelung der Schraubenwelle, die den kleinen, von Stahlwänden umgebenen Verschlag, in dem Osewoudt eingesperrt war, in der Mitte teilte, entstand eine Vibration, die sich durch den gesamten Stahl der Umgebung fortpflanzte. Dann war es still. Die blecherne Feldflasche, die an der Wand hing, hörte auf zu schaukeln. Das elektrische Licht erlosch für einen Moment und leuchtete dann wieder auf, jedoch nur mit verminderter Helligkeit. Das laute Stampfen, das er, er wußte nicht wie lange, gehört hatte, kam nicht zurück. Irgendwo in einem fernen Bereich des Schiffs brummte ein Dieselmotor.

Osewoudt rieb seine klebrigen Hände aneinander und schluckte. Dann trank er einen Schluck des abgestandenen Wassers aus der Blechflasche und hängte sie wieder auf. Schritte. Noch mehr Schritte. Schließlich Schritte, die sehr laut wurden und plötzlich innehielten. Schlüssel rasselten an der Stahltür.

Zwei Militärpolizisten in khakifarbenen Uniformen standen vor ihm.

– Mitkommen, Osewoudt! Sie warfen ihm einen schwarzen Sack über den Kopf.

Er folgte ihnen durch die stählernen Eingeweide des Schiffs, die Hände mit Handschellen gefesselt. Nach unten starrend, konnte er einen schwachen Schimmer Tageslicht sehen. Sie gingen über Stahlplatten, dann über Metallgitter. Dann eine Treppe hinauf, eine Holztreppe, deren Kanten mit Messingstreifen beschlagen waren. Die Luft, die er einatmete, wurde kühler und frischer. Sie gingen nun über Holz, dann über Holz mit Querleisten. An dem seltsamen unangenehmen Nachgeben seiner Knie erkannte er, daß die Fläche abschüssig war. Nun liefen sie über Steine, und schließlich roch er ein Auto.

– Achtung! Stufe! sagte der Militärpolizist links neben ihm.

Er ging die Stufe hinauf. Eine Wagentür fiel zu. Die linke Handschelle wurde ihm abgenommen, die an seiner rechten Hand wurde ihm auf dem Rücken an der linken Hand befestigt. Schließlich zogen sie ihm den Sack vom Kopf und gingen wortlos.

Er saß auf einer Holzbank in einer Art kleinem Lastwagen, einem Gefangenentransporter. Im Dach befand sich ein Lüftungsrost, und an der Seite war ein kleines vergittertes Fenster aus Mattglas.

Er hörte den Motor starten und spürte, daß das Auto anfuhr. Er wußte nicht, wie lange die Fahrt dauerte, merkte jedoch, daß es immer dunkler wurde.

– Wo bin ich? fragte er, als man ihn zum Aussteigen aufforderte.

– In Drente. Lager Achtste Exloërmond.

Die Sonne war schon vor Stunden untergegangen. Die Luft roch nach faulen Eiern, hier und da sah er mit Sten Guns bewaffnete Soldaten. Ein hoher Stacheldrahtzaun wurde von Natriumdampflampen grell beschienen. Er bekam keine Gelegenheit, noch mehr zu sehen. Sie trieben ihn in ein Haus, durch einen Flur und in ein Zimmer.

Auf dem Schreibtisch lag ein hoher Stapel Akten. Ein Mann mit schwarzem pomadisiertem Haar, das in der Mitte gescheitelt war, einer hohen Stirn und schlaffen, eingekerbten Wangen deutete auf einen Holzstuhl und sagte: Osewoudt, nimm Platz. Ich bin Inspektor Selderhorst. Wir werden deinen Fall jetzt sofort von A bis Z durchgehen. Es ist ein schreckliches Durcheinander.

Er zeigte auf den Aktenstapel.

– Keiner wird mehr daraus schlau. Ich will dir jede Chance geben, dich zu verteidigen.

– Was möchten Sie denn wissen?

– Zuerst die Sache mit den Fotos. Wie bist du zu den Fotos gekommen?

– Am ersten Kriegstag 1940 erschien Dorbeck in meinem Tabakladen. Ich hatte ein Schild vor meiner Ladentür, daß bei mir Rollfilme entwickelt und Abzüge gemacht werden könnten. Dorbeck gab mir einen Film und sagte, er würde die Bilder später abholen.

– Hat er sie abgeholt?

– Nein. Viel später, 1944, hat er mir einen Brief geschickt, daß ich sie an ein Postfach in Den Haag schicken sollte. Die Adresse lautete: Postfach 234, Den Haag. Das habe ich gemacht.

– Woher weißt du, daß die Fotos angekommen sind?

– Ich bin selbst nach Den Haag gefahren, am Nachmittag des Tages, an dem ich sie morgens in den Briefkasten gesteckt hatte. Ich habe die Postfächer beobachtet.

– Warum hast du das gemacht?

– Ich wollte Dorbeck persönlich sprechen.

– Und ist er gekommen?

– Nein. Eine Soldatin der Heilsarmee schloß das Postfach auf. Ich bin ihr gefolgt, ich wollte sie ansprechen. Aber auf der Straße verlor ich sie plötzlich aus den Augen. Am nächsten Tag habe ich mich wieder in die Nähe des Postfachs gestellt, weil ich hoffte, daß noch einmal jemand vorbeikommen würde. Aber niemand kam. Auch nicht am folgenden Tag. Am Abend jenes Tages bekam ich einen Anruf von Elly Berkelbach Sprenkel. Ich habe mich mit ihr an der Endhaltestelle der gelben Straßenbahn in Voorburg getroffen. Sie hat sich mit einem der Fotos legitimiert. Sie hat behauptet, man hätte ihr das Foto in England gegeben. Das hielt ich für unwahrscheinlich, denn sie war erst am Vorabend aus England gekommen. Das Foto müßte also innerhalb von zwei Tagen hin- und zurücktransportiert worden sein. Trotzdem bin ich davon ausgegangen, daß Elly Berkelbach Sprenkel aus England kam, damit hatte ich übrigens recht. Ich habe mir damals eben gedacht, daß sie das Foto in Holland erhalten hatte, mir aber nicht sagen wollte, wie. Ich habe nie erfahren, wie sie tatsächlich an das Foto gekommen war. Ich hatte auch nie die Gelegenheit, Dorbeck danach zu fragen.

– Du schweifst ab. Wie viele Fotos waren es ursprünglich?

– Drei Stück.

– Drei? Auf eine Filmrolle passen acht.

– Ein paar sind nichts geworden.

– Weißt du noch, was auf den Fotos war?

– Ja. Ein Schneemann mit einem Helm auf dem Kopf. Drei Soldaten mit Gasmasken, im Schlafanzug. Ein Soldat hinter einem Flakgeschütz.

– Hattest du auch die Negative verschickt?

Während er Osewoudt fragend ansah, suchte Selderhorst etwas in dem Aktenstapel.

– Nein, sagte Osewoudt. Die Negative hatte ich behalten.

Selderhorst öffnete nun einen großen Briefumschlag und schüttete den Inhalt auf den Tisch. Es waren die Fotos, die Osewoudt entwickelt hatte, jedes in mehreren Abzügen.

– Waren es vielleicht diese?

– Wo kommen diese Fotos her? Wie ist das möglich, ich …

– Die Fotos stammen aus deutschen Akten! Die Deutschen haben sie benutzt, um sich damit Zugang zu Widerstandsorganisationen zu verschaffen. Sie gaben sie Provokateuren, die sich damit legitimierten.

– Dafür kann ich nichts. Die Deutschen müssen die Negative gefunden haben, als sie meine Mutter und meine Frau verhafteten.

– Soso. Bist du später noch einmal mit den Fotos in Berührung gekommen?

– Ja. Moorlag hat mir eins gegeben, das in einem Briefumschlag zu mir nach Haus gebracht worden war an dem Tag, als meine Mutter und meine Frau verhaftet wurden, also als ich mit Elly Berkelbach Sprenkel in Amsterdam war.

– Welches Foto war das?

– Das Foto der drei Soldaten mit den Gasmasken. Auf der Rückseite stand eine Telefonnummer in Amsterdam, die ich ein paar Tage später anrufen sollte. Ich habe das Foto sofort zerrissen.

– Und das Foto von Elly Sprenkel?

– Das hatte ich ihr abgenommen und auch gleich zerrissen.

– Noch mehr Fotos?

– Nein.

Selderhorst schob die Fotos wieder in den Umschlag, legte den Umschlag auf den Stapel, nahm eine andere Akte zur Hand. Er trug einen fahlgrauen Anzug, das Hemd war schmuddelig und die Krawatte verdreht wie die Haut eines Räucheraals.

– Ein paar Tage nach dem Zeitraum, über den wir jetzt reden, hat die deutsche Polizei im Zug von Lunteren nach Amersfoort ein Mädchen verhaftet, Annelies van Doormaal. Sie trug die Uniform einer Führerin des Nationalen Jugendsturms. Diese Annelies van Doormaal war im Besitz eines der Fotos, von denen du gerade gesprochen hast, und zwar hatte sie das von einem Soldaten in Schlafanzughose hinter einem Flakgeschütz bei sich. Das steht hier! In einer deutschen Akte! Die Identität des Mädchens haben die Deutschen erst später festgestellt, sie hat praktisch unmittelbar nach ihrer Verhaftung Selbstmord begangen, mit Gift. Wie kam das Mädchen an dieses Foto?

– Das weiß ich nicht.

– Das weißt du nicht, Osewoudt? Aber sie muß sich in deiner Gesellschaft befunden haben, als sie verhaftet wurde! Ihr hattet an diesem Nachmittag zusammen in Lunteren eine Führerin des Nationalen Jugendsturms ermordet! Die Leiche der Frau wurde einen Monat später im Wald gefunden. Der Mord geschah an dem gleichen Nachmittag, als auch Lagendaal und seine Frau erschossen wurden. Richtig?

– Ja.

– Wieso befand sich diese Annelies van Doormaal in deiner Gesellschaft?

– Ich habe Ihnen doch gesagt, daß auf dem zweiten Foto eine Amsterdamer Telefonnummer stand. Diese Nummer sollte ich anrufen. Ich habe von einer Telefonzelle auf dem Overtoom in Amsterdam aus angerufen. Ich bekam Dorbeck an die Leitung. Dorbeck sagte mir, ich solle zu einer bestimmten Zeit im Wartesaal des Bahnhofs von Amersfoort sein. Dort würde ich ein Mädchen treffen, das sich mit einem Foto legitimiert. Ich habe getan, was er verlangt hat. Dieses Mädchen war Annelies van Doormaal, wie Sie mir jetzt sagen.

– Und wie ist sie in den Besitz des Fotos gelangt? Warum hast du es ihr nicht abgenommen?

– Wenn ich mich richtig erinnere, hat sie mir nur gesagt, sie hätte das Foto bei sich. Sie hat es mir nicht gezeigt. Ich war zu nervös, um sie später danach zu fragen.

Selderhorst stützte die Ellbogen auf den Tisch und strich sich, den Kopf tief gesenkt, mit beiden Händen die Haare nach hinten, obwohl sie ihm gar nicht in die Stirn gehangen hatten. Dann blickte er auf.

– So, Osewoudt. Es gibt aber eine andere Hypothese. Und diese Hypothese besagt, daß Annelies van Doormaal das Foto nicht bei sich hatte, um für dich erkennbar zu sein, sondern für die Deutschen. Die Deutschen sollten dieses Foto bei ihr finden, damit sie wußten, daß sie die richtige Person vor sich hatten. Es liefen ja so viele Führerinnen des Nationalen Jugendsturms in Uniform herum. Die ganze Geschichte wird dadurch viel einfacher. Du hast ihr dieses Foto zugespielt.

– Wie hätte ich das machen können? Ich hatte die Fotos doch alle abgeschickt!

– Du gibst selbst zu, daß sie unmöglich in so kurzer Zeit nach England hätten gelangen können.

– Nein, aber Dorbeck hat sie bekommen. Er hat sie von einer Soldatin der Heilsarmee abholen lassen. Das habe ich doch selbst gesehen!

– Und wenn Dorbeck nun überhaupt nicht existiert? Wenn du das alles nur in deinen Träumen gesehen hast?

– Wenn Sie so etwas Unsinniges annehmen, brauchen wir uns gar nicht weiter zu unterhalten.

– Unsinnig?

Selderhorst legte die Hand auf den Aktenstapel.

– Hunderte von Dokumenten habe ich hier, die gegen dich sprechen! Wenn ich sie alle mit dir durchgehen würde, hätten wir jahrelang zu tun. Die entsetzlichsten Dinge stehen darin und nirgends ein Wort über Dorbeck! Ich brauche nur auf gut Glück hineinzugreifen! Ganz beliebig!

Tatsächlich zog er eine andere Mappe aus dem Stapel und blätterte kurz darin.

– Hast du den Namen Labare schon einmal gehört?

– Ja, ich war in seinem Haus.

– Labare ist tot, wie kommt das?

– Die Deutschen haben ihn erschossen.

– Richtig. Die Deutschen haben ihn in seinem Haus verhaftet, wenige Stunden nachdem du dort aufgetaucht bist. Warum haben sie ihn verhaftet, dich aber nicht?

– Ich habe mich losgerissen, als einer der Deutschen mich nach draußen brachte. Ich habe früher mal Judo gemacht. Ich habe den Deutschen zu Boden geworfen und bin in den Zoeterwoudsesingel gesprungen. Eine halbe Stunde später haben sie mich aber wieder gefaßt.

– Soso. Wo kamst du an diesem Abend her, als du bei Labare geklingelt hast?

– Aus dem Krankenhaus Zuidwal. Leute aus dem Widerstand hatten mich befreit.

– Leute aus dem Widerstand hatten dich befreit …

– Ja. Vier Männer mit einem Auto. Einer von ihnen hieß Cor, ein anderer wurde mit Onkel Kees angesprochen. Ich habe sie nie wiedergesehen.

Selderhorst hatte inzwischen zum Telefonhörer gegriffen und sagte: Ja, bringt ihn nur.

– Von Widerstandskämpfern befreit, sagte er, während er den Hörer auflegte. Ich weiß nicht, ob ich Mitleid mit dir haben muß oder ob du lügst. Wer soll den Leuten den Auftrag dazu gegeben haben? Wohl der geheimnisvolle Dorbeck?

– Nein, nicht Dorbeck. Ich habe ihn später gefragt, aber er bestritt es, er wußte nichts davon.

– Wer war es denn sonst deiner Meinung nach?

– Ich habe an zwei Möglichkeiten gedacht. Erstens könnten es Bekannte meiner Freundin Mirjam Zettenbaum oder Bekannte von Meinarends gewesen sein, zweitens, und das glaube ich eigentlich eher, waren es vermutlich Verbindungsleute des Arztes im Krankenhaus Zuidwal.

Jemand klopfte an die Tür, und Selderhorst schaute Osewoudt schon nicht mehr an. Ein Soldat brachte einen Deutschen herein. Der Deutsche trug eine Uniform ohne Rangabzeichen. Außerdem fehlten ein paar Knöpfe. Er trug keine Stiefel, sondern verschlissene Turnschuhe.

– Kennst du diesen Mann, Osewoudt?

Osewoudt musterte den Mann, seine Hände, sein Gesicht. Der Deutsche erwiderte spöttisch Osewoudts Blick, schaute dann Selderhorst an.

– Ich habe so viele Deutsche gesehen, sagte Osewoudt, kann sein, daß ich den hier schon mal gesehen habe, aber ich weiß es nicht genau.

– Ich werde dir sagen, wie er heißt. Er heißt Gustav Malknecht. Sagt dir der Name etwas?

– Nein.

– Er hat an mehreren Tagen an der Schreibmaschine gesessen, als Wülfing und Ebernuss dich verhört haben.

– Ach so. Ich kann mich wirklich nicht mehr daran erinnern.

– Malknecht! Wie war das mit Osewoudts Befreiung aus dem Krankenhaus Zuidwal?

Malknecht nahm Haltung an, die Hände an der Hosennaht. Osewoudt beugte sich ein wenig vor, sein Rücken war gestreckt vor Spannung, der Mund stand halb offen.

– Ich war dabei, als Osewoudt zum erstenmal zu Wülfing gebracht wurde. Wülfing stellte Osewoudt Roorda gegenüber. Roorda erkannte Osewoudt, aber Osewoudt bestritt, Roorda zu kennen. Dann hat Wülfing Osewoudt ein paar Klapse verpaßt. Ich habe später gehört, daß Wülfing eine Abmachung mit Ebernuss getroffen hatte. Der Plan ging von Ebernuss aus. Ebernuss ist zu Osewoudt gegangen und hat gesagt: Wie schrecklich haben sie dich mißhandelt! … Du mußt unbedingt ins Krankenhaus! Gesagt, getan. Sie haben Osewoudt also ins Krankenhaus Zuidwal bringen lassen. Und noch am selben Tag ist er dann von uns zum Schein befreit worden. War eine tolle Geschichte!

– Warst du dabei, Malknecht?

– Nein, ich nicht. Ich habe nichts anderes gemacht als die Protokolle der Verhöre getippt, ich habe mich für Osewoudt nicht besonders interessiert. Ich habe das alles erst später erfahren, es wurde darüber geredet, denn solche Scherze haben wir natürlich nicht mit allen Häftlingen gemacht. Aber es war so: Wülfing war sich sicher, daß Osewoudt sich mit Roorda getroffen hatte, Ebernuss zweifelte daran. Dann sagte Ebernuss: Lassen wir Osewoudt frei und schauen mal, wohin er geht. Wir gehen kein Risiko ein; weil wir für seine Ergreifung 500 Gulden Belohnung ausgesetzt haben, kriegen wir ihn mit

Leichtigkeit wieder in die Hände. Vielleicht fangen wir noch mehr Leute. Ich erinnere mich sehr gut daran, daß das mit Osewoudt ein hochkompliziertes Komplott war.

– Warum haben sie ihn dann nicht einfach freigelassen?

– Das wäre in den Augen von Osewoudts Freunden natürlich verdächtig gewesen. Sie hätten sich sofort von ihm zurückgezogen. Deshalb mußte eine andere Lösung gefunden werden. So haben sie ihn dann zum Schein befreien lassen. Von zwei holländischen Provokateuren, die im Dienst von Ebernuss standen, Massing und Kolkgoot, und dann waren noch zwei Reichsdeutsche in Zivil dabei, Polizisten.

Osewoudt sprang vom Stuhl auf.

– Wo ist Roorda? Wo ist Roorda? Roorda hat Dorbeck getroffen und nicht mich! Es *stimmt*, daß ich Roorda nicht wiedererkannt hatte. Es ist die vollkommene Wahrheit! Ich hatte ihn noch nie zuvor gesehen. Aber Roorda hat mich wiedererkannt. Roorda hatte nämlich mit Dorbeck gesprochen, und in mir meinte er Dorbeck zu sehen!

Malknecht starrte, ohne etwas zu erwidern, vor sich hin.

– Na, sagte Selderhorst, dann sag mal, wo Roorda ist.

– Roorda wurde später auf der Flucht erschossen.

– Er lügt.

– Glaubst du nicht, daß Roorda tot ist?

– Ja, daß Roorda tot ist, glaube ich. Aber die Geschichte über meine Befreiung glaube ich nicht!

– Es steht außer Zweifel, sagte Malknecht. Außerdem ist das noch nicht alles. Wülfing war der Ansicht, daß Osewoudt im Besitz von Informationen sei. Wahrscheinlich hat Ebernuss so etwas durchblicken lassen. Ebernuss und Osewoudt waren im Laufe der Zeit dicke Freunde geworden. Wahrscheinlich hat Osewoudt deshalb mitgemacht. Massing und Kolkgoot haben ihn aus dem Krankenhaus Zuidwal nach Leiden gebracht und ihn dort auf seinen eigenen Wunsch in einem Vorort abgesetzt. Sie haben ihn natürlich beschattet, und Osewoudt ist praktisch geradewegs zu Labares Haus gegangen. So wußten wir also, wo wir die Vögel fangen mußten. Am nächsten Morgen hatten wir nicht nur Osewoudt wieder zurück, sondern auch seine jüdische Freundin, das Mädchen Zettenbaum, Labare,

Suyling und einen Minderjährigen, Robert Meier, einen Halbjuden.

Osewoudt rieselten kalte Schauer über den Rücken. Er hörte seine Schuhsohlen auf dem Boden klappern. Mit der rechten hielt er die linke Hand fest, aber es gelang ihm nicht, seine Gliedmaßen zur Ruhe zu bringen.

– Sie glauben doch wohl nicht, jammerte er, daß ich meine Freundin habe hochgehen lassen, nur um Ebernuss einen Gefallen zu tun?

– Nun, Malknecht?

– Dazu kann ich nichts sagen. Ich weiß nicht, was Ebernuss ihm versprochen hat. Die beiden waren zum Schluß eng befreundet. Vielleicht hat Ebernuss zu ihm gesagt: Wenn du das jetzt für mich machst, bringe ich dich durch. Und Ebernuss hat ihn tatsächlich durchgebracht. Das sehen Sie ja selbst. (Er deutete auf Osewoudt.) Ebernuss hatte im Frühjahr 1945 genug vom Krieg. Er wußte nicht mehr ein noch aus. Er hat sich oft in diesem Sinne geäußert. Eines Tages war er verschwunden, das war am 5. April. Desertiert. Und er hatte Osewoudt mitgenommen.

– Stimmt das, Osewoudt?

– Es stimmt nur zum Teil. Ebernuss hatte mich darum gebeten, ihn mit Dorbeck zusammenzubringen.

– Ebernuss wußte also über die Existenz Dorbecks Bescheid?

– Er war dahintergekommen. Das liegt doch auf der Hand! Ich war schon seit Monaten in Haft! Dorbeck war in Freiheit. Ebernuss muß bei seinen Ermittlungen auf Beschreibungen einer Person gestoßen sein, die mir ähnlich sah. Vielleicht sind auch Roorda später Zweifel gekommen. Oder Ebernuss hatte gemerkt, daß das Foto, das sie mit meinem Namen verbreitet hatten, gar nicht mein Foto war. Als ich verhaftet wurde, waren meine Haare ja schwarz gefärbt, und der Mann auf dem Foto hatte schwarze Haare, aber als ich eine Weile im Gefängnis war, stellte sich natürlich heraus, daß ich blondes Haar habe.

– Und wo ist Ebernuss geblieben?

– Er ist tot. Ich habe ihn vergiftet. Ich selbst habe ihn vergiftet! Er ist mit mir nach Amsterdam gefahren zu einer Adresse in der Lijnbaansgracht. Er wußte, daß sich dort bestimmte Leute trafen. Er hat damals tatsächlich mit mir über Desertieren gesprochen, aber ich habe ihm nicht geglaubt. Man hat uns dort eingelassen, ich kannte den Wohnungsinhaber. Das war Moorlag. Ebernuss hat sich hingesetzt, es wurde Genever getrunken. In einer kleinen Küche habe ich mit Dorbeck gesprochen. Dorbeck hat mir das Gift gegeben, in einer Rizla-Packung, und gesagt, ich sollte es Ebernuss in den Genever schütten. Das habe ich getan. Dann sind Dorbeck und ich mit dem Wagen von Ebernuss zu einer Adresse in der Bernard Kochstraat gefahren. Dort hat mir Dorbeck die Schwesterntracht gegeben und meine Kleidung mitgenommen. Er hatte Angst, daß ich sonst in meinen Sachen auf die Straße gehen würde, er wollte mich vor mir selbst schützen. Er versprach mir, mich abzuholen und durch die Linien zu bringen, aber er ließ sich nicht mehr blicken. Er ist nie wieder aufgetaucht. Er hat mir nur einen Brief geschickt, in dem stand, daß meine Freundin in der Emmaklinik liegt, um ihr Kind zur Welt zu bringen.

– Die Geschichte kenne ich, sagte Selderhorst.

– Wenn Marian noch leben würde, könnte sie alles bestätigen.

– Sie lebt noch.

– Wo ist sie denn? Warum spüren Sie sie nicht auf?

– Sie ist nach Palästina gegangen und lebt dort in einem Kibbuz.

– In einem was?

– In einem Kibbuz! Weißt du, was das ist, ein Kibbuz? Oder weißt du es nicht? Ein Kibbuz, das ist ein Bauernhof mit Laufgräben und Stacheldraht drumherum, und da drumherum ist eine wilde Horde von bis an die Zähne bewaffneten Arabern. Wie sollen wir sie denn deiner Ansicht nach aus dem Kibbuz holen, um sie mal kurz zu verhören?

– Und Moorlag? Wo ist Moorlag?

– Moorlag hat man Anfang Mai tot in der Spiegelstraat gefunden, mit einem Herzdurchschuß. Ich bin mir noch nicht so sicher, Osewoudt, ob du diesen Ebernuss wirklich vergiftet hast!

– Was sagen Sie? Moorlag ist tot? Aber dann sind alle, die Dorbeck gekannt haben, tot!

– Ja! Alle sind tot, und du bist der einzige, der noch lebt.

– Was wagen Sie mir zu unterstellen! Eines Tages werden Sie sich dafür schämen, daß Sie mich jemals eingesperrt haben. Jemand wie Dorbeck, der so viel getan hat, der den ganzen Krieg hindurch überall gewesen ist, in England und hier, der sich mit Hunderten von Leuten getroffen hat, der kann doch nicht spurlos verschwunden sein. Ich rege mich darüber nicht auf. Aber es ist eine Schande, daß behauptet wird, ich hätte bei meiner vermeintlichen Befreiung aus dem Krankenhaus Zuidwal gemeinsame Sache mit den Deutschen gemacht. Warum habe ich mich dann gewehrt, als nachts das ganze Haus umstellt war und Labare verhaftet wurde? Ich bin halbnackt auf die Straße geflüchtet. Sie haben mit Maschinengewehren auf mich geschossen. Ich bin in den Zoeterwoudsesingel gesprungen und zur anderen Seite geschwommen. Ich habe bei fremden Leuten an der Tür geläutet, aber es war schon zu spät, die Deutschen sind den Spuren meiner nassen Füße gefolgt.

– Vielleicht hast du nur eine Show abgezogen, und sie haben dich deshalb mit den Maschinengewehren nicht getroffen. Offenbar haben sie über deinen Kopf hinweggeschossen!

– Eine Show? Dann fragen Sie doch einmal die Leute, bei denen ich geklingelt habe, in was für einem Zustand ich mich befand! Fragen Sie sie doch einmal!

– Mit großem Vergnügen. In welcher Straße wohnten diese Leute? Welche Hausnummer?

– Ich habe nicht auf den Straßennamen geachtet. Ich kenne mich in der Gegend nicht aus. Es war eine gekrümmte Straße. Wenn ich noch einmal dort wäre, könnte ich das Haus leicht wiederfinden. Es war ein Haus mit einer Türnische.

Am nächsten Vormittag gegen elf wurde er abgeholt und in ein Auto geschoben.

Osewoudt mußte hinten sitzen, neben ihm saß Spuybroek. Osewoudt war nicht gefesselt; man hatte ihm ein sauberes Hemd und sogar eine Krawatte gegeben. Nur Spuybroek trug Uniform, Selderhorst saß in seinem gewohnten schäbigen grauen Anzug am Steuer. Fast sah es so aus, als führen sie zum Vergnügen ein wenig umher, wenn nicht ständig zwei behelmte und bewaffnete Motorradfahrer dem Wagen vorausgefahren oder ihm gefolgt wären.

Als sie drei Stunden später über den Rijndijk in Leiden fuhren, schien sogar die Sonne.

– Warum grinst du so? fragte Spuybroek.

Spuybroek war ein junger Militärpolizist, etwa in Osewoudts Alter.

Osewoudt sagte: Weil ich das Vaterland zum erstenmal wiedersehe, seitdem es befreit ist. Ach herrje, da ist ja auch noch die verrückte Straßenbahn.

OEGstGEEst

steht darauf. Wie kann man nur auf so eine Idee kommen, mit den kleinen Buchstaben dazwischen.

Er schaute nach links und rechts.

– Jetzt nach links! rief er. Nicht über die Brücke!

Die Motorradfahrer waren schon mitten auf der Utrechter Brücke. Selderhorst bremste und hupte zweimal. Dann bog er nach links ab, fuhr an der Reinigung Dingjan vorbei und auf den Zoeterwoudsesingel.

– Labares Haus steht genau in der ersten Rechtskurve, sagte Osewoudt.

Sie waren bereits auf der Höhe der Fruinlaan, als die Motorradfahrer an ihnen vorbeirasten.

– Dort in der Ecke ist es!

Selderhorst hupte noch einmal und parkte dann den Wagen

am Wasser unter einem Baum. Die Motorradfahrer wendeten und bremsten einer nach dem anderen hinter dem Auto. Sie blieben bei laufendem Motor auf ihren Maschinen sitzen.

Selderhorst stieg zuerst aus, dann Spuybroek, dann Osewoudt.

Osewoudt streckte die Hände, zu Fäusten geballt, in die Luft, reckte sich und atmete tief durch.

– Paß auf, sagte Selderhorst, er kann Judo.

Spuybroek sagte: So? Ich auch.

– Du auch?

Sofort standen Osewoudt und Spuybroek einander gegenüber. Spuybroek war mehr als einen Kopf größer als Osewoudt. Sie beugten sich ab, machten Täuschungsmanöver, packten einander bei den Händen, drückten, ihre Arme zitterten vor Anspannung. Schweißperlen traten Osewoudt auf die Stirn, aber die Spannung in seinen Armen lockerte sich, Spuybroek zog ihn über seine Hüfte, schwenkte ihn durch die Luft und ließ ihn vorsichtig auf dem Asphalt aufkommen.

– Seid ihr fertig mit Balgen? fragte Selderhorst. Osewoudt rappelte sich auf und bekam einen heftigen Hustenanfall. Mit dem Mantelärmel wischte er sich den Schweiß vom Gesicht.

– Ich habe lange nicht trainiert, sagte er, außerdem tun mir die Füße weh. Früher hatte ich immer Maßschuhe.

Selderhorst betrachtete das Haus, in dem Labare gewohnt hatte, von oben bis unten. Eine Art Büro befand sich nun darin, hinter den Erkerfenstern hingen keine Gardinen. Man sah deutlich, daß im ersten Stockwerk Zeichentische standen.

– Soso, sagte Selderhorst. Damals bei dem Deutschen warst du wohl besser in Form als jetzt?

– Ich habe ihn mit einem Hüftwurf über den Zaun befördert. Der Polizeiwagen stand hier, und ich bin dort langgelaufen, dort, hinter dem Auto, habe ich die Straße überquert und so hinter … Osewoudt demonstrierte es. Er überquerte die Fahrbahn vom Haus aus in Richtung Wasser und zeigte auf die grasbewachsene Böschung am Wasser und auf das Rhododendrongebüsch.

– Hier bin ich durchs Wasser gegangen.

– Die Gracht ist hier am breitesten, sagte Selderhorst. Er blickte auf die hohen Trauerweiden auf der anderen Seite.

– Ich brauchte nicht zu schwimmen, dafür ist das Wasser zu flach.

– Gut. Drüben bist du also wieder ans Ufer geklettert?

– Ja, und dann bin ich durch die Grünanlage gelaufen. Ich kann nicht mehr genau sagen, wie, denn es war Nacht. Kleine Zweige fielen aus den Bäumen, von Gewehrkugeln abgeschossen.

– So. Dann muß also dort hinter all den Bäumen die Straße sein, wo du an einem Haus geläutet hast?

– Ja, eine gekrümmte, ziemlich enge Straße. Den Namen weiß ich nicht, ich kenne die Gegend nicht so gut.

– Dann wollen wir mal nachschauen. Diese Straße muß zu finden sein.

Selderhorst hielt die Autotür auf, die Motorradfahrer gaben mehr Gas und kuppelten.

– Wie müssen wir fahren? fragte Selderhorst, in diese oder in die andere Richtung?

– Beide Brücken sind gleich weit entfernt, das war wahrscheinlich mein Glück, weil die Deutschen einen großen Umweg machen mußten. Wenn die Leute mich nicht aufgehalten hätten, wäre ich entkommen.

Sie fuhren nun auf der anderen Seite, die zum Teil Plantage und zum Teil Plantsoen hieß.

– Hier, all die Bäume, zwischen denen bist du also herumgelaufen?

– Ja.

– Das ist ein ganzes Stück, vom Wasser bis zu den Häusern. Und wo ist nun die Straße? Ich sehe noch keine Straße. Hier, direkt gegenüber von Labares Haus, gibt es überhaupt keine Querstraße!

Sie fuhren im ersten Gang an den Häusern entlang, alten, vornehmen Häusern mit großen Vorgärten. Nirgends Platz zwischen diesen Häusern, nirgends eine Querstraße.

– Ich sehe die Straße immer noch nicht, sagte Selderhorst, du bist ja weit gelaufen mit deinen nackten Füßen. War es vielleicht diese Straße?

Er bremste.

Osewoudt schaute aus dem Fenster. Die Straße hieß Rijnstraat. Es war eine gerade Straße, die zu einer Brücke führte.

– Nein, diese Straße war es nicht. Es war eine gekrümmte Straße, und ich habe keine Brücke gesehen.

Selderhorst kuppelte.

– Wenn jemand aufgeregt ist, läuft er schneller, als ihm bewußt ist, sagte Osewoudt.

– Ist es dann diese Straße? Sie heißt Kraayerstraat.

– Nein! Verdammt, auch diese Straße ist gerade, und dort sehe ich auch eine Brücke! Diese Straßen sehen sich alle ähnlich!

Sie fuhren zurück, wieder die ganze Plantage entlang.

– Diese Straße vielleicht?

Selderhorst bremste nicht einmal, sondern bog langsam in die Straße ein. Wie Riesenhummeln umkreisten sie die Motorradfahrer.

– Levendaal heißt die Straße. War es hier?

Die Straße war gerade und so breit, daß sie früher vermutlich eine Gracht gewesen war. Auf der einen Seite standen kleine Häuser mit Treppengiebeln, jahrhundertealt, auf der anderen Seite waren ein paar Fabriken.

– Diese Straße auch nicht, oder? sagte Selderhorst und gab mehr Gas, bog nach rechts in die Rijnstraat ab, wo sie bereits gewesen waren, und so kamen sie auf die Hoge Woerd.

– Hier vielleicht?

– Nein, das ist die Hoge Woerd. Hier hat Meinarends gewohnt, hier fährt eine Straßenbahn vorbei. Diese Straße hätte ich an den Bahngleisen wiedererkannt, sogar in der Nacht. Es war eine andere Straße, eine gekrümmte Straße, in der ich gewesen bin, und das Haus war ein Haus mit einer Türnische.

– Ein Haus mit einer Türnische … Ich sehe nirgends ein Haus mit einer Türnische!

Rückwärtsgang einlegen, zurückfahren, anhalten, wieder kuppeln. Osewoudt streckte den Kopf aus dem Fenster. *Vierde Binnenvestgracht* las er auf einem Straßenschild. Es war keine Gracht, sondern eine Gasse, jedoch nicht mit einer Kurve, sondern mit einem Knick. Selderhorst bog wieder nach rechts in die Rijnstraat ein und dann nach links in die Tweede Haverstraat.

– Na, ist es vielleicht diese Straße, Osewoudt?

– Nein, die ist es auch nicht.

– Verdammt noch mal, welche Straße kann es denn gewesen sein?

Selderhorst gab Gas, mit quietschenden Reifen fuhren sie durch die Kurven, wieder in die Kraayerstraat, in die Tweede Gortestraat, die Derde Gortestraat, die Pakhuisstraat. Dann befanden sie sich wieder auf der breiten Straße, die Levendaal hieß.

– Verdammt, Osewoudt, das geht mir langsam auf die Nerven! Ich nehme dir deine Ammenmärchen ab und falle jedesmal von neuem herein. Was glaubst du wohl, wen du vor dir hast? Was bildest du dir eigentlich ein? Dein Fall ist längst erledigt, du bist ein Lügner, ein Hochstapler und ein Landesverräter, aber weil wir in einem Rechtsstaat leben, gebe ich mir die allergrößte Mühe, etwas zu finden, was für dich spricht. Und was machst du? Du legst mich herein. Erzählst mir Märchen von einer gekrümmten Straße und einem Haus mit einer Türnische. Ich möchte wetten, daß du vorher noch nie in dieser Gegend warst. Es gibt keine gekrümmte Straße und auch keine Haustürnischen. Siehst du eine Haustürnische, Spuybroek?

Vor Wut schien Selderhorst nicht mehr fahren zu können. Er schlug mit den Fäusten aufs Lenkrad.

– Ich begreif überhaupt nichts mehr, jammerte Osewoudt, wohin könnte ich denn in meiner Aufregung gelaufen sein? Es muß hier in der Gegend gewesen sein, das weiß ich genau, aber ich kann nichts wiedererkennen. Wenn mir jemand erzählt hätte, daß hinter den vornehmen Häusern an der Plantage dieses schmutzige Armenviertel liegt, ich hätte es nicht geglaubt. Wie zum Teufel ist das möglich? Wo ist diese Straße? Sie muß doch hier sein.

Ehe Spuybroek ihn daran hindern konnte, öffnete er die Wagentür und stieg aus. Er versuchte jedoch nicht zu fliehen, sondern stellte sich mitten auf die Fahrbahn. Zuerst schaute er zu den Treppengiebeln hoch, ob er vielleicht einen davon wiedererkennen würde. Dann blickte er auf die Fabriken. Die Motorradfahrer standen neben ihm und ließen die Motoren knattern.

– Alles, was ich gemacht habe, gleitet mir aus den Händen!

Alle Leute, mit denen ich im Krieg zusammengearbeitet habe, sind tot oder verschwunden, und sogar die Straßen, durch die ich gelaufen bin, existieren nicht mehr. Wie ist das nur möglich? Es kommt mir so vor, als ob ich in einer anderen Welt leben würde, in der mir niemand glauben kann. Was soll ich dagegen tun? Wie, um Himmels willen, soll ich mich unter diesen Umständen verteidigen?

Osewoudt ging hektisch auf und ab. Die Motorradfahrer gaben bereits mehr Gas.

Dann ergriff Spuybroek Osewoudt an der linken Hand und am linken Ellbogen und streckte seinen Arm, jedoch ohne ihm weh zu tun.

– Keiner hat dir erlaubt auszusteigen, sagte er.

Etwas vor sich hin murmelnd, stieg Osewoudt fügsam wieder ein. Spuybroek setzte sich neben ihn und zog die Autotür zu.

Selderhorst sagte kein Wort, kuppelte und fuhr an. Er chauffierte nun wie ein Verrückter, fuhr in Gassen, an deren Anfang Schilder mit der Aufschrift ›Einfahrt verboten‹ standen, und in jeder Kurve quietschten die Reifen. Schließlich gelangten sie wieder auf die Hohe Woerd. Hier verminderte er die Geschwindigkeit bei jeder Seitenstraße.

– Ist es vielleicht hier, Osewoudt? Hier? Die Wielmakersstraat? Nein? Auch nicht die richtige?

Er fuhr weiter.

– Oder hier? Der Nieuwebrugsteeg? War es vielleicht hier? Wer sieht ein Haus mit einer Türnische?

– Nein, hier ist es noch nicht, sagte Spuybroek, aber du wirst sehen, es ist die nächste. Nicht wahr, Osewoudt? Ist es etwa nicht die nächste? Sonst entfernen wir uns nämlich viel zu weit aus der Gegend, Mensch!

Selderhorst hielt am Koenesteeg und am Krauwelsteeg an.

– Na, Osewoudt? Wird's bald?

Mechanisch schaute Osewoudt aus dem Fenster. An der Ecke des Krauwelsteeg hing ein Schild ›Fahrräder abstellen verboten‹, und etwas weiter hing an einem Haus ein kleines Schild mit der Aufschrift ›Fahrradaufbewahrung‹. Davon abgesehen war im Krauwelsteeg nichts zu entdecken.

Sie fuhren weiter und kamen an dem Haus vorbei, in dem Meinarends gewohnt hatte.

– Schauen Sie, rief Osewoudt, das ist das Haus, in dem Meinarends gewohnt hat. Auf das Fenster über der Haustür ist eine Ente in Lebensgröße gemalt. Glauben Sie jetzt, daß ich mir nicht alles ausgedacht habe?

– Wenn ein Bild von Dorbeck über der Tür hängen würde, hätten wir wenigstens was davon! sagte Spuybroek.

Selderhorst bremste noch immer mit einem Ruck an jeder Querstraße. Er sagte kein Wort mehr.

Sogar in der Breestraat machte er damit weiter: aus lauter Schikane an jeder Querstraße anzuhalten.

– Vielleicht diese Straße, Osewoudt? Der Plaatsteeg?

Hier schrie Spuybroek: Sie ist gekrümmt! Sie ist gekrümmt, verdammt, sie ist gekrümmt!

Spuybroek stieg aus und zog Osewoudt mit sich. Auch Selderhorst stieg aus. Passanten blieben stehen. Sie gingen in den Plaatsteeg, Osewoudt ohne aufzublicken. Aber der Plaatsteeg bestand größtenteils aus einem Bretterzaun. Es gab nur drei Haustüren, und keine davon war in einer Nische.

Selderhorst blieb stehen, zog seine Hose ein Stück höher und holte tief Luft.

– So! Was willst du jetzt eigentlich? Willst du vielleicht auch noch nach Voorschoten, um diese Uniform von Dorbeck auszugraben, oder sollen wir auf den Scherz besser verzichten? Na? Halt den Mund, widersprich mir nicht! Über eines mußt du dir im klaren sein, Osewoudt! Willst du noch nach Voorschoten, ja oder nein? Aber denk daran. Wenn wir in Voorschoten sind und dort nichts zu finden ist, die Würmer die Uniform aufgefressen haben oder der ganze Garten nicht mehr existiert, lasse ich dir eine gewaltige Tracht Prügel verabreichen! Ich laß dich lieber durch den Stacheldraht hindurchdreschen, als daß ich deine Scherze dulde! Kapiert?

– Kapiert. Ich will nach Voorschoten.

Die Sonne war verschwunden, große Wolken ballten sich zusammen. Die blaue Straßenbahn, die gelbe Straßenbahn, beide fuhren wieder. Auf den Wiesen graste Vieh.

Das Auto folgte den Gleisen der blauen Tram, ein Motorradfahrer davor, einer dahinter. Sie kamen an der Silberwarenfabrik vorbei, und als sie fast in Voorschoten waren, begann es zu regnen. Dort, wo die Tramgleise zueinanderkriechen und sich übereinanderlegen, bog der vordere Motorradfahrer rechts ab und fuhr zur Polizeiwache.

– Kannst du das Haus denn noch finden, Osewoudt?

Eine blaue Straßenbahn näherte sich mit einem Pfeifton aus der Gegenrichtung. Selderhorst lenkte den Wagen dicht an den Häusern entlang, um der Tram auszuweichen.

– Der Laden ist auf der anderen Seite des Dorfs, sagte Osewoudt tonlos, ich zeige Ihnen, wo.

Eine Minute später sagte er: Halt.

Sie hielten direkt vor dem Haus. Die Ladentür war mit Brettern vernagelt und das Schaufenster mit alten Ziegelsteinen, die von einem Abriß stammten, zugemauert.

Es regnete nun mit fast übernatürlicher Heftigkeit.

Selderhorst machte keine Anstalten, auszusteigen. Hin und wieder schaute er in den kleinen Rückspiegel über seinem Kopf. Der Motorradfahrer, der vor der Polizeiwache abgebogen war, kam angefahren, bremste. Unmittelbar hinter ihm kamen zwei Polizisten auf einfachen Fahrrädern. Einer von ihnen hatte einen Spaten an den Rahmen des Fahrrads gebunden.

Die Polizisten stellten ihre Fahrräder vor dem Haus ab. Der eine band den Spaten los, der andere brach die Tür auf. Osewoudt erkannte ihn. Er stieg aus und fragte: Wissen Sie noch, wer ich bin?

– Selbstverständlich, Sie sind Osewoudt.

– Erinnern Sie sich noch daran, wie Sie, am Anfang der deutschen Besatzung, eines Abends bei mir im Laden waren? Draußen war ein Gewitter, es regnete in Strömen, genau wie jetzt. Sie kamen nachschauen, weil Licht brannte und das Verdunklungsrollo nicht herabgezogen war. Erinnern Sie sich noch daran? Sie waren erst kurze Zeit bei uns im Dorf.

– Ja, das weiß ich noch.

– Haben Sie damals nicht jemanden gesehen, der aus meiner Tür kam?

– Kann schon sein.

Osewoudt drehte sich zu Selderhorst um und sagte: Das war an dem Abend, als Dorbeck mir die Pistole gebracht hat.

Selderhorst holte eine Zigarette aus der Tasche, klopfte damit auf seinen Daumennagel und steckte sie sich in den Mund. Er hielt die Hand über der Zigarette, um sie gegen den Regen zu schützen. Die Tür öffnete sich. Selderhorst ging als erster hinein.

Drinnen war es weniger dunkel als gewöhnlich in Häusern, deren Fenster zugemauert sind. Der Laden war völlig zerstört, der Fußboden voller Löcher. Die Zwischentüren standen offen, die bleigefaßten Glasscheiben waren größtenteils herausgeschlagen. Auch in der Tür, die vom hinteren Zimmer in den Garten führte, waren keine Scheiben mehr. Die Wände waren hier und da angekohlt, es mußte gebrannt haben, aber nicht lange.

Regenwasser sammelte sich auf dem flachen Dach und plätscherte, durch das obere Stockwerk hindurch, aus einem Loch in der Decke des hinteren Zimmers.

Um den Wasserstrahl herum gingen sie hintereinander in den Garten.

Der Garten war nicht wiederzuerkennen. Brennesseln und Ginster hatten alles überwuchert.

– So, sagte Selderhorst, ich bleib lieber im Haus. Sag ihnen, wo sie graben sollen.

Osewoudt trat zwei Schritte ins Freie, blieb stehen und zeigte auf seine Füße.

– Hier.

Der Polizist stieß mit dem Spaten die Brennesseln auseinander und begann zu graben. Osewoudt schlug den Mantelkragen hoch, blieb jedoch draußen. Spuybroek stand, die Daumen im Koppel, in der Türöffnung.

Schwarz und krümelig war die Erde. Ein großer durchtrennter Regenwurm kam an die Oberfläche. Dann ein Stück Zeitungspapier.

– Da ist sie! rief Osewoudt. Er beugte sich vor, der Polizist hörte auf zu graben.

Osewoudt hockte sich nieder und grub mit den Händen weiter. Das Zeitungspapier zerfiel in Fasern und Schleim, als er es berührte. Dennoch gelang es ihm, ein Stück in Taschentuchgröße herauszuziehen und Selderhorst zu übergeben.

Selderhorst nahm es und kam auch nach draußen. Seine Schultern wurden dunkel vom Regen. Osewoudt und der Polizist hatten sich nun beide hingehockt. Die Uniformjacke, die Reithose und die Stiefel kamen zum Vorschein. Der Uniformstoff hatte sich schwärzlich verfärbt und war weich wie Spinnengewebe, die Rangabzeichen waren grün angelaufen, und auch die Knöpfe waren grün. Als sie die Stiefel aufhoben, blieben die Sohlen liegen.

– Sehen Sie es jetzt, sagte Osewoudt, das ist die Uniform von Dorbeck. Sehen Sie die zwei Sterne auf dem Kragen? Die gekreuzten Geschütze? Die Uniform eines Oberleutnants der Artillerie, genau wie ich gesagt habe. Das hier ist Dorbecks Uniform. Sie können es sehen. Sie muß mir passen, denn Dorbeck hatte genau meine Größe.

Er riß dem Polizisten die Jacke aus den Händen und wollte sie an seinen Körper halten, um zu zeigen, daß es seine Größe war. Aber der Stoff befand sich in einem so weitgehenden Stadium des Zerfalls, daß das Kleidungsstück von allein auseinanderfiel und sie noch Mühe hatten, die weggerollten Knöpfe einzusammeln.

Die Zelle war eigentlich keine Zelle. Der Raum war zwar niedrig, aber nicht gerade klein. Er lag unter der Erde und bekam nur durch zwei Streifen aus Glasbausteinen direkt unter der Decke Tageslicht. Den ganzen Tag brannte deshalb elektrisches Licht in einer vergitterten Rosette. Es war nicht kalt, denn dicke Heizungsrohre liefen durch den Raum, aber weil nicht gelüftet werden konnte, roch es ständig muffig. In der Ecke stand ein Emailleeimer mit einem Holzdeckel.

Osewoudt war nicht unzufrieden. Geschrei und Gejammer hörte er von Zeit zu Zeit durch die Decke, über der eine große Zahl politischer Delinquenten gemeinsam einquartiert waren. Er war froh, daß er allein war.

Nun würde es nicht mehr lange dauern, dachte er, und alles käme ans Licht oder jedenfalls genug, um ihn freizulassen, auch wenn Dorbeck nie mehr auftauchen würde.

Er stand auf und nahm eine Zeitung von dem kleinen Tisch, auf dem alles lag, was er besaß. Die Zeitung hatte kein größeres Format als ein Wochenblatt in der Zeit vor dem Krieg. Was darin stand, kannte er auswendig. Auf Seite 3 war sein Foto, der Text darunter lautete:

> F*ünfhundert Gulden Belohnung*
>
> Wer hat Informationen über den hier abgebildeten Mann, der DORBECK heißt oder sich so nennt und der sich während der Besatzung wiederholte Male an verschiedenen Orten unseres Landes (Voorschoten, Amsterdam) gezeigt und sich dabei als Offizier der niederländischen Armee ausgegeben hat?

Es folgte eine Personenbeschreibung und die Angabe, an welche Behörde man sich wenden solle.

Das Türschloß wurde umgedreht, und Spuybroek kam herein.

– Guckst du schon wieder in diese Zeitung? Na, du mußt jetzt mal mitkommen. Offenbar hat sich endlich jemand gemeldet, der etwas weiß.

Osewoudt stand auf und hustete.

– Bind dir einen Schal um, sagte Spuybroek, der Wind kommt von der Kartoffelmehlfabrik.

Osewoudt zog einen ausgebleichten, aber dicken Wollschal vom Tisch und schlang ihn sich um den Hals.

– Und um wen handelt es sich?

– Es ist ein alter Mann, er sitzt im Rollstuhl. Er war lange im Konzentrationslager.

Osewoudt folgte Spuybroek. Sie gingen durch den Keller, wo die Kessel der Zentralheizung, und durch einen zweiten Keller, wo verrostete Maschinen standen. Das Gebäude war eigentlich eine Molkerei, die schon zu Anfang der deutschen Besatzung geschlossen worden war. Sie gingen eine poröse Betontreppe hinauf und verließen das Haus durch eine kleine Tür.

Eine rissige Betonfläche fiel zum Kanalufer hin ab. Direkt am Wasser entlang war Stacheldraht gespannt. Auf der anderen Seite lag die Kartoffelmehlfabrik, daneben erhob sich ein Hügel aus weißem verfaulendem Eiweißschaum, der so giftig war, daß er nicht in den Kanal gekippt werden durfte. Schwarze Wolken trieben über das öde, flache Land. Es nieselte, die Steinterrasse war voller Pfützen.

Osewoudt bekam von neuem einen Hustenanfall und blieb stehen. Seine brennenden Augen schweiften über die Umgebung.

Der Schornstein der Molkerei trug noch in weißen Buchstaben von oben nach unten die Aufschrift

MOLKEREIGENOSSENSCHAFT.

Hinter dem Beton war eine zweite steinerne Fläche, von der ersten durch einen hohen Stacheldrahtzaun getrennt. Auf diesem zweiten Gelände befand sich eine kleine Fabrik, die Aromen herstellte. Bei gutem Wetter wehte der Wind meist aus dieser Richtung, und es roch nach Vanille.

– Ich hoffe für dich, sagte Spuybroek, daß wir einen milden

Winter bekommen, sonst hast du hier in der Moorkolonie nichts zu lachen.

– Vielleicht bin ich bis dahin frei.

Osewoudt steckte sein Taschentuch ein.

– Wenn du frei bist, wohin gehst du dann?

Osewoudt schaute umher und sah, daß die bewaffneten Wachtposten am Haupteingang, die nichts Besseres zu tun hatten, ihn beobachteten.

– Ich weiß nicht, antwortete er leise, ich habe niemanden auf der Welt.

Sie standen vor einem Haus, das man, wäre es von einem Park umgeben gewesen, als Villa hätte bezeichnen können. Früher das Domizil des Direktors, war nun die Verwaltung darin untergebracht. Spuybroek gab dem mit einer Sten Gun bewaffneten Wachtposten einen Zettel, und sie gingen hinein.

Spuybroek klopfte an eine Zimmertür, schaute kurz in den Raum, winkte dann Osewoudt heran.

Osewoudt trat ein. Ungefähr in der Mitte des Zimmers stand ein Rollstuhl, in dem ein Mann mit langen schneeweißen Haaren saß. Der Kopf hing ihm auf die Brust, als ob er schlief. Er trug einen dicken schwarzen Wintermantel, und seine gelähmten Beine waren in eine Decke gewickelt. Neben ihm stand, eine Hand an der Rückenlehne des Rollstuhls, eine Frau in einem Mantel mit Pelzkragen und mit einer Schwesternhaube. Sie hatte violette aufgesprungene Wangen und kleine harte Augen wie ein Huhn. Sie schaute Osewoudt mit einem Blick voller Verachtung an, rüttelte dann den alten Mann an der Schulter.

– Meneer Nauta, da ist er.

– Onkel Bart! Bist du es?

Osewoudt ging auf den Rollstuhl zu und blieb direkt davor stehen.

Der alte Mann hob den Kopf, doch sein Unterkiefer sank herunter. Weißer Speichel tropfte ihm aufs Jackett, die bleiche Zunge hing über die bläuliche Unterlippe. Er hatte eine scheußliche Narbe am linken Mundwinkel.

Seine Augen richteten sich auf Osewoudt, und er sagte etwas, aber es war nicht zu verstehen.

– Was sagst du?

– Meneer Nauta sagt, daß er Sie erkennt.

Inspektor Selderhorst stand nun auf, nahm seinen Stuhl und schob ihn Osewoudt in die Kniekehlen.

Als Osewoudt saß, konnte er riechen, daß dem Mund seines Onkels ein Gestank entströmte, als seien sämtliche Eingeweide des alten Mannes verfault.

– Onkel Bart, ich wußte nicht, daß du noch lebst.

Onkel Bart nickte und sagte wieder etwas, aber seine Lippen bewegten sich kaum. Seine Stimme war nicht wiederzuerkennen, die Laute, die er hervorbrachte, klangen nicht wie Sprechen, sondern eher wie ein Ächzen. Nur mit großer Mühe konnte Osewoudt ihn verstehen.

– Ja, alle sind tot, aber ich lebe noch, Henri! Ich habe den Moffen gehörig die Meinung gesagt, sie haben versucht, mir die Zunge abzuschneiden, aber reden kann ich noch immer.

– Onkel Bart, weißt du noch, daß ich dieses Mädchen, Elly Berkelbach Sprenkel, zu dir gebracht habe, damals in der Nacht?

– Ja, das weiß ich noch.

– Weißt du auch noch, was ich dir später über sie erzählt habe?

– Junge, ich habe immer gewußt, daß es mit dir nicht gut enden würde. Ich habe alles, was ich konnte, für dich getan.

Selderhorst legte nun auch die Hand an die Rückenlehne des Rollstuhls und beugte sich zum Ohr des alten Mannes vor.

– Meneer Nauta, noch ist gegen Ihren Neffen nichts bewiesen. Es geht um ein paar konkrete Fragen.

– Ich wußte gar nicht, wie das Mädchen hieß. Er kam damals mit einem Mädchen zu mir, er hatte seine Frau im Stich gelassen. Sonst erinnere ich mich an nichts, und was tut das auch zur Sache?

– Warum haben die Deutschen Sie verhaftet?

– Ich habe auf der Straße Streit mit einem Deutschen bekommen.

– Haben sie Sie nicht nach diesem Mädchen gefragt? Haben sie sich nicht erkundigt, ob sie bei Ihnen im Haus war?

– Nein. Ach, Junge, daß ich dich hier antreffen muß! Deine

arme Mutter ist tot. Meine arme Tochter ist auch tot. Sie wurde ermordet, und niemand weiß von wem. Es ist eine schreckliche Welt, in der ich gelebt habe. Aber die Welt, der wir entgegengehen, ist besser. Ich bin mit Leib und Seele Sozialist, und ich werde nie mein Vertrauen in die Menschheit verlieren. Mein Opfer war nicht umsonst. Kein Opfer ist umsonst. Irgendwann wird es eine Zeit ohne Krieg geben. Frieden, Freiheit und Wohlstand werden allen beschieden sein. Wir haben jetzt eine hervorragende Regierung. Es wird nicht mehr lange dauern, und jeder bekommt eine Altersrente, ein Ideal, das in meiner Jugend noch als Hirngespinst galt. Und auf die Dauer wird es für alle Kindergeld geben, und auch das ist eine sehr schöne Sache. Wir müssen den guten Dingen in der Welt mehr Aufmerksamkeit widmen. Ach, Junge, du bist noch so jung, warum hast du dir nur mit solchen Sachen deine Zukunft verscherzt!

– Meneer Nauta, schrie Inspektor Selderhorst, hat er für die Deutschen gearbeitet?

– Für die Deutschen gearbeitet? Was spielt das für eine Rolle? Ich weiß nur, daß er nie irgendein Ideal hatte. Immer hat er den Weg des geringsten Widerstandes gewählt. Ich habe ihm angeboten, ihn studieren zu lassen, aber er wollte nichts anderes als in einem Tabakladen herumhocken und faulenzen, wo doch jeder weiß, daß Nikotin ein gefährliches Gift ist. Ich habe mein ganzes Leben gegen Alkohol, Tabak und Fleischmißbrauch gekämpft. Totale Abrüstung war mein Ideal, aber er war schon als Junge nicht mal bereit, Adressen auf Einladungen für den Abstinenzlerverein zu schreiben.

– Hatten Sie einen Verdacht gegen ihn?

– Ich habe ihn wie meinen eigenen Sohn aufgezogen. Warum sollte ich mich bemüht haben, ihn zu verdächtigen? Schon der Gedanke, daß er etwas Ungehöriges tun könnte, war mir unerträglich. Ich weiß allerdings, daß er, als seine Mutter verhaftet wurde, nichts, aber auch gar nichts unternommen hat, um sie aus dem Gefängnis zu holen. Ich habe gesagt: Warum gehst du nicht zu den Moffen, warum sagst du nicht: Hier bin ich, nehmt mich anstelle meiner Mutter? Aber so etwas wollte er nicht hören.

Osewoudt stand von seinem Stuhl auf, als wäre er noch nicht nah genug an Onkel Bart. Er ergriff die Seitenlehnen des Rollstuhls, und so weit vorgebeugt, daß es schien, als wolle er den alten Mann auf die Stirn küssen, rief er: Onkel Bart, ich bereue alles. Aber der Verdacht, in dem ich jetzt stehe, ist aus der Luft gegriffen. Ich bin unschuldig!

Erinnerst du dich noch daran, daß ich dir von Dorbeck erzählt habe?

Onkel Barts Kopf sank schon wieder nach vorn. Er sah jedoch zu Osewoudt auf.

– Ich bin müde. Ich will hier weg!

Dicke Tränen quollen aus seinen Augen, und er begann hörbar zu schluchzen, während seine Pflegerin eine zusammengelegte Serviette aus der Tasche nahm, sie entfaltete und ihm den Speichel von Mund und Jackett wischte.

– Onkel Bart, das ist sehr wichtig für mich. Erinnerst du dich noch an den Namen Dorbeck?

Aus Onkel Barts Kehle drang nun eine Art Geheul wie von einem überfahrenen Hund, ehe er verendet. Er brachte kein verständliches Wort mehr heraus. Sein Kopf fiel zur Seite und richtete sich wieder auf, um dann erneut mit einer kurzen Drehung zur Seite zu fallen.

Osewoudt stand auf. Er streckte die Hände nach Selderhorst aus.

– Er hat es verneint, sagte er flehend, er hat den Kopf geschüttelt. Er weiß es nicht mehr. Aber was beweist das? Er ist ein alter Mann. Die Deutschen haben ihn mißhandelt. Er kann nichts dafür, daß er nichts mehr weiß. Was kann das gegen mich beweisen?

Morgens mußten die Häftlinge auf dem Fabrikgelände eine halbe Stunde Sport treiben. Laufschritt, Froschsprünge, Robben, Rolle vorwärts und rückwärts, Bockspringen. Osewoudt machte zum erstenmal mit. Er lief schneller als die anderen, sprang weiter, robbte flinker, rollte wie eine Murmel und sprang höher. Zur Strafe mußten die anderen eine Viertelstunde länger trainieren; Osewoudt durfte am Rand sitzen und zuschauen.

Spuybroek kam angerannt, sah Osewoudt und hockte sich neben ihn.

– Geheim, sagte er, große Neuigkeiten! Hör gut zu! Das Foto, das wir von dir veröffentlicht haben, war ein Erfolg. Dein Onkel ist nicht der einzige, der sich daraufhin gemeldet hat. Wir haben eine Nachricht von einem englischen Kommandanten irgendwo in der Nähe von Oldenburg. Sie haben dort ein Massengrab geöffnet. Auf eine der Leichen, die zum Vorschein gekommen sind, scheint die Beschreibung zu passen.

– Ach so, ich verstehe. Und ich soll jetzt sicher den Beweis liefern, daß es sich um Dorbeck handelt? Ich soll das beweisen? Ich, dem niemand glaubt? Wie kann ich das beweisen bei einer Leiche, die schon mindestens ein halbes Jahr unter der Erde gelegen hat?

– Jetzt halt mal den Mund, das ist noch nicht alles. Erinnerst du dich daran, daß du eine Geschichte erzählt hast, in der der Name Jagtman vorkam? Jagtman ... ein Name und eine Adresse, die Dorbeck dir gegeben hatte. Du solltest Fotos dorthin schicken. Es war auf dem Legmeerplein in Amsterdam. Aber als du dort warst, um nachzuschauen, stellte sich heraus, daß gerade in der Nacht zuvor ein Flugzeug über dem Haus abgestürzt und die ganze Familie Jagtman dabei umgekommen war. War es nicht so?

– Ja, ungefähr.

– Na also. Weißt du, wer sich gemeldet hat? Der Zahnarzt dieser Familie Jagtman. Er weiß genau, wie die Gebisse der Leute aussahen. Wenn nun das Gebiß der Leiche in Oldenburg mit dem eines Mitglieds der Familie Jagtman übereinstimmt, sind wir ein ganzes Stück weiter. Das würde erklären, warum niemand von Dorbeck gehört hat. Dann liegt die Vermutung nahe, daß Dorbeck ein Deckname war und der Mann in Wirklichkeit Jagtman hieß. Ich muß dir was sagen: Seit du da in Voorschoten die Reste einer Uniform zutage gefördert hast, habe ich meine Meinung über dich geändert.

– Ach, sagte Osewoudt, tatsächlich? Dann möchte ich aber eines wissen: Angenommen, die Leiche in Oldenburg ist wirklich die Leiche eines Jagtman, wie ist dann zu erklären, daß die Leiche dort in Deutschland liegt, während die ganze Familie Jagtman in Amsterdam umgekommen ist, als das Flugzeug über dem Haus Legmeerplein 25 abstürzte?

Was auch immer unternommen wird, um mir die Chance zu geben, Dorbecks Existenz zu beweisen, es läuft nur auf neue unlösbare Probleme hinaus. Was habe ich von einem Dorbeck, der tot in Deutschland liegt? Den lebendigen Dorbeck brauche ich, damit er herkommt und meine Unschuld beweist! Und ich weiß genau, daß er noch lebt! Oberst Smears, der mich in England verhört hat, hat Dorbecks Existenz keinen Augenblick in Zweifel gezogen.

Spuybroek begann zu pfeifen, stand auf und ging. Osewoudt starrte auf die im Kreis rennenden Häftlinge. Die Sonne schien, der Wind wehte aus Richtung der Aromenfabrik, und es roch nach Vanille. Welche Folgen hätte es, wenn dieser Zahnarzt die Leiche in Deutschland identifizieren würde?

Einer der Häftlinge löste sich aus der Gruppe und setzte sich neben Osewoudt, nachdem der Sergeant, der den Sport dirigierte, ihm etwas zugerufen hatte.

Es war ein Junge von höchstens siebzehn. Er hatte eine hohe Stirn und darunter, in flachen Augenhöhlen, die grünen Wolfsaugen der wildesten germanischen Stämme.

– Du bist dieser Osewoudt, nicht wahr? Ich find es interessant, mal mit dir zu reden. Alle haben von deinem Fall gehört. Wenn du mich fragst, diese Nachforschungen nach Dorbeck sind wie ein Gang durch Treibsand. Jeder Schritt nach vorn ist zugleich ein Schritt nach unten. Wie denkst du darüber?

– Das geht dich nichts an.

– Wenn du mich fragst, du bist ein großes Arschloch, Osewoudt, ich sag das nicht, um dich zu ärgern, aber es ist die Wahrheit. Weißt du, was mit den meisten Niederländern los ist? Sie haben nie denken gelernt. Schau mich an. Ich bin vor einem Jahr zur SS gegangen. Ich bin ein großer amoralischer Theoretiker. Ein Theoretiker, denn ich kann kein Blut sehen, und außerdem bin ich der SS beigetreten, als Deutschland den Krieg schon verloren hatte und andere SS-Leute versuchten, in den Untergrund abzutauchen. Ich habe nie an die SS geglaubt, an das Tausendjährige Reich und den ganzen Unsinn, an den jeder SS-Mann den Zeitungen zufolge geglaubt haben soll. Aber was ich wirklich glaube, ist, daß die Moral nichts anderes ist als eine Arbeitshypothese von begrenzter Dauer und daß es nach dem Tod des Menschen auch mit jeder Moral zu Ende ist. Du hast bestimmt nicht viel gelesen, oder? Aber ich. Ich bin ein Intellektueller. Die gab es auch in der SS, allerdings nicht viele. Es war ein ebenso großer Haufen Idioten wie der Rest der Welt. Es waren welche dabei, die Himmler auf Händen trugen! Himmler! Eine Seekuh mit einem Kneifer auf der Nase! Sie hielten Hitler für ein Genie! Hitler! Diesen epileptischen Pinscher! Sie glaubten, verdammt noch mal, an eine bessere Zukunft! Wenn es nach mir ginge, würden sie alle an die Wand gestellt, jetzt, hier, sofort!

Er zeigte auf die erschöpften Sportler.

– Sieh doch, wie sie rennen. Lächerlich. Weißt du, was das soll? Weißt du, worauf alles hinausläuft? Alles läuft darauf hinaus, daß der Mensch sterblich ist und daß er nichts davon wissen will. Aber für den, der sich bewußt ist, daß er einmal sterben muß, kann es keine absolute Moral geben, für den sind Güte und Barmherzigkeit nichts als Tarnungen der Angst. Warum soll ich mich moralisch verhalten, wenn ich ohnehin auf jeden Fall die Todesstrafe bekomme? Jeder bekommt einmal die Todesstrafe, und jeder weiß es.

Die wirrköpfigen Philosophen, die unsere abendländische Kultur geprägt haben, glaubten, es gäbe einen Unterschied zwischen Schuld und Unschuld. Aber ich sage: In einer Welt, in der jedem die Todesstrafe bevorsteht, kann es keinen Unterschied zwischen Schuld und Unschuld geben. Und dann das Mitleid! Du hast natürlich auch nie ein vernünftiges Buch gelesen wie alle Schwachköpfe in unserem Land. Wenn du die Gelegenheit bekommst, mußt du mal *König Richard III.* von Shakespeare durchblättern! Shakespeare, das war ein Mann mit Durchblick. Was passiert, als Richards Königreich einzustürzen droht und er im Begriff ist, die entscheidende Schlacht zu liefern? Er schläft, und im Traum erscheinen ihm sämtliche Freunde und Verwandten, die er ermorden ließ, um den Thron besteigen zu können. Weißt du, was sie sagen? Was glaubst du? Glaubst du, sie sagen: Richard, es ist gemein, daß du uns ermordet hast, aber das läßt sich jetzt nicht mehr ändern, es ist nun mal geschehen, wir können nicht mehr ins Leben zurückkehren, wir vergeben dir, was du uns angetan hast, wir hoffen, daß dir unser elendiges Schicksal erspart bleibt, denn auch wenn du für deine Verbrechen bestraft wirst, wird es uns doch nichts nützen … Glaubst du, daß sie das sagen, Osewoudt? Nein, mein Lieber, das sagen sie nicht. *Verzweifle und stirb!* sagen sie. Das ist das, was sie sagen: *Verzweifle und stirb!* Frauen, Kinder und Greise. *Verzweifle und stirb!* sagen sie! Shakespeare wußte Bescheid!

Nimm Dostojewski. Bei Dostojewski kommen Menschen vor, die sanftmütig, gutherzig, edelmütig, freigebig, heilig sind, aber es handelt sich ausnahmslos um Geisteskranke. So ist das! Gut ist der Mensch nur aus Berechnung, Wahnsinn oder Feigheit.

Und jetzt komme ich zu dem Punkt, auf den ich hinauswollte: Langsam wird diese Einsicht allgemeiner. Die alten Propheten und Philosophen, die etwas anderes behauptet haben, verlieren zunehmend an Einfluß. Die Wahrheit läßt sich nicht durch Autosuggestion aufhalten. Der Mensch wird sich daran gewöhnen müssen, in einer Welt ohne Freiheit, Güte und Wahrheit zu leben. Das wird demnächst in den Grundschulen gelehrt werden! Dieser Krieg ist nur ein kleiner Vorgeschmack der Welt, die kommt! Die Welt wird viel zu dicht bevölkert sein, um Raum zu lassen für Verrückte, Gütige und Heilige.

So wie der Hexenglauben verschwindet und die sexuellen Tabus gebrochen werden, so selbstverständlich werden unsere Urenkel in aller Seelenruhe und vollkommen gleichgültig Dinge geschehen lassen, bei denen das gegenwärtige Steuer- und Stimmvieh noch ein Schaudern befällt.

Das Massaker dieses Krieges, die Millionen Wehrlosen, vergast, zu Tode geknüppelt, verhungert, aus Flugzeugen mit brennendem Phosphor übergossen – das alles ist noch gar nichts. Unsere Enkel werden nicht begreifen, daß Zeitungspapier verwendet wurde, um darüber zu lamentieren. Judenverfolgung? Achte auf meine Worte! Innerhalb von etwa zwanzig Jahren werden die Engländer, die Amerikaner und die Russen die Juden von den Arabern ausrotten lassen, wenn ihnen das in den Kram paßt.

Darf ich dir viel Erfolg in deiner Sache wünschen, Osewoudt?

Die Sportler mußten sich aufstellen. Der junge SS-Mann sprang auf, um sich ihnen anzuschließen. Doch nach zwei Schritten drehte er sich zu Osewoudt um und sagte: Oder sie lassen die Araber von den Juden ausrotten. Das nur als Trost!

Erst als das Auto am Eingang des englischen Truppenlagers in Oldenburg anhielt, hatte Osewoudt Gelegenheit, ein paar Worte mit dem Zahnarzt zu wechseln, der unterwegs zugestiegen war.

– Meneer, fragte Osewoudt, Sie haben also die ganze Familie Jagtman gut gekannt?

– Ja, alle waren bei mir in Behandlung.

– Und einer von ihnen sah mir ähnlich?

– Ich würde sagen, ja. Darum habe ich auch die Polizei angerufen, als ich dieses Foto von Dorbeck in der Zeitung sah. Aber Sie müssen verstehen, es ist inzwischen fünf Jahre her, seit ich ihn zum letzten Mal gesehen habe. Ich habe kein Fotoalbum mit meinen Patienten.

– Wie hieß er genau?

– Egbert.

– Egbert. Haben Sie ihn nach dem Mai 1940 noch gesehen?

– Das ist es ja gerade. Im August 1939 war er zum letzten Mal bei mir. Danach wurde er eingezogen.

– War er bei der Artillerie?

– Das weiß ich nicht genau.

– Wie alt war er?

– Dreiundzwanzig.

– Aber wenn nun ein anderer Zahnarzt während seiner Militärzeit alles mögliche an seinem Gebiß verändert hat?

– Keine Sorge, auch dann kann man es immer noch wiedererkennen. Das müßte ja ein enormer Zufall sein!

Der Zahnarzt öffnete einen kleinen Koffer, den er die ganze Zeit auf dem Schoß gehalten hatte. Genau in diesem Augenblick stieg Selderhorst, der mit dem englischen Kommandanten geredet hatte, wieder ein und ließ den Motor an. Der englische Wachtposten gab ihnen einen Wink, daß sie weiterfahren durften. Langsam fuhren sie über eine von Panzern völlig zerstörte Straße, die zu einem großen Lagerschuppen führte.

Dort standen noch mehr englische Soldaten. Sie waren unbewaffnet und trugen die flachen Helme lässig nach hinten geschoben. Auf ihre Anweisung parkte Selderhorst auf einem freien Platz zwischen den Armeefahrzeugen.

Selderhorst, der Zahnarzt, Spuybroek und Osewoudt stiegen aus. Der Zahnarzt legte den geöffneten Koffer ins Gras. Er nahm eine große Karte aus gelbem Karton heraus. Sämtliche Zähne des Ober- und Unterkiefers waren darauf schematisch abgebildet, einander gegenüber in Hufeisenform. Hier und da waren Zeichen in diesen Diagrammen angebracht. Links davon waren Angaben zu dem betreffenden Patienten notiert: Nachname, Vorname, Geburtsdatum, Behandlungstermine. Der Zahnarzt bedeckte die Schrift unwillkürlich mit der linken Hand, aber Osewoudt konnte trotzdem lesen: Jagtman, Egbert, 3. Dezember 1916. Außerdem drei Adressen, zwei davon durchgestrichen.

Der Zahnarzt zeigte auf die Abbildung der Zahnreihen.

– In so einem Diagramm, sagte er, hat man quasi eine typische Kombination von allem, was mit einem Gebiß geschehen kann. Man könnte es mit einem Zahlenschloß vergleichen. Die Möglichkeit, daß man Gegebenheiten wie bei diesem Gebiß hier noch bei jemand anders vorfindet: ein Inlay im dritten Molar unten links, eine Füllung an der Innenseite im zweiten Molar, der Eckzahn extrahiert (das geschah in seiner Kinderzeit, jemand hatte ihm einen Stein an den Mund geworfen), drei Füllungen im dritten Molar rechts, und so weiter, und so weiter … nein, nein, die Möglichkeit, daß das Gebiß von jemand anders genauso aussieht, ist so gut wie ausgeschlossen.

Ein englischer Leutnant kam mit einem Soldaten, der vier Paar Gummistiefel auf den Rasen legte. Der Leutnant trug bereits Gummistiefel, der Soldat ebenfalls.

Der Zahnarzt, Selderhorst und Osewoudt zogen ihre Schuhe aus und die Gummistiefel an.

– Well, Gentlemen, sagte der Leutnant, würden Sie mir die Freude machen, mir zu folgen? Die Freude ist ganz auf meiner Seite, denn ich würde übertreiben, wenn ich behaupte, daß das hier ein angenehmer Job ist. Die Leichname sind ziemlich ungeordnet aufbewahrt und befinden sich nicht im bestmöglichen Erhaltungszustand. Vor zehn Tagen wurde das Massengrab durch einen glücklichen Zufall nicht weit von unserem Stützpunkt entdeckt. Der Transport war also kein Problem.

Er holte einen Schlüssel hervor, steckte ihn in ein Vorhängeschloß, das an der Tür der Baracke hing, und sagte: Es sind, soweit wir wissen, hauptsächlich die Leichname von belgischen und niederländischen Soldaten.

– Trugen sie denn Uniformen? fragte Osewoudt.

– Manche schon. Die anderen waren insoweit uniformiert, als sie überhaupt nichts anhatten.

Auf einer Wiese in unmittelbarer Nähe blies ein Dieselaggregat blauen Rauch in die neblige Luft. Kabel verliefen von dem Aggregat zu den umliegenden Baracken.

Der Zahnarzt hatte Jagtmans Karteikarte abgelegt und Gummihandschuhe angezogen. Aus seinem Koffer nahm er auch noch einen großen Spatel aus rostfreiem Stahl, fast so groß wie ein Brecheisen, und eine seltsam aussehende Klemme. Sie bestand aus zwei flachen Haken, breit wie Löffel, deren hohle Seiten einander abgewandt waren. Die beiden Haken waren durch eine Schraube so verbunden, daß sie sich auseinanderspreizten, wenn die Schraube angezogen wurde. Nachdem er die Gegenstände flüchtig betrachtet hatte, legte er alles wieder in den Koffer, in dem sich außerdem noch ein kleiner Spiegel an einem langen Stiel und eine Taschenlampe befanden.

Die Tür wurde geöffnet, und ein süßlicher Geruch nach verwesendem Fleisch und Formalin schlug ihnen entgegen. Der Offizier drehte an einem Schalter. Zwei Handlampen, die an den Dachbalken aufgehängt waren, leuchteten auf. Der Zahnarzt nahm seinen Koffer.

Hier lagen so viele Leichen, daß dazwischen kaum Platz war. Manche waren übereinandergestapelt, so daß man eigentlich nur die Gesichter der obersten sehen konnte.

– Keine Sorge, sagte der Leutnant, die Person, die vielleicht der Beschreibung entspricht, haben wir gekennzeichnet.

Er ging vor und schaute dabei nach links und rechts. Mit ihren Gummistiefeln wateten sie durch einen schwarzen dünnen Brei, der überall den Boden bedeckte.

Ganz hinten lag die Leiche, die er meinte. Ein Kreuz aus roter Mennige war auf dem hellblauen aufgedunsenen Bauch. Die Augen waren geöffnet, aber die Augäpfel verschwunden. An den Wangen klebte ein dünner schwarzer Bart. Auch das Kopfhaar war schwarz.

– Ist das Dorbeck? fragte Selderhorst.

Osewoudt zögerte.

Der Zahnarzt ging in die Hocke, setzte den Spatel zwischen die geschlossenen Kiefer des Toten und stemmte den Mund auf. In der anderen Hand hielt er die Taschenlampe.

– Das reicht schon! rief er und richtete sich wieder auf. Er hat keinen einzigen Zahn mehr im Mund!

Es war Mitte November. Osewoudts letztes Verhör lag schon etliche Wochen zurück. Eines Morgens, als Spuybroek seine Zelle inspizierte, sprach Osewoudt den jungen Militärpolizisten darauf an.

– Könntest du Selderhorst nicht fragen, ob er mich noch einmal verhören will?

– Warum? Was versprichst du dir davon? Denkst du vielleicht, wir hätten nicht genug Dossiers gegen dich angelegt?

– Aber es gibt noch Dutzende von Fragen, die er bisher nie angeschnitten hat!

– Du bist verrückt. Du bist ein großer Spinner, wenn du glaubst, viel reden könnte etwas nützen. Belastungsmaterial ist seltsamerweise wie Kork. Laß ein mit Kork beladenes Schiff sinken, der Kork kommt wieder nach oben, was man auch macht.

– Trotzdem möchte ich mit Selderhorst sprechen. Frag ihn, wann ich wieder zu ihm kommen kann.

Nachts halb zwölf holte man ihn aus der Zelle und führte ihn zu Selderhorst.

Auf Selderhorsts Schreibtisch lagen hohe Aktenstapel, über die er kaum noch hinwegblicken konnte. Wahrscheinlich stand er deshalb auf, als er bemerkte, daß Osewoudt in sein Büro kam.

– So, da bist du also wieder! Warum kommst du eigentlich? Ich habe dich nicht rufen lassen!

– Gerade deshalb bin ich hier!

– Soll ich meine Nachtruhe für dich opfern? Glaubst du vielleicht, ich wüßte noch nicht genug von dir, um dich dreimal zum Tode verurteilen zu lassen?

– Nein, eigentlich wissen Sie gar nichts von mir! Sie haben sich nie mit den Fakten befaßt, die für mich sprechen. Das Vaterland ist befreit, aber ich sitze im Gefängnis unter Verrätern, Spionen und Schwarzhändlern. Habe ich denn kein Recht auf

Befreiung? Habe ich vielleicht nicht daran mitgewirkt? Habe ich nicht den widerlichen Mörder Lagendaal liquidiert?

Selderhorst stampfte vor Wut mit dem Fuß auf: Verdammt! Wie kannst du es wagen, so zu reden!

Er deutete auf die Dossiers.

– Es gibt keine Minute in deinem Leben während der deutschen Besatzung, über die mir nicht ein Dossier vorliegt. Wenn du dich nur einmal am Hintern gekratzt hast, kann ich auf einen Wink zehn Zeugenaussagen hervorzaubern! Was denkst du dir eigentlich? Warum kommst du her? Um mir auf die Nase zu binden, daß du Lagendaal liquidiert hast?

Schau in den Spiegel, du Lumpenhund. Schau in den Spiegel und sag mir, ob du das Gesicht von jemandem hast, der sich getraut hat, Lagendaal zu liquidieren.

Er nahm den Telefonhörer ab und schrie: Bring mir einen Spiegel! Sofort!

Er warf den Hörer auf die Gabel, nahm seinen Stuhl hinter dem Schreibtisch weg und stellte ihn davor, so daß Osewoudt ihn von Kopf bis Fuß sehen konnte. Rittlings setzte er sich auf den Stuhl, die Arme auf die Rückenlehne gestützt. Er trug noch immer denselben schäbigen grauen Anzug, seine Augen waren vor Müdigkeit gerötet, die Wangen mit grauen und schwarzen Stoppeln bewachsen, aber an den Füßen hatte er neue braune Militärstiefel, mit schweren Nägeln beschlagen.

– Es existiert kein einziger Beweis, daß du Lagendaal umgebracht hast! Alles, was darüber bekannt ist, stammt aus deutschen Quellen. Warum sollten wir das glauben? Die Deutschen, die dich von ihren Handlangern aus dem Krankenhaus Zuidwal entführen ließen, um dich als Lockvogel auf den Widerstand loszulassen, die sollen die Wahrheit sagen, wenn es um die Frage geht, ob du Lagendaal ermordet hast? Viel wahrscheinlicher ist, daß sie es selbst getan haben, vielleicht hat er zu viel Geld verlangt. Möglich ist auch, daß Annelies van Doormaal es getan hat. Das arme Mädchen, das die Deutschen mit einem deiner Fotos in der Tasche verhaftet haben! Was die Deutschen über den Tod Lagendaals ermittelt haben, interessiert uns nicht die Bohne.

– Und was ist mit dem kleinen Sohn von Lagendaal?

– Lagendaals Sohn hat erzählt, du hättest ihn zusammen mit Annelies van Doormal im Zug nach Amsterdam mitgenommen. Annelies van Doormaal wurde unterwegs verhaftet, und du hast das Kind irgendwo einfach stehenlassen, ich glaube, auf dem Rokin. Und auch wenn es stimmen sollte, daß du Lagendaal umgebracht hast, wie willst du damit Dorbeck hervorzaubern?

– Es gibt genug Leute, die Dorbeck gekannt haben. Sie können nicht alle tot sein, und auch wenn sie tot sind, werden sie vor ihrem Tod mit anderen über Dorbeck gesprochen haben.

– Was für Leute sollen das sein?

– Zum Beispiel die Leute, mit denen ich zusammen den Anschlag in Haarlem verübt habe, Kleine Houtstraat Nummer 32.

– Aha! Aha! Endlich!

Selderhorst sprang so heftig auf, daß der Stuhl fast umgekippt wäre.

– Endlich ist Meneer so weit, daß er damit herausrückt! Kleine Houtstraat 32! Hören wir mal, was er uns darüber zu sagen hat.

– Es war einer der ersten Aufträge Dorbecks. Ein paar Tage vorher kam er in meinen Tabakladen in Voorschoten. Wissen Sie das nicht mehr? Der Polizist, mit dem ich geredet habe, als wir die Uniform ausgruben, hat ihn gesehen.

– Er hat gesehen, daß Licht bei dir brannte, sonst nichts.

– Er hat gesehen, daß jemand aus meinem Haus kam. Dorbeck war bei mir gewesen; er hatte mir eine Pistole gegeben. Einige Zeit vorher hatte er mir ein paar Leicafilme geschickt, die ich für ihn entwickeln sollte. Ich hatte sie auch entwickelt, aber es war nichts darauf.

– So, es war nichts darauf ? Bist du dir sicher? Wie konntest du das in deiner Dunkelkammer sehen?

– Ich hatte keine Dunkelkammer.

– Du hattest keine Dunkelkammer? Erzähl weiter.

– Auf den Leicafilmen war überhaupt nichts. Dorbeck kam zu mir und sagte mir, diese Filme seien ihm und seinen Freunden von den Deutschen, von Provokateuren der Deutschen, zugespielt worden. Er hatte beschlossen, diese Männer zu liquidieren. Deshalb hatte er sich mit ihnen in einem Haus in Haarlem, Kleine Houtstraat 32, verabredet. Ich sollte mitmachen.

Ich habe mitgemacht. Wir waren zu dritt, Dorbeck, Zéwüster und ich. Dorbeck hielt draußen Wache. Zéwüster und ich gingen hinein. Wir wurden in einem Hinterzimmer von drei Personen empfangen. Wir haben sie sofort erschossen.

– Richtig, sagte Selderhorst und zog ein Dossier aus einem der Stapel. Und weißt du auch, wie die Personen hießen, die du erschossen hast?

– Nein, ich hab sie vorher nicht noch kurz nach dem Namen gefragt.

Selderhorst schlug das Dossier auf und blätterte darin.

– Dafür weiß ich, wie die Leute hießen. Es handelt sich um Olifiers, Stoffels und Knijtijzen. Geht dir ein Licht auf?

– Warum sollten mir die Namen denn etwas sagen?

– Wirklich nicht? Dann sag ich dir jetzt mal was! Olifiers war auf der richtigen Seite, nur Stoffels und Knijtijzen waren Handlanger der Gestapo. Olifiers wußte das nicht, aber dafür konnte er nichts. Warum habt ihr Olifiers auch erschossen?

– Woher sollte ich wissen, daß Olifiers auf der richtigen Seite war?

– Dann werde ich dir noch mehr erzählen. Olifiers war der Mann, der die Fotos aufgenommen hatte. Auf den Filmen war nämlich doch etwas. Es waren Fotos von deutschen Geheimdokumenten. Aber als die Fotos entwickelt waren, sah man darauf nichts. Wie kam das? Du mußt mehr darüber wissen! Hast du die Filme entwickelt oder nicht?

– Ja, ich habe sie entwickelt.

– Hast du sie richtig entwickelt, nach den Vorschriften?

– Ich hatte keine Dunkelkammer.

– Aha, du hattest keine Dunkelkammer. Du hast vielleicht einen Fehler gemacht, und deshalb war auf den Filmen nichts zu sehen. Hast du darauf hingewiesen, als du die Filme verschickt hast? Hast du einen Zettel dazugelegt und geschrieben: Auf den Filmen ist nichts zu sehen, aber das liegt vielleicht an mir?

– Nein.

– Als du hörtest, daß die Leute liquidiert werden sollten, weil auf den Filmen nichts zu sehen war, hast du auch da den Mund nicht aufgemacht?

– Nein, ich habe nichts gesagt. Und warum nicht? Weil Dorbeck mir vier Tage zuvor zwei Boten geschickt hatte, die sagten, ich brauchte mir mit den Filmen keine Mühe zu geben, weil darauf nichts zu sehen wäre.

– Dorbeck, schon wieder Dorbeck!

– Dorbeck weiß, wie alles genau abgelaufen ist. Und wenn auf den Filmen wirklich etwas gewesen wäre, sind Stoffels und Knijtijzen trotzdem zu Recht liquidiert worden. Sie sagen selbst, daß sie Handlanger der Gestapo waren.

– Aber Olifiers war auf der richtigen Seite, und Zéwüster hat erklärt, daß du, gerade du, derjenige gewesen bist, der auf Olifiers geschossen hat!

– Lebt Zéwüster denn noch?

– Er ist später von den Deutschen gefaßt und erschossen worden. Aber ich habe hier die Aussagen, die er vor den Deutschen gemacht hat. Zéwüster hat erklärt, er hätte dir von Anfang an mißtraut. Er hat sogar erzählt, er sei dir später noch einmal begegnet, in der Universitätsbibliothek in Amsterdam. Er hatte den Eindruck, du würdest ihn beschatten. Zéwüster studierte Steuerrecht. Er hat gedacht: Was macht einer wie der in der Unibibliothek? Er kann nur hier sein, weil er mich sucht.

– Was haben die Deutschen dazu gesagt?

– Die haben gesagt, du hättest ihnen schon alles erzählt.

– Das haben sie gesagt, um Zéwüster zu täuschen und ihn zu einem Geständnis zu veranlassen.

– Du warst schon mit Ebernuss dick befreundet.

– Zéwüster hat gelogen, sagte Osewoudt, vielleicht hat er gelogen, um mich zu retten. Der Mann, den ich erschossen habe, war nämlich Knijtijzen. Die Deutschen haben die Kugeln aus seinem Körper geholt und untersucht. Die Kugeln stammten aus meiner Pistole.

Selderhorst warf das Dossier auf den Schreibtisch, aber es blieb nicht liegen, sondern berührte einen Stapel anderer Dossiers und riß sie um. Der ganze Stapel fiel mit einem Knall zu

Boden und rutschte zu einem großen bunten Fächer auseinander.

Selderhorst kümmerte sich nicht darum und setzte sich wieder rittlings auf den Stuhl, die Unterarme auf die Lehne und den Kopf auf die Hände gestützt: Jetzt sag mir mal, Osewoudt, wie sah der Mann aus, auf den du geschossen hast? Weißt du das noch? Denk daran, lügen ist zwecklos, die Männer waren nicht gleich tot und konnten noch aussagen, ehe sie starben.

– Es war der Mann, der uns die Tür geöffnet hatte, ein Mann mit rotem Gesicht und kahlem Kopf. Er stand links neben mir. Ich hatte die Pistole in einem zusammengerollten Handtuch, das ich vor der Brust hielt.

– Verdammt! sagte Selderhorst und stand wieder auf. Na gut, dann war es Knijtijzen. Und weiter?

Osewoudt schnappte nach Luft, Schweiß rann ihm übers Gesicht.

Ein paar Minuten starrten sie einander schweigend an.

Dann klopfte es an die Tür.

– Herein! rief Selderhorst.

Ein Wärter mit einem kleinen Spiegel, der viele blinde Flecken hatte, kam herein.

– Sie haben um einen Spiegel gebeten?

– Ja! Halt dem Kerl da mal den Spiegel vors Gesicht!

Gehorsam stellte sich der Wärter vor Osewoudts Stuhl und hielt den Spiegel hoch.

War das ein Gesicht, in dem man jemals irgendeine Ähnlichkeit mit Dorbeck hatte entdecken können?

Er sah aus wie ein Bürofräulein, dem klar ist, daß es niemals einen Mann bekommen wird, so um die dreißig; dabei war er erst vierundzwanzig. Er hatte keine Nase, sondern ein Näschen mit breiten, dünnen Nasenflügeln und nach oben weisender Spitze. Seine Augen erweckten auch in Ruhestellung den Anschein, daß er sie zusammenkniff, und trotzdem waren es nicht die Augen eines Menschen, der sich anstrengt, etwas scharf zu sehen, sondern die Augen eines Kurzsichtigen, Augen ohne Ausdruckskraft, die nicht einmal lächeln konnten. Die weißliche dünne Haut ringsherum war gerunzelt, und der Mund mit der schmalen Oberlippe und der völlig unsichtbaren Unterlippe sah aus, als sei er zu nichts anderem als zu ohnmächtigen Verleumdungen imstande. Er zog die Stirn hoch, runzelte sie, aber sie glänzte noch immer mit dem weißen Schimmer eines Porzellanwaschbeckens. Und dann die dünnen abstehenden Ohren, selbst jetzt noch rosa. Und das seidige helle Haar, selbst jetzt noch weißblond, obwohl er es seit langem nicht gewaschen hatte und es strähnig war. Die Wangen, glatt wie ein Kinderpopo und noch immer rund, das Kinn so schlaff, als wäre kein Kieferknochen darunter. Und obendrein ein Grübchen in der Mitte des Kinns.

Osewoudt schob den Spiegel weg und sagte: Aber haben Sie denn nicht das Foto, das die Deutschen damals mit meinem Namen darunter verbreitet haben? Das zeigte nicht mich, sondern Dorbeck. An diesem Foto können Sie doch deutlich sehen, daß Dorbeck ein anderer war als ich. Sie könnten doch versuchen, Dorbeck mit dem Bild statt mit meinem Foto ausfindig zu machen!

– Glaubst du, wir hätten dieses Foto nicht? Wir haben es zwanzig Experten gezeigt, und dazu ein Foto von dir. Achtzehn von den zwanzig haben erklärt, auf beiden Fotos sei ein und dieselbe Person zu sehen.

Was würde es denn nützen, dieses Foto noch einmal zu veröffentlichen? Es würden höchstens noch mehr Leute auf der Bildfläche erscheinen, die Egbert Jagtman gekannt haben, aber was nützt das schon?

Egbert Jagtman war nämlich der Offizier, der während der Bombardierung von Rotterdam im Mai 1940 die beiden Deutschen exekutieren ließ. Nach diesem Aufruf in der Zeitung hat er sich bei den Deutschen gemeldet. Er hat gesagt: Hier bin ich! Macht mit mir, was ihr wollt, aber ich bereue nichts! Ich bin ein niederländischer Offizier. Während der Bombardierung waren die deutschen Linien noch ein Stück von Rotterdam entfernt, ich hatte das Recht, jeden Deutschen, der sich hinter der Front befand, als Franktireur erschießen zu lassen, ob er nun mit einem Fallschirm abgesprungen ist oder nicht, ist mir völlig schnuppe. Eure moderne Überfalltechnik interessiert mich einen Schmarren.

Das hat Egbert Jagtman erklärt, so steht es in den Akten.

Selderhorst deutete hinter sich.

– Was ist mit Egbert Jagtman geschehen? fragte Osewoudt.

– Sie haben ihn ohne jeden Prozeß in ein Konzentrationslager gebracht. Wir können nicht beweisen, daß die Leiche, die wir in Oldenburg gesehen haben, die Leiche von Egbert Jagtman ist, aber daß Egbert Jagtman nicht mehr lebt, das steht fest.

– Und wenn er sich nun mir gegenüber als Dorbeck ausgegeben hat und wenn er nun aus Deutschland geflohen wäre, so daß er sich doch bis zum Ende des Krieges in den Niederlanden zeigen konnte?

– Red keinen Unsinn! Wann bist du Dorbeck zum erstenmal begegnet? Am 10. Mai 1940, oder?

– Ja.

– Nannte er sich damals Dorbeck?

– Ja.

– Welche Gründe sollte Jagtman gehabt haben, sich im erstbesten Tabakladen in Voorschoten, in den er zufällig kam, als Dorbeck vorzustellen?

– Vielleicht war er ein Phantast.

– Blödsinn. Du bist ein Phantast. Bei dieser Schießerei in Haarlem, war Dorbeck damals dabei, ja oder nein?

– Er war dabei, er stand draußen Wache.

– So. Diese Schießerei fand am 23. Juli 1940 statt. Richtig?

– Ja.

– Sehr schön. Aber wir wissen, daß Egbert Jagtman sich am 20. Juli bei den Deutschen gemeldet hat und daß er zwei Monate später nach Deutschland transportiert wurde. Folglich: am 23. Juli saß Egbert Jagtman im Gefängnis. Also: die Person, die du am 23. Juli in Haarlem gesehen hast, war auf keinen Fall Egbert Jagtman. Glaubst du mir jetzt?

– Verdammt noch mal! Habe ich vielleicht gesagt, daß Dorbeck mit Jagtman identisch ist? Ich habe nie gesagt, daß er Egbert Jagtman war. Ich habe gesagt, daß er Dorbeck hieß. Und wenn Jagtman und Dorbeck ein und dieselbe Person sein sollen, wie erklären Sie sich dann folgendes: Wie ich Ihnen gesagt habe, gab mir Dorbeck, als ich ihn kennenlernte, einen Rollfilm, den ich für ihn entwickeln sollte. Auf diesem Rollfilm waren die drei unglückseligen Fotos: der Schneemann mit dem Karabiner, die drei Soldaten mit Gasmasken und der Soldat im Schlafanzug hinter einem Maschinengewehr. Aber es gab noch ein viertes Foto, auf dem etwas zu sehen war.

– Und wo ist das geblieben? In deinen Aussagen hast du immer nur drei Fotos erwähnt.

Osewoudt antwortete nicht sofort. Wie ein kleines Mädchen steckte er die Daumen in den Mund und senkte den Blick.

– Na? Was war nun auf dem vierten Foto?

– Dorbeck war darauf, mit zwei Frauen. Sie standen vor dem Haus Kleine Houtstraat 32. Die Hausnummer war deutlich zu erkennen und auch das Straßenschild, es ist nämlich ein Eckhaus. Wenn Dorbeck Jagtman gewesen ist und Jagtman nichts mit diesem Haus und dem, was dort geschah, zu tun hatte, warum hat sich Jagtman dann vor diesem Haus fotografieren lassen?

– Ich muß zuerst wissen, wo dieses Foto ist, vorher sage ich nichts dazu.

– Mit diesem Foto ist etwas Dummes passiert. Als ich es aus dem Entwicklerbad nahm, kam meine Mutter herein und knipste das Licht an. Ich machte das Licht sofort wieder aus, aber das Foto war verdorben, es war völlig schwarz.

– Ach, was für ein Mißgeschick! Wie kann man nur so ein Pech haben! Das einzige Foto, auf dem Dorbeck zu sehen ist … und gerade das ist verdorben.

– Und doch schwöre ich bei allem, was mir heilig ist, daß es existiert hat.

– Meinetwegen kannst du tausend Eide schwören. Jetzt hör mal zu, du Stümper, wenn es ein einziges Foto gäbe, das jemanden zeigt, der mit einiger Wahrscheinlichkeit Dorbeck sein könnte, würde ich mein Urteil über dich vielleicht noch revidieren.

– Aber es gibt so ein Foto! Das fällt mir erst jetzt ein! Als Dorbeck mich befreit hatte, habe ich einen Tag später, am Morgen des 6. April, im Haus in der Bernard Kochstraat ein Foto gemacht! Wir sind zusammen darauf, vor einem Spiegel!

– So? Und wo ist dieses Foto?

– Ich habe meine Leica auf der Flucht verloren. Sie war in einer Umhängetasche. Die habe ich unterwegs verloren.

– Verflucht, ich bin hundemüde. Es wird hier jede Nacht drei Uhr, bevor ich ins Bett komme. Wenn du mir versprichst, daß du jetzt aufhörst, mir auf die Nerven zu gehen, kümmere ich mich darum, ob die Leica noch irgendwo aufzutreiben ist.

– Sie speisen mich mit leeren Versprechungen ab. Was denken Sie sich eigentlich? Die Leica hat längst jemand bei einem kanadischen Soldaten gegen Zigaretten eingetauscht. Die kommt nie wieder zum Vorschein. Und wenn sie zum Vorschein käme, wäre der Film bestimmt nicht mehr drin.

Selderhorst stand auf, ächzend vor Müdigkeit, und nahm ein Blatt Papier und einen Bleistift von seinem Schreibtisch.

– Wie sah die Leica aus?

– Ich weiß sogar noch die Nummer genau, sagte Osewoudt. Es war eine Leica IIIa , Nummer 25 67 89, und das Objektiv war ein Symmar Nummer 22 24 56.

Selderhorst notierte die Nummern und hielt Osewoudt das Blatt Papier vor die Augen.

– Stimmt das so?

Tageszeitung *Het Vrije Vaderland* vom 18. Oktober 1945

HELD ODER VERRÄTER?

(Von einem Sonderkorrespondenten)

Unter all den unerfreulichen Dingen, welche die Rechtsprechung nach dem Krieg zwangsläufig mit sich bringt, ist der geheimnisvolle Fall des Tabakhändlers O. nicht einer der unwichtigsten. Wir haben den Eindruck, daß die Justiz, sofern sie bereits mit Entschlossenheit vorgegangen ist, dennoch einen großen Mangel an logischem Kombinationsvermögen gezeigt hat.

O. nahm während der deutschen Besatzung an verschiedenen Widerstandsaktionen teil. Scharfen Beobachtern ist nicht entgangen, daß jeder in seiner Umgebung früher oder später den Deutschen in die Hände fiel, während O. selbst stets auf wundersame Weise zu entkommen wußte. Als er im April 1945 im bereits befreiten Teil unseres Landes eintraf, wurde er denn auch sogleich von den Alliierten inhaftiert und des Landesverrats beschuldigt.

O. leugnet unterdessen alles und beruft sich auf einen gewissen Dorbeck. Trotz aller Anstrengungen, ihn aufzuspüren, ist und bleibt dieser Mann unauffindbar. O.s Geschichten zufolge handelt es sich bei Dorbeck um einen niederländischen Offizier, der für den britischen Geheimdienst arbeiten und O. zufällig täuschend ähnlich sehen soll. An Zufälligkeiten herrscht in dieser Geschichte kein Mangel! Nachträglich kam noch eine dritte rätselhafte Person ins Spiel, ein gewisser Egbert Jagtman, auch ein niederländischer Offizier, der dem offenbar leicht zu verwechselnden O. ebenfalls täuschend ähnlich sah. Ein in der Presse veröffentlichtes Foto (von O.?, von Dorbeck?) wurde nämlich von Jagtmans Zahnarzt erkannt! Früher hatte O. bereits behauptet, geheime Unterlagen an die Adresse dieses Jagtman, die Dorbeck ihm angeblich verschafft hatte, gesandt zu haben.

Wie dem auch sei, inzwischen gilt als bewiesen, daß zumindest Jagtman nicht mehr lebt und es sich bei einer in einem deutschen Massengrab gefundenen Leiche um seine sterblichen Überreste handelt. Dürfen wir davon ausgehen, daß damit der dritte Zwilling, wenn wir uns einmal so ausdrücken dürfen, aus der Welt geschafft ist? Vielleicht.

Aber das ist nicht alles.

Wie O. behauptet, soll Dorbeck ihm einen Film zum Entwickeln gebracht haben; angeblich hat Osewoudt, nachdem er vier Jahre nichts mehr von ihm gehört hatte, Dorbeck die Fotos geschickt, und schon vier Tage später meldete sich ein Mädchen bei O., Komteß Elly Berkelbach Sprenkel, die sich Sprenkelbach Meijer nannte. Sie legitimierte sich mit einem der von O. versandten Fotos und behauptete, das Bild in England erhalten zu haben. Ein Foto, das drei Tage zuvor noch in den Händen von O. war! Sie behauptete außerdem, daß sie in der Nacht zuvor am Strand von Scheveningen abgesetzt worden sei und dort bei einer Tante übernachtet hätte. Aber im Juni 1944 hatten die Deutschen Scheveningen geräumt; im Zusammenhang mit der Invasion wurde die Küste schwer bewacht, und überdies waren in jener Zeit die Verbindungen zwischen England und dem besetzten Teil unseres Landes nun auch wieder nicht so gut, daß ein Foto innerhalb von zwei Tagen hätte hin- und herreisen können! Rätsel … Davon abgesehen war Elly Berkelbach Sprenkel tatsächlich eine englische Agentin, doch wie sie an das Foto gekommen ist, konnte O. nicht erklären. Hat Dorbeck vielleicht doch existiert? War er es, der Elly Berkelbach Sprenkel das Foto zugespielt (selbstverständlich in den Niederlanden) und sie dahingehend instruiert hat, gegenüber O. zu behaupten, das Foto käme aus England? Vermutungen über Vermutungen, aber was ist die Wahrheit? Elly B. S. wurde bald darauf von der Gestapo verhaftet und umgebracht. Zu allem Unglück stellte sich nach dem Krieg heraus, daß die Deutschen über zahlreiche Abzüge der fraglichen Fotos verfügten …

Wie dem auch sei, die Möglichkeit, daß Dorbeck tatsächlich existiert hat, darf die Justiz unseres Erachtens nicht ausschließen.

Wo ist er dann?

Die zuständigen Instanzen sind offenbar nicht in der Lage, darauf eine plausible Antwort zu geben. Deshalb sind wir der Ansicht, daß wir das Recht haben, unsererseits Nachforschungen anzustellen.

Frauen

In dieser Geschichte sind viele Frauen beteiligt. Eine von ihnen ist O.s Freundin, genannt Mirjam Zettenbaum, während des Kriegs unter dem Namen Marianne Sondaar untergetaucht. Sie lebt heute in Palästina, und es ist offenbar unmöglich, mit ihr in Kontakt zu treten. Warum? Warum hat sie nicht versucht, ihren früheren Freund zu retten?

Die Justiz scheint sich darüber nicht den Kopf zu zerbrechen, vielleicht aus gutem Grund, wie wir im weiteren sehen werden.

Mirjam Zettenbaum verdankt O.s Verrat ihr Leben.

Zusammen mit O. wurde sie von den Deutschen in Leiden verhaftet. Als Jüdin brachte man sie sofort in das Konzentrationslager Westerbork; zweifellos wäre sie dem ihr drohenden Schicksal in einem deutschen Vernichtungslager nicht entgangen, hätte O. sie nicht gerettet.

O. hat sie gerettet, von dieser Annahme dürfen wir wohl ausgehen. Die Deutschen waren ja – ob durch O.s Erklärungen, ob durch ihre eigenen Erkenntnisse – zu der Überzeugung gelangt, daß mit O.s Verhaftung noch nicht der gesamte Kreis der Verschwörer ausgehoben war. Auch als O. hinter Schloß und Riegel saß, glaubten (oder wußten???) sie, daß dennoch ein anderer Mann herumlief, der dem Steckbrief O.s entsprach! Sie sagten also zu O.: Wer ist dieser Mann? Sag uns, wer er ist, und als Gegenleistung sorgen wir dafür, daß deiner Freundin Marianne kein Leid geschieht. So haben sie O. dazu gebracht, Dorbeck zu verraten.

Das steht unseres Erachtens außer Frage. O. hat die Deutschen in die Wohnung eingeschleust, in der sich Dorbeck verbarg. Dort wohnte ein Theologiestudent namens Moorlag, ein alter Bekannter O.s, ehedem Untermieter bei der Familie O. in Voorschoten. Es gibt wohl kaum jemanden, der O. so gut gekannt hat wie dieser Moorlag, doch auch Moorlag ist tot. Seine Leiche wurde wenige Tage vor der Befreiung in der Spiegelstraat in Amsterdam gefunden ... Zufall? Keineswegs! Moorlag ist tot, und Dorbeck hat mit Sicherheit existiert, *aber er ist ebenfalls tot!* Verraten wurden sie von O. Beide!

Verschwiegene Wahrheiten

Daß die Justiz diese einfachen Deduktionen nicht vollzogen hat, mag manchem seltsam vorkommen, doch man muß folgendes bedenken. Kein Häftling sagt beim Verhör die ganze Wahrheit. Und die verhörende Instanz wiederum gibt auch nicht alle Informationen preis, über die sie bereits verfügt, da sie hofft, daß sich der Verdächtige verplappert. Mithin hat O. gegenüber den Deutschen gelogen, die Deutschen haben gegenüber ihm gelogen, später hat O. den Engländern und Niederländern nicht die ganze Wahrheit gesagt, und die Deutschen lügen selbstverständlich das Blaue vom Himmel, wenn sie von Niederländern verhört werden. Sie sind weniger daran interessiert, den niederländischen Justizbehörden zu helfen oder die historische Wahrheit ans Licht zu bringen, als vielmehr ihre Haut zu retten. Darum dürfen wir eigentlich keine einzige Erklärung, von welcher Seite auch immer, wörtlich nehmen, sondern müssen sämtliche Teile des Puzzles mit Bedacht und Logik zusammenfügen.

Liebe

Die Deutschen haben das Versprechen, das sie O. gaben, eingehalten: O.s Freundin wurde nicht nach Deutschland deportiert. O. selbst beförderten sie, als Krankenschwester verkleidet, im April 1945 in den befreiten Süden. O. wurde von einem deutschen Offizier in Uniform weggebracht, in einem kleinen Auto, einem DKW. Dieser Wagen wurde in Dordrecht gefunden, mit der Leiche des Offiziers, erstochen von O.

Diese Fakten wurden uns von dem Pastor der Ignatiuskirche in Dordrecht mitgeteilt, bei dem O., noch immer als Krankenschwester verkleidet, Zuflucht gesucht hatte. Was hätte O. Besseres tun können, als den Deutschen umzubringen, um jeden Verdacht auf seiten der Alliierten zu entkräften?!

Aber das ist noch nicht alles. Während der Fahrt in den Süden besuchte O. auch seinen Tabakladen in Voorschoten, wo seine Ehefrau Maria Nauta, eine Cousine ersten Grades und sieben Jahre älter als O., noch wohnte. Diese Frau hatte ein Verhältnis mit einem NSB-Mann namens Turlings, was im Dorf allgemein bekannt war. Nun denn, an dem Tag, als O. in den Süden gebracht wurde, fand man die Frau tot im Laden auf, durch Messerstiche ums Leben gekommen. Kurz zuvor hatten Dorfbewohner ein deutsches Auto gesehen, in dem ein Offizier und eine Krankenschwester saßen.

Man könnte uns entgegenhalten, daß dies alles Komplikationen sind, mit denen sich die Justiz nicht auseinandersetzen kann, weil es lediglich darauf ankommt, konkrete Beweise gegen O. zu erbringen, und es nicht darum geht, seine Biographie zu verfassen. Zugegeben. Die Materie ist bereits kompliziert genug. Wie dem auch sei, O. ist nicht vollkommen unschuldig, aber doch weniger schuldig, als manche im Land glauben. Er handelte am Anfang mit Sicherheit in gutem Glauben, und daß seine Frau und deren Nazi-Liebhaber ihn verraten haben, steht außer Zweifel. Wenn O. versagt hat, dann aus Liebe zu seiner Freundin Mirjam Zettenbaum. Um sie zu retten, hat er Dorbeck und Moorlag den Deutschen ausgeliefert. Kein Wunder, daß Dorbeck nicht auftaucht!

Weil er hoffte, mit dem Leben davonzukommen, hat O. nebenher den Richter über seine Frau gespielt, wahrscheinlich mit der halb bewußten Absicht, nach dem Krieg mit seiner Freundin ein neues Leben anfangen zu können.

Wiederholen wir unsere erste Frage: Warum schweigt Mirjam Zettenbaum in Palästina? Bedarf diese Frage nach dem Vorhergehenden eigentlich noch einer Antwort? Nein! Die Antwort ist einfach und klar!

Sie schweigt, weil sie nichts zugunsten O.s vorbringen könnte. Auch wenn sie beweisen könnte, daß Dorbeck tatsächlich existiert hat, wäre damit zugleich der Beweis erbracht, daß O. ihn verraten hat. Sie schweigt aus Liebe zu O.

Für O. dürfte es wohl das beste sein, wenn sie auch weiterhin schweigt.

Miss Mirjam Zettenbaum
In a Kibbuz
Palestine

Lager ›Achtste Exloërmond‹
19. Oktober 1945

Liebste Marianne!

Erst letzte Woche erfuhr ich zu meinem Erstaunen, daß Du noch lebst. Die Polizei hier hat es mir gesagt. Meine Freude ist unbeschreiblich. Dies ist die erste Gelegenheit, Dir zu schreiben. Ich dachte bisher, Du seist tot. Ich wollte Dich noch in der Emmaklinik in Amsterdam besuchen, am 6. April. Die Krankenschwester sagte, Du dürftest keinen Besuch empfangen. Das Kind durfte ich mir jedoch kurz anschauen. Ach, Marianne, ich kann Dir nicht sagen, wie ich damals geweint habe, und jetzt, beim Schreiben dieses Briefes, weine ich wieder. Ich habe nichts, aber auch nichts übrigbehalten aus der Zeit, in der wir Umgang miteinander hatten, und es war doch so eine glückliche Zeit. Es war die glücklichste Zeit meines Lebens, und so eine Zeit kommt nie wieder. Ach, Marianne, ich finde es schrecklich, daß Du so weit weg bist, aber ich glaube nicht, daß ich Dich noch glücklich machen könnte.

Du mußt wissen, daß mir etwas Entsetzliches zugestoßen ist. Ich sitze im Gefängnis. Der Krieg ist vorbei, alle Länder sind befreit, aber ich war noch keine Sekunde lang frei. Ich habe nicht die Kraft, Dir zu berichten, was ich alles durchgestanden habe, doch mein Leiden ist unsagbar. Man verdächtigt mich des Verrats. Die gräßlichste, böswilligste Absicht wird mir in die Schuhe geschoben, und alles, was ich unternehme, um meine Unschuld zu beweisen, scheitert. Jeder, der zu meinen Gunsten aussagen könnte, ist fort oder tot. Und Du weißt doch so gut, wie meine anderen engen Freunde es wußten, daß ich alles im Auftrag von Dorbeck getan habe. Du erinnerst Dich doch bestimmt noch daran, daß ich Dir von Dorbeck erzählt habe, in dieser Nacht im Haus von Labare, bevor wir von den Deutschen überfallen wurden? Du hast mich noch getröstet. Ich habe Dir erzählt, daß ich völlig abhängig von Dorbeck war, daß ich ohne ihn nichts, ja weniger als nichts war. Du hast mir noch widersprochen, Du hast mir noch gesagt, daß ich ganz gewiß ich selbst und ein wertvoller Mensch sei.

Aber, liebe Marianne, es ist anders gekommen. Dorbeck ist verschwunden. Dutzende von Instanzen haben versucht, ihn aufzuspüren, bisher ohne Erfolg. Er bleibt unauffindbar. Manchmal glaube ich, daß er tot ist, dann wieder, daß die Engländer ihn verstecken. Und es ist tatsächlich so, wie ich Dir damals schon sagte: Ohne Dorbeck bin ich nichts; wenn er nicht die Gründe und die Erklärung für mein Verhalten liefert, kann alles, was ich im Widerstand getan habe, verzerrt und verdreht werden zu Verbrechen und Verrat.

Es geht mir sehr schlecht. Ich habe Fieber, ich huste Tag und Nacht. Ich werde nicht schlecht behandelt, aber Tageslicht sehe ich selten oder nie. Die Verhöre dauern oft eine ganze Nacht, und auch wenn ich nicht verhört werde, kann ich nicht schlafen. Trotzdem bin ich noch privilegiert, denn ich habe eine Zelle für mich allein. Das Lager befindet sich in einer alten Molkerei. Die anderen Räume sind überfüllt mit allerlei Gesindel, SS-Leuten, Provokateuren des SD und anderen Landesverrätern. Manchmal muß ich in mich hineinlachen, wenn ich bedenke, daß ich in dieser Gesellschaft bin, und dann frage ich mich: Worüber regst du dich auf ? Es ist ein Irrtum, ein irrwitziges Zusammentreffen von Umständen, mehr nicht. Jeden Augenblick kann Dorbeck auftauchen, und dann ist alles innerhalb von fünf Minuten in Ordnung.

Aber ich muß Dir gestehen, Marianne, daß ich mir manchmal mehr Sorgen mache als gut für mich ist, und deshalb möchte ich Dich um etwas bitten: Könntest Du nicht einen Brief an den Staatsanwalt des Sondergerichtshofs schreiben und ihm bestätigen, daß ich tatsächlich in der Zeit der deutschen Besatzung mit Dorbeck in Kontakt war? Daß ich mit

Dir über ihn gesprochen habe usw. Daß er tatsächlich existiert. Denn die Leute, die sich mit meinem Fall befassen, sind über alles so schlecht informiert, daß ich manchmal den Eindruck habe, sie wollten mir weismachen, Dorbeck sei nichts weiter als ein Produkt meiner Phantasie.

Der NSB-Mann Turlings, der mich bei den Deutschen denunziert hat, ist die einzige noch lebende Person, die Dorbeck gesehen hat. Es war nach dem Anschlag in Haarlem, in der Kleine Houtstraat. Er sah einen Mann in einem grauen Anzug und dachte, ich wäre es gewesen. Als er mir kurz darauf begegnete und ich weiße Shorts trug, sagte er: Du hast dich aber schnell umgezogen! Er hatte Dorbeck gesehen und nicht mich.

Aber soll ich jetzt auf der Aussage eines Landesverräters bestehen? Was würde die Justiz dann wohl von mir denken? Deshalb halte ich in dieser Angelegenheit lieber den Mund.

Und schreib auch mir einen Brief, Marianne. Ich möchte so gern wissen, wie es Dir geht, dort in deinem Kibbuz. Man erzählt sich hier, daß Ihr dort Blockflöte und Tamburin spielt. Vielleicht hast Du mich noch nicht vergessen. Ich hoffe nicht, daß Du denkst, ich hätte Dich im Stich gelassen, weil Du nichts mehr von mir gehört hast. Du weißt jetzt, was alles passiert ist. Wenn ich frei bin, werde ich versuchen, Geld zu sparen (ich weiß nur noch nicht, wie ich das machen werde, denn mein Tabakladen existiert nicht mehr), aber sobald ich etwas Geld habe, werde ich zu Dir kommen, allen Arabern zum Trotz.

Schwester Kruisheer, die neue Oberschwester, war eine magere Frau in den Fünfzigern mit einem deutlich sichtbaren blonden Schnurrbart.

Sie beugte sich über das Bett, in dem Osewoudt lag, zog ihm das Thermometer aus dem Mund und sagte: Achtunddreißig neun. Du hast Glück. Bei achtunddreißig fünf könntest du hier nicht bleiben.

In der linken Hand trug sie ein Tablett mit Fläschchen und Gläsern. Sie steckte das Thermometer in ein Gefäß mit Quecksilberchloridlösung, in dem bereits andere Thermometer standen. Dann nahm sie eine Blechschüssel vom Tablett, in der ein Rasiermesser und ein Klecks Trockenrasiercreme lagen, und sagte: Rasier dich mal.

– Ich brauch mich nicht zu rasieren.

– Was ist denn das für ein Unsinn?

– Mir wächst kein Bart. Möchten Sie vielleicht mal fühlen? Sie schaute ihn mit großen Augen an und nahm die Blechschüssel mit langsamen Bewegungen wieder weg.

– Da kann man ja neidisch werden, sagte sie mit einem falschen Lächeln.

Graues Morgenlicht hing im Krankensaal; die hellblau getünchten Wände waren wegen der Feuchtigkeit voller Ringe und Blasen.

Es gab keine Fenster, aber die Decke bestand aus nebeneinander angebrachten Spitzdächern aus Panzerglas. Dieser Raum war ursprünglich die Abteilung gewesen, in der die Flaschen gereinigt wurden. Hähne für warmes und kaltes Wasser waren an den seltsamsten Plätzen in großer Zahl vorhanden, und auch deshalb hatte man die Kranken hier untergebracht. Wasserhähne gab es nicht nur an den Wänden; über die ganze Länge verliefen mitten durch den Raum Rohre, an denen ebenfalls Hähne angebracht waren; manche Hähne tropften, aus anderen entwich ständig Dampf.

Die Kranken lagen in Metallbetten. Fast alle waren Simulanten. Sobald einer von ihnen Osewoudt ansprach, schrie dieser: Halt die Schnauze, du dreckiger Landesverräter!

Der donnernde Lärm, der danach losbrach, konnte nur durch die Aufseher beendet werden, die an den Betten entlanggingen und links und rechts mit Gummiknüppeln drauflosdroschen. Im Vorbeigehen bekam Osewoudt natürlich auch ein paar Schläge ab, aber das war es ihm wert.

Achtunddreißig neun, dachte Osewoudt, vier Striche zuviel. Was konnte er tun, damit das Fieber sank, so daß er in seinen Raum im Souterrain zurückdurfte?

Er spürte, wie feucht das Bettzeug war, er roch den Maschinenölgestank, den der Dampf verbreitete, er schaute zum Dach aus trübem Panzerglas hoch und dachte: Hier werde ich nie gesund. Seine Wangen blähten sich plötzlich auf, er warf sich auf die Seite, krümmte sich vor Schmerz und versuchte den Husten im Kissen zu ersticken, aber er hatte das Gefühl, als ob seine Lunge explodierte und die Brustmuskeln sich so krampfhaft zusammenzogen, daß ihm die Rippen brachen.

– Guten Tag, Henri Osewoudt!

Er streckte sich wieder und schaute nach oben.

Ein betagter Herr stand an seinem Bett. In der weißen Hand mit Altersflecken hielt er einen schwarzen Filzhut. Der große Kopf hing schräg nach vorn, durch eine abnorme rote Schwellung am Hals in diese Haltung gezwungen.

– Ich bin Doktor Lichtenau. Du kennst mich nicht mehr, aber ich kenne dich. Es ist viel geschehen seit jener Zeit, aber ich erkenne dich noch sehr gut.

Schwester Kruisheer kam mit einem Stuhl, und Doktor Lichtenau setzte sich. Den Hut legte er auf die Knie.

– Ich bin der Psychiater, der deine Mutter in Duinoord behandelt hat. Ich kann mich noch daran erinnern, daß du sie besucht hast, zusammen mit deinem Onkel.

– Ach ja?

– Na und ob! Ich habe dich gefragt: Was willst du später werden? Und du hast gesagt: Krankenschwester!

– Das habe ich gesagt?

– Ja. Du warst damals ein kleiner Junge, vier oder fünf.

Eigentlich hast du dich nicht sehr verändert. Dein Vater lebte damals noch.

Doktor Lichtenau starrte vor sich hin und schüttelte den Kopf.

– Haben Sie meine Mutter auch später wieder behandelt, als sie noch einmal in die Klinik kam, nach der Geschichte mit meinem Vater?

– Anfangs schon. Die Ermordung deines Vaters verschaffte uns eigentlich keine neuen Gesichtspunkte in bezug auf das Krankheitsbild. Sie glaubte sich nicht verantwortlich für das, was sie tat, so war sie schon immer. Es gab einen Geist, der sie beherrschte, ein ›etwas‹, ein ›es‹. Doktor Lichtenau machte zwei kleine Gesten, als könne er dem ›etwas‹, dem ›es‹ dadurch besser Gestalt verleihen und gleichzeitig ausdrücken, daß er an dessen tatsächliche Existenz nicht glaubte.

– Manchmal hat sie sich verkleidet, sie riß ein Stück Stoff aus ihrem Laken, band es sich wie eine Maske vors Gesicht und sagte: Ich seh es wieder, ich jag es rasch weg.

Mit wäßrigen blauen Augen, deren Unterlider weit herabhingen, schaute er Osewoudt an; er schien sich zu fragen, ob dieser seine simplen Ausführungen begriff.

– Das hat sie später auch noch manchmal gemacht, sagte Osewoudt.

– Gut. Es war also ihre Eigenart, daß sie Dinge tat, deren Ursache sie außerhalb ihrer selbst suchte. Sie sträubte sich dagegen, sie hatte Angst davor. Darum versuchte sie ›es‹, dieses ›es‹, rasch wegzujagen. Offenbar ist es ihr jedoch nicht immer gelungen.

– Sie haben sicherlich schon gehört, daß die Moffen sie umgebracht haben, Herr Doktor?

– Ja, Henri. Trotzdem war sie nicht unheilbar krank. Sie war eine vollkommen normale Frau, wenn sie sich nicht von diesem ›es‹ bedroht fühlte. Aber sag mal: Du hast deine Mutter sicher sehr geliebt?

– Das fragen Sie noch? Damit sie bei mir sein konnte, habe ich den Tabakladen meines Vaters weitergeführt. Ich habe es nur für sie getan.

– Warum hast du sie dann im Krieg einer so großen Gefahr

ausgesetzt durch deine Gewalttaten in der Widerstandsbewegung?

– Ich hatte es … Wenn ich Dorbeck nie begegnet wäre …

– Diese Dorbeck-Geschichte, glaubst du die eigentlich selbst?

– Was meinen Sie?

– Glaubst du wirklich, daß Dorbeck existiert hat, daß du ihm mehrere Male begegnet bist und daß er dir verschiedene Aufträge gegeben hat? Schau mal, Henri, jetzt laß mich erst mal ausreden! Ich will damit nicht sagen, daß du nicht richtig im Kopf bist, überhaupt nicht! Aber der Krieg war eine Zeit immenser Spannungen für uns alle. Es kann sein, daß du damals, in Augenblicken großer Müdigkeit, geglaubt hast, daß Dorbeck existierte, daß er dich anrief, daß er dir Nachrichten schickte, die auf der Rückseite von Fotos standen, und so weiter, und so weiter. Mensch, Henri, ich habe deine Mutter so gut gekannt, wir beide brauchen keine Geheimnisse voreinander zu haben. Schau mal, wir alle machen Fehler, das will ich damit sagen. Wenn du mich fragst: Du glaubst doch selbst nicht an die Existenz von Dorbeck! Du hast früher, in seelischen Tiefs, daran geglaubt, aber jetzt glaubst du es nicht mehr. Du beharrst nur darauf, weil du in der Klemme bist. Was glaubst du damit zu erreichen? Die Justiz ist dir in jeder Hinsicht entgegengekommen. Kiloweise Papier wurde für deinen Fall verbraucht. Und das in einer Zeit, in der so großer Papiermangel herrscht. Noch immer stapelt sich Dossier auf Dossier. Es gibt kein Land auf der Welt, in dem man sich nicht nach Dorbeck erkundigt hat, jeder, der ihm möglicherweise irgendwann begegnet sein könnte, wurde verhört, aber Dorbeck ist nirgends zu finden. Wenn die Justiz nicht alles unternommen hätte, was in ihrer Macht steht, hätte man sich nicht an mich gewandt. Aber weil man deiner ganzen Vergangenheit und der Vergangenheit deiner Familie nachgespürt hat, ist man schließlich auf mich gekommen. Nein, keine Widerrede, Henri, laß mich ausreden. Die Ermittlungen in deinem Fall sind nun so gut wie abgeschlossen. Es wird nicht mehr lange dauern, bis du vor dem Richter stehst. Was willst du dann machen? Zu sagen, es sei dir selber auch klar gewesen, daß Dorbeck nicht existiert, wird dir nicht helfen, denn dann wird man dich nicht nur in allen Anklagepunkten für schuldig erklären, sondern die Richter werden außerdem höchst konsterniert sein, weil du die Ermittlungsbeamten monatelang von Pontius zu Pilatus geschickt hast. Deshalb gebe ich dir einen guten Rat: Halte künftig besser den Mund. Widersprich nicht mehr, laß alles über dich ergehen. Gib in der Gerichtsverhandlung keinen Ton von dir. Ich werde für die Richter ein Gutachten erstellen, daß alles nur ein Wahn von dir war, eine Illusion. Ich werde ihnen sagen, daß du selbst fest an Dorbecks Existenz geglaubt hast. Dorbeck war nichts anderes als die Personifikation bestimmter Intentionen in deiner eigenen Psyche. Ich werde sagen, es spräche für deine ethische Einsicht, daß du die Verantwortung für diese verbrecherischen Intentionen nicht selbst tragen wolltest, sondern sie sozusagen von dir abgetrennt und auf Dorbeck übertragen hast.

– Sie wollen mich also für unzurechnungsfähig erklären?

– Nicht ich bin es, der dich für unzurechnungsfähig erklärt! Du selbst gibst Dorbeck die Schuld an allem. Du behauptest, daß Dorbeck alles wüßte. Nicht ich habe das behauptet, nicht die Justiz, sondern du. Wenn Dorbeck für deine Handlungen verantwortlich ist, ergibt sich die logische Schlußfolgerung, daß du *nicht* verantwortlich bist.

– Nein! Nein! Nein! Ich habe getan, was Dorbeck von mir verlangt hat, aber das bedeutet nicht, daß ich unzurechnungsfähig bin! Sie bringen da zwei Sachverhalte durcheinander!

– Was bleibt mir anderes übrig, wenn Dorbeck nicht existiert? Er ist ein Produkt deiner Phantasie. Du hast ihn dir ausgedacht, aber nicht mit Absicht, du hattest keine andere Wahl. Das habe ich ja gerade gesagt: Daß du dir Dorbeck ausgedacht hast, war keine bewußte Willensentscheidung. Darum bist du, ich sage nicht unzurechnungsfähig, aber es fällt unter mildernde Umstände.

Osewoudt bekam einen Hustenanfall. Als der vorbei war, setzte er sich in seinem Bett aufrecht, so daß sein Kopf fast auf gleicher Höhe mit dem Kopf des Arztes war. Er konnte nur noch flüstern, als er sagte: Herr Doktor, lassen Sie sich nichts weismachen von faulen Polizisten, die zu dumm sind, Dorbeck aufzuspüren. Sie dürfen ihnen nicht glauben, daß Dorbeck nicht existiert. Ich habe den Beweis erbracht. Ich habe ihnen den Platz in meinem Garten gezeigt, wo seine Uniform vergraben war, und sie haben sie ausgegraben.

– Wie beweiskräftig ist eine Uniform, die irgendwo vergraben ist? Stand darauf geschrieben, daß es Dorbecks Uniform war?

– Wessen Uniform sollte es sonst sein? Ich habe immer gesagt, daß Dorbeck mir wie ein Zwillingsbruder glich, daß er genau meine Größe hatte. Und die Uniform, die in meinem Garten ausgegraben wurde, war mir wie auf den Leib geschneidert. Was will man eigentlich noch mehr?

– Woher weißt du, daß dir die Uniform paßte? Hast du sie angezogen?

– Nein.

– Warum nicht?

– Sie war in der feuchten Erde vermodert. Bei der ersten Berührung ist sie zerfallen. Aber die Größe war noch gut zu erkennen.

– Was nützt ein Beweisstück, das zerfällt, sobald man es berührt? Übrigens kannte ich diese Geschichte schon. Ich habe sämtliche Akten durchgesehen, bevor ich zu dir gekommen bin. Sieh dir meinen Hals an, er ist geschwollen vom vielen Lesen. Ich weiß über alles Bescheid. Von dieser Uniform, Dorbecks Uniform, ist nicht mehr übrig als die Messingknöpfe, die grün angelaufen sind!

– Dieses Beweisstück ist erst der Anfang, sagte Osewoudt. Ich beweise nur widerwillig, daß Dorbeck existiert hat oder noch existiert, weil ich dabei schon der Annahme, daß er nicht existiert, sozusagen eine gewisse Bedeutung zuerkenne. Aber was soll's? Falls Dorbeck noch lebt und er erfährt, was mir passiert ist, wird er auftauchen und alles erklären. Und wenn er nicht mehr lebt, was sehr gut möglich ist, in diesem Krieg sind Tausende von Menschen spurlos verschwunden, er kann von einer Bombe zerfetzt worden sein, er kann unter einem anderen Namen mit einem Flugzeug über dem Meer abgestürzt sein, er kann in einem Panzer verbrannt sein, oder vielleicht sitzt er irgendwo im Gefängnis, so wie ich – wer kann das wissen?

Sie aber wissen überhaupt nichts! Sie haben ihn nie gesehen, deshalb können Sie davon ausgehen, daß er nicht existiert. Alles ist auch deshalb so schwierig, weil ich zur Geheimhaltung verpflichtet war. Aus Vorsicht habe ich Dorbeck nie erwähnt. Das verstand sich von selbst. Und der einzige Mensch, dem ich von Dorbeck erzählt habe, ist ein Mädchen, das jetzt in Palästina lebt und meine Briefe nicht beantwortet. Aber meinen Sie, es würde mir etwas ausmachen, wenn Sie glauben, daß er nicht existiert? Ich kann nichts dafür, daß meine Mutter geisteskrank war. Überlegen Sie sich gut, was sie tun, Herr Doktor. Fragen Sie sich einmal, ob Sie das Recht haben, Dorbecks Existenz zu bestreiten, nur weil Sie wissen, daß meine Mutter unter Wahnvorstellungen litt.

Doktor Lichtenau lehnte sich zurück und schloß die Augen. – Das Todesurteil. Weißt du eigentlich, was dir bevorsteht, Henri? Das Todesurteil. In deinem Fall läßt sich kein einziger Lichtblick entdecken. Wenn du nun zugeben würdest, daß du Angst hattest, daß du unter der schrecklichen Folter der Deutschen schwach geworden bist, aber nein, alle Zeit, die verfügbar war, um dein Verhalten zu erklären, wurde für die Suche nach Dorbeck aufgewandt, der nicht existiert.

Osewoudt beugte sich aus dem Bett und tippte dem Arzt aufs Knie: Es ist sehr freundlich von Ihnen, daß Sie zu mir gekommen sind, Herr Doktor. Ich weiß die gute Absicht zu schätzen. Aber Sie irren sich, wie alle andern. Ich habe ein Foto gemacht, auf dem Dorbeck zu sehen ist, wir sind beide darauf, nebeneinander. Wir standen zusammen vor einem Spiegel. Ich habe das Foto selbst gemacht, in der Bernard Kochstraat in Amsterdam. Es besteht immer noch die Chance, daß es gefunden wird. Auch jetzt noch werden die Fotos von mir und von Dorbeck verwechselt, man glaubt, es seien dieselben Fotos. Aber dann wird sich alles aufklären. Dann ist der eindeutige Beweis erbracht, daß Dorbeck und Osewoudt zwei verschiedene Personen sind. Die Kamera, mit der ich das Foto gemacht habe, ist auf der Flucht verlorengegangen. Der Film war noch drin. Aber nehmen wir mal an, sie wird gefunden. Müßte ich mich dann nicht umbringen, wenn ich – falls heute oder morgen die Kamera auftaucht, der Film entwickelt wird und Dorbeck fast leibhaftig erscheint –, wenn ich mich dann inzwischen für unzurechnungsfähig erklärt hätte? Erst wenn ich das tun würde, wäre ich tatsächlich unzurechnungsfähig!

Ein junger Priester in einer verschlissenen Soutane lief bereits den ganzen Vormittag zwischen den Betten herum. Am linken Arm trug er einen großen Henkelkorb voller Stechpalmenzweige und Kerzen. Über den Betten der Häftlinge befestigte er mit Reißzwecken Stechpalmenblätter, und auf die Nachttische stellte er Kerzenstummel, um die rote Schleifen gebunden waren.

– Schade, schade, wiederholte er an jedem Bett, der Wetterbericht sagt für dieses Jahr keine weiße Weihnacht vorher. Schade, schade, das wäre auch fast zu schön gewesen, weiße Weihnacht im Befreiungsjahr.

– Ja, Pater! riefen gefügig die SS-Leute mit dröhnenden Stimmen, das ist wirklich sehr schade.

– Da kann man nichts machen, sagte der Pater, der Weihnachtsmann war bestimmt zu beschäftigt, um auch noch für Schnee zu sorgen. Da kann man nichts machen. Wir müssen uns damit abfinden.

– Wir finden uns mit allem ab, Pater!

– Sollen wir nachher noch einmal ›Stille Nacht, heilige Nacht‹ üben, Jungs?

Sie fingen sofort damit an.

– Nein, jetzt noch nicht! Nachher, habe ich gesagt! Ruhe!

Er kam an Osewoudts Bett.

– Ich bin Pater Beer, sagte er. Schade, schade, keine weiße Weihnacht dieses Jahr.

– Wirklich schade, sagte Osewoudt und deutete auf die Decke aus Panzerglas. Dabei hätten wir es hier so gemütlich, wenn es schneien würde.

– Na, na, sagte der Pater, wenn es zu dunkel würde, könnten wir die Kerzen anzünden.

Er stellte eine Kerze auf Osewoudts Nachttisch.

– Nehmen Sie die bitte wieder weg, sagte Osewoudt, ich bin mit diesem Mumpitz nicht erzogen worden.

– Für Erziehung ist es nie zu spät. Eine kleine Kerze oder ein Stechpalmenzweig hat noch niemanden gebissen.

– Kann sein, aber ich brauche das nicht.

– Wie bitte? Das ist doch nicht die Möglichkeit! Die meisten Jungs hier im Haus sind sogar kurz davor, sich bekehren zu lassen. Und du sagst mir so etwas? Jetzt will ich aber genau wissen, woran ich mit dir bin!

Er stellte den Korb ab, holte sich einen Stuhl und setzte sich an Osewoudts Bett.

Pater Beer war nicht viel älter als Osewoudt. Er hatte ein rundes Gesicht und schaute wach aus seinen hellbraunen Augen.

– Wie bist du in dieses Lager gekommen? fragte er.

– Ich bin unschuldig, sagte Osewoudt, ich gehöre nicht zu dem Pack da.

– Wie heißt du denn?

– Osewoudt.

– Soso. Osewoudt. Du bist also Osewoudt. Ich habe von deinem Fall gehört.

– Das hat jeder.

– Die Zeitungen schreiben darüber.

– Ich weiß, aber ich lese schon lange keine Zeitungen mehr.

– Laß uns mal ernsthaft miteinander reden. Vielleicht kann ich etwas für dich tun.

– Sie brauchen nichts für mich zu tun. Wenn Dorbeck erst einmal auftaucht, brauche ich niemanden mehr, dann wird meine Unschuld glasklar bewiesen.

– Das, was ich für dich tun könnte, liegt nicht auf der Ebene der juristischen Beweisführung.

– Ich verstehe. All die Jungs, die in der SS waren, singen jetzt ›Stille Nacht, heilige Nacht‹. Sie lassen sich bekehren, um ihre Haut zu retten.

– Da stimme ich dir zu. Aber was macht das schon? Selbst der größte Sünder hat das Recht, zu versuchen, seine Haut zu retten.

– Auch durch Scheinheiligkeit?

– Auch durch Scheinheiligkeit. Nur, versteh mich nicht falsch, mit einer scheinheiligen Bekehrung darf sich ein Priester natürlich nicht zufriedengeben. Er darf nicht nachlassen, bis aus der Scheinheiligkeit wahre Frömmigkeit geworden ist.

– Unterdessen ist es dann zu spät, sie noch an die Wand zu stellen, falls sich die wahre Frömmigkeit doch nicht zeigen sollte.

– Es ist immer besser, einen Mitmenschen am Leben gelassen als ihn getötet zu haben, wie verworfen dieser Mitmensch auch sein mag.

– Soso, sagte Osewoudt, wenn ich Ihnen einen Rat geben darf: Drängen Sie darauf, daß der Papst sich dafür einsetzt, alle Strafen auf der ganzen Welt abzuschaffen und alle Häftlinge ohne Ausnahme freizulassen, auch die, die gegen eine Bekehrung resistent sind. Das ist besser, als daß Sie sich abrackern und am laufenden Band falsche Bekehrungen bewirken.

– Natürlich wäre das besser, aber kein Mensch kann mehr als das, was in seiner Macht liegt. Ich bin auch nur ein Mensch, ich kann nicht mehr tun, als mir gegeben ist. Ich habe keinen Einfluß auf das Tun und Lassen Seiner Heiligkeit.

– Wenn ich mich zum Glauben bekehren ließe, was würde das beweisen? fragte Osewoudt. Ich bin unschuldig. Wie sollte ich durch eine Bekehrung noch schuldloser werden können?

– Schuldloser nicht, aber diejenigen, die dich hier gefangenhalten, und die Richter, die dich bald verurteilen werden, weil sie nicht an deine Unschuld glauben, denken, wenn du dich bekehren läßt, vielleicht: Er ist doch ein guter Mensch. Vielleicht lassen sie dann Gnade vor Recht ergehen.

– Ich bin nicht auf Gnade angewiesen. Wenn ich alles für die gute Sache geopfert habe und das einzige, was ich dafür bekomme, Gnade ist, wofür habe ich dann gelebt? Wofür sollte ich dann noch weiterleben?

– Weil das Leben ein Geschenk ist und wir es nicht wegwerfen dürfen, weil wir am Leben bleiben müssen, auch wenn wir nicht wissen, wofür.

Das Laken vor Osewoudts Gesicht war zerknittert. Er streckte die Arme über der Decke aus und zog es glatt.

– Hören Sie mal, fragte er, finden Sie es nicht schrecklich, als Mann in solchen Gewändern herumlaufen zu müssen? Ich bin damals in einer Schwesterntracht aus dem besetzten Gebiet geflohen. Ich wäre fast gestorben, so elend habe ich mich gefühlt. Das ist ja, als ob einem die Beine zusammengebunden wären.

Pater Beer mußte herzhaft lachen.

– Darüber habe ich noch nie nachgedacht.

– Ich möchte Sie noch etwas fragen, was mich schon mein ganzes Leben beschäftigt. Die runde kahle Stelle oben auf Ihrem Kopf, machen Sie die selbst mit einem Rasiermesser, oder gibt es spezielle Patertonsurenmacher? Ist das ein Ausbildungsberuf ?

Pater Beer erstickte nun fast vor Lachen.

– Ist es schwierig, das zu lernen? fragte Osewoudt. Muß man da eine Prüfung ablegen?

– Das ist eines der bestgehüteten liturgischen Geheimnisse, sagte Pater Beer. Ich würde meine Seligkeit aufs Spiel setzen, wenn ich es dir verriete.

Osewoudt lachte nicht. Er sagte: Ich langweile Sie, und Sie langweilen mich. Jedes Gespräch zwischen uns ist überflüssig. Sie laufen mit Weihnachtszweigen und Kerzen herum. Wenn es nach mir ginge, würde jeder in diesem Haus sofort an die Wand gestellt, Weihnachten hin oder her. Nach ihrem Tod können sie dann immer noch begnadigt werden. Mein Fall ist mit deren Fällen nicht zu vergleichen. Ich bin aufgrund eines seltsamen Mißgeschicks hier. Ich empfinde keinen Haß gegen die Menschen, die mich hier festhalten. Wenn jemandem ein Stein auf den Fuß fällt, und der Fuß muß ihm abgenommen werden, ändert sich sein ganzes Leben dadurch unwiderruflich. Trotzdem wird er den Stein nicht hassen. So ist es auch mit mir. Anscheinend werden in jedem Krieg Soldaten irrtümlich von ihrer eigenen Truppe beschossen. So ist das auch in meinem Fall. Aber wenn erst mal bewiesen ist, daß Dorbeck tatsächlich existiert hat, sieht die Sache ganz anders aus. Das ist das einzige, was ich mir erhoffe, das ist greifbar und deutlich.

– Du bist hoffärtig, sagte Pater Beer, du stellst das Recht über die Gnade. Aber wenn das Recht nun zu lange auf sich warten läßt?

– Das macht für mich keinen Unterschied.

– Was soll ich daraus folgern? Hoffst du vielleicht, daß nach deinem Tod Dorbeck doch noch erscheint und diejenigen, die deinen Tod auf dem Gewissen haben, von Reue verzehrt werden?

– Daß ich nicht lache! Was habe ich davon, wenn nach meinem Tod Jahre später jemand, der es nicht besser gewußt hat, von Reue verzehrt wird? Außerdem glaube ich nicht, daß es so etwas wie ›von Reue verzehrt werden‹ tatsächlich gibt. Im Krieg habe ich sogar die Eltern eines kleinen Jungen getötet. Der Vater war ein Lump, aber das Kind hatte nichts getan. Ich habe dem Kind großen Kummer bereitet, ich habe sein ganzes Leben verändert, aber ich konnte nicht anders handeln. Ich empfinde keine Reue. So werden auch die, die mich mißhandeln, immer darauf beharren, daß sie nicht anders handeln konnten. Und falls ich nicht zum Tode verurteilt und erschossen werde und es, sagen wir mal, noch zehn Jahre dauert, bis man Dorbeck findet, dann habe ich immerhin zehn Jahre unschuldig im Gefängnis gesessen. Zehn Jahre, die nie wiedergutzumachen sind. Zehn Jahre Gefängnis, das ist eine der schwersten Strafen. Aber wenn sie mich dann freilassen, werden sie eine Miene machen, als ob ich ihnen noch dankbar sein müßte.

Osewoudt mußte heftig husten; um das Geräusch zu ersticken, steckte er sich ein Stück des Bettlakens in den Mund, aber es nützte nichts.

– Wenn du zehn Jahre unschuldig im Gefängnis gesessen hättest, gäbe es für dich nur eine einzige Möglichkeit, weiterzuleben, sagte Pater Beer. Du müßtest denjenigen, die dir das angetan haben, vergeben. Siehst du nun, daß du, was auch geschieht, am Ende immer zur Gnade findest?

Osewoudt schüttelte den Kopf.

– Ob ich ihnen vergeben würde oder nicht, das würde sie doch einen Dreck kümmern, denn …

– Du verstehst mich falsch! Es geht nicht um die anderen, sondern um dich, um *dein* Glück!

– … denn sie halten mich ja nicht fest, weil Dorbeck unauffindbar ist, sondern weil ich eine hohe Stimme habe wie ein Kastrat, ein Gesicht wie ein Mädchen und keinen Bart. In meinem Aussehen war ich mein Leben lang gefangen, mein Aussehen hat mich zu dem gemacht, was ich bin. Das ist die Lösung des Rätsels.

Pater Beer wurde hochrot, zauberte ein schmuddeliges Taschentuch aus seiner Soutane hervor und schneuzte sich.

Dann sagte er: Aber wenn das wahr ist, was du jetzt sagst, wie könntest du dann anders als durch Gnade gerettet werden?

– Was ist der Sinn meines Lebens, erwiderte Osewoudt, wenn ich mit einem Fluch geboren werde und diesen Fluch nicht anders als durch Gnade loswerden kann? Soll ich dafür leben: um zwei Geschenke zu bekommen, die sich gegenseitig aufheben, obwohl ich überhaupt nicht um Geschenke gebeten habe? Ich habe um nichts gebeten. Ich habe auch nicht darum gebeten, zu leben. Ich habe nicht darum gebeten, geboren zu werden, ich habe nicht darum gebeten, bei meiner Geburt verflucht zu werden, und ich bitte bei meinem Tod auch nicht darum, begnadigt zu werden. Wenn mir ohnehin keine andere Möglichkeit bleibt, als zu sterben, bin ich auf Gnade nicht mehr angewiesen: Mit dem Ende meines Lebens endet auch der Fluch. Die Gnade, die Sie vielleicht für Ihre bekehrten Verräter und Mörder bewirken können, was könnte diese Gnade für mich bedeuten? Hören wir doch mit dem Gefasel auf. Sie gehen mir auf die Nerven. Ich bin krank, ich habe Fieber, ich liege seit mehr als einem Monat in diesem stinkenden Saal. Mit Religion habe ich nichts am Hut. Mir kommt es nur noch darauf an, daß der Fotoapparat gefunden wird, mit dem ich ein Bild von Dorbeck gemacht habe. Wenn der erst wieder aufgetaucht ist, wenn ich Selderhorst endlich ein echtes Foto von Dorbeck geben könnte, wäre ich schon halb gerettet. Dann würde er endlich nicht mich sehen, sondern Dorbeck. Eine andere Art Rettung verlange ich nicht.

– Wir reden noch mal miteinander, sagte Pater Beer, ich werde für dich beten.

– Was gibt es in meinem Fall zu beten?

– Ich werde dafür beten, daß die Leica gefunden wird. Ich werde alle Heiligen anflehen.

Osewoudt drehte sich auf die Seite und murmelte: Mir wäre es lieber, wenn hier nicht ›Stille Nacht, heilige Nacht‹ gesungen würde.

Am ersten Weihnachtstag, bevor das Singen begann, kam Pater Beer zu Osewoudt und sagte: Ich habe für dich gebetet. Ich habe dafür gebetet, daß die Leica gefunden wird.

Osewoudt fiel keine andere Antwort ein als: Das ist sehr nett von Ihnen.

Als Pater Beer nach dem Singen ging, sagte er im Vorübergehen: Ich werde weiter für dich beten. Tage wie diese sind immer äußerst günstig für die Erhörung besonderer Gebete.

Morgen komme ich wieder, und wir werden noch einmal singen. Du brauchst nicht mitzusingen, wenn du nicht möchtest!

Am zweiten Weihnachtstag kam Pater Beer tatsächlich wieder, und es wurde erneut gesungen. Außerdem wurden Päckchen verteilt. Osewoudt bekam nichts, denn wer hätte ihm etwas schicken können.

Pater Beer setzte sich an Osewoudts Bett.

– Ich habe zu allen Heiligen für dich gebetet. Ich werde so lange beten, bis der Fotoapparat gefunden wird. Gottes Güte ist unendlich, und wir dürfen die Hoffnung nicht verlieren.

Osewoudt aber drehte sich um und sagte: Ach, es macht Ihnen doch sicher nichts aus, aber ich habe Kopfschmerzen. Ich würde lieber ein wenig schlafen. Sie und ich sind nicht dafür geschaffen, einander zu verstehen.

Am Vormittag des 27. Dezember erschien Selderhorst im Krankensaal. Schwester Kruisheer folgte ihm, einen braunen Wollmorgenrock überm Arm und ein Paar Pantoffeln in der Hand.

Selderhorst trug einen kleinen Pappkarton, dessen Deckelklappen hochstanden.

– So, Osewoudt, rat mal, was in diesem Karton ist!

Osewoudt setzte sich im Bett auf und streckte die Hände nach dem Karton aus.

– Ein Geschenk vom Weihnachtsmann, sagte Selderhorst und hielt den Karton neckend ein Stückchen höher.

– Ist es vielleicht meine Leica?

– Vielleicht. Schau doch mal nach.

Er stellte den Karton auf Osewoudts Knie.

Osewoudt drückte die Klappen zur Seite und nahm die Kamera aus dem Karton. Seine Sopranstimme klang hoch durch den Saal.

– Wann ist sie gefunden worden? Heute morgen?

– O nein, wir haben sie schon seit etwa einer Woche. Ist es deine?

– Ja! Sie ist es!

Osewoudt drehte am Rückspulknopf.

– Und der Film ist noch drin!

– Es muß deine Kamera sein. Die Nummern stimmen jedenfalls mit den Nummern überein, die du uns gesagt hattest. Und der Film ist auch noch drin.

– Warum haben Sie den Film denn nicht entwickeln lassen? Dann hätten Sie sehen können, daß Dorbeck auf einem der Fotos ist!

– Entwickeln? Nein! Das mußt du selbst machen! Du bist im Entwickeln doch so tüchtig? Die Filme von Olifiers, die hattest du doch auch so gut entwickelt? Jetzt entwickle mal deinen eigenen Film!

– Wie soll ich das machen? Ich habe hier kein Material.

– Keine Sorge, das haben wir. Wir haben eine sehr schöne Dunkelkammer für dich. Komm mal mit.

Schwester Kruisheer hielt den Morgenrock bereit.

Osewoudt schob die Decken mit dem Fuß weg und setzte sich aufs Bett. Es dauerte einen Augenblick, bis er die Arme in die Ärmel des Morgenrocks gesteckt hatte, weil er die Leica einfach nicht weglegen konnte.

Schließlich stand er schwankend neben dem Bett, die Füße in den Pantoffeln. Man schlang ihm auch noch einen Wollschal um den Hals. Schwester Kruisheer stützte ihn. Er drückte die Leica mit beiden Händen an die Brust.

– Ich wußte immer, daß man sie finden würde! Ist denn das die Möglichkeit? Es ist ein Wunder! Wissen Sie, wo man sie gefunden hat?

Während er zwischen Schwester Kruisheer und Selderhorst langsam aus dem Saal ging, inspizierte Osewoudt den Fotoapparat gründlich.

– Sie ist kaputt, jemand hat sie hingeschmissen. Das Objektiv hat einen Sprung. Aber zur Not kriegt man sie wieder hin.

Auf der Treppe nach unten sagte Osewoudt: Wenn ich freigelassen werde, mache ich von Ihnen allen ein Abschiedsfoto.

Fröstelnd ging er durch den kalten Flur im Erdgeschoß.

Sie brachten ihn ins Souterrain, in seine ehemalige Zelle. Dort erwarteten ihn Spuybroek, ein weiterer Aufseher, ein Herr in einem Wintermantel und ein Mann, der einen weißen Laborkittel trug.

– Der Herr hier ist Armeefotograf, sagte Selderhorst, er hat alles für dich bereitgestellt. Die Glasbausteine oben sind abgedunkelt. Da auf dem Tisch steht alles, was du brauchst. Was jetzt weiter passieren soll, kannst du selbst sagen.

Auf dem Tisch standen ein kleiner Behälter und zwei Fläschchen mit Flüssigkeiten.

Osewoudt las, was auf den Flaschenetiketten stand, und sagte: Das Licht muß aus sein.

Sie gaben ihm einen Stuhl und machten das Licht aus. Tastend schraubte er die Kamera auf und spürte mit den Fingerspitzen, daß sie einen Film enthielt. Er nahm den Film heraus und wickelte ihn auf die Spule des Behälters, den er dann mit dem Deckel verschloß.

– Das Licht kann wieder angemacht werden, sagte er.

Sie machten das Licht an.

– Es ist derselbe Film, sagte er, ich erkenne ihn an der Kassette.

Er zeigte ihnen die Kassette, in der der Film in der Kamera gewesen war. Sie nickten, faßten die Kassette aber nicht an.

– Hat jemand eine Uhr?

Matt stützte er sich auf den Tisch, während er hin und wieder den Behälter schüttelte. Wegen des Fiebers hatte er Ohrensausen.

Der Mann im Wintermantel sagte: Was ist Fotografie doch für eine interessante Sache! Ich fotografiere auch in meiner Freizeit, aber zum erstenmal im Leben sehe ich jetzt, wie das Entwickeln vor sich geht!

Osewoudt blickte auf die Uhr, goß die Flüssigkeit aus dem Behälter in die erste Flasche und den Inhalt der zweiten Flasche in den Behälter.

Zehn Minuten später sagte er: Jetzt muß er fertig sein.

Während er den Deckel abschraubte, stellten sich alle um den Tisch.

Osewoudt stand auf, nahm die Spule aus dem Behälter und zog den Film von der Spule.

Auf dem ersten Stück, das zum Vorschein kam, war nichts zu sehen.

– Auf dem Film war fast nichts, sagte Osewoudt.

Er hatte nun bereits einen Meter von der Spule gezogen, und noch immer war nichts darauf zu sehen. Auf dem letzten Stück, das sich von der Spule löste, zeigte sich endlich ein kleines schwarzes Bild.

Selderhorst riß Osewoudt den Film aus der Hand und hielt ihn ans Licht.

– Aber verdammt noch mal! Was ist denn das? Das bist du selbst! Bist du das, ja oder nein? Und der Kerl, der da neben dir sitzt, wer ist das? Aber das ist ja Obersturmführer Ebernuss! Ebernuss, Himmelherrgott!

Osewoudt ergriff den nassen Film nun selbst mit beiden Händen und riß daran, aber Selderhorst ließ nicht los.

Osewoudt begann zu schreien: Das ist ein anderes Foto! Das ist ein Foto, das auf Moorlags Dachboden gemacht wurde, als ich mit Ebernuss dort war. Aber daneben muß das Foto sein, auf dem ich mit Dorbeck zu sehen bin! Es war die nächste Aufnahme!

Selderhorst, Spuybroek, der Herr und der Fotograf hielten die Köpfe dicht beieinander und betrachteten das eine schwarze Rechteck auf dem langen, klaren Zelluloidstreifen. Alle drei waren mindestens einen Kopf größer als Osewoudt.

Osewoudt riß noch einmal an dem Film, obwohl er bereits gesehen hatte, daß tatsächlich nur ein einziges Bild darauf war.

– Gut, sieh doch selbst nach!

Selderhorst ließ los, Osewoudt schaute nach. Dann sagte er: Aber das kann doch nicht sein! Wo ist Dorbeck?

Selderhorst sagte: Ich denke, daß Dorbeck bei deiner Freundin Marianne ist, im Kibbuz! Wenn er dir tatsächlich so ähnlich sieht, wird sie den Unterschied nicht mal bemerkt haben.

– Aber das kann doch nicht sein! Die ganze Welt betrügt mich, sogar das Licht hat mich im Stich gelassen.

Er wich zurück, obwohl niemand antwortete und sich keiner von der Stelle rührte.

– Was steht ihr da und glotzt wie die Idioten! Sucht Dorbeck, sage ich, Dorbeck weiß alles. Alles, sage ich. Ich bin nichts ohne Dorbeck, ich gestehe es offen ein. Dorbeck ist alles.

Osewoudt drehte sich um.

Er ging ein paar Schritte zur Tür, den Film schleifte er über den Boden hinter sich her.

– Verdammt, Dorbeck, wo bist du? Zeig dich! Vielleicht ist er hier im Haus. Vielleicht wird er in einer anderen Abteilung gefangengehalten. Ich werde ihn schon finden. Er hatte es darauf angelegt, daß die Deutschen mich statt seiner suchten, und jetzt bin ich im Gefängnis, weil ich getan habe, was er gesagt hat. Das kann doch nicht sein!

Er öffnete die Tür und ging auf den Flur.

Hinter ihm ertönte Gelächter, doch niemand hielt ihn zurück.

Er ging durch den Keller und fand den Ausgang.

– Was soll das? schrie der Wachtposten, ohne ihm hinterherzulaufen. He! Du Vogelscheuche! Komm zurück!

Draußen war es diesig, und es nieselte.

Den Film durch die Luft schwenkend und heftig gestikulierend, ging Osewoudt weiter.

– Dorbeck! Komm her! Hallo, Dorbeck, hier spricht Osewoudt. Nein, ich hör dir nicht zu. Zuerst muß ich dir was sagen. Ehe wir weiterreden, verlange ich eine Erklärung!

Er verlor einen Pantoffel, hinkte jedoch weiter über den verschlammten Beton.

Auf dem Kanal näherte sich ein Motorschiff, das Torf geladen hatte.

– Wo ist Dorbeck? schrie Osewoudt. Ihr müßt ihn finden! Findet ihn! Findet ihn!

Er verlor nun auch den anderen Pantoffel und begann zu rennen.

Das schwer beladene Torfschiff näherte sich langsam. Tief röhrte der Dieselmotor und stieß blaue Rauchkreise in die neblige Luft.

Erst jetzt fielen Schüsse, eine kurze Salve aus einer Sten Gun. Als die zweite Salve krachte, fiel Osewoudt nach vorn. Er konnte sich gerade noch in den Stacheldraht krallen, der am Kanal entlang gespannt war.

Das Gebäude dröhnte. Fensterscheiben wurden eingeworfen. Hunderte Stimmen riefen gleichzeitig um Hilfe. Glas fiel klirrend auf den Vorplatz.

Sie hatten Osewoudt im Flur auf den Boden gelegt, nicht weit von der offenstehenden Tür. Zwei Aufseher saßen dicht bei ihm auf Stühlen, die Karabiner zwischen den Knien.

Um Osewoudt bildete sich eine große Blutlache.

– Trotzdem ist es eine Schweinerei, sagte der eine Aufseher.

Ein Sergeant kam angerannt.

– Sergeant, rief derselbe Wärter, ohne aufzustehen, Sergeant, kommt denn immer noch kein Arzt?

– Der Arzt von Zesde Exloërmond hat Urlaub, und der Arzt von Vijfde Exloërmond ist nicht zu Hause. Seine Frau sagt, nach Weihnachten sind immer so viele Leute krank, vom vielen Saufen.

– Verdammt. Kommt Verstärkung?

– Das geht dich einen Dreck an. Tu deine Pflicht!

Der Sergeant zog den Revolver und rannte über den Flur.

Der Tumult ließ nicht nach. Die Wände bebten.

– Mörder! Mörder! riefen die aufständischen SS-Leute.

Pritschen und Stühle wurden zusammengetreten. Es schien, als würde das ganze Gebäude einstürzen.

Einer der beiden Wärter stand auf und beugte sich über Osewoudt. Dann setzte er sich wieder und sagte zu dem anderen: Er stöhnt noch.

Der andere Wärter lehnte sein Gewehr ans Knie und holte eine Schachtel Zigaretten hervor.

– Trotzdem ist was faul an der Sache.

– Was haste gesagt?

– An der Sache ist was faul. Liest du eigentlich nie Zeitung?

– Nee, warum?

– Ich glaube an den Jungen. An der Sache ist was faul. Er

weiß zuviel, deshalb lassen sie ihn krepieren. Dorbeck hat existiert, oder er existiert noch, davon bin ich überzeugt. Aber die Zeitungen schreiben auch nicht alles.

Mit flatternder Soutane kam Pater Beer in den Flur gerannt.

Er kniete nieder, mitten in der Blutlache, und legte einen Arm unter Osewoudts Kopf, als wolle er ihn umarmen.

– Osewoudt, Osewoudt! rief er. Sag mir, was ich für dich tun kann!

Osewoudt öffnete halb die Augen.

– Dorbeck weiß alles. Such Dorbeck. Dorbeck muß irgendwo sein. Dorbeck weiß alles.

– Aber Osewoudt …

– Dorbeck muß gefunden werden. Was beweist es schon, daß das Foto nichts geworden ist? Sag Dorbeck … Frag Dorbeck …

– Du mußt am Leben bleiben, Osewoudt! Wenn Dorbeck gefunden werden muß, mußt du ihn selbst suchen, denn niemand anders wird ihn für dich finden!

Osewoudt sagte nichts mehr, die Augen fielen ihm wieder zu.

– Osewoudt, du mußt am Leben bleiben! Osewoudt, verstehst du mich? Du mußt am Leben bleiben! So darfst du nicht sterben. Du mußt fliehen. Osewoudt, kannst du mich noch verstehen? Ich gebe dir meine Soutane, in der kannst du fliehen! Ist denn nirgendwo ein Arzt?

Pater Beer schaute sich suchend um, sah jedoch niemanden außer den Wärtern, die, nach vorn gebeugt, ihre Zigaretten rauchten. Ohne Pater Beer zu beachten, wandten sie die Köpfe zum Ausgang. Mit rasselnden Ketten fuhren zwei Panzerwagen auf das Gelände, die Geschütze auf die Fassade des Molkereigebäudes gerichtet.

– Das Blut muß gestillt werden! rief Pater Beer.

Er schlug Osewoudts Morgenrock zurück und knöpfte die Schlafanzugjacke auf. Aber in Osewoudts Körper waren mehr Einschußlöcher, als Pater Beer Finger hatte.

Voorburg, Mai 1952
Groningen, Juli 1958

NACHTRAG (1971)

Ich kann ihn suchen, wenn er nicht da ist, aber ihn nicht hängen, wenn er nicht da ist. Man könnte sagen wollen:

›Dann muß er doch auch dabei sein, wenn ich ihn suche.‹ –

Dann muß er auch dabei sein, wenn ich ihn nicht finde, und auch, wenn es ihn gar nicht gibt.

Ludwig Wittgenstein

ANMERKUNGEN

Binnenhof: Im ehemaligen Regierungssitz in Den Haag befand sich das Hauptquartier der deutschen Polizei während der Besetzung der Niederlande.

Nationaler Jugendsturm: Jugendorganisation der Nationalsozialistischen Bewegung (NSB) in den Niederlanden

Niederländisch-Indien: Die früheren niederländischen Gebiete des Malaiischen Archipels und West-Neuguineas, heute Indonesien

NSB: Nationalsozialistische Bewegung

Sten Gun: Leichtes Maschinengewehr, das während des Zweiten Weltkriegs von den Westalliierten benutzt wurde

NACHWORT

Niederländer gehören zu einem eigenartigen Stamm, der im Ausland weitgehend unbekannt ist. Das wird einem bewußt, wenn man versucht, etwas zu Rang und Größe eines Autors wie Willem Frederik Hermans zu sagen, der 1995 im Alter von 73 Jahren starb. Die niederländische Literatur des 20. Jahrhunderts ist ohne ihn undenkbar, im Ausland hingegen ist er, völlig zu Unrecht, bislang noch weitgehend unbekannt, wozu er selbst im übrigen durch die Geradlinigkeit seines Charakters nicht wenig beigetragen hat. So wehrte er sich zum Beispiel noch wenige Jahre vor seinem Tod gegen das Erscheinen zweier seiner Bücher in Frankreich, weil die Übersetzung nicht pünktlich zum schriftlich vereinbarten Termin fertig war. Hermans war im Krieg – während der deutschen Besetzung – erwachsen geworden, und Krieg und Okkupation sollten mehrere seiner Bücher beherrschen, *Die Tränen der Akazien* und *Die Dunkelkammer des Damokles*, im Original 1949 beziehungsweise 1958 erschienen. In einer minuziösen, mitunter fast protokollarischen Prosa beschrieb er nicht die heroischen Aspekte jener Zeit, sondern – völlig im Widerspruch zur damals vorherrschenden Stimmung in den Niederlanden – eher das Gewurstel, das sinnlose Tun der Menschen in dem, was er als sadistisches Universum bezeichnete, das Chaos, in dem sich das menschliche Leben abspielt, wenn der Schein von Ordnung, die die Zivilisation ist, durchbrochen wird. Unbeweisbare Unschuld, Personenverwechslungen, Rätsel, die nicht gelöst werden, unentrinnbares Schicksal, surreale Plots und immer wieder Menschen in ihrer hilflosen Kleinheit als Opfer von »Mutwillen und Mißverständnis«, ohne daß eine Katharsis in Sicht wäre – das war die Quintessenz seines Werkes. Nirgends tritt dies deutlicher in Erscheinung als in dem Roman *Die Dunkelkammer des Damokles*. Die Hauptfigur, Henri Osewoudt, mit dem schon vor dem Krieg viel schiefgelaufen ist (seine Mutter bringt in einem Anfall von Wahnsinn seinen Vater um, er selbst findet Obdach im Hause eines Onkels, wo seine ältere, häßliche Kusine ihn verführt oder, wie wir es heute nennen würden, sexuell mißbraucht, woraufhin er sie heiratet und den Zigarrenladen seines Vaters weiterführt), Henri Osewoudt also kommt in den ersten Kriegstagen in Kontakt mit dem niederländischen Offizier Dorbeck, der ihm zum Verwechseln ähnlich sieht (»als twee druppels water«). *Als twee druppels water* hieß auch der Film, der nach dem Roman gedreht wurde, ein treffender und doch wieder nicht treffender Titel, denn trotz der frappierenden Ähnlichkeit, die Osewoudt später zum Verhängnis wird, gibt es auch Unterschiede: Osewoudt, ohne den geringsten Bartwuchs, hat ein Babyface, und im Gegensatz zum dunkelhaarigen Dorbeck ist er blond. Von jenem ersten Augenblick an, als Dorbeck Osewoudt bittet, einen Film für ihn zu entwickeln, setzt Hermans seine teuflische Schicksalsmaschinerie in Gang. Man ist sich fortwährend des tödlichen Schwertes bewußt, das an einem hauchdünnen Faden über Osewoudts Kopf hängt, und spürt, wie dieser immer weiter in eine unentrinnbare Katastrophe hineingezogen wird. Der Titel des Buches könnte an eine griechische Tragödie denken lassen, doch dafür sind die Verwicklungen zu absurd, während sie gleichzeitig, und das ist das Rätselhafte daran, doch glaubhaft bleiben. Mit Meisterhand hat der Autor die Schraube um seine Figur immer fester angezogen, Osewoudt erhält von dem geheimnisvollen, fast immer abwesenden und unsichtbaren Dorbeck ständig neue Aufträge, er schießt, ohne in irgendeiner Weise im ideologischen Sinne Widerstandskämpfer zu sein, links und rechts Menschen mit einer Gefühllosigkeit und Kaltblütigkeit nieder, als wäre dies vollkommen normal. Hermans nutzt hier auf meisterliche Weise die Kriegssituation, in der Widerstand gegen den Feind legitim ist. Der Unterschied besteht nur darin, daß Osewoudt im Gegensatz zu den Widerstandskämpfern, mit denen er in Berührung kommt, keinerlei Motiv hat, er wird wie ein Automat von Dorbecks Aufträgen und von den Menschen gesteuert, die dieser ihm aus unsichtbarer Ferne auf den Weg schickt, wobei auf wahnwitzige Weise in einem fort alles schiefläuft. Geheimagenten, Landesverräter, untergetauchte Personen, SS-

Offiziere, Folterungen, Fluchtversuche, Personenverwechslungen, Deserteure, das gesamte Pandämonium der Kriegsjahre in einem besetzten Land hat der Autor herangezogen, um sein Doppelgängerdrama zuzuspitzen. Fotos (Hermans war selbst ein begabter Fotograf) und insbesondere solche, auf denen nichts drauf ist, spielen dabei eine große Rolle. Der deutsche Besatzer hat die Bilder, die Osewoudt für Dorbeck entwickelt hat, dazu benutzt, um Widerstandsgruppen zu infiltrieren, und nach dem Krieg wird Osewoudt, der objektiv gesehen großen Widerstand geleistet hat, des Landesverrats bezichtigt. Erst jetzt zeigt sich, wie unentrinnbar das Netz ist, das Hermans geknüpft hat. Osewoudt hat seine Aufträge von seinem Doppelgänger Dorbeck erhalten, kann aber nicht beweisen, daß dieser tatsächlich existiert hat. Bei einem der seltenen Male, da er Dorbeck leibhaftig begegnet ist, hat Osewoudt ein Foto von ihnen beiden gemacht, nebeneinander vor einem Spiegel stehend. Dieses Foto muß sich noch in Osewoudts Apparat befinden. Doch in Hermans' sadistischem Universum ist natürlich, als die Kamera nach endloser Suche schließlich gefunden wird, nicht Dorbeck auf dem Film, und Osewoudt wird seinem Schicksal zugeführt.

Wie dieses Buch auf einen deutschen Leser wirkt, weiß ich nicht. In Kriegen ist der Widerstandsheld des einen der Terrorist des anderen, und es kann nicht schaden, die Situation auch einmal aus einem völlig anderen Blickwinkel zu betrachten. Doch im Grunde ist dieses Buch, obwohl es von der ersten bis zur letzten Seite vom Krieg handelt, kein Buch über den Krieg, sondern über die Tragik der menschlichen Existenz, wobei ein Individuum zum Spielball absurder Zufälle wird oder, wie der niederländische Schriftsteller Graa Boomsma es in einem Essay über Hermans formuliert hat: »Der Krieg ist die dankbare Kulisse, vor der Hermans seinem Hauptthema – die Welt, die Geschichte und der Mensch sind unerkennbar – immer wieder Gestalt verleiht. Alles beruht auf Zufall, Mutwillen oder Mißverständnis, es gibt keine regulierende Moral, die zu guter Letzt eine humanistische Weltordnung herbeiführt. Chaos ist und bleibt das einzige wahre Wort, die Betrüger sind gleichzeitig die Betrogenen, Gutgläubigkeit und Arglosigkeit stehen Argwohn, Mißtrauen und Paranoia gegenüber (die typische Hermans-Figur ist ein arglos Argwöhnischer; Osewoudt könnte man als Hermans' Protofigur bezeichnen). Der Krieg zwischen den Menschen, die sich gegenseitig einfach nicht ergründen können und wollen, hört nie auf.«

Die Niederlande der Nachkriegszeit traf dies wie ein Schock, und dieser Schock hat seine Wirkung bis heute nicht verloren. Hermans glaubte genausowenig an die Heroik des Widerstands wie an den Sinn unserer »Polizeiaktionen« gegen die Freiheitskämpfer im ehemaligen Niederländisch-Indien, und er schrieb einen für jene Zeit sakrilegischen Roman darüber mit dem apodiktischen Titel *Ik heb altijd gelijk* (»Ich habe immer recht«), ein Satz, der ihn als Epitheton ornans für den Rest seines Schriftstellerlebens begleiten sollte. Dazu hat er selbst nicht wenig beigetragen. Ebenso wie sein großes Vorbild Multatuli war er ein gewaltiger Polemiker; wer seinen Groll oder seinen Zorn geweckt hatte, wurde verbissen oder heiter in Kolumnen, Schmähschriften, Pamphleten und manchmal sogar in umfangreichen Romanen verfolgt, so zum Beispiel Kollegen bei seiner Abrechnung mit der Universität Groningen, die er 1973 aufgrund verschiedener Intrigen (bis hin zu parlamentarischen Anfragen) als Geologiedozent verlassen hatte. Sein Buch dazu, *Unter Professoren*, ist auch auf deutsch erschienen, konnte in Deutschland aber natürlich nie die Wirkung eines Schlüsselromans entfalten, die es in den Niederlanden im universitären Kontext von Rache und Schadenfreude erzielt hatte. Manchmal sah es so aus, als hätschele er seine Feinde als Freunde, denn auch nachdem er sich selbst nach Paris verbannt hatte, verfolgte er weiterhin alles genauestens, was in den Niederlanden passierte, nichts und niemand war sicher vor seiner Aufmerksamkeit, seinem Argwohn und seiner Feder. Sein Abschied von der Universität, ein Prozeß wegen Beleidigung des katholischen Bevölkerungsteils, ein Streit mit der Stadt Amsterdam wegen eines Südafrikabesuchs (für den sich der Bürgermeister entschuldigen mußte, bevor Hermans bereit war, je wieder einen Fuß in die Stadt zu setzen), Seitenhiebe auf andere Schriftsteller, abgelehnte Preise, all das trug dazu bei, daß er unübersehbar präsent blieb: Auch in Paris lebte er in den Niederlanden. Seine Gegner bezeichnete er als Mandarine und tauchte sie in einem Buch voller Beleidigungen und Fotocollagen in Schwefelsäure *(Mandarijnen op zwavelzuur)*. Das Vergnügen, das er dabei vermutlich empfunden hat, habe ich nie so recht verstanden: All diese Energie für ein paar unbedeutende und mittlerweile zumeist vergessene Gestalten kam mir wie eine ungeheure Zeitverschwendung vor, deren einziges Resultat eine negative Unsterblichkeit der Opfer war. In seinem – sehr umfangreichen – Œuvre ist es nach meinem Empfinden nicht mehr als ein Kuriosum.

Was von Willem F. Hermans bleiben wird, das sind die großen Romane und die Essays, und es wäre gut, würde die ausländische Verlagswelt ihren bisherigen betrüblichen Mangel an Interesse wiedergutmachen. An Titeln fehlt es nicht, ihre Aufzählung – *De blinde fotograaf* (»Der blinde Fotograf«), *Paranoia* (»Paranoia«), *Die Dunkelkammer des Damokles*, *Moedwil en misverstand* (»Mutwille und Mißverständnis«), *Ik heb altijd gelijk* (»Ich habe immer recht«), *Een wonderkind of een total loss* (»Wunderkind oder ein Totalschaden«), *Nie mehr schlafen* – liest sich wie ein Psychogramm seines ausweglosen, aber nicht zynischen Weltbilds, das er selbst einmal mit den Worten »schöpferischer Nihilismus, aggressives Mitleid, völlige Misanthropie« beschrieben hat.

In den siebziger Jahren habe ich einmal eine lange Autofahrt mit ihm nach Turin gemacht. Einige Bilder dieser Reise stehen mir immer noch deutlich vor Augen, die Veröffentlichung der Fotos dagegen hat er untersagt. Hermans konnte, wenn er wollte, äußerst liebenswürdig sein, und das ließ sich für den viel jüngeren Mann, der ich damals war, zuweilen schwer in Einklang bringen mit dem Autor dieser Bücher und mit der gefürchteten Person des öffentlichen Lebens, die er war. In einer der Nächte dieser Reise wachte ich von einem seiner herzzerreißenden, orkanartigen Hustenanfälle auf, es schien, als erbebe das Hotel im wahrsten Sinne des Wortes, es waren Geräusche aus einer finsteren Welt, die der Welt seiner Bücher eher zu entsprechen schienen als der charmante, weltgewandte Mann, mit dem ich einige Stunden zuvor zu Abend gegessen hatte. In derselben Zeit führte ich ein großes Interview mit ihm für eine niederländische Zeitschrift. Es fand in seinem vornehmen Haus in der Nähe des Parc Monceau statt, in dem sich auch seine unvorstellbar große Sammlung altertümlicher Schreibmaschinen befand. Er sprach vom Nicht-Schreiben und meinte: »Wenn ich drei Tage lang nicht schreibe, werde ich neurotisch. Zum Schluß wird es etwas … ja, das Schreiben wird so etwas wie in Spanien: Menschen ohne Arm, die aus diesem Gebrechen dadurch Profit schlagen, daß sie sich in einem Wägelchen auf die Straße setzen, im Schoß einen Hut, in den jeder eine kleine Münze werfen muß.«

»Du betrachtest es also als Gebrechen?«

»Natürlich ist es ein Gebrechen. Es ist die Wucherung einer bestimmten geistigen Funktion, wie alles im Leben.«

Cees Nooteboom
Aus dem Niederländischen von Helga van Beuningen